Mauvaise base

Harlan Coben

Mauvaise base

Traduit de l'américain par Paul Benita

ÉDITIONS FRANCE LOISIRS

Titre original : *The Final Detail*

Édition du Club France Loisirs,
avec l'autorisation des Éditions Fleuve Noir.

Éditions France Loisirs,
123, boulevard de Grenelle, Paris
www.franceloisirs.com

Le Code de la propriété intellectuelle n'autorisant, aux termes des paragraphes 2 et 3 de l'article L. 122-5, d'une part, que les « copies ou reproductions strictement réservées à l'usage privé du copiste et non destinées à une utilisation collective » et, d'autre part, sous réserve du nom de l'auteur et de la source, que les « analyses et les courtes citations justifiées par le caractère critique, polémique, pédagogique, scientifique ou d'information », toute représentation ou reproduction intégrale ou partielle, faite sans le consentement de l'auteur ou de ses ayants droit ou ayants cause, est illicite (article L. 122-4). Cette représentation ou reproduction, par quelque procédé que ce soit, constituerait donc une contrefaçon sanctionnée par les articles L. 335-2 et suivants du Code de la propriété intellectuelle.

© 1999 by Harlan Coben. All rights reserved.
© 2008, Éditions Fleuve Noir, département d'Univers Poche, pour la traduction française.
ISBN : 978-2-298-02604-7

Pour tante Evelyn à Revere
Avec beaucoup, beaucoup d'amour

Et en souvenir de Larry Gerson
(1962-1998)
Fermez les yeux, vous verrez encore son sourire

1

Une boisson tropicale à portée de doigts, étalé à côté d'une bombe en bikini, l'eau turquoise des Caraïbes lui léchant les orteils, le sable blanc lui léchant le dos, le bleu du ciel lui léchant les yeux, le soleil plus suave qu'une masseuse suédoise sous haschich lui léchant la peau, Myron était profondément malheureux.

Ils se trouvaient sur cette île enchantée depuis trois semaines. Environ. Il n'avait pas jugé bon de compter les jours. Terese, non plus, sans doute. Pas de téléphone, pas de voiture, un tout petit peu d'électricité et beaucoup de luxe : cette île était aussi paumée et aussi chère qu'une pub pour tampon périodique au milieu de la finale du *Superbowl*. Myron secoua la tête. Facile d'arracher le gamin à la télévision, plus difficile d'arracher la télévision du gamin.

Et voilà qu'à son malheur s'ajoutaient des maux d'estomac.

À midi sur l'horizon, cisaillant le tissu bleu de la mer sur un ourlet blanc d'écume, arrivait le yacht.

C'était cette vision, au demeurant aussi splendide que le reste, qui lui nouait les viscères.

Il ne savait pas exactement où ils se trouvaient. L'endroit avait pourtant un nom, un vrai : St. Bacchanals. Sans déconner. Il s'agissait d'un petit bout de planète appartenant à une de ces mégacompagnies de croisières qui utilisait une des plages de l'île pour permettre à ses clients de nager, faire griller du poisson et jouir d'une journée sur leur « île paradisiaque personnelle ». Personnelle. Avec deux mille cinq cents autres *turistas* empilés dans le même bac à sable. Ouais, personnelle. Bacchanale, même.

Mais de ce côté-ci du paradis, c'était très différent. Il n'y avait qu'une seule maison, celle du P-DG de ladite compagnie, un habitat hybride entre la hutte et le manoir colonial. Seuls voisins à moins de deux kilomètres : des domestiques. Population totale de l'île : trente âmes, toutes vouées au service du mégatour-operator.

Le yacht coupa ses moteurs pour se laisser dériver vers la plage.

Terese Collins baissa ses Bollé et fronça les sourcils. En trois semaines, aucune embarcation, à l'exception de quelques paquebots mammouths – subtilement baptisés *Sensation*, *Ecstasy* ou *Point G* –, n'était venue polluer leur champ de vision.

— Tu as dit à quelqu'un où nous étions ? demanda-t-elle.
— Non.
— C'est peut-être John.

John était le P-DG susmentionné, un ami de Terese.

— Je ne pense pas, dit Myron.

Il l'avait rencontrée trois semaines plus tôt. Environ. Terese était « en congé » de son boulot de présentatrice prime time sur CNN. Des amis bien intentionnés les avaient plus ou moins forcés tous les deux à assister à un machin caritatif. Ils avaient aussitôt été attirés l'un par l'autre comme magnétisés par leur malheur et leur douleur respectifs. Ça avait commencé comme un défi : et si on larguait tout ? Fuir. Disparaître avec quelqu'un qu'on trouve pas trop moche et qu'on connaît à peine. Ils avaient tenu bon tous les deux et, douze heures plus tard, ils s'étaient retrouvés à Saint-Martin. Le lendemain, ils étaient ici.

Pour Myron, un homme qui avait couché en tout et pour tout avec quatre femmes dans sa vie, qui n'avait jamais expérimenté les histoires d'une nuit, même à l'époque où elles étaient à la mode et à coup sûr sans risque, et pour qui coucher était plus affaire de sentiments que de sensations, la décision de fuir avec une inconnue avait paru étonnamment juste.

Il n'avait dit à personne où il allait, ni pour combien de temps – il ne le savait pas lui-même. Il avait appelé Papa et Maman pour leur dire de ne pas s'inquiéter (autant leur demander de se laisser pousser des branchies et de respirer sous l'eau). Il avait envoyé un fax à Esperanza lui donnant tous pouvoirs sur MB Sports, l'agence sportive dans laquelle ils étaient à présent associés. Il n'avait pas prévenu Win.

Terese l'observait.

— Tu sais qui c'est.

Myron ne dit rien. Il avait de plus en plus mal au ventre.

Le yacht était maintenant tout proche. Une porte sur le pont s'ouvrit et, comme Myron le craignait, Win apparut. La panique lui coupa le souffle. Win n'était pas du genre à passer dire bonjour. S'il était là, c'est que quelque chose allait vraiment mal.

Myron se leva et lui adressa un signe de la main. Win hocha à peine la tête.

— Attends, fit Terese. C'est pas ce type dont la famille possède Lock-Horne Securities ?

— Si.

— Je l'ai interviewé une fois. Le marché avait plongé. Il a un nom à rallonge, assez pompeux.

— Windsor Horne Lockwood, troisième du nom.

— C'est ça. Un peu bizarre, comme mec.

Si seulement elle savait.

— Plutôt beau gosse, poursuivit Terese, dans le genre vieille famille, pourri de fric, né avec un club de golf en argent dans la main.

Comme s'il avait entendu, Win passa la main dans sa blonde chevelure et sourit.

— Vous avez un truc en commun, lui et toi, dit Myron.

— Lequel ?

— Vous le trouvez tous les deux beau gosse.

Terese le scruta.

— Tu vas repartir.

Il y avait une pointe d'appréhension dans sa voix. Myron hocha la tête.

— Win ne serait pas là, sinon.

Elle lui prit la main. En trois semaines, c'était le premier geste de tendresse entre eux. Ça pouvait paraître bizarre : deux amants seuls sur une île, tringlant en permanence mais qui n'avaient pas échangé le moindre doux baiser, le moindre murmure affectueux. Sauf que, pour eux, il n'était question que d'oubli et de survie : deux rescapés paumés dans les décombres et qui, pas une seconde, n'envisagent de reconstruire quoi que ce soit.

Terese passait l'essentiel de ses journées à marcher seule ; lui traînait sur la plage à faire de l'exercice ou à lire. Ils se retrouvaient pour manger, dormir et baiser. En dehors de ça, ils se laissaient tranquilles pour, à défaut de guérir, au moins éviter les flots de sang. Elle aussi avait été fracassée, ça se voyait. La tragédie était récente et l'avait démolie jusqu'aux os. Mais il ne lui avait rien demandé. Et elle ne l'avait jamais interrogé non plus.

Une des règles implicites de leur petite folie.

Le yacht s'immobilisa et jeta l'ancre. Win se glissa dans un dinghy motorisé. Myron attendait. Ses orteils fouillaient le sable. Il se préparait. Quand le canot fut assez proche de la plage, Win coupa le moteur.

— Mes parents ? lança Myron.
— Ils vont bien.
— Esperanza ?

Infime hésitation.

— Elle a besoin de toi.

Win posa une semelle incertaine sur l'eau, un peu comme s'il s'attendait qu'elle supporte son poids. Il portait une chemise Oxford à boutons blancs et un bermuda Lilly Pulitzer aux couleurs assez criardes pour effrayer un banc de requins. Le yuppie du yacht. Il était mince mais la peau de ses avant-bras avait du mal à contenir des serpents d'acier.

Terese se leva tandis que Win approchait. Ce dernier admira la vue sans avoir l'air de la reluquer. Selon Myron, il était un des rares membres de la gent masculine capables d'un tel exploit. L'éducation, sans doute. Il prit la main de Terese et sourit. Ils échangèrent des plaisanteries. Qui donnèrent lieu à quelques sourires complaisants. Myron, figé, ne les écoutait pas. Terese s'excusa et retourna à la maison.

Prudent, Win la regarda s'éloigner avant de commenter :

— Élégant derrière.

— C'est à moi que tu fais allusion ? s'enquit Myron.

Win garda les yeux braqués sur... sa cible.

— À la télévision, elle est toujours assise derrière une table. Comment deviner qu'elle possède un postérieur d'une telle qualité ?

Il secoua la tête.

— C'est fort dommage.

— Tu pourrais lui suggérer de se lever une ou deux fois pendant son journal, tourner sur elle-même, se pencher en avant, quelque chose comme ça.

— Excellente idée, fit Win avant de risquer un coup d'œil vers son ami. Tu n'aurais pas pris quelques clichés en pleine action ou, mieux, un enregistrement vidéo ?

— Non, ça, c'est plutôt ton genre ou le genre rock star dépravée.

— C'est fort dommage, en vérité.

— Ça va, j'ai compris, c'est dommage.

Élégant derrière ?

— Bon, qu'est-ce qui se passe avec Esperanza ?

Terese avait enfin disparu derrière la porte. Après avoir laissé échapper un infime soupir, Win se décida à faire face à Myron.

— Il va falloir une demi-heure pour refaire le plein du yacht. Nous partirons après. Tu permets que je m'assoie ?

— Qu'est-ce qui se passe, Win ?

Il ne répondit pas, préférant bien s'installer sur la chaise longue, mains derrière la tête, chevilles croisées.

— Je dois le reconnaître : quand tu décides de dérailler, c'est avec un certain style.

— Hmm.

Win détourna les yeux et, soudain, Myron comprit quelque chose : il l'avait blessé. Bizarre mais sans doute vrai. Win avait beau être un aristocrate, ou plus exactement un inadapté social au sang bleu, il n'en restait pas moins relativement humain. Les deux hommes étaient inséparables depuis la fac, et Myron s'était barré sans rien lui dire. Dans la catégorie amis, Win n'avait que lui.

— Je voulais t'appeler, dit Myron, cherchant sa voix.

Win ne fit aucun commentaire.

— Mais je savais que, s'il y avait le moindre problème, tu me retrouverais.

C'était vrai. Win était capable de retrouver un compte offshore dans l'organigramme d'une multinationale.

Il agita vaguement la main.

— Peu importe.
— Alors, quel est le problème avec Esperanza ?
— Clu Haid.

Le premier client de Myron, un lanceur droitier au crépuscule de sa carrière.

— Mais encore ?
— Il est mort, dit Win.

Myron sentit ses jambes mollir. Ses fesses trouvèrent l'autre chaise.

— Trois balles dans la peau à domicile.
— Je croyais qu'il s'était racheté une conduite, fit Myron.

Win ne dit rien.

— Quel rapport avec Esperanza ?

Win consulta sa montre.

— À l'heure où nous parlons, dit-il, elle a dû être arrêtée pour meurtre.
— Quoi ?

Encore une fois, Win ne dit rien. Il détestait se répéter.

— La police croit qu'elle l'a tué ?
— Ravi de constater que tes vacances n'ont en rien affecté tes formidables capacités de déduction.

Win offrit son visage au soleil.

— Qu'est-ce qu'ils ont contre elle ?
— L'arme du crime, pour commencer. Des taches de sang et quelques fibres. Tu as de la crème solaire ?
— Mais comment... ?

Myron s'interrompit pour scruter le visage de son ami. Comme d'habitude, cela ne lui apprit pas grand-chose.

— Tu penses qu'elle l'a tué ? se décida-t-il enfin à demander.

— Je n'en ai aucune idée.
— Tu lui as demandé ?
— Esperanza ne souhaite pas me parler.
— Quoi ?
— Et elle ne souhaite pas te parler non plus.
— Quoi ? répéta Myron. C'est ridicule. Esperanza ne tuerait jamais personne.

— Tu veux dire que, pour toi, c'est une certitude absolue, c'est ça ?

Myron encaissa. Avec difficulté. Il avait cru que sa récente expérience l'aiderait à mieux comprendre Win. Win avait tué. Souvent, même. Maintenant que Myron en avait fait autant, il s'était dit que cela créerait une sorte de lien entre eux. Mais ce n'était pas le cas. Au contraire. Leur expérience commune avait ouvert un nouveau gouffre.

Win regarda à nouveau sa montre.

— Pourquoi ne vas-tu pas faire tes bagages ?
— Je n'ai pas de bagages.

Win fit un signe vers la maison. Terese se tenait là, les regardant en silence.

— Alors, dis au revoir au Derrière et rentrons.

2

Terese avait enfilé une robe. Adossée à la porte, elle attendait.

Myron ne savait pas trop quoi dire. Il finit par choisir :

— Merci.

Elle hocha la tête.

— Tu veux venir avec nous ? proposa-t-il.

— Non.

— Tu ne peux pas rester ici à jamais.

— Pourquoi pas ?

Bonne question.

Myron y réfléchit.

— Tu connais la boxe ? dit-il.

Terese renifla.

— Je sens monter l'odeur de la métaphore sportive.

— Désolé.

— Arg... Je t'écoute.

— Tout ça, c'est un peu comme un match de boxe. On esquive, on bouge, on fait tout pour éviter les poings de l'adversaire. Mais on ne peut pas se contenter de ne faire que ça pendant tout le match.

À un moment donné, il faut se décider à donner un coup.

Elle grimaça.

— Seigneur... lamentable.

— Désolé. J'ai pas trouvé mieux.

— Et inapproprié, ajouta-t-elle. Essaie plutôt ça. On a goûté la puissance de l'adversaire. Et on s'est retrouvé au tapis. Sans trop savoir comment, on a réussi à se remettre debout. Mais on a du coton dans les jambes et du brouillard plein les yeux. Si on s'en prend encore un, le match est terminé. Mieux vaut continuer à fuir. Éviter les coups et espérer tenir la distance.

Difficile de la contredire.

Le silence tomba sur eux.

Myron fit une tentative :

— Si tu viens à New York, appelle-moi et...

— Ouais.

Silence.

— On sait ce qui se passera, dit Terese. On ira boire quelques verres, on se retrouvera peut-être au lit mais ce ne sera plus pareil. On sera tous les deux atrocement gênés. On se dira à bientôt et on ne s'enverra même pas une carte pour la nouvelle année. Nous ne sommes pas amants, Myron. Nous ne sommes même pas amis. Je ne sais pas ce que nous sommes mais, bon Dieu, ça fait du bien.

Un oiseau croassa. Les petites vagues fredonnaient leur douce chanson. Win se tenait sur la plage, les bras croisés, effroyablement patient.

— Que ta vie soit bonne, Myron.

— La tienne aussi, Terese.

Ils prirent le dinghy jusqu'au yacht. Un membre d'équipage offrit sa main. Myron l'accepta pour se hisser à bord. Les moteurs grondèrent. Myron resta sur le pont à regarder la plage rétrécir. Il était appuyé contre une rambarde en teck. En teck. Tout sur ce vaisseau était sombre, riche et de bon goût.

— Tiens, dit Win.

Myron se retourna pour attraper au vol un Yoo-Hoo, sa boisson préférée, un truc entre le soda et le lait chocolaté. De très mauvais goût. Il sourit.

— Ça fait trois semaines que j'en ai pas bu.

— Les privations de la retraite, dit Win. Ça a dû être terrible.

— Trois semaines sans télé ni Yoo-Hoo. Je me demande comment j'ai survécu.

— Oui, une vraie vie de moine, dit Win avant de se retourner vers l'île et d'ajouter : Mais un moine qui a fait vœu de fornication.

Tous les deux repoussaient le moment.

— Le voyage dure combien de temps ? s'enquit Myron.

— Huit heures de bateau. Un jet à Saint-Barth. Environ quatre heures de vol ensuite.

Myron hocha la tête. Il secoua sa canette et l'ouvrit. Il but une longue gorgée avant de se retourner vers la mer.

— Je suis désolé, dit-il.

Win ignora la déclaration. Ou peut-être lui suffisait-elle. Le yacht prenait de la vitesse. Myron ferma les yeux, laissant l'écume lui asperger doucement le visage. Il pensa un moment à Clu Haid. Ne faisant pas confiance aux agents sportifs – « question moralité, ils sont juste en dessous des pédophiles » –, il avait demandé à Myron, à l'époque simple étudiant en première année de droit à Harvard, de négocier son contrat. Myron l'avait fait et ça lui avait plu. MB Sports n'avait pas tardé à naître.

Clu était un sympathique enfoiré. Qui se consacrait sans honte à ses passions : femmes, alcools et chansons – sans parler de tous les trucs qu'il arrivait à se foutre dans le nez ou dans les veines. Ce garçon aimait s'éclater. C'était un énorme rouquin pourvu d'un ventre d'ours en peluche, mignon dans le genre puéril, goujat dans un genre assez démodé, et incroyablement charmant. Tout le monde l'aimait. Même Bonnie, son épouse qui le supportait depuis si longtemps. Leur mariage était un boomerang. C'était elle qui avait lancé l'idée et, depuis, elle ne cessait de se reprendre son mari dans la gueule.

Clu avait paru se calmer ces derniers temps. Myron avait trop souvent dû le sortir du pétrin – il ne comptait plus les suspensions à cause de la came, les arrestations pour conduite en état d'ivresse et tout le reste : Clu ne s'était jamais ménagé. Mais il commençait à être bouffi, à perdre de son charme, à atteindre les limites de son règne. Le sort lui avait offert une dernière chance de rédemption. Les Yankees l'avaient acheté en lui imposant une très stricte mise à l'épreuve. Pour la première fois, Clu avait achevé sa cure de désintox. Il assistait aux réunions des AA. Sa balle redevenait aussi rapide que dans les années 90.

Win interrompit ses pensées :

— Tu veux savoir ce qui s'est passé ?

— Je ne sais pas, répondit Myron.
— Pardon ?
— La dernière fois, j'ai merdé. Tu m'avais prévenu mais je ne t'ai pas écouté. Un tas de gens sont morts à cause de moi.

Myron sentit les larmes lui monter aux yeux. Il les fit redescendre.

— Tu ne sais pas à quel point ça s'est mal terminé, ajouta-t-il.
— Myron ?

Il se tourna vers son ami. Leurs regards se trouvèrent.

— Reprends-toi, dit Win.

Myron émit un bruit... un tiers sanglot, deux tiers gloussement.

— J'adore quand tu me dorlotes.
— Tu préférerais peut-être que je te serve une platitude quelconque ? dit Win.

Il fit tournoyer l'alcool dans son verre avant de le goûter et d'enchaîner :

— Ne te gêne pas, choisis celle qui te convient le mieux et ensuite on pourra avancer. La vie est dure ; la vie est cruelle ; la vie est absurde ; parfois des gens bien doivent faire des trucs moches ; parfois des gens innocents meurent ; oui, Myron, tu as merdé mais tu te débrouilleras mieux la prochaine fois ; non, Myron, tu n'as pas merdé, ce n'était pas ta faute ; tout le monde a son point de rupture et maintenant tu connais le tien... Ça suffit ou tu en veux encore ?

— Ça suffira, merci.
— Bien, alors occupons-nous de Clu Haid.

Myron hocha la tête et vida sa canette de Yoo-Hoo.

— Tout semblait aller pour le mieux pour notre vieux copain de fac, commença Win. Il lançait bien. L'harmonie paraissait régner dans le ménage. Les contrôles antidopage se suivaient et se ressemblaient : tous négatifs. Il respectait le couvre-feu et rentrait même plusieurs heures avant le black-out. Tout cela a brusquement changé il y a deux semaines quand un contrôle inopiné a donné un résultat positif.

— À quoi ?

— Héroïne.

Grimace de Myron.

— Clu n'a rien dit devant les médias, reprit Win, mais en privé il jurait qu'on l'avait piégé. Quelqu'un avait trafiqué sa nourriture ou une autre idiotie du même genre.

— Comment le sais-tu ?

— Esperanza me l'a dit.

— Il est allé trouver Esperanza ?

— Oui, Myron. Quand Clu a foiré son contrôle, il a bien sûr cherché de l'aide auprès de son agent.

Silence.

— Ah.

Myron avait fini par réagir.

— Je ne vais pas m'étendre sur l'état lamentable dans lequel se trouve MB Sports en ce moment. Disons simplement qu'Esperanza et Big Cyndi font de leur mieux. Mais c'est ton agence. C'est toi que les clients ont engagé. Beaucoup n'ont guère apprécié ta soudaine disparition.

Myron haussa les épaules. Un jour, peut-être, ça lui ferait quelque chose.

— Donc, Clu a foiré son contrôle.

— Et il a aussitôt été suspendu. Les médias se sont rués pour la curée. Il a perdu tous ses contrats publicitaires. Bonnie l'a jeté dehors. Les Yankees l'ont désavoué. N'ayant plus personne vers qui se tourner, Clu est venu te trouver. À chaque visite, Esperanza lui disait que tu étais injoignable. Et, chaque fois, il s'énervait un peu plus.

Myron ferma les yeux.

— Il y a quatre jours, Clu a retrouvé Esperanza hors du bureau. Sur le parking Kinney, pour être précis. Ils ont eu des mots. Des mots assez durs et très bruyants. Selon des témoins, Clu lui a envoyé son poing dans la figure.

— Quoi ?

— J'ai vu Esperanza le lendemain. Sa mâchoire était enflée. Elle pouvait à peine parler. Elle a néanmoins réussi à me dire de me mêler de mes affaires. J'ai cru comprendre que les dégâts auraient été plus importants si Mario et plusieurs autres employés du parking ne les avaient pas séparés. Esperanza aurait proféré des menaces du genre tu-vas-le-regretter-sale-fils-de-pute pendant qu'ils les retenaient.

Myron secoua la tête. Tout cela n'avait pas de sens.

— Le lendemain après-midi, Clu était retrouvé mort dans l'appartement qu'il louait à Fort Lee, poursuivit Win. La police a eu connaissance de l'altercation. Des mandats de dépôt et de perquisition ont été lancés et les autorités ont retrouvé l'arme du meurtre, un neuf millimètres, dans ton bureau.

— Dans mon bureau ?

— Tu te souviens de ton bureau à MB ?

Myron secoua à nouveau la tête.

— Quelqu'un a dû l'y planquer.

— Peut-être. Ils ont aussi trouvé des fibres de la moquette de l'appartement de Clu.

— Ça ne veut rien dire. Clu est venu au bureau. C'est probablement lui qui a ramené ces fibres.

— Encore peut-être, dit Win. Mais les taches de sang dans le coffre de la voiture de société seront plus difficiles à expliquer.

Myron dut se retenir à sa canette de Yoo-Hoo.

— Du sang dans la Taurus ?

— Oui.

— Et la police a confirmé qu'il s'agissait du sang de Clu ?

— Même type sanguin. Le test ADN prendra encore un peu de temps.

Myron n'arrivait pas à y croire.

— Esperanza s'est servie de la voiture ?

— Ce même jour. Selon les enregistrements au péage, le passe a été utilisé pour traverser le Washington Bridge en direction de New York moins d'une heure après le meurtre. Comme je l'ai dit, il a été tué à Fort Lee. Son appartement se trouve à moins de trois kilomètres du pont.

— C'est complètement fou.

Win ne dit rien.

— Quel mobile aurait-elle eu ? demanda Myron.

— Les flics hésitent encore. Mais ils ont le choix.

— Tu peux préciser ?

— Esperanza était nouvelle associée à MB Sports. Tout à coup, elle s'est retrouvée seule à assumer toutes les responsabilités. Votre premier client s'apprêtait à vous quitter.

— Un peu mince, comme mobile.

— De plus, il venait de commettre une agression contre elle. Clu lui avait peut-être mis sur le dos toutes les sales histoires qui lui tombaient dessus. Elle aurait pu vouloir se venger.

— Tu as dit tout à l'heure qu'elle ne veut pas te parler.

— Oui.

— Mais tu l'as quand même interrogée sur ces accusations ?

— Oui.

— Et ?

— Et elle m'a dit qu'elle contrôlait la situation. Elle m'a aussi dit de ne pas te contacter. Qu'elle ne souhaitait pas te parler.

— Pourquoi pas ?

— Je n'en ai pas la moindre idée.

Myron pensa à Esperanza, la beauté hispano qu'il avait rencontrée à l'époque où elle œuvrait comme catcheuse professionnelle sous le charmant sobriquet de Petite Pocahontas. Une ou deux vies auparavant. Elle était à MB Sports depuis sa création... d'abord comme secrétaire et, maintenant qu'elle avait décroché son diplôme de droit, comme partenaire associée.

— Mais je suis son meilleur ami, dit Myron.

— Je sais.

— Alors, pourquoi dirait-elle une chose pareille ?

Win devina que la question était d'ordre rhétorique. Il garda le silence.

L'île avait maintenant disparu. Dans toutes les directions, il n'y avait plus que le bleu moutonnant de l'Atlantique.

— Si je n'étais pas parti... commença Myron.

— Myron ?
— Quoi ?
— Tu recommences à geindre. Je ne sais pas quoi faire avec les geignements.

Myron s'adossa à la rambarde en teck.
— Une idée quelconque ? demanda Win.
— Elle me parlera, dit Myron. Tu peux en être sûr.
— Je viens juste d'essayer de l'appeler.
— Et ?
— Pas de réponse au bureau. Ni chez elle.
— Tu as essayé Big Cyndi ?
— Elle habite chez Esperanza maintenant.

Pas surprenant.
— On est quoi, aujourd'hui ? s'enquit Myron.
— Mardi.
— Big Cyndi fait toujours la videuse au *Leather-N-Lust*. Elle y est peut-être.
— En pleine journée ?

Myron haussa les épaules.
— Il n'y a pas d'heure pour les déviances sexuelles.
— Dieu merci, dit Win.

Le silence revint, doucement bercé par le tangage du bateau.

Win loucha vers le soleil.
— C'est beau, non ?

Myron acquiesça.
— Tu dois en avoir un peu marre après tout ce temps.
— Pas un peu. Beaucoup.
— Descendons. Je crois que tu vas être content.

3

Win avait embarqué un stock de vidéos sur le yacht. Ils regardèrent un épisode de la vieille série *Batman* (celui avec Julie Newmar en Catwoman et Lesley Gore en Pussycat – double miaou !), un de *Drôle de couple* (Oscar et Felix dans *Pot de masse*), un de *La Quatrième Dimension* et finirent avec quelque chose de plus actuel, *Seinfeld* (Jerry et Elaine rendent visite aux parents de Jerry en Floride). Oubliez le rôti à la cocotte. Voilà la vraie nourriture de l'âme. Mais au cas où elle n'aurait pas été assez substantielle, il y avait aussi des Doritos, des Cheez Doodles, plein d'autres Yoo-Hoo et même des pizzas réchauffées de chez *Calabria's Pizza* sur Livingstone Avenue.

Win.

Aristocrate, peut-être, mais quel mec !

L'effet de tout cela était au-delà du thérapeutique, le temps passé en mer et plus tard dans les airs se transformant en une sorte de caisson de décompression émotionnelle, histoire d'éviter que le cerveau de Myron n'éclate quand il allait soudain réémerger dans le monde réel.

Les deux amis échangèrent à peine quelques mots, mais beaucoup de soupirs pour Julie Newmar en Catwoman (à chaque fois qu'elle apparaissait à l'écran dans son costume de chatte noir moulant, Win miaulait : « Miaoouuu-miam »). Ils avaient tous les deux cinq ou six ans quand la série avait été diffusée la première fois, mais quelque chose chez Julie Newmar en Catwoman pulvérisait toute notion freudienne de latence. Pour quelle raison ? Aucun des deux n'aurait su le dire. À cause de son infamie, peut-être. Ou de quelque chose de plus primaire encore. Esperanza aurait sans nul doute une opinion intéressante sur la question. Myron essayait de ne pas penser à elle – inutile et épuisant tant qu'il ne pouvait rien faire – mais la dernière fois qu'il s'était retrouvé dans une situation comparable – mater des vidéos pour décompresser – c'était à Philadelphie, et Esperanza était avec eux. Elle lui manquait. Regarder des séries, ce n'était pas pareil sans ses commentaires en fond sonore.

Le bateau accosta et ils rejoignirent le jet privé.

— Nous la sauverons, dit Win. Après tout, nous sommes les gentils.

— J'ai des doutes.

— Garde confiance, mon ami.

— Non, je veux parler du fait que nous soyons les gentils.

— Tu devrais pourtant le savoir, maintenant.

— Justement, dit Myron, je ne le sais plus.

Win fit sa tête d'aristo, celle où sa mâchoire devenait excessivement carrée, comme le jour où elle avait débarqué en Amérique à bord du *Mayflower*.

— Cette espèce de crise morale que tu traverses, dit-il, elle est *très*[1] malvenue.

Une blonde, dotée d'obus mammaires comme on n'ose plus en fabriquer depuis les fifties, les accueillit dans la cabine du jet privé de la Lock-Horne. Elle leur apporta des boissons accompagnées de moult gloussements et trémoussements. Win lui sourit. Elle s'illumina.

— C'est drôle, dit Myron quand la blonde les abandonna.

— Quoi donc ?

— Tu engages toujours des hôtesses plantureuses.

Win fronça les sourcils.

— Je t'en prie, dit-il. Elle préfère qu'on la qualifie d'accompagnatrice de vol.

— Désolé de faire preuve d'une telle insensibilité.

— Essaie d'être un peu plus tolérant, dit Win. Devine comment elle s'appelle.

— Tawny ?

— Presque. Candi. Avec un *i*. Qu'elle écrit avec un cœur à la place du point.

Win le mufle.

Myron se renfonça dans son siège. La voix du pilote sortit des haut-parleurs. Il s'adressa à eux en les appelant par leurs noms pour annoncer le décollage. Un jet privé. Un yacht. C'est sympa parfois d'avoir des amis riches.

Quand ils arrivèrent à l'altitude de croisière, Win ouvrit ce qui ressemblait à une boîte à cigares et en sortit un téléphone.

---

1. En français dans le texte.

— Appelle tes parents.

Myron ne réagit pas tout de suite. Une vague de culpabilité déferla, colorant ses joues en rose. Il hocha la tête, accepta le combiné et composa le numéro. Il serrait l'appareil un peu trop fort dans sa main. Sa mère répondit.

— M'man...

Elle se mit à hurler. Mais réussit néanmoins à appeler son père. Qui décrocha le deuxième appareil au rez-de-chaussée.

— P'pa...

Lui aussi se mit à brailler. Cris en stéréo. Trop pour un seul tympan. Myron éloigna l'écouteur.

— J'étais dans les Caraïbes, dit-il. Pas à Bagdad.

Double explosion de rires. Puis les cris – les larmes ? – reprirent. Myron regarda Win. Rien à espérer de ce côté-là : Win était impassible. Myron leva les yeux au ciel. Seul contre tous. Bon, d'accord, il était aussi très content. Qui n'aimerait pas être autant aimé ?

Ses parents s'étaient lancés dans un bavardage insignifiant... volontairement insignifiant, supposait Myron. S'ils étaient tout à fait capables de se montrer insupportables, Papa et Maman possédaient aussi le merveilleux talent de savoir quand ne pas insister. Il réussit à leur expliquer où il avait été. Ils écoutèrent en silence. Puis sa mère demanda :

— Mais alors, d'où nous appelles-tu ?
— De l'avion de Win.

Exclamations stéréophoniques.

— Quoi ?
— La compagnie de Win possède un jet privé. Je viens de vous dire qu'il est venu me chercher...

— Et tu appelles depuis son téléphone ?
— Oui.
— Tu as une idée de combien ça coûte ?
— M'man...

Mais, dès lors, le bavardage insignifiant cessa très vite. Quand il raccrocha quelques secondes plus tard, Myron se laissa aller contre le dossier de son siège. Le remords revint, baignant cette fois dans un jus glacé. Ses parents n'étaient plus très jeunes. Il n'y avait pas pensé avant de foutre le camp. À vrai dire, il n'avait pas pensé à grand-chose.

— Je n'aurais pas dû leur faire ça, dit-il. À toi, non plus.

Win passa d'une fesse sur l'autre... réaction on ne peut plus excessive chez lui. Candi réapparut, objet voyant parfaitement identifiable dans l'espace aérien. Elle baissa un écran et appuya sur un bouton. Le film démarra. Un Woody Allen. *Guerre et amour*. De l'ambroisie. Ils le regardèrent en silence. Quand il fut terminé, Candi demanda à Myron s'il voulait prendre une douche avant d'atterrir.

— Une quoi ? fit Myron.

Candi gloussa, le traita de « grand idiot » et disparut non sans laisser quelques trémoussements derrière elle.

Myron se tourna alors vers Win :
— Une douche ?
— Il y en a une à l'arrière. J'ai aussi pris la liberté de t'apporter des vêtements de rechange.
— Tu es un véritable ami.
— Tu peux le dire, *Grand Idiot*.

Myron se doucha, s'habilla, puis tout le monde attacha sa ceinture pour la descente finale. L'avion piqua mollement du nez et l'atterrissage fut aussi suave qu'un morceau des Temptations. Quand ils sortirent de la cabine, Myron eut l'impression de respirer un air étrange et inconnu, un peu comme s'il revenait d'un long séjour sur une autre planète. En plus, il pleuvait. Fort. Ils dévalèrent les marches pour s'engouffrer dans une limousine aux portes grandes ouvertes.

Ils s'ébrouèrent comme des chiens pour se débarrasser des gouttes.

— Je présume que tu vas loger chez moi, dit Win.

Myron habitait dans un loft sur Spring Street avec Jessica. Mais ça, c'était avant.

— Si ça ne te dérange pas.
— Ça ne me dérange pas.
— Je pourrais retourner chez mes parents...
— J'ai dit que cela ne me dérangeait pas.
— Je vais me trouver quelque chose.
— Rien ne presse, dit Win.

La limousine démarra. Win réunit la pulpe de ses doigts. Un geste qu'il maîtrisait à la perfection et qu'il effectuait à la moindre occasion. Il se tapota les lèvres avec les index.

— Je ne suis pas le mieux placé pour ce genre de choses, dit-il, mais si tu veux parler de Jessica, de Brenda ou de ce que tu veux...

Il sépara ses mains pour esquisser un geste assez vague. De sa part, l'effort était plus que méritoire, les affaires de cœur demeurant pour lui un insondable oxymore. En d'autres termes : ses opinions en la matière pouvaient semer l'épouvante.

— Ne t'inquiète pas pour ça, dit Myron.
— Bon, d'accord.

— Mais merci quand même.
Petit hochement de tête.
Après plus d'une décennie de bagarres avec Jessica – des années à n'aimer qu'elle, suivies d'une vilaine rupture, de retrouvailles, d'avancées hésitantes l'un vers l'autre pour, finalement, emménager ensemble –, c'était terminé.
— Jessica me manque, dit Myron.
— Je croyais que nous n'allions pas en parler.
— Désolé.
Win changea à nouveau de fesse.
— Non, continue.
Cela dit avec l'abnégation d'un patient sur le point de subir un toucher rectal.
— C'est juste que... j'imagine que Jessica fait un peu partie de moi, maintenant.
Win acquiesça.
— Tu veux dire, comme une carie ?
Myron sourit.
— Ouais. Quelque chose comme ça.
— Mon conseil : arrache la dent et oublie-la.
Myron dévisagea son ami.
Win leva un doigt.
— Je regarde beaucoup les émissions pour ados ces derniers temps.
— Ça se sent.
— Et notamment une qui s'intitulait *Maman m'a arraché mon piercing au téton*. Je n'ai pas peur de dire que j'ai pleuré.
— C'est bien que tu commences à laisser émerger ton côté sensible.
Comme si Win en avait un.
— Bon, et maintenant ? reprit Myron.

Win consulta sa montre.

— J'ai un contact au centre de détention du Bergen County. Il devrait y être en ce moment.

Il composa un numéro sur le téléphone de voiture et brancha le haut-parleur. Au bout de deux sonneries, une voix annonça :

— Schwartz.

— Brian, ici Win Lockwood.

L'habituelle inspiration déférente quand on entend ce nom, puis :

— Oh, Win, salut.

— J'ai besoin d'un service.

— Je vous écoute.

— Esperanza Diaz. Elle est là ?

Brève pause.

— Ce n'est pas moi qui vous l'ai dit, fit Schwartz.

— Dit quoi ?

— D'accord... on se comprend. Ouais, elle est ici. Ils l'ont amenée, avec les menottes et tout le cirque, il y a quelques heures. Mais dans le plus grand secret.

— Pourquoi tant de secret ?

— J'en sais rien.

— Quand comparaît-elle ?

— Demain matin, je pense.

Win regarda Myron. Qui hocha la tête. Esperanza allait passer la nuit en détention. Mauvais signe.

— Pourquoi ont-ils autant attendu pour l'arrêter ?

— Sais pas.

— Et vous l'avez vue arriver menottes aux poignets ?

— Ouais.

— Ils ne l'ont pas laissée se rendre d'elle-même ?

— Non.

Les deux amis échangèrent un nouveau regard. L'arrestation tardive. Les menottes. La nuit en taule. Quelqu'un au bureau du procureur était énervé et voulait le faire sentir. Très mauvais signe.

— Que pouvez-vous me dire d'autre ? demanda Win.

— Pas grand-chose. Ils sont assez discrets sur cette affaire. Le proc n'a pas fait la moindre déclaration aux médias pour le moment. Mais il le fera. Probablement juste avant le journal de vingt-trois heures. Un truc rapide, sans leur laisser le temps de poser des questions, j'imagine. Putain, je serais même pas au courant si j'étais pas un fan absolu.

— Un fan absolu ?

— De catch. Je l'ai reconnue. Vous saviez qu'Esperanza Diaz n'est autre que Petite Pocahontas, la princesse peau-rouge ?

Win lança un coup d'œil à Myron.

— Oui, Brian, je le savais.

— Vraiment ?

Brian était tout excité maintenant.

— Petite Pocahontas était ma préférée et de loin. De très, très loin. Une catcheuse extraordinaire. Le haut du panier. Je veux dire, elle se pointait sur le ring avec son bikini riquiqui en daim puis elle commençait à se friter avec les autres meufs, des meufs vachement plus costauds, à se tortiller par terre dans tous les sens... Je le jure devant Dieu, elle était si chaude que j'avais les yeux qui lançaient des flammes.

— Merci de cette précision visuelle, dit Win. Rien d'autre, Brian ?

— Euh... non.

— Vous savez qui sera son avocat commis d'office ?

— Non.

Puis :

— Ah si, autre chose. Y a quelqu'un... comment dire... avec elle.

— C'est-à-dire ? *Comment dire...*

— Dehors. Sur les marches devant le tribunal.

— Je ne suis pas sûr de vous suivre.

— Elle reste assise là. Sous la pluie. Si elle était pas si bizarre, je serais même prêt à jurer que c'est l'ancienne partenaire de Petite Pocahontas, Big Chief Mama. Vous saviez que Big Chief Mama et Petite Pocahontas ont été, trois années de suite, championnes intercontinentales de catch à quatre ?

— Non ? fit Win.

— Oui ! Bon, c'est sûr, personne sait ce que ça veut dire « intercontinentales ». C'est quoi, intercontinentales ? Et ça date pas d'hier. Cinq ou huit ans, au moins. Mais, sur la vie de ma mère, elles étaient sensationnelles. De grandes catcheuses. Aujourd'hui, la ligue n'a plus autant de classe.

— Les catcheuses en bikini, dit Win. Oui, on a dû casser le moule.

— C'est ça, c'est exactement ça. Trop de seins en toc de nos jours... en tout cas, c'est mon avis. Un de ces jours, un de ces seins va se faire coincer quelque part et, bam, le nichon va éclater comme un vieux pneu. Alors, je les suis plus comme avant. D'accord, j'dis pas, ça m'arrive peut-être, en zappant, de tomber sur un truc qui attire l'œil...

— Vous parliez de la femme assise sous la pluie.

— Ouais, Win, ouais, désolé. Bon, ben... elle est là, assise là-dehors. C'est tout. Elle reste assise. Les flics sont allés la voir pour lui demander ce qu'elle fabriquait. Elle leur a dit qu'elle attendait son amie.

— Et elle est là-bas en ce moment ?

— Ouais.

— À quoi ressemble-t-elle, Brian ?

— À l'Incroyable Hulk. En plus effrayant. Et en plus vert.

Win et Myron échangèrent un regard. Pas de doute. Big Chief Mama alias Big Cyndi.

— Rien d'autre, Brian ?

— Non, pas vraiment... Alors, vous connaissez Esperanza Diaz ?

— Oui.

— En personne ?

— Oui.

Silence religieux.

— Seigneur Dieu tout-puissant, vous avez une sacrée vie, Win.

— En effet.

— Vous croyez que vous pourriez m'avoir un autographe ?

— Je ferai de mon mieux, Brian.

— Une photo dédicacée, peut-être ? De Petite Pocahontas dans son costume de scène ? Je suis vraiment un grand fan.

— J'ai cru comprendre, Brian. Bonne nuit.

Win raccrocha. Regarda Myron. Qui acquiesça. Win redécrocha son engin pour ordonner au chauffeur de les conduire au tribunal.

4

Quand ils arrivèrent à Hackensack, il était près de vingt-deux heures. Big Cyndi était assise sous la pluie, épaules voûtées. Du moins, Myron crut que c'était elle. De loin, on aurait dit une Coccinelle garée sur les marches du palais de justice.

Il s'approcha.

— Big Cyndi ?

Le tas sombre laissa échapper un sourd grondement, une lionne mettant en garde un animal inférieur sur le point de s'égarer.

— C'est Myron, dit-il.

Le grondement enfla. La pluie lui avait plaqué ses mèches en pointe sur le crâne, dans un saisissant effet râpe à fromage. Leur couleur était difficile à déterminer – Big Cyndi appréciait la diversité en matière de teinte capillaire et aimait parfois combiner les tons de façon aléatoire – mais cela ne ressemblait en tout cas à aucune des nuances que la nature, dans sa grande générosité, produisait. Big Cyndi tenait aussi à ce qu'on l'appelle Big Cyndi. Pas Cyndi. Big Cyndi. Elle avait même fait changer son nom légal. Sur ses documents officiels était inscrit : Cyndi, Big.

— Vous ne pouvez pas rester là toute la nuit, essaya Myron.

Elle parla enfin :
— Rentrez chez vous !
— Que s'est-il passé ?
— Vous êtes parti.

Elle avait une voix d'enfant perdu.
— Oui.
— Vous nous avez laissées seules.
— Je suis désolé. Mais maintenant, je suis revenu.

Il risqua un nouveau pas. Si seulement il avait quelque chose pour la calmer. Cinq ou six litres d'Häagen-Dazs, par exemple. Ou une chèvre à sacrifier.

Big Cyndi se mit à pleurer. Myron s'approcha encore, avec lenteur, la main droite en avant au cas où elle aurait envie de la flairer. Les grondements avaient cessé maintenant, remplacés par des sanglots. Myron posa sa paume sur une épaule aussi ronde qu'une boule de bowling. Et plus grosse.

— Que s'est-il passé ? répéta-t-il.

Elle renifla. Fort. Le bruit faillit cabosser le pare-chocs de la limousine.

— J'peux pas vous le dire.
— Pourquoi pas ?
— Elle me l'a interdit.
— Esperanza ?

Big Cyndi hocha la tête.

— Elle va avoir besoin d'aide, dit Myron.
— Elle veut pas de votre aide.

Les mots lui firent mal. La pluie continuait. Il s'assit sur les marches à côté d'elle.

— Elle est en colère parce que je suis parti ?

— Je ne peux pas vous le dire, monsieur Bolitar. Je suis désolée.

— Pourquoi pas ?

— Elle me l'a interdit.

— Esperanza ne peut pas affronter ça toute seule, dit Myron. Il lui faut un avocat.

— Elle en a un.

— Qui ?

— Hester Crimstein.

Big Cyndi poussa un petit cri étranglé comme si elle en avait trop dit mais Myron se demanda si elle ne l'avait pas fait exprès.

— Hester Crimstein ?

— Je ne peux pas en dire davantage, monsieur Bolitar. S'il vous plaît, ne vous mettez pas en colère contre moi.

— Je ne suis pas en colère, Big Cyndi. Je suis juste inquiet.

Elle se tourna enfin vers lui pour lui sourire. Myron ravala un hurlement.

— C'est sympa que vous soyez de retour, dit-elle.

— Merci.

Elle posa la tête sur son épaule. Myron vacilla mais, vaillamment, retrouva son équilibre.

— Vous connaissez mes sentiments pour Esperanza, dit-il.

— Oui, dit Big Cyndi. Vous l'aimez. Et elle vous aime.

— Alors, laissez-moi l'aider.

Big Cyndi releva la tête. Le sang recommença à circuler dans l'épaule de Myron.

— Je crois que vous devriez partir maintenant.

Il se leva.

— Venez. On va vous raccompagner.

— Non, je reste.

— Il pleut et il est tard. Quelqu'un pourrait tenter de vous agresser. Ce n'est pas un quartier très sûr.

— Je sais me défendre, dit Big Cyndi.

Il avait voulu dire que le quartier n'était pas très sûr pour quiconque aurait l'idée farfelue de l'agresser mais il préféra ne pas préciser.

— Vous n'allez pas rester ici, dehors, toute la nuit.

— Je ne veux pas laisser Esperanza toute seule.

— Mais elle ne sait même pas que vous êtes là.

Big Cyndi essuya son visage dégoulinant avec une main de la taille d'un pneu de camion.

— Elle sait.

Myron lança un regard vers la limousine. Win était adossé à la portière, bras croisés, un parapluie négligemment posé sur l'épaule. Très Gene Kelly.

— Vous êtes sûre ? demanda-t-il.

— Oui, monsieur Bolitar. Oh, et je serai en retard au bureau demain matin. J'espère que vous comprendrez.

Il comprenait. Ils se dévisagèrent, la pluie cascadant sur leurs visages. Un rire lugubre les fit tous les deux se retourner vers la droite, vers la zone du bâtiment ressemblant à une forteresse qui abritait les cellules. Esperanza, la personne qui leur était à tous les deux la plus proche, était incarcérée là-dedans. Myron repartit vers la limousine. Il se retourna.

— Esperanza n'a tué personne, dit-il.

Il attendit que Big Cyndi l'approuve ou au moins hoche la tête. Mais elle ne le fit pas. Ses épaules se voûtèrent à nouveau et elle disparut en elle-même.

Myron remonta dans la voiture. Win le suivit, lui tendant une serviette. Le chauffeur démarra.

— C'est Hester Crimstein qui la défend, annonça Myron.

— La reine du barreau sur petit écran ?

— En personne.

— Ah, fit Win. Redis-moi le nom de son émission ?

— *Les Crimes de Crimstein*, dit Myron.

Win se caressa le nez.

— Croustillant.

— Elle a écrit un bouquin qui porte le même titre.

Myron secoua la tête.

— C'est bizarre, reprit-il. Hester Crimstein ne plaide plus. Comment Esperanza l'a-t-elle embauchée ?

Win se tapota le menton.

— Je n'en suis pas certain, dit-il, mais je crois qu'Esperanza a eu un flirt avec elle il y a quelques mois.

— Tu plaisantes.

— Oui... je suis un garçon plein d'humour. Et c'était une réplique hilarante, non ?

Win. Le petit malin. Mais il avait peut-être raison. Esperanza était la bisexuelle la plus parfaite qu'on puisse imaginer – parfaite en ce sens que tout le monde, quels que soient son sexe ou ses préférences, la trouvait incroyablement attirante. Elle possédait l'attraction universelle. Il aurait été dommage de n'en profiter qu'à moitié.

Myron rumina ça un moment.

— Tu sais où habite Hester Crimstein ? demanda-t-il après digestion.

— À deux immeubles du mien sur Central Park West.

— Allons la voir.

Win se lissa un sourcil.

— Pourquoi ?

— Elle pourra peut-être nous apprendre quelque chose.

— Elle refusera de nous parler.

— Je crois pas.

— Qu'est-ce qui te le fait croire ?

— D'abord, dit Myron, je me sens particulièrement charmant, ce soir.

— Seigneur, fit Win avant de se pencher en avant. Chauffeur, à fond, s'il vous plaît.

5

Win habitait le Dakota, un des immeubles les plus chics de Manhattan. Hester Crimstein logeait à deux blocks de là au San Remo, édifice non moins huppé. Parmi ses résidents, il comptait Diane Keaton et Dustin Hoffman mais le San Remo était surtout connu pour avoir refusé à Madonna le droit de faire partie de ses occupants.

Il y avait deux entrées, munies de portiers habillés comme Brejnev un jour de défilé sur la place Rouge. Brejnev annonça d'un ton pincé que Mme Crimstein n'était pas « présente ». Il avait dû faire des études de lettres. Il sourit à Win et toisa Myron. Tâche peu aisée – Myron mesurant, au bas mot, vingt centimètres de plus – qui força Brejnev à renverser la tête en arrière de telle sorte que ses narines ressemblaient à l'entrée du Lincoln Tunnel. Pourquoi, se demanda Myron, les serviteurs des riches et célèbres se montrent-ils encore plus snobs que leurs maîtres ? Par rancune ? Ou bien parce qu'on les regarde de haut toute la journée et qu'ils ont eux aussi parfois besoin de baisser les yeux ? Ou alors – plus simplement – les gens attirés par ce genre d'emploi sont-ils tous des connards angoissés ?

Les petits mystères de la vie.

— Mme Crimstein doit-elle rentrer ce soir ? demanda Win.

Brejnev ouvrit la bouche, hésita, le regard craintif, comme s'il redoutait que Myron ne défèque sur le tapis persan. Comprenant son dilemme, Win le prit par le bras pour l'éloigner de cet infâme représentant de la plèbe.

— Elle ne devrait pas tarder, monsieur Lockwood.

Ah, Brejnev avait donc reconnu Win. Pas étonnant.

— Le cours d'aérobic de Mme Crimstein se termine à onze heures.

Faire sa gym à onze heures du soir. Charmante époque que celle où le temps libre fond comme la graisse chez une liposucée.

Il n'y avait pas de salle d'attente, ni même de siège, dans le hall du San Remo ; dans ce genre d'immeubles, on n'attend pas, monsieur. Ils ressortirent donc. Central Park se trouvait de l'autre côté de la rue. Myron voyait des arbres et un muret en pierre, et c'était à peu près tout, hormis la flotte de taxis qui fonçaient vers le nord. Win avait renvoyé sa voiture, tous deux s'estimant capables d'accomplir à pied les trois cents mètres qui les séparaient du Dakota, mais quatre autres limousines de la taille d'un demi-terrain de basket étaient garées en double file. Une cinquième arriva. Une Mercedes grise à rallonge. Brejnev se rua vers la poignée de la portière comme si c'était celle des toilettes et qu'il était pris d'une terrible envie de pisser.

Un vieil homme, le crâne luisant au-dessus d'une couronne de cheveux blancs, s'extirpa de l'engin, la bouche tordue comme après un infarctus. Une femme ressemblant à une prune le suivit. Tous deux paraissaient avoir dépassé les cent ans et portaient quelques dizaines de milliers de dollars transmutés en fringues. Quelque chose en eux troubla Myron. Pas le fait qu'ils étaient vieux et desséchés. Ce n'était pas seulement ça. On parle toujours des gentils petits vieux mais ces deux-là n'avaient absolument rien de gentil. Ils avaient le regard méchant, des gestes crispés, coléreux et craintifs. La vie les avait vidés, les avait dépouillés de toute bonté, de tout espoir de jeunesse, ne leur laissant qu'une espèce de hargne rageuse. Ils n'étaient plus qu'amertume. Impossible de dire si cette amertume visait Dieu ou leurs semblables.

Un coup de coude de Win mit un terme à ses cogitations. Hester Crimstein venait vers eux. Myron la reconnut grâce à la télé. Comparée à Kate Moss, le kilo étalon, elle était plutôt du genre massif avec un visage charnu et angélique. Elle portait des Reebok et des chaussettes blanches, un pantalon vert moulant qui aurait sans doute servi de baggy à Kate, un sweat-shirt et un bonnet d'où s'échappaient des cheveux blonds laqués. Le vieux chauve se figea dès qu'il aperçut l'avocate. Puis, saisissant la prune par la main, il se précipita à l'intérieur de l'immeuble.

— Salope ! marmonna-t-il à travers son rictus permanent.

— Oui, je t'emmerde moi aussi, Lou, lui lança Hester.

Le vieux s'arrêta comme pour répondre mais préféra en fin de compte filer en boitant.

Myron et Win échangèrent un regard avant de s'approcher d'elle.

— Un vieil ennemi, dit-elle en guise d'explication. Vous connaissez l'adage selon lequel les meilleurs partent les premiers ?

— Heu... oui.

Hester Crimstein agita les deux mains en direction du vieux couple comme un vendeur de bagnoles vers sa nouvelle occase.

— Ces deux-là en sont la preuve vivante. Il y a quelques années, j'ai aidé ses enfants à poursuivre ce fils de pute. Instructif.

Elle pencha la tête avant d'ajouter :

— Certains sont de vrais chacals.

— Pardon ?

— Ils bouffent leurs propres gosses. Comme Lou. Et ne me parlez pas de la pourriture qui vit avec lui. Une pute à cinq dollars qui a touché le gros lot. Difficile à croire quand on la voit maintenant.

— Je vois, dit Myron qui ne voyait rien du tout. Madame Crimstein, je m'appelle...

— Myron Bolitar, le coupa-t-elle. Au fait, quel nom horrible. À quoi pensaient vos parents ?

Question à laquelle il avait une vie entière pour répondre.

— Si vous savez qui je suis, alors vous devez savoir pourquoi je suis ici.

— Oui et non, dit Hester.

— Oui et non ?

— Eh bien, je sais qui vous êtes parce que j'aime le sport. Ce match en NCAA contre Indiana est un grand classique. Je sais que les Celtics vous ont pris au premier tour de draft il y a, quoi, onze ou douze ans ?

— Quelque chose comme ça.

— Mais franchement, et sans vouloir vous offenser, je ne suis pas certaine que vous aviez la vitesse pour devenir un grand pro, Myron. Le tir, oui. Vous saviez tirer, c'est sûr. Et vous pouviez être rugueux. Mais vous faites quoi, un quatre-vingt-quinze ?

— À peu près.

— Vous auriez morflé en NBA. Mais ce n'est que l'opinion d'une femme. Bien sûr, le destin vous a épargné en vous bousillant le genou.

Elle sourit.

— Ravie d'avoir papoté avec vous, fit-elle avant de se tourner vers Win. Et avec vous aussi, grand bavard. Bonne nuit.

— Une seconde, dit Myron. Je suis ici à cause d'Esperanza Diaz.

Elle fit semblant d'être éberluée.

— Vraiment ? Et moi qui croyais que vous vouliez juste évoquer votre carrière sportive.

Myron regarda Win.

— Ton charme, lui rappela celui-ci.

Ragaillardi, Myron se tourna à nouveau vers Hester.

— Esperanza est mon amie, dit-il.
— Et alors ?
— Et alors, je veux l'aider.
— Génial. Je vous envoie les factures. Cette affaire va coûter un sacré paquet. Je suis très chère, vous savez. Vous imaginez pas les frais d'entretien

dans cet immeuble. Et voilà que les portiers veulent de nouveaux uniformes. Du mauve, je crois.

— Ce n'est pas ce que je voulais dire.
— Ah ?
— J'aimerais savoir ce qui se passe.

Elle grimaça avec talent.

— Où étiez-vous ces dernières semaines ?
— Ailleurs.
— Où ailleurs ?
— Dans les Caraïbes.

Elle hocha la tête.

— Joli bronzage.
— Merci.
— Mais vous auriez pu vous le faire dans une cabine. Vous avez l'air d'un type qui fréquente ce genre d'endroit.

Myron regarda à nouveau Win.

— Ton charme, Luke, chuchota Win, imitant à merveille Alec Guinness en Obi-Wan Kenobi. N'oublie pas ton charme.

— Madame Crimstein...
— Quelqu'un peut-il confirmer votre présence dans les Caraïbes, Myron ?
— Je vous demande pardon ?
— Vous avez des problèmes d'audition ? Je vous ai demandé si quelqu'un peut témoigner de vos allées et venues au moment du crime présumé.

Du crime présumé. Le mec avait pris trois balles dans la peau et le meurtre n'était que « présumé ». Les avocats.

— Pourquoi voulez-vous le savoir ?

Hester Crimstein haussa les épaules.

— L'arme présumée du meurtre a été retrouvée dans les bureaux de MB Sports. Il s'agit bien de votre entreprise ?
— Oui.
— Et vous utilisez bien le véhicule de société où le sang présumé et les fibres présumées ont été *présumément* retrouvés ?
— N'oublions jamais de *présumer*, dit Win.
Ravie, Hester Crimstein se tourna vers lui.
— C'est le ba-ba.
Win lui sourit.
— Vous pensez que je suis suspect ? demanda Myron.
— Bien sûr, pourquoi pas ? Ça s'appelle semer le doute, mes mignons. Je suis avocat de la défense. C'est mon boulot, que dis-je, ma mission, de semer le doute.
— Même si j'aimerais beaucoup vous rendre ce service, j'ai un témoin qui pourra confirmer mes dires.
— Qui ?
— Ne vous inquiétez pas de ça.
Nouveau haussement d'épaules.
— C'est vous qui prétendiez vouloir aider. Bonne nuit.
Elle regarda Win.
— On vous a déjà dit que vous êtes l'homme idéal... beau et pratiquement muet.
— Attention, lui dit Win.
— À quoi ?
Win désigna Myron du pouce.
— D'une seconde à l'autre maintenant, il va brancher son charme et réduire votre volonté à néant.

Elle observa Myron et éclata de rire.
Myron essaya encore.
— Que s'est-il passé ? demanda-t-il.
— Je vous demande pardon ?
— Je suis son ami.
— Ouais, vous l'avez déjà dit.
— Je suis son meilleur ami. Je tiens à elle.
— Super. Demain, je lui ferai passer un mot pendant son heure de colle pour savoir si elle vous aime aussi. Ensuite, on pourra se retrouver à la cafèt' et se taper un soda ensemble.
— Ce n'est pas ce que je...
Myron s'interrompit pour lâcher son sourire un-peu-excédé-mais-néanmoins-décidé-à-bien-faire. Celui qui faisait partie de la panoplie boy-scout.
— Je veux juste savoir ce qui s'est passé. Vous devriez le comprendre.
Son visage s'adoucit et elle acquiesça.
— Vous avez fait votre droit, n'est-ce pas ?
— Oui.
— À Harvard, rien de moins ?
— Oui.
— Alors, vous étiez peut-être absent le jour où ils ont évoqué ce petit truc insignifiant que nous appelons la relation avocat-client. Je peux vous recommander des livres merveilleux sur le sujet, si vous voulez. Ou peut-être que vous pourriez regarder n'importe quel épisode de *New York District*. En général, ils en parlent juste avant que le vieux procureur n'engueule Sam Waterston en lui disant qu'il n'a pas de dossier et qu'il est temps de passer un marché.
Remballe ton charme, Myron.

— Vous couvrez vos arrières, c'est tout, dit-il.

Elle regarda derrière elle, ou plutôt elle regarda son derrière. Et fronça les sourcils.

— Une tâche délicate, croyez-moi, dit-elle.

— Vous n'êtes pas une avocate de haut vol ?

Elle soupira, croisa les bras.

— D'accord, Myron, tirons ça au clair. Pourquoi je couvre mes arrières ? Pourquoi je ne suis pas l'avocate volante que vous pensiez que j'étais ?

— Parce qu'ils n'ont pas laissé Esperanza se rendre. Parce qu'ils l'ont coincée et lui ont mis les menottes. Parce qu'ils lui font passer une nuit en détention au lieu de régler cette histoire d'audition préliminaire dans la journée. La question est : Pourquoi ?

Elle laissa tomber les bras le long de son corps.

— Bonne question, Myron. Pourquoi, selon vous ?

— Parce que quelqu'un là-bas n'aime pas son avocate de haut vol. Quelqu'un du bureau du procureur bande probablement pour vous et du coup passe ses nerfs sur votre cliente.

— C'est une hypothèse. J'en ai une autre.

— Laquelle ?

— Peut-être qu'ils n'aiment pas son employeur.

— Moi ?

Elle se dirigea vers l'entrée.

— Rendez-nous à tous un service, Myron. Ne vous mêlez pas de ça. Restez à l'écart. Et trouvez-vous un avocat. Vous risquez d'en avoir besoin.

Là-dessus, elle disparut dans l'immeuble. Myron se tourna vers Win. Qui était plié en deux, louchant vers l'entrejambe de Myron.

— Qu'est-ce que tu fous ?

— Je cherche à savoir si elle t'a laissé au moins un quart de testicule. Il paraît que ça repousse.

— Très drôle. Que crois-tu qu'elle voulait dire avec cette histoire d'employeur qu'ils n'aimeraient pas ?

— Pas la moindre idée, dit Win avant d'ajouter : Tu n'as aucun reproche à te faire.

— Pourquoi je me ferais des reproches ?

— Pour le manque de performance apparent de ton charme. Tu as oublié un élément crucial.

— Qui serait ?

— Mme Crimstein a eu une aventure avec Esperanza.

Myron vit où il voulait en venir.

— Bien sûr, elle doit être lesbienne.

— Précisément. C'est la seule explication rationnelle à sa capacité à te résister.

— Ça ou un étrange phénomène paranormal.

Win hocha la tête. Ils se mirent à descendre Central Park West.

— C'est aussi la preuve d'un autre terrifiant adage, ajouta Win.

— Lequel ?

— La plupart des femmes que tu rencontres sont lesbiennes.

— Ouais... presque toutes.

6

Ils rentrèrent à pied et regardèrent un peu la télé avant de se coucher. Épuisé, Myron s'allongea dans le noir mais sans pouvoir trouver le sommeil. Il pensait à Jessica. Puis il essaya de penser à Brenda mais ses mécanismes de défense firent un blocage. Trop tôt. Alors il pensa à Terese. Seule ce soir sur cette île pour la première fois. Dans la journée, la solitude y était paisible, agréable et bienvenue ; la nuit, elle devenait un sombre isolement, les murs noirs de l'île se refermaient, aussi silencieux et étouffants qu'un cercueil enfoui. Terese et lui avaient toujours dormi emmêlés l'un dans l'autre. Maintenant, il l'imaginait gisant seule dans cette épaisse obscurité. Et il s'inquiétait pour elle.

Il se réveilla à sept heures. Win était déjà parti mais avait gribouillé un mot : il le retrouverait au tribunal à neuf heures. Il se servit un bol de Cap'n Crunch, plongeant la main dans la boîte pour constater que Win avait déjà piqué le cadeau surprise à l'intérieur. Il se doucha, s'habilla, consulta sa montre. Huit heures. Largement le temps d'arriver au tribunal.

Il prit l'ascenseur et traversa la fameuse cour du Dakota. Il venait d'atteindre le coin de la 72ᵉ et de Central Park West quand il repéra trois silhouettes plus ou moins familières. Son pouls s'accéléra. FJ, abréviation de Frank Junior, était flanqué de deux énormités, des expériences de labo qui avaient dû mal tourner, comme si on avait boosté une mutation génétique aux anabolisants. Les organismes modifiés portaient des débardeurs et ces pantalons d'haltérophiles qui ressemblent à des bas de pyjama.

Le jeune FJ sourit à Myron. Son costume était d'un violet si brillant qu'il semblait recouvert d'une couche d'enduit. FJ ne bougeait pas, ne disait rien, se contentant de sourire, les yeux sans paupières, la bouche sans lèvres.

Le mot de la journée, jeunes gens, est *reptilien*.
Il se décida enfin à avancer.

— Paraît que vous êtes revenu en ville, Myron.

Myron ravala une réplique – rien de très original, quelque chose à propos du comité d'accueil – et garda le silence.

— Vous vous souvenez de notre dernière conversation ? continua FJ.

— Vaguement.

— J'avais évoqué l'idée de vous tuer.

— Possible, répondit Myron. Je ne me le rappelle pas. Trop de gros durs, trop de menaces.

Les OGM essayèrent de prendre l'air méchant, mais pas facile avec cette surabondance de muscles sur le visage. Ils se contentèrent donc de plisser le front et de baisser un peu les sourcils.

— À vrai dire, j'ai failli le faire, poursuivit FJ. Il y a à peu près un mois. Je vous ai suivi dans un cimetière du New Jersey. Je me suis même pointé derrière vous avec un flingue. C'est drôle, non ?

— Hilarant, convint Myron.

— Vous ne voulez pas savoir pourquoi je ne vous ai pas descendu ?

— À cause de Win.

Ce nom fit son effet sur les OGM. Les deux géants reculèrent d'un pas mais se reprirent rapidement grâce à leur extraordinaire tonicité musculaire. FJ ne broncha pas.

— Win ne me fait pas peur, dit-il.

— Même l'animal le plus crétin, dit Myron, possède un instinct de survie.

Le regard de FJ croisa celui de Myron. Celui-ci essaya de maintenir le contact mais c'était difficile. Il n'y avait rien dans les yeux de FJ, rien sinon de la pourriture et de la décomposition ; c'était comme regarder un bâtiment abandonné à travers une fenêtre brisée.

— Vous étiez vautré sur une tombe, Myron, vautré, c'est le mot. Je ne vous ai pas descendu parce que... vous aviez l'air très, très, malheureux. Vous tuer aurait été – comment dire ? – un geste de pitié. Comme je disais il y a un instant, c'est drôle, non ?

— Vous n'avez jamais envisagé une carrière de comique ?

FJ gloussa et agita sans raison une main manucurée.

— De toute manière, c'est du passé. Mon père et mon oncle vous aiment bien et, c'est vrai, nous ne voyons aucune raison de déclencher sans nécessité un conflit avec Win. Ils ne veulent pas votre mort donc moi non plus.

Son père et son oncle étaient respectivement Frank et Herman Ache, deux légendes new-yorkaises du crime. Les Ache première génération avaient grandi dans la rue et massacré plus de gens que tous leurs rivaux réunis. Plus le tas de cadavres augmentait, plus haut montaient les deux frères. Ils avaient fini par atteindre les apparts luxueux des derniers étages des gratte-ciel de Manhattan. Herman, le frère aîné et chef de la dynastie, avait la soixantaine maintenant ; il se plaisait à affirmer qu'il n'était pas une crapule tout en se payant les plus belles choses que la vie a à offrir : les clubs sélects qui ne voulaient pas de lui autrefois, des expos d'art nouveau riche, des soirées caritatives où la permanente était de rigueur, et des maîtres d'hôtel français qui traitaient quiconque ne leur filant pas au minimum cent dollars de pourliche comme une matière qui s'accrochait à la semelle de leurs chaussures. En d'autres termes, une ordure aux revenus inconcevables. Son jeune frère, Frank, le psychopathe qui avait produit le rejeton tout aussi psychopathe qui se tenait à présent devant Myron, restait ce qu'il avait toujours été : un abominable homme de main qui considérait les survêts en velours de chez Kmart comme le top de la haute couture. Frank s'était un peu calmé ces dernières années mais ça ne lui convenait guère. La vie, semblait-il, avait peu de sens pour Frank Senior s'il n'avait pas quelqu'un à torturer ou à mutiler.

— Que voulez-vous, FJ ?
— J'ai une offre à vous faire.

— Je sens que ça va m'intéresser.
— Je veux vous racheter.

Les Ache contrôlaient TruPro, une agence de représentation sportive de taille plus que respectable mais dont la réputation l'était beaucoup moins. TruPro s'était fait une spécialité de recruter de très jeunes athlètes avec à peu près autant de sens moral qu'un politicien lançant une levée de fonds. Son ancien patron avait contracté des dettes. De vilaines dettes. De ces dettes qui attirent les mauvais coups. En l'occurrence des « coups de Ache ». Les Ache, au nom prédestiné, avaient décapité la boîte pour s'installer à sa tête. Sauf qu'à force de trancher dans le vif ils l'avaient quasiment saignée.

Cependant, être agent sportif était une façon (plus ou moins) légale de gagner sa vie, et Frank Senior, voulant pour son garçon ce que veulent tous les pères, lui avait confié les rênes de l'agence dès sa sortie de l'école de commerce. En théorie, FJ était censé gérer TruPro de façon convenable. Son père avait tué et estropié pour éviter à son fils d'en faire autant. Le rêve américain dans toute sa splendeur... avec juste un peu de cauchemar dedans. Mais FJ semblait incapable de se libérer des vieilles menottes familiales. Pourquoi ? se demandait parfois Myron. Le mal en FJ était-il héréditaire, légué par son géniteur comme un nez proéminent ou bien ce petit, comme tant d'autres enfants, essayait-il simplement de gagner l'approbation de Papa en usant de tout son talent pour lui prouver que ses psychoses n'étaient pas moins féroces ?

Gènes ou génie. La controverse fait toujours rage.

— MB Sports n'est pas à vendre, dit Myron.

— Je crois que vous êtes idiot.

Myron hocha la tête.

— Je classe ça sous la rubrique « Un jour, j'y réfléchirai ».

Après avoir émis une sorte de grondement, les OGM firent un pas en avant et craquer leur nuque à l'unisson. Myron les désigna l'un après l'autre.

— Vous bossez avec un chorégraphe ?

Ils voulaient se sentir insultés – ça se voyait – sauf que ni l'un ni l'autre ne savait ce que voulait dire le mot *chorégraphe*.

— Vous savez combien de clients MB Sports a perdus ces dernières semaines ? demanda FJ.

— Beaucoup ?

— Je dirais un quart de vos effectifs. Certains sont venus chez nous.

Myron sifflota, feignant la nonchalance, mais il n'était pas ravi d'entendre ça.

— Je les récupérerai.

À nouveau, le sourire reptilien. Myron guetta la langue fourchue.

— Vous croyez ? Vous savez combien d'autres vont vous lâcher quand ils apprendront l'arrestation d'Esperanza ?

— Beaucoup ?

— Vous aurez de la chance s'il vous reste un seul client.

— Génial ! Je serai comme Jerry Maguire. Vous avez vu le film ? *Montre-moi le fric ? Si j'aime les Noirs ? Toi. Toi. Et moi.*

Du Tom Cruise dans le texte. Au mot près.

FJ ne parut pas impressionné.

— Je suis prêt à me montrer généreux, Myron.

— J'en suis persuadé, FJ, mais la réponse est toujours non.

— Je me moque de votre réputation. Personne ne peut survivre à un scandale financier comme celui qui va vous tomber dessus.

Il ne s'agissait pas d'un scandale financier mais Myron n'était pas d'humeur à lui fournir des précisions.

— Avons-nous terminé, FJ ?

— Oui, fit FJ avec un dernier sourire écailleux qui parut lui sauter du visage pour bondir sur Myron. Mais pourquoi n'en discuterions-nous pas autour d'un déjeuner ?

— Bonne idée. Vous avez un portable ?

— Bien sûr.

— Appelez mon associée et fixez votre jour.

— N'est-elle pas en prison ?

Myron claqua des doigts.

— Zut.

FJ parut trouver cela amusant.

— Je crois avoir mentionné que certains de vos anciens clients utilisent à présent mes services.

— Vous l'avez mentionné.

— Si vous contactez l'un d'entre eux...

Pause. Réflexion. Choix des mots.

— ... je me sentirais dans l'obligation d'user de représailles. Me fais-je bien comprendre ?

FJ avait vingt-cinq ans, à peine. Sorti de Harvard depuis moins d'un an. Et il avait aussi fait Princeton. Intelligent, le petit. Et puissant, le père. La rumeur prétendait que quand un professeur de Princeton avait été sur le point d'accuser FJ de plagiat, le prof avait disparu ; on avait juste retrouvé sa langue... sur l'oreiller d'un autre prof qui avait envisagé de porter les mêmes accusations.

— Parfaitement bien, FJ.

— Génial, Myron. Alors, on en reparlera.

Si Myron avait encore sa langue.

Sans un mot de plus, les trois hommes disparurent dans leur voiture. Myron la regarda s'éloigner en essayant de ralentir les battements de son cœur. Il regarda sa montre. C'était l'heure d'aller en cour.

7

Le tribunal de Hackensack ressemblait beaucoup à ceux qu'on voit à la télé. Certaines séries rendent assez bien l'apparence des salles d'audience. Bien sûr, elles ont plus de mal à transmettre les détails : l'odeur diffuse de sueur produite par la peur, l'abus de désinfectant, le contact poisseux des bancs, tables ou rampes... tout ce que Myron appelait les facteurs suintants.

Il avait pris son carnet de chèques pour régler la caution sur-le-champ. Il en avait discuté avec Win la veille et ils étaient arrivés à la conclusion que le juge devrait la fixer à hauteur de cinquante à soixante-quinze mille dollars. Esperanza avait un boulot stable et pas de casier. Autant d'éléments qui plaidaient en sa faveur. Au cas où la somme demandée serait supérieure, pas de problème. Si les économies de Myron étaient d'une taille moyenne, l'argent de poche dont disposait Win était à peu près équivalent au PIB d'un petit pays européen.

Devant le tribunal étaient parqués des troupeaux de journalistes et des hordes de vans avec câbles déroulés et paraboles satellite... sans parler des antennes dressées vers les cieux en hommage à l'insaisissable dieu des audiences record. Court TV était là. Et News 2 New York. ABC News. CNN. Eyewitness News. La moindre ville du moindre État de ce pays avait son Eyewitness News, sa chaîne du témoin oculaire. Pourquoi ? Qu'y avait-il de si attirant dans ces deux mots ? Il y avait aussi les envoyés très spéciaux des nouvelles émissions trash comme *Hard Copy*, *Access Hollywood*, *A Current Affair*, même si la distinction entre celles-ci et les infos classiques devenait plus mince qu'une capote sensations extrêmes. Au moins *Hard Copy* et les autres ne faisaient pas semblant d'avoir le moindre sens moral. Et ils vous épargnaient la météo.

Quelques reporters, reconnaissant Myron, se massèrent devant lui. Il enfila sa tête de joueur de poker – grave, impassible, préoccupé, confiant – et fendit l'attroupement à grands coups de « pas de commentaires ». Quand il pénétra dans le tribunal, il remarqua d'abord Big Cyndi, ce qui n'avait rien d'étonnant dans la mesure où elle sortait du lot comme un sumo à une première communion. Elle formait un gros tas au bout d'un banc qui aurait été vide si Win n'y avait lui aussi pris place. Rien d'extraordinaire. Si vous voulez être sûr d'avoir un siège, envoyez Big Cyndi ; les gens éprouvent quelques réticences à s'excuser pour l'enjamber. La plupart préfèrent rester là où ils sont. Ou rentrer chez eux.

Myron était grand et il avait été sportif dans sa jeunesse : il réussit à passer par-dessus deux cuisses format jambons d'hippopotame pour s'installer entre ses deux amis.

Big Cyndi ne s'était pas changée depuis la veille, ni même lavée. La pluie ininterrompue avait fini par rincer sa teinture ; des traînées pourpres et jaunes avaient séché sur son front et sa nuque. Son maquillage, toujours appliqué en quantité suffisante pour réaliser un buste en plâtre, avait souffert lui aussi ; son visage ressemblait à un tas de cires fondues. Des cires de toutes les couleurs.

Dans certaines grandes villes, les procès pour meurtre sont banals et traités à la chaîne, comme à l'usine. Mais ici à Hackensack, c'était du gros, du lourd. Un événement. Une célébrité avait été assassinée. On n'allait pas se presser.

L'huissier se mit à appeler les affaires.

— J'ai eu une visite ce matin, chuchota Myron à Win.

— Ah ?

— FJ en peu galante compagnie.

— Ah, ah. Notre cover-boy pour *Truand d'aujourd'hui* a-t-il proféré son habituelle litanie de menaces ?

— Oui.

Win faillit sourire.

— Nous devrions le tuer.

— Non.

— Tu ne fais que retarder l'inévitable.

— C'est le fils de Frank Ache, Win. On ne tue pas le fils de Frank Ache.

— Je vois. Donc, tu préfères tuer le fils d'un honnête père de famille ?

La logique, selon Win. Imparable dans un genre effroyable.

— Voyons d'abord comment ça évolue, d'accord ?

— Ne pas remettre au lendemain ce qui peut être exterminé le jour même.

Myron le considéra.

— Tu devrais écrire un de ces bouquins sur comment réussir sa vie.

Ce qui mit un terme à la discussion. Les affaires continuaient à défiler – un cambriolage avec effraction, quelques agressions, trop de vols de voitures. Tous les suspects avaient l'air jeune, coupable et en colère. Et le regard vide. Des durs. Myron essayait de ne pas déprimer, de se souvenir qu'on était innocent jusqu'à preuve du contraire, qu'Esperanza elle aussi était accusée. Mais sans vraiment y arriver.

Hester Crimstein finit par faire son entrée. En grande tenue, professionnelle jusqu'au dernier spray de laque : costume beige impeccable, chemisier crème et permanente pétrifiée. Elle prit place à la table de la défense et le silence tomba sur la salle. Deux gardiens amenèrent Esperanza. Dès que Myron l'aperçut, une mule se mit à ruer dans sa poitrine.

Elle portait une combinaison orange fluo. Oubliez le gris ou les rayures – si un prisonnier voulait s'échapper, il était aussi repérable qu'une stripteaseuse dans un monastère. Les mains menottées devant elle. Esperanza n'était pas énorme – même pas un mètre soixante et quarante très beaux kilos – mais Myron ne l'avait jamais vue si petite. Elle gardait la tête haute, dans une posture de défi.

Typique chez elle. Si elle avait peur, ça ne se voyait pas.

Hester Crimstein posa une main réconfortante sur l'épaule de sa cliente. Esperanza lui fit un signe de tête. Myron tentait désespérément de croiser son regard. Cela prit un moment mais elle finit par se tourner vers lui avec un petit sourire résigné, genre je-vais-bien. Il se sentit mieux.

— Le Peuple contre Esperanza Diaz, annonça l'huissier.

— Quelles sont les charges ? demanda la juge, une femme d'une cinquantaine d'années.

L'adjoint du procureur, un gamin imberbe qui semblait juste assez vieux pour s'extasier sur l'apparition de son premier poil pubien, se leva.

— Meurtre sans préméditation, Votre Honneur.

— Comment plaidez-vous ?

— Non coupable.

La voix d'Esperanza était forte.

— Caution ?

— Votre Honneur, dit le gamin imberbe, le Peuple demande que Mlle Diaz reste en détention sans possibilité de caution.

— Quoi ? s'écria Hester Crimstein comme si elle venait d'entendre les paroles les plus dangereuses et les plus irrationnelles jamais proférées par un être humain.

Imberbe ne parut pas plus ému que cela.

— Mlle Diaz est accusée d'avoir tué un homme en lui tirant trois balles dans le corps. Nous avons des preuves concluantes...

— Ils n'ont rien, Votre Honneur. Du rien fondé sur des présomptions.

— Mlle Diaz n'a pas de famille ni aucune racine réelle dans la communauté, poursuivit Imberbe. Nous pensons qu'il existe un risque non négligeable de fuite.

— C'est absurde, Votre Honneur. Mlle Diaz est associée dans une célèbre firme de représentation sportive basée à Manhattan. Elle est diplômée de droit et continue à étudier pour pouvoir se présenter au barreau. Elle a de nombreux amis. Ses *racines* dans la communauté sont solides. De plus, elle n'a aucun antécédent judiciaire.

— Mais, Votre Honneur, elle n'a pas de famille...

— Et alors ? intervint Crimstein. Son père et sa mère sont morts. Est-ce désormais une raison pour punir les gens ? Vous êtes orpheline donc on vous met en prison ? C'est scandaleux, Votre Honneur.

La juge se laissa aller contre le dossier de son fauteuil.

— Votre refus d'accorder la liberté sous caution paraît quelque peu excessif, dit-elle à Imberbe.

— Votre Honneur, nous pensons que Mlle Diaz dispose de ressources inhabituelles qui lui donnent d'excellentes raisons de fuir la justice.

Crimstein continua dans l'apoplexie.

— Qu'est-ce que c'est que cette histoire ?

— La victime du meurtre, M. Haid, a récemment procédé à un retrait de fonds en liquide d'un montant de deux cent mille dollars. Cet argent n'a pas été retrouvé dans son appartement. Il est logique de penser qu'il a été subtilisé pendant l'accomplissement du crime...

— Logique en quoi ? s'écria Crimstein. Votre Honneur, c'est grotesque.

— L'avocat de la défense a mentionné que Mlle Diaz possède des amis dans la communauté, poursuivit Imberbe, impavide. Certains d'entre eux se trouvent dans cette salle aujourd'hui, dont son employeur, Myron Bolitar.

Il désigna Myron. Tous les regards se tournèrent. Myron resta très tranquille.

— Notre enquête a révélé que M. Bolitar a été absent pendant au moins une semaine. Il se trouvait sans doute dans les Caraïbes, peut-être même aux îles Caïmans.

— Et alors ? s'écria Crimstein. Arrêtez-le si c'est un crime.

Mais Imberbe n'avait pas terminé.

— Aux côtés de M. Bolitar se trouve un autre ami de Mlle Diaz, M. Windsor Lockwood de Lock-Horne Securities.

Quand tous les regards se posèrent sur Win, celui-ci hocha la tête et adressa à la foule un royal salut de la main.

— M. Lockwood était le conseiller financier de la victime et tenait le compte d'où ont été retirés les deux cent mille dollars.

— Alors, arrêtez-le lui aussi, brama Crimstein. Votre Honneur, cela n'a rien à voir avec ma cliente, si ce n'est que cela prouve d'autant plus son innocence. Mlle Diaz est une femme, d'origine hispanique, qui a travaillé très dur pour y arriver. Elle continue d'ailleurs à prendre des cours du soir. Elle n'a aucun casier et devrait être libérée sur-le-champ. Dans le pire des cas, elle a au moins droit à une caution raisonnable.

— Votre Honneur, il y a trop d'argent liquide qui se promène dans cette affaire, dit Imberbe. Les deux cent mille dollars manquants. Le lien probable entre Mlle Diaz et MM. Bolitar et Lockwood, ce dernier appartenant à l'une des plus riches familles de la région...

— Attendez un peu, Votre Honneur. D'abord, le procureur suggère que Mlle Diaz a volé et dissimulé cet argent présumé manquant et qu'elle va s'en servir pour fuir. Puis il suggère qu'elle va demander à M. Lockwood, qui n'est rien de plus qu'un associé d'affaires, de la financer. Il faudrait savoir ! Et puisque les services du procureur semblent vouloir fabriquer de toutes pièces une conspiration financière, pourquoi l'un des hommes les plus riches du pays irait-il s'acoquiner avec une pauvre Hispano pour accomplir un vol ? Tout cela est parfaitement ridicule. L'accusation n'a aucun élément décisif alors elle invente cette grotesque histoire d'argent qui est aussi plausible qu'un témoignage sur la présence d'Elvis à...

— Cela suffit, dit la juge.

Elle contempla Win un instant avant de se tourner à nouveau vers la table de la défense.

— La somme disparue me gêne, dit-elle.

— Votre Honneur, je vous assure que ma cliente ne sait absolument rien à propos de cette somme ou d'une autre.

— J'aurais été étonnée si votre position avait été différente, maître Crimstein. Mais les faits présentés par les services du procureur sont assez troublants. Caution refusée.

Crimstein écarquilla les yeux.

— Votre Honneur, c'est scandaleux...

— Inutile de crier, maître. Je vous entends tout à fait bien.

— Je proteste avec la plus grande vigueur...

— Gardez cela pour les caméras, maître Crimstein.

La juge abattit son maillet.

— Affaire suivante.

Des murmures jusque-là réprimés se firent entendre. Big Cyndi se mit à gémir comme une veuve dans un reportage de guerre. Hester Crimstein colla sa bouche à l'oreille d'Esperanza et lui chuchota quelque chose. Esperanza acquiesça mais elle ne semblait pas l'écouter. Les gardiens l'emmenèrent vers une porte. Myron essaya à nouveau de trouver son regard mais elle ne se retourna pas.

Par contre, Hester Crimstein se tourna vivement vers lui pour le toiser d'un air si mauvais qu'il faillit se baisser pour éviter le choc. Elle le rejoignit, le visage aussi dur qu'un poing fermé.

— Salle sept, dit-elle sans le regarder, entrouvrant à peine les lèvres. Dans le couloir, à gauche. Dans cinq minutes. Pas un mot à qui que ce soit.

Là-dessus, elle fila, semant les « pas de commentaires » dans son sillage. Win poussa un long soupir, sortit un bout de papier et un stylo de sa poche et se mit à gribouiller quelque chose.

— Qu'est-ce que tu fais ? s'enquit Myron.

— Tu vas voir.

Cela ne prit pas longtemps. Deux flics en civil enveloppés d'une terrifiante odeur d'eau de Cologne firent leur approche. La Criminelle, pas de doute. Avant même qu'ils puissent se présenter, Win demanda :

— Sommes-nous en état d'arrestation ?
Les flics parurent un peu perdus.
— Non, dit l'un.
Win sourit et lui tendit la feuille.
— C'est quoi, ça ?
— Le numéro de téléphone de notre avocat, dit Win en se levant et en poussant Myron dans l'allée. Je vous souhaite une excellente journée.

Ils arrivèrent dans la salle réservée à la défense avant la fin des cinq minutes accordées. La pièce était vide.
— Clu a retiré du cash ? dit Myron.
— Oui, dit Win.
— Tu le savais ?
— Bien sûr.
— Combien ?
— Le procureur a dit deux cent mille dollars. Je n'ai aucune raison de mettre en doute cette estimation.
— Et tu l'as laissé faire ?
— Pardon ?
— Tu as laissé Clu Haid retirer deux cents plaques comme ça ?
— C'est son argent.
— Mais, une telle somme ? En liquide ?
— Cela ne me regarde pas, Myron.
— Tu connais Clu, Win. Ça aurait pu être pour de la came, pour jouer ou…
— C'est probable, acquiesça Win. Mais je suis son conseiller financier. Mon rôle est de lui proposer des stratégies d'investissement. Point. Je ne suis ni

sa conscience, ni sa maman, ni sa baby-sitter... ni même son agent.

Pan. Mais ce n'était pas le moment. Une fois encore, Myron ravala ses remords.

— Clu était d'accord pour que nous recevions l'état de ses comptes, n'est-ce pas ? demanda-t-il.

Win hocha la tête. MB Sports tenait à ce que tous ses clients utilisent ses services et le rencontrent en personne au moins quatre fois par an pour faire le bilan de leur situation financière. Pour leur propre bien autant que pour celui de Myron : trop d'athlètes se faisaient abuser par pure ignorance. La plupart des clients de Myron lui envoyaient aussi des copies de leurs transactions de façon qu'il sache où ils en étaient, et mette en place des prélèvements automatiques de factures, ce genre de choses.

— Donc, un retrait de cette importance serait apparu sur nos écrans, dit Myron.

— Oui.

— Et Esperanza l'aurait su.

— Re-oui.

Myron se mordit les joues.

— Ce qui donne au procureur un nouveau mobile de meurtre. Elle savait qu'il avait cet argent.

— En effet.

Silence.

Myron regarda Win.

— Alors, qu'est-ce que Clu a fait avec tout ce fric ?

— Je l'ignore.

— Mais Bonnie le sait peut-être ?

— J'en doute, dit Win. Ils sont séparés.

— Tu parles. Elle le reprend toujours.

— Peut-être. Mais cette fois, elle a fait en sorte de rendre leur séparation légale.

Voilà qui constituait une vraie surprise. Bonnie n'avait jamais été aussi loin. Leur cycle infernal suivait toujours le même schéma : Clu faisait une grosse bêtise, Bonnie le foutait dehors un moment, parfois même une semaine, Clu implorait son pardon, Bonnie le laissait revenir, Clu se tenait à carreau puis il refaisait une grosse bêtise et ça recommençait.

— Elle a pris un avocat et rempli les papiers ?

— Selon Clu.

— Il te l'a dit ?

— Oui, Myron. C'est ce que « selon Clu » signifie.

— Quand t'a-t-il parlé de tout ça ?

— La semaine dernière. Quand il a pris l'argent. Il a dit qu'elle avait déjà entamé la procédure de divorce.

— Comment réagissait-il ?

— Mal. Il était prêt à la supplier à genoux.

— Il t'a dit autre chose quand il a retiré l'argent ?

— Rien.

— Et tu n'as aucune idée...

— Aucune.

La porte de la salle s'ouvrit brutalement. Hester Crimstein apparut, congestionnée, fulminante.

— Espèce d'enfoirés débiles. Je vous avais dit de rester à l'écart.

— Ne nous mettez pas ça sur le dos, dit Myron. C'est vous qui avez merdé.

— Quoi ?

— Lui obtenir la caution aurait dû être une formalité.

— Si vous n'aviez pas été présents dans la salle, ça l'aurait été. Vous avez fait le jeu du procureur. Il veut montrer au juge que l'accusée a les moyens de s'enfuir et, paf, il tend le doigt vers un célèbre ex-sportif et un des plus riches play-boys de la galaxie.

Elle se mit à trépigner sur place comme si la moquette avait pris feu.

— Cette juge est une pouffiasse libérale, dit-elle. C'est pour ça que j'ai débité toutes ces conneries sur l'Hispano qui bosse nuit et jour. Elle hait les riches, sans doute parce qu'elle est pétée de thunes. Se retrouver avec le *Manifeste du Beau Blond Bourré de Blé*...

Du menton, elle désigna Win.

— ... assis au premier rang dans son tribunal, c'est comme si on l'avait enfermée dans des toilettes bouchées avec la chiasse.

— Vous devriez lâcher l'affaire, dit Myron.

Elle pivota brusquement vers lui.

— Vous avez perdu la raison ?

— Votre célébrité joue contre vous. La juge n'aime peut-être pas les riches mais elle n'aime pas non plus les célébrités. Vous n'êtes pas l'avocat idéal pour cette affaire.

— De la merde. J'ai déjà plaidé trois fois devant elle. Et j'en suis à trois-zéro.

— Peut-être qu'elle n'aime pas ça non plus.

Crimstein parut se calmer un peu. Elle recula pour se laisser tomber sur une chaise.

— Caution refusée, dit-elle, plus pour elle-même que pour qui que ce soit d'autre. J'arrive pas à croire qu'ils ont eu le culot de demander ça.

Elle se redressa un peu.

— Bon, d'accord, voilà comment on va se la jouer. Je vais aller répondre à la presse. Et pendant ce temps-là, les garçons, vous la bouclez. Vous ne parlez à personne, ni aux flics, ni au procureur, ni aux médias. Personne. Pas avant qu'on sache ce qu'ils croient que vous avez manigancé tous les trois.

— Tous les trois ?

— Vous n'avez pas écouté, Myron ? Ils pensent que c'est une histoire d'argent.

— À laquelle nous serions tous les trois mêlés ?

— Oui.

— Mais comment ?

— Je n'en sais rien. Ils ont mentionné que vous étiez dans les Caraïbes, peut-être aux îles Caïmans. On sait tous ce que ça veut dire.

— Blanchiment d'argent, dit Myron. Mais j'ai quitté le pays il y a trois semaines... avant que la somme ne soit retirée. Et je ne me suis jamais approché des Caïmans.

— Pour le moment, dit Crimstein, ils n'ont sans doute pas grand-chose. Mais ils ne vont pas vous lâcher. J'espère pour vous que vos livres de comptes sont en ordre parce que je vous garantis qu'ils vont les saisir d'ici une heure.

Un scandale financier, pensa Myron. FJ n'y avait-il pas fait allusion ?

Crimstein se tournait maintenant vers Win.

— Cette histoire de retrait en liquide est-elle vraie ?

— Oui.

— Peuvent-ils prouver qu'Esperanza était au courant ?
— Probablement.
— Merde.
Elle se mit à réfléchir.
Win s'éloigna dans un coin de la pièce. Il sortit son portable, composa un numéro et parla, à voix basse.
— Prenez-moi comme avocat associé, dit Myron.
Crimstein leva les yeux.
— Je vous demande pardon ?
— Comme vous l'avez fait remarquer la nuit dernière, je suis inscrit au barreau. Faites de moi son avocat et tout ce qu'elle me dira tombera sous le coup du secret professionnel.
— D'abord, ça ne marchera jamais. La juge comprendra tout de suite que vous cherchez un moyen d'éviter de témoigner. Deuxio, c'est débile. Non seulement, ça aurait l'air d'une manœuvre désespérée de la part de la défense mais, en plus, ce serait comme si on leur hurlait que nous avons quelque chose à cacher. Troisio, vous pouvez encore être mis en examen dans cette affaire.
— Comment ? Je vous l'ai déjà dit. J'étais aux Caraïbes.
— Ouais. Là où personne à part Beau Blond pouvait vous trouver. Très commode.
— Vous pensez...
— Je ne pense rien, Myron. Je vous dis ce que le procureur *pourrait* penser. Pour le moment, on ne fait que jouer aux devinettes. Retournez dans votre bureau. Appelez votre comptable. Assurez-vous que vos livres sont en ordre.

— Ils sont en ordre, dit Myron. Je n'ai jamais volé un sou.

Elle se tourna vers Win.

— Et vous ?

Win raccrocha.

— Quoi, moi ?

— Ils vont saisir vos livres aussi.

Win haussa modérément un sourcil.

— Ils vont essayer.

— Ils sont propres ?

— Comme bébé après la toilette, dit Win.

— Ouais, bon. Que vos avocats se débrouillent. J'ai assez de soucis comme ça.

Silence.

— Alors, comment la fait-on sortir ? demanda Myron.

— On ne la fait pas sortir. Je la fais sortir. Vous ne vous mêlez pas de ça.

— Je ne reçois pas d'ordre de vous.

— Non ? Et d'Esperanza ?

— Comment ça, d'Esperanza ?

— C'est sa demande autant que la mienne. Ne vous approchez pas d'elle.

— Je ne peux pas croire qu'elle ait dit ça.

— Vous devriez.

— Si elle refuse que je m'en mêle, dit Myron, il faudra qu'elle me le dise en face.

— Parfait, dit Crimstein avec un gros soupir. Réglons ça tout de suite.

— Quoi ?

— Vous voulez qu'elle vous le dise elle-même ? Donnez-moi cinq minutes.

8

— Il faut que je rentre au bureau, dit Win.
Myron fut surpris.
— Tu ne veux pas entendre ce qu'Esperanza a à dire ?
— Pas le temps.
Win ouvrait déjà la porte.
— Si tu as besoin de mes talents particuliers, dit-il, j'aurai mon portable.
Il fila tandis que Hester Crimstein revenait. Elle le regarda disparaître dans le couloir.
— Où va-t-il ?
— Au bureau.
— Pourquoi est-il si pressé tout à coup ?
— Je ne lui ai pas demandé.
Hester Crimstein lui lança un regard de travers.
— Hum.
— Quoi, hum ?
— Win s'occupait du compte aux deux cent mille dollars.
— Donc ?

— Donc, il avait peut-être une raison de réduire Clu Haid au silence.
— C'est ridicule.
— Êtes-vous en train de me dire qu'il est incapable de tuer ?
Myron garda le silence.
— Si la moitié des histoires que j'ai entendues sur le compte de Windsor Lockwood sont vraies...
— Il ne faut pas croire les rumeurs.
— Donc, si je vous assigne à comparaître et que je vous demande si vous avez déjà vu Windsor Lockwood, troisième du nom, tuer quelqu'un, vous répondrez... ?
— Non.
— Oh oh. J'ai l'impression que vous avez aussi raté le cours sur le parjure.
Myron changea de sujet.
— Quand pourrai-je voir Esperanza ?
— Venez. Elle vous attend.

Esperanza était assise à une longue table. Elle portait toujours sa combinaison orange de détenue, les mains démenottées croisées devant elle, l'air aussi serein qu'une statue d'église. Hester fit signe au flic de garde et ils quittèrent tous deux la pièce.
Quand la porte se referma, Esperanza lui sourit.
— Contente de vous revoir, dit-elle.
— Merci, répondit Myron.
Elle le regarda de plus près.
— Si vous aviez bronzé un tout petit peu plus, on aurait pu vous prendre pour mon frère.
— Merci.
— Toujours aussi spirituel avec les dames, hein ?

— Merci.

Elle faillit sourire. Même dans ces circonstances, elle était radieuse. L'orange lui allait bien. Un teint lumineux, des cheveux noirs et des yeux qui évoquaient des nuits en Méditerranée : Esperanza aurait pu servir de pub pour le système pénitentiaire.

— Ça va mieux maintenant ? lui demanda-t-elle.
— Oui.
— Où étiez-vous, au fait ?
— Sur une île privée, dans les Caraïbes.
— Pendant trois semaines ?
— Oui.
— Seul ?
— Non.

Comme il ne poursuivait pas, elle se contenta de dire :

— Des détails.
— Je me suis enfui avec une belle présentatrice de journal télévisé que je connaissais à peine.

Esperanza sourit.

— Vous a-t-elle – comment le dire avec délicatesse – vidé la cervelle ?
— Il me semble.
— Ravie d'entendre ça. S'il y a bien un type qui avait besoin qu'on lui vide la cervelle...
— Ouais. Et rien de tel qu'une bonne vidange pour reprendre la route.

Celle-ci lui plut. Elle se laissa aller contre son dossier et croisa les jambes, façon conversation mondaine. Bizarre dans cet environnement.

— Vous n'avez dit à personne où vous étiez ?
— À personne.
— Mais Win vous a retrouvé en quelques heures.

Cela ne les surprenait ni l'un ni l'autre. Un petit silence s'installa. Puis Myron se décida :

— Vous allez bien ?
— Oui.
— Vous avez besoin de quelque chose ?
— Non.

Il ne savait plus trop comment continuer ni quel sujet aborder. Une fois encore, Esperanza intercepta le ballon et partit en dribble.

— Donc, Jessica et vous, c'est fini ?
— Oui.

C'était la première fois qu'il le disait à haute voix. Ça faisait bizarre.

Cela la fit sourire. Jubiler, même.

— Ah, le malheur a parfois du bon, dit-elle, triomphante. Donc, c'est vraiment terminé ? La Reine des Salopes a pour de bon perdu son trône ?
— Ne l'appelez pas comme ça.
— Elle s'est barrée pour de bon ?
— Je crois.
— Dites oui, Myron. Vous vous sentirez mieux.

Mais il en était incapable.

— Je ne suis pas ici pour parler de moi.

Esperanza croisa les bras, ne dit rien.

— Nous allons vous sortir de là, dit-il. Je vous le promets.

Elle hocha la tête, l'air très cool. Si elle avait fumé, elle aurait fait des ronds.

— Vous feriez mieux de retourner au bureau. Nous avons déjà perdu beaucoup trop de clients.
— Je m'en moque.
— Pas moi, fit-elle, la voix plus dure. Je suis associée maintenant.

— Je sais.

— Ce qui signifie que je possède une part dans MB Sports. Si vous voulez vous autodétruire, c'est votre problème. Mais n'entraînez pas mon joli cul dans votre chute, d'accord ?

— Ce n'est pas ce que je voulais dire. Je voulais simplement dire que nous avons d'autres soucis, plus sérieux, en ce moment.

— Non.

— Quoi ?

— *Nous* n'avons pas d'autres soucis. Je veux que vous restiez en dehors de ça.

— Je ne comprends pas.

— J'ai une des meilleures avocates du pays. Laissez-la faire son boulot.

Myron essaya de laisser ces mots glisser au fond de son cerveau mais ils ne tardèrent pas à se cogner à des trucs très durs. Il se pencha en avant.

— Qu'est-ce qu'il se passe ici ?

— Je ne peux pas en parler.

— Quoi ?

— Hester m'a dit que je ne devais parler de l'affaire avec personne, même pas avec vous. Nos conversations ne sont pas protégées.

— Vous croyez que je parlerais ?

— Vous pouvez être appelé à témoigner.

— Je mentirai.

— Vous n'aurez pas à le faire.

Myron ouvrit la bouche, la ferma, essaya encore.

— Win et moi pouvons vous aider. Nous avons de l'expérience, vous le...

— Sans vouloir vous vexer, Myron, Win est un malade. Je l'aime bien mais je n'ai pas besoin de l'aide qu'il peut m'apporter. Quant à vous...

Elle s'arrêta, leva les yeux, décroisa les bras, rebaissa les yeux vers lui.

— ... vous n'êtes pas en état. Je ne vous reproche pas d'être parti. C'était sans doute ce qu'il fallait faire. Mais ne faisons pas semblant de croire que vous êtes revenu à la normale.

— À la normale, peut-être pas, acquiesça-t-il. Mais je suis prêt.

Elle secoua la tête.

— Concentrez-vous sur MB. Il va falloir que vous y consacriez toute votre énergie sinon la boîte coulera.

— Vous n'allez pas me dire ce qui s'est passé ?

— Non.

— Je ne comprends pas.

— Je viens de vous donner mes raisons...

— Vous craignez vraiment que je témoigne contre vous ?

— Ce n'est pas ce que j'ai dit.

— C'est quoi, alors ? Si vous pensez que je ne suis pas prêt, OK, ce n'est peut-être pas tout à fait faux. Mais ce n'est pas ça qui vous empêcherait de me parler. En fait, vous me parleriez justement pour éviter que je ne fourre mon gros nez partout. Alors, je le répète, qu'est-ce qu'il se passe ici ?

Autant parler à un mur. Un mur orange fluo.

— Retournez au bureau, Myron. Vous voulez aider ? Sauvez notre boîte.

— L'avez-vous tué ?

Il regretta ces mots à l'instant où ils franchirent ses lèvres. Elle le regarda comme s'il venait de lui mettre une gifle.

— Ça m'est égal si vous l'avez fait, insista-t-il. Je vous soutiendrai quoi qu'il en soit. Je veux que vous le sachiez.

Esperanza fit glisser sa chaise pour se lever. Pendant un moment, elle le fixa, scrutant son visage comme si elle y cherchait quelque chose qui aurait dû s'y trouver. Puis elle se retourna, appela le garde et quitta la pièce.

9

Big Cyndi était déjà à son poste à la réception quand Myron arriva à MB Sports. Ils disposaient de locaux premier choix sur Park Avenue. Le gratte-ciel Lock-Horne appartenait à la famille de Win depuis que l'arrière-arrière-etc.-grand-papa Horne (ou Lockwood ?) avait commencé à le bâtir à la place du tipi qu'il venait d'arracher. Myron louait l'endroit à un prix d'ami à Win qui, en échange, gérait les finances de tous ses clients. Le marché était tout bénéfice pour Myron. Entre l'adresse *first class* et la possibilité de garantir à ses athlètes les services financiers du quasi légendaire Windsor Horne Lockwood III, MB Sports gagnait une respectabilité dont peu de boîtes aussi petites pouvaient se vanter.

MB Sports se trouvait au douzième étage, avec ascenseur direct. *Very classy.* Les téléphones bipaient. Big Cyndi mit des gens en attente et leva les yeux vers lui. Elle était encore plus grotesque que d'habitude. Exploit qui n'était pas mince. D'abord, il y avait le mobilier trop petit pour elle – ses genoux ne passaient pas sous le bureau – et, ensuite, elle ne s'était toujours pas lavée ni changée. En temps normal, Myron, soucieux de la bonne image de son entreprise, aurait émis un commentaire mais le moment semblait mal choisi. Sans parler des risques.

— Les journalistes font tout pour essayer de monter ici, monsieur Bolitar.

Big Cyndi l'appelait toujours M. Bolitar. Elle aimait les formalités.

— Deux d'entre eux ont même prétendu être d'éventuels clients tout droit sortis d'une première division universitaire.

Myron n'était guère surpris.

— J'ai dit au portier en bas d'ouvrir l'œil.

— Et beaucoup de clients appellent. Ils sont inquiets.

— Passez-les-moi. Débarrassez-vous des autres.

— Oui, monsieur Bolitar.

L'adjudant s'adressant à son général. Elle lui tendit un tas de petites feuilles bleues.

— Voilà ceux qui ont appelé ce matin.

Il passa le tas en revue.

— Pour votre information, poursuivit Big Cyndi, au début nous avons dit à tout le monde que vous étiez juste parti un jour ou deux. Puis une semaine ou deux. Après, nous avons commencé à prétexter toutes sortes d'urgences : un membre de votre famille malade, un coup de main à un client qui a des problèmes, ce genre de choses. Mais certains en ont eu assez d'entendre nos excuses.

Il hocha la tête.

— Vous avez une liste de ceux qui nous ont quittés ?

Elle l'avait déjà en main. Elle la lui tendit et il se dirigea vers son bureau.

— Monsieur Bolitar ?

Il se retourna.

— Oui ?

— Est-ce que ça va aller pour Esperanza ?

À nouveau, cette voix minuscule si improbable dans une telle masse, comme si la baleine avait avalé un petit enfant qui maintenant appelait au secours.

— Oui, Big Cyndi. Ça va aller.

— Vous allez l'aider, n'est-ce pas ? Même si elle ne veut pas ?

Myron lui fit un petit signe rassurant mais cela ne parut pas la rassurer. Alors, il dit :

— Oui.

— Bien, monsieur Bolitar. C'est ce qu'il faut faire.

N'ayant rien à ajouter, il pénétra dans son propre bureau. Cela faisait six semaines qu'il n'y avait pas mis les pieds. Bizarre. Il avait travaillé si dur et si longtemps pour monter MB Sports – M pour Myron, B pour Bolitar, une sacrée trouvaille, non ? – et il avait tout plaqué. Comme ça. D'un coup. Il avait abandonné sa boîte. Ses clients. Et Esperanza.

Les travaux étaient achevés – ils avaient récupéré un peu d'espace sur la salle de conférences et la réception pour qu'Esperanza puisse disposer de son propre bureau – mais la nouvelle pièce n'était pas encore meublée. En son absence, Esperanza s'était donc installée ici. Il s'assit et, aussitôt, le téléphone se mit à sonner. Il l'ignora pendant quelques secondes, le regard fixé sur le mur des clients, celui avec les photos de tous les athlètes représentés par MB Sports en action. Et parmi elles, l'image de Clu Haid. Clu était en train de lancer, penché en avant, prêt à se déplier, une joue gonflée par une chique de tabac, les yeux plissés.

— Dans quoi t'es-tu encore fourré, Clu ? demanda-t-il à haute voix.

La photo ne lui répondit pas, ce qui valait probablement mieux. Mais Myron continua à la fixer. Cela faisait des années que le temps qu'il consacrait à Clu consistait à le sortir de situations nauséabondes. Il ne pouvait pas ne pas se poser la question : s'il ne s'était pas enfui aux Caraïbes, aurait-il réussi à l'extirper de cette merde-là ?

Se triturer inutilement la cervelle : un des nombreux talents de Myron.

Big Cyndi le buzza.

— Monsieur Bolitar ?

— Oui.

— Je sais que vous m'avez dit de ne vous passer que les clients mais Sophie Mayor est en ligne.

Sophie Mayor était la nouvelle propriétaire des Yankees.

— Je la prends.

Il entendit un clic et dit bonjour.

— Myron, bon Dieu. Que se passe-t-il ?

Sophie n'était pas du genre à papoter.

— J'essaie encore de le savoir.

— Il paraît que votre secrétaire a tué Clu.

— Esperanza est mon associée, corrigea-t-il sans trop savoir pourquoi. Et elle n'a tué personne.

— Je suis avec Jared...

Jared, son fils, était le « comanager général » des Yankees – *co* signifiant : *je partage le titre avec quelqu'un qui connaît le boulot parce qu'il ne l'a pas eu par népotisme. Jared* signifiant : *né après 1973.*

— Il faut que nous fassions une déclaration à la presse.

— Je ne suis pas sûr de pouvoir vous aider, madame Mayor.

— Vous m'aviez dit que Clu en avait fini avec tout ça, Myron.

Il ne répondit pas.

— La drogue, l'alcool, les filles, les ennuis, continua Sophie Mayor. Vous disiez que c'était du passé.

Il envisagea de se défendre mais préféra une autre stratégie.

— Il vaudrait mieux que nous en parlions de vive voix.

— Jared et moi sommes sur la route avec l'équipe. Nous sommes à Cleveland en ce moment. Nous rentrons ce soir.

— Disons demain matin ?

— Au stade. À onze heures.

— J'y serai.

Il raccrocha. Big Cyndi lui passa aussitôt l'appel d'un client.

— Myron.

— T'étais où, bordel ?

Marty Towey, un défenseur des Vikings. Myron respira un bon coup avant de lâcher son discours à moitié préparé : il était revenu, tout allait pour le mieux, ne t'inquiète pas, ça roule, les affaires vont bien, j'ai un nouveau contrat tout chaud sous le coude, je m'occupe de négocier avec d'autres sponsors, bla, bla, on se calme, tout baigne.

Mais Marty était un rugueux.

— Bon sang, Myron, j'ai choisi MB parce que je ne voulais pas avoir affaire à des sous-fifres. Je voulais traiter avec le big boss. Tu comprends ce que je dis ?

— Bien sûr, Marty.

— Esperanza est bien sympa et plus que ça, même. Mais c'est pas toi. Et c'est toi que j'ai engagé. Tu comprends ?

— Je comprends, Marty, je suis revenu. Tout va bien se passer, je te le promets. Écoute, vous êtes bientôt en ville, non ?

— On se prend les Jets dans deux semaines.

— Génial. Je te retrouve au match et on ira dîner après.

Quand Myron raccrocha, il se rendit compte qu'il avait tellement délaissé son travail qu'il ne savait même plus dans quelle division jouait Marty. Seigneur, il avait une montagne de mises à jour à faire.

Pendant les deux heures qui suivirent, les appels furent tous plus ou moins dans la même veine. La plupart des clients furent soulagés. Certains pas totalement, mais il n'y eut aucune nouvelle désertion. Myron était parvenu à stopper l'hémorragie.

On frappa à la porte. Big Cyndi apparut.

— Un problème, monsieur Bolitar.

Une odeur atroce, mais pas tout à fait inconnue, commença à s'insinuer dans le bureau.

— Qu'est-ce... ? commença Myron.

— Dégage, la grosse.

La voix – aimable – émanait du couloir, derrière Big Cyndi. Myron essaya de voir de qui il s'agissait mais autant tenter d'apercevoir un brin d'herbe derrière une montagne. La montagne – Big Cyndi – s'écarta enfin et les deux flics en civil du tribunal purent se ruer dans le bureau. Le gros avait la cinquantaine, des yeux chassieux et méfiants et ce genre de visage qui paraît toujours mal rasé. Il portait un imper dont les manches lui arrivaient à peine aux coudes. L'autre, le jeune, était plus petit et, ma foi, très laid. En le voyant, Myron pensa à un pou. Il était affublé d'un costume gris trois pièces – avec un gilet donc, façon Eliot Ness – et d'une cravate ornée d'un superbe Bugs Bunny. Pas très raccord. Sauf le gris.

L'épouvantable puanteur commença à attaquer les murs.

— On a un mandat, dit le gros.

Il ne mâchait pas de cigare mais il aurait dû.

— Et avant que vous ne disiez que nous ne sommes pas dans notre juridiction, je vous apprends que nous travaillons avec Michael Chapman, Manhattan Nord. Appelez-le, si vous avez un problème. Maintenant, sors de ta chaise, connard, qu'on fouille cette taule.

Encore un qui maniait vouvoiement et tutoiement à la perfection. Myron plissa le nez.

— Seigneur, lequel d'entre vous porte cette eau de Cologne ?

Tête de Pou jeta un bref regard à son partenaire. Un regard qui disait, hé, je veux bien prendre une balle pour ce mec mais je refuse qu'on me tienne pour responsable de cette odeur. Compréhensible.

— Écoute, grosse merde, dit le gros. Tu sais à qui t'as affaire ? Détective Winters, pour pas te servir.

— C'est vrai ? Votre mère vous a appelé Détective ?

À peine un soupir.

— Et détective Martinez. Maintenant, bouge de là, tas de fientes.

Ce type avait un problème avec les choses odorantes. Et Myron était très sensible du nez.

— Yo, Winters, faut arrêter de vous parfumer au désodorisant pour fosses d'aisances.

— Continue, tu me fais marrer.

— Non, c'est sérieux. Vous lisez pas les étiquettes ? C'est écrit « à ne pas mettre entre toutes les mains ».

— T'es un vrai comique, Bolitar. Vous êtes si drôles, vous les truands, que c'est dommage qu'on diffuse pas vos soirées à Sing Sing à la télé.

— N'avez-vous pas déjà fouillé ces bureaux ?

— Si. Mais maintenant, on vient chercher les livres de comptes.

Myron montra Tête de Pou.

— Il ne peut pas le faire tout seul ?

— Quoi ?

— J'arriverai jamais à me débarrasser de l'odeur.

Winters sortit une paire de gants en latex, histoire de ne pas ajouter les siennes à d'éventuelles empreintes. Il les fit claquer bruyamment, tortilla des doigts et ricana.

Myron lui adressa un clin d'œil.

— Vous voulez que je me baisse et que j'attrape mes chevilles ?

— Non.

— Flûte, et moi qui manque d'amour.

Le Gros Puant ne trouva pas ça drôle. Il trouva ça énervant.

— On va tout foutre par terre ici, le comique.

— J'en doute, dit Myron.

— Ah ouais ?

Myron se leva pour ouvrir l'armoire de rangement derrière lui.

— Hé, t'as pas le droit de toucher quoi que ce soit.

Myron l'ignora, sortant une petite caméra vidéo.

— Je veux juste garder un enregistrement de vos agissements, détective. Dans ce climat de suspicion qui règne de nos jours où tant de fausses accusations sont lancées contre la police...

Myron brancha la caméra et pointa l'objectif vers Gros Puant.

— ... nous ne voudrions pas que se produise le moindre malentendu, n'est-ce pas ?

— Non, dit l'autre en fixant la lentille. Nous ne voulons pas du moindre malentendu.

Myron garda l'œil vissé au viseur.

— La caméra capte votre essence, détective. Je suis sûr que ça se sentira... à la diffusion.

Tête de Pou dissimula un sourire.

— Veuillez vous écarter, s'il vous plaît, monsieur Bolitar.

— Bien sûr. Je ne vise qu'à coopérer.

Ils commencèrent leur perquisition qui consistait en gros à jeter dans un carton le moindre document sur lequel ils mettaient leurs mains gantées. Celles-ci touchèrent à peu près tout et Myron avait l'impression que c'était lui qu'elles palpaient. Il essayait de garder un air innocent – ça ressemble à quoi, un air pareil ? – mais il ne pouvait s'empêcher d'être nerveux. La culpabilité est un truc étrange. Il savait qu'il n'y avait absolument rien dans ses dossiers mais il se sentait néanmoins sur la défensive.

Il confia la caméra vidéo à Big Cyndi pour s'installer à la réception et appeler les clients qui avaient quitté l'agence. La plupart d'entre eux ne décrochèrent pas. Le peu qui le firent essayèrent de se défiler. Myron la joua cool : les agresser n'aurait servi qu'à les mettre en colère. Il leur dit simplement qu'il était de retour et qu'il aimerait bien leur parler dès que cela leur serait possible. Ce qui lui valut un tas de hum et de ah. Rien de surprenant. Regagner leur confiance, s'il y parvenait, prendrait du temps.

Leur besogne terminée, les flics s'en allèrent sans dire au revoir. Les bonnes manières. Big Cyndi et Myron regardèrent les portes de l'ascenseur se refermer.

— Ça va être très difficile, dit Myron.
— Quoi ?
— De continuer à travailler sans nos dossiers.

Elle ouvrit son sac à main – elle avait un sac à main ! – et lui montra des CD.

— Tout est là-dessus.
— Tout ?
— Oui.
— Vous avez tout recopié ?
— Oui.
— Les lettres et la correspondance, d'accord, mais j'ai aussi besoin des contrats...

— Tout y est, répéta-t-elle. J'ai acheté un scanner et j'ai passé dedans tous les documents du bureau. Il y a des copies de sauvegarde dans un coffre à la City Bank. Je mets les disques à jour toutes les semaines. En cas d'incendie ou de problème quelconque.

Cette fois, quand elle sourit, Myron n'eut même pas peur.

— Big Cyndi, vous êtes une femme surprenante.

C'était difficile à dire sous le masque de cires fondues puis redurcies, mais il eut l'impression qu'elle rougissait.

L'interphone buzza. Big Cyndi décrocha.

— Oui ?

Pause. Puis sa voix se fit grave.

— Oui, laissez-la monter.

Elle raccrocha.

— Qui est-ce ?

— Bonnie Haid veut vous voir.

Big Cyndi fit entrer la veuve. Debout derrière son bureau, Myron ne savait pas trop quoi faire. Il attendit qu'elle prenne l'initiative mais en vain. Bonnie Haid s'était laissé repousser les cheveux et, pendant un instant, il se crut de retour à Duke. Clu et Bonnie assis sur le canapé au sous-sol d'un bâtiment du campus, sur fond de canettes de bière ; il avait le bras passé autour de ses épaules recouvertes d'un sweat-shirt gris et elle avait les jambes repliées sous les cuisses.

Serrant les dents, Myron esquissa un geste vers elle. Elle eut un pas de recul et ferma les yeux. Elle leva la main pour l'arrêter comme si la moindre proximité entre eux lui était douloureuse. Il resta là où il était.

— Je suis désolé, dit-il.

— Merci.

Ils ne bougeaient pas, deux danseurs attendant que la musique démarre.

— Je peux m'asseoir ? demanda Bonnie.

— Bien sûr.

Elle s'installa. Myron hésita puis choisit de rester planqué derrière son bureau.

— Quand es-tu revenu ? demanda-t-elle.

— Hier soir. Je ne savais pas pour Clu. Je suis désolé de ne pas avoir été là.

Bonnie pencha la tête.

— Pourquoi ?

— Pardon ?

— Pourquoi es-tu désolé de ne pas avoir été là ? Qu'aurais-tu fait ?

— J'aurais essayé d'aider.

— Comment ?

Il haussa les épaules, écarta les bras.

— Je ne sais pas quoi dire, Bonnie. Je suis un peu perdu.

Elle le regarda un moment, avec dureté, puis baissa les yeux.

— Je cogne sur tous ceux qui se retrouvent en face de moi, dit-elle. Ne fais pas attention.

— Ça m'est égal. Cogne.

Bonnie faillit sourire.

— Tu es un type bien, Myron. Tu l'as toujours été. Même à Duke, il y avait quelque chose de... noble chez toi.

— Noble ?

— Ça fait con, hein ?
— Un peu. Comment vont les garçons ?
Petit sourire crispé.
— Timmy n'a que dix-huit mois, donc il ne comprend pas ce qui se passe. Charlie a quatre ans et, pour le moment, il est un peu perdu, lui aussi. Ils sont chez mes parents.
— Je sais que c'est une phrase un peu bateau, dit Myron, mais s'il y a quoi que ce soit que je puisse faire...
— Une chose.
— Je t'écoute.
— Parle-moi de l'arrestation.
Il s'éclaircit la gorge.
— Qu'est-ce que tu veux savoir ?
— J'ai rencontré Esperanza plusieurs fois ces dernières années. J'ai un peu de mal à croire qu'elle ait tué Clu.
— Elle ne l'a pas tué.
Bonnie loucha un peu.
— Qu'est-ce qui te rend si sûr ?
— Je connais Esperanza.
— C'est tout ?
Il acquiesça.
— Pour le moment.
— Tu lui as parlé ?
— Oui.
— Et ?
— Je ne peux pas entrer dans les détails...
Pour la bonne raison qu'il n'en connaissait aucun. Myron fut presque reconnaissant à Esperanza de ne lui avoir rien dit.
— ... mais elle ne l'a pas tué.

— Et les preuves que la police a trouvées ?
— Je n'ai pas encore de réponse à ça, Bonnie. Mais Esperanza est innocente. Nous trouverons le vrai coupable.
— Tu as l'air très sûr de toi.
— Je le suis.
Silence. Myron attendit, élaborant une approche. Certaines questions devaient être posées mais cette femme venait de perdre son mari. Sur un tel champ de mines émotionnel, on avance très délicatement.
— Je vais m'occuper de ce meurtre, dit-il.
Elle parut un peu désorientée.
— Comment ça, t'occuper ?
— Enquêter.
— Tu es agent sportif, pas agent de police.
— J'ai un peu d'expérience dans ce domaine.
Elle l'observa.
— Win aussi ?
— Oui.
Elle hocha la tête comme si, tout à coup, elle comprenait quelque chose.
— Win m'a toujours foutu la trouille.
— C'est normal, tu es saine d'esprit.
— Et maintenant, tu vas essayer de trouver qui a tué Clu ?
— Oui.
— Je vois, dit-elle.
Elle s'agita sur sa chaise.
— Dis-moi une chose, Myron.
— Tout ce que tu veux.
— Quelle est ta priorité : trouver le meurtrier ou sortir Esperanza de prison ?
— Ça revient au même.

— Et si ça ne revenait pas au même ? Et si tu apprends qu'elle l'a tué ?

Le moment était venu de mentir.

— Alors, elle sera punie.

Bonnie se mit à sourire comme si elle avait deviné la vérité.

— Bonne chance, dit-elle.

Myron posa une cheville sur un genou. *Doucement maintenant*, pensa-t-il.

— Je peux te demander quelque chose ?

— Demande.

Doucement. Très doucement.

— Je ne veux pas te manquer de respect, Bonnie. Je ne te demande pas ça par curiosité malsaine...

— La subtilité n'a jamais été ton fort, Myron. Pose ta question.

— Est-ce que Clu et toi aviez des problèmes ?

Un sourire triste.

— Comme toujours, non ?

— J'ai entendu dire que, cette fois, c'était plus grave.

Bonnie croisa les bras.

— Eh bien ! Revenu depuis moins d'un jour et déjà au courant de tous les potins. Tu enquêtes vite, Myron.

— Clu en a parlé à Win.

— Que veux-tu savoir ?

— As-tu entamé une procédure de divorce ?

— Oui.

Sans la moindre hésitation.

— Tu peux me dire ce qui s'est passé ?

Au loin, le fax se mit à grincer. Le téléphone bipait sans arrêt. Myron savait qu'on ne les interromprait pas. Big Cyndi avait travaillé pendant des années comme videuse dans un bar SM ; quand la situation l'exigeait, elle pouvait se montrer aussi féroce que la plus cruelle des dominatrices. Et même quand la situation ne l'exigeait pas.

— Pourquoi veux-tu le savoir ? demanda Bonnie.
— Parce que Esperanza ne l'a pas tué.
— On dirait que ça devient une sorte de mantra pour toi, Myron. Si tu le répètes assez souvent, tu finiras par t'en convaincre, c'est ça ?
— Je n'ai pas besoin de m'en convaincre. Je le sais.
— Et donc ?
— Donc, si elle ne l'a pas tué, c'est quelqu'un d'autre.

Bonnie le dévisagea.

— Si elle ne l'a pas tué, c'est quelqu'un d'autre, répéta-t-elle.

Pause.

— Tu ne te vantais pas. Tu as vraiment de l'expérience.
— J'essaie juste de découvrir qui l'a tué.
— En m'interrogeant sur notre mariage ?
— En t'interrogeant sur ce qui ne tournait pas rond dans sa vie.
— Ce qui ne tournait pas rond ?

Elle laissa échapper un éclat de rire. Aussi coupant qu'un éclat de verre.

— C'est de Clu dont on parle, Myron. La seule chose qui tournait rond dans sa vie, c'était sa façon de tourner en rond autour des mêmes saloperies.
— Ça faisait combien de temps que vous étiez ensemble ?

— Tu le sais aussi bien que moi.

C'était juste. Depuis leur première année de fac à Duke. Bonnie avait fait son apparition au foyer de leur fraternité d'étudiants, au sous-sol, avec son pull à monogramme, son collier de perles et, ouais, une queue de cheval. Myron et Clu étaient en train de se taper des bières. Myron trouvait ça assez sympa dans la mesure où picoler exigeait tant d'efforts de sa part qu'il ne buvait en fin de compte pas tant que ça. Ne vous méprenez pas. Il buvait. C'était une activité quasi obligatoire en fac à l'époque. Mais il n'était pas un très bon buveur. Il ratait toujours cet instant de bonheur, de suspension brumeuse, entre la sobriété et la gerbe. Cet état n'existait pas chez lui. Une tare héréditaire, sans doute. Ces derniers temps, cela l'avait aidé. Avant de s'enfuir avec Terese, il avait essayé de noyer son chagrin. Mais, pour le dire crûment, il vomissait toujours avant d'atteindre les profondeurs suffisantes.

Plaisante façon d'éviter l'abus d'alcool.

Quoi qu'il en soit, la rencontre Clu-Bonnie avait été très simple. Bonnie était entrée. Clu avait levé les yeux de sa bière et ça avait été comme si Captain Marvel l'avait frappé avec son rayon d'énergie. « Waou », avait-il murmuré, sa mousse dégoulinant sur un sol tellement imbibé que les rats s'y collaient les pattes et mouraient. Puis Clu avait bondi par-dessus le bar, titubé vers Bonnie, posé un genou à terre (au risque de ne plus jamais pouvoir se relever) et lui avait demandé sa main. Trois ans plus tard, elle la lui avait donnée pour de bon.

— Alors, que s'est-il passé après toutes ces années ?

Bonnie détourna le regard.

— Cela n'a rien à voir avec son meurtre, dit-elle.

— Tu as peut-être raison mais je dois me faire une idée précise de sa vie, remonter toutes les pistes possibles…

— Arrête tes conneries, Myron. J'ai dit que cela n'avait rien à voir avec son meurtre, d'accord ? Laisse tomber.

Il se lécha les lèvres, croisa les mains, les posa sur son bureau.

— Ça t'est déjà arrivé, par le passé, de le jeter dehors à cause d'une femme.

— Pas à cause d'une femme, Myron. À cause des femmes. Au pluriel.

— C'est ce qui s'est passé cette fois ?

— Il avait juré que c'était fini avec les femmes. Il m'avait promis qu'il n'y en aurait plus.

— Et il n'a pas respecté sa promesse ?

Bonnie ne répondit pas.

— Comment elle s'appelait ?

— Je n'en sais rien, dit-elle.

La voix douce.

— Mais il y avait quelqu'un ?

À nouveau, elle ne répondit pas. C'était inutile. Myron essaya de se remettre dans sa peau d'avocat. Le fait que Clu avait eu une liaison était plutôt favorable à Esperanza. Le bénéfice du doute pouvait jouer en sa faveur en raison de la multiplication de coupables potentiels : en l'occurrence, la petite amie (il voulait rester avec sa femme) et Bonnie (par jalousie). Sans compter l'argent disparu. La petite amie et/ou Bonnie étaient-elles au courant ? Ce qui aurait pu constituer un mobile supplémentaire. Ouais, Hester Crimstein allait adorer ça. Au cours d'un procès, si vous semez le trouble, si vous remuez assez de boue, l'acquittement est presque inévitable. C'est d'une logique mathématique : confusion égale doute égale verdict de relaxe.

— Il avait déjà eu des liaisons par le passé, Bonnie. En quoi c'était différent cette fois ?

— Accorde-lui un peu de repos, Myron, d'accord ? Clu n'est même pas encore enterré.

Il battit en retraite.

— Je suis désolé.

Elle ne le regardait pas. Sa poitrine se soulevait et s'abaissait, sa voix tentait de rester calme.

— Je sais que tu cherches juste à aider, dit-elle. Mais cette histoire de divorce... ça fait trop mal maintenant.

— Je comprends.

— Si tu as d'autres questions...

— J'ai entendu dire que Clu avait été positif à un contrôle antidopage.

Battre en retraite... disait-il.

— Je ne sais que ce que j'ai lu dans les journaux.

— Clu a dit à Win qu'il s'était fait piéger.

— Quoi ?

— Clu affirmait qu'il était clean. Qu'en penses-tu ?

— J'en pense que Clu était un adorable enfoiré. Tu le sais aussi bien que moi.

— Donc, il se chargeait à nouveau.

— Je n'en sais rien.

Elle ravala sa salive et noua son regard à celui de Myron.

— Ça faisait des semaines que je ne l'avais pas vu.

— Et avant ça ?
— À vrai dire, il avait l'air clean. Mais il a toujours été doué pour ne rien laisser paraître. Tu te souviens de cette tentative qu'on a faite il y a trois ans ?

Question inutile.

— On a tous pleuré. On l'a tous supplié d'arrêter. Et finalement Clu a craqué à son tour. Il sanglotait comme un bébé, il disait qu'il allait changer de vie. Deux jours plus tard, il soudoyait un gardien et se tirait de sa cure de désintox.

— Donc, tu penses qu'il masquait les symptômes ?
— Il en était capable...

Elle hésita.

— Mais non, je ne le pense pas.
— Pourquoi ?
— Je ne sais pas. Peut-être parce que j'ai juste envie de le croire mais j'étais convaincue que, cette fois, c'était la bonne. Par le passé, on avait l'impression qu'il faisait ça machinalement. Mais là, il semblait déterminé. Comme s'il savait que ce contrat avec les Yankees était sa dernière chance. Il s'est entraîné comme je ne l'avais encore jamais vu s'entraîner. Et j'ai vraiment cru qu'il allait y arriver. Mais il a dû se passer quelque chose qui a tout bousillé...

La voix de Bonnie s'éteignit et une ombre couvrit son regard. Une ombre pleine de larmes. De toute évidence, elle se demandait si ce n'était pas elle qui avait tout bousillé ; si, alors que Clu était enfin clean, en le jetant dehors, elle ne l'avait pas rejeté dans le monde de ses addictions. Myron faillit lui dire qu'elle n'avait rien à se reprocher mais il eut le bon sens de ne pas lui balancer un cliché aussi minable.

— Clu a toujours eu besoin de quelqu'un ou de quelque chose, poursuivit-elle. C'était la personne la plus dépendante que j'aie jamais connue.

Myron hocha la tête, l'encourageant.

— Au début, je trouvais cela attirant, qu'il ait autant besoin de moi. Mais c'est devenu assez lourd.

Bonnie le regarda.

— Combien de fois a-t-il fallu que quelqu'un vienne le sortir de sa merde ?

— Trop souvent, admit Myron.

— Je m'interroge, Myron.

Elle se redressa un peu, les yeux plus clairs à présent.

— Je me demande si on ne lui a pas rendu un mauvais service. Peut-être que, si on n'avait pas toujours été là à le sauver, il aurait été forcé de changer. Peut-être que, si je l'avais laissé tomber il y a des années de ça, il se serait relevé tout seul et aurait appris à survivre sans les autres.

Myron ne dit rien, évitant de souligner la contradiction évidente dans son raisonnement : elle avait fini par le larguer et il était mort.

— Tu savais pour les deux cent mille dollars ? s'enquit-il.

— C'est la police qui me l'a appris.

— Tu ne sais pas où est cet argent ?

— Non.

— Ni pourquoi il en avait besoin ?

— Non.

Sa voix était lointaine à présent et son regard perdu au-dessus de l'épaule de Myron.
— Tu penses que c'était pour de la drogue ?
— Les journaux ont dit qu'il était positif à l'héroïne.
— C'est ce que j'ai cru comprendre.
— Il n'y avait encore jamais touché. Je sais que la dose revient cher mais deux cent mille dollars... ça me paraît un peu beaucoup.
Myron était du même avis.
— Avait-il des problèmes ?
Elle le regarda.
— Je veux dire, d'autres problèmes. Un prêt malsain, des dettes de jeu, quelque chose comme ça ?
— C'est possible.
— Mais tu n'en sais rien.
Bonnie secoua la tête et son regard se perdit à nouveau.
— Tu sais à quoi je pense ces temps-ci ?
— À quoi ?
— À la première saison pro de Clu. Quand il s'est retrouvé chez les Bisons de Nouvelle-Angleterre. Il t'avait demandé de négocier son contrat. Tu te souviens ?
L'acte fondateur de MB Sports. Oui, Myron se souvenait.
— Je continue à me poser des questions, reprit-elle.
— À quel propos ?
— C'est la première fois qu'on s'est tous ligués pour le sauver.
Le coup de téléphone en pleine nuit. Myron émergeant du sommeil et s'accrochant au combiné.

Clu en larmes qui bafouillait. Un accident. La voiture avait fini contre un arbre. C'était lui qui conduisait, bourré. Les blessures de Billy Lee, son ancien copain de Duke, étaient mineures mais Bonnie avait dû être transportée à l'hôpital. Clu s'en était, bien sûr, tiré sans la moindre égratignure mais avait été arrêté. Myron avait foncé dans le Massachusetts, du fric plein les poches.

— Je me souviens, dit-il.

— Tu venais de lui obtenir ce gros contrat pour cette boisson chocolatée. Conduite en état d'ivresse, c'était déjà assez moche, mais si on y ajoutait coups et blessures, ça l'aurait détruit. Alors, on s'est occupé de tout. Y compris des pots-de-vin. Billy Lee et moi avons déclaré qu'une camionnette nous avait coupé la route. On a fait tout ce qu'il fallait pour le sauver. Et maintenant je me demande. Peut-être que si Clu avait été puni ce jour-là, s'il avait fait de la prison au lieu de s'en tirer sans...

— Il n'aurait pas fait de prison, Bonnie. Il aurait eu une suspension de permis. Et, peut-être, du travail d'intérêt général.

— Peut-être. La vie, c'est une histoire de ronds dans l'eau, Myron. Une suite de causes et d'effets. Certains philosophes pensent que le moindre geste change le monde à jamais. Même des gestes très simples. Par exemple, si tu étais sorti de chez toi cinq minutes plus tôt, si tu avais pris un autre chemin pour aller au travail... cela change tout pour le restant de tes jours. Je n'y crois pas forcément mais, quand il s'agit de choses importantes, oui, je pense que les effets persistent. Ou peut-être que ça avait commencé avant ça. Dès son enfance.

La première fois qu'il s'est rendu compte qu'il était capable de propulser une balle à une vitesse incroyable, quand il a vu que les gens le traitaient d'une manière spéciale. Peut-être que nous n'avons fait que renforcer son conditionnement ce jour-là. Ou qu'on l'a fait passer au niveau supérieur. Clu a appris qu'il y aurait toujours quelqu'un pour le sauver. Et c'est ce que nous avons fait. On l'a sorti de la merde cette nuit-là et ensuite ça n'a plus arrêté : il y a eu les agressions, les obscénités, les contrôles positifs et le reste.

— Et tu penses que tout ça menait inévitablement à son assassinat ?

— Pas toi ?

— Non, dit Myron. Je pense que le responsable, c'est celui qui lui a tiré trois balles dans la peau. Point.

— La vie est rarement aussi simple, Myron.

— Mais le meurtre, oui. En général. Au bout du compte, quelqu'un l'a tué. Voilà comment il est mort. Il n'est pas mort parce que nous avons encouragé ses penchants autodestructeurs. Quelqu'un l'a assassiné. Et c'est cette personne – pas toi, pas moi, ni aucun de ceux qui l'ont aidé – la seule coupable.

Silence.

— Peut-être, finit-elle par dire.

Sans conviction.

— Est-ce que tu sais pour quelle raison Clu aurait pu frapper Esperanza ?

— La police m'a posé la même question. Je n'en sais rien. Peut-être qu'il était défoncé.

— Était-il violent quand il se défonçait ?

— Non. Mais on dirait qu'il était vraiment sous pression. Peut-être qu'il était juste frustré qu'elle ne lui dise pas où tu étais.

Nouvelle vague de culpabilité. Il attendit qu'elle se brise.

— Qui d'autre aurait-il pu aller trouver, Bonnie ?
— Que veux-tu dire ?
— Tu disais qu'il avait besoin de quelqu'un. Je n'étais pas là. Tu ne lui parlais plus. Alors, vers qui aurait-il pu se tourner ?

Elle réfléchit un moment.

— Je ne sais pas trop.
— Un ami, des coéquipiers ?
— Je ne crois pas.
— Et Billy Lee Palms ?

Haussement d'épaules.

Myron tenta encore quelques questions sans rien obtenir d'intéressant en retour. Au bout d'un moment, Bonnie feignit de regarder sa montre.

— Il faut que je retourne voir les enfants, dit-elle.

Il hocha la tête, se leva. Cette fois, elle ne l'arrêta pas. Il la serra dans ses bras et elle le serra aussi, très fort.

— Accorde-moi une faveur, dit-elle.
— Ce que tu veux.
— Innocente ton amie, dit-elle. Je sais que c'est important pour toi. Et je ne veux pas qu'elle aille en prison pour une chose qu'elle n'a pas faite. Mais ensuite, laisse tomber.

Il s'écarta un peu.

— Je ne comprends pas.
— Je l'ai déjà dit, tu es un type noble, Myron.

Il pensa à la famille Slaughter et à la manière dont ça s'était terminé. Le massacre. Quelque chose en lui se broya encore une fois.

— La fac, ça remonte à loin, murmura-t-il.
— Tu n'as pas changé.
— Tu serais étonnée.
— Tu cours toujours après la justice, les choses qu'il faut accomplir et les histoires qui finissent bien.

Il ne dit rien.

— Clu ne peut pas te donner ça, dit Bonnie. Ce n'était pas un homme noble.
— Il ne méritait pas d'être assassiné.

Elle posa une main sur son bras.

— Sauve ton amie, Myron. Et ne t'occupe plus de Clu.

10

Myron prit l'ascenseur pour monter deux étages plus haut au centre nerveux de Lock-Horne Securities. Des hommes blancs – il y avait aussi quelques femmes et d'autres représentants de minorités ethniques, mais leur nombre restait hélas dérisoire – s'agitaient avec frénésie, téléphone greffé à l'oreille. Le niveau sonore et l'espace ouvert évoquaient un casino de Vegas, sauf qu'il y avait moins de perruques. On criait de joie et de détresse. De l'argent était perdu et gagné. Les dés roulaient, les roulettes tournaient, les cartes tombaient. Les hommes, rongés d'angoisse, ne cessaient de lever les yeux vers une bande déroulante électronique, guettant la cote des actions avec la ferveur des joueurs qui attendent que la boule s'arrête sur un chiffre précis ou celle des anciens israélites quand ils avaient vu Moïse redescendre avec ses nouvelles tables en pierre.

Ces types étaient les bidasses de la finance, les occupants des tranchées, essayant de survivre dans un monde où un revenu à moins de six chiffres était synonyme de lâcheté, voire de mort. Avec, pour seul horizon, des fenêtres de moniteurs camouflées sous des amas de Post-it jaunasses. Ils tenaient grâce à la caféine et n'avaient d'autre choix que de laisser leurs photos de famille encadrées disparaître sous des torrents de listings, d'analyses de marchés, de bilans et de prévisions. Ils portaient des chemises blanches boutonnées et des cravates Windsor, la veste de leur costume soigneusement drapée sur le dossier de leur chaise, comme si les chaises avaient un peu froid, ou bien se préparaient pour un déjeuner dans un trois-étoiles.

La place de Win n'était pas là, bien sûr. Les généraux dans cette guerre – les pontes, les stratèges, les faiseurs de miracles, à vous de choisir – plantaient leurs tentes au bord du périmètre, leurs bureaux à eux s'ouvrant sur de vraies fenêtres avec du vrai ciel bleu derrière.

Myron gravit un plan incliné et moquetté vers la suite située à son extrémité. Win était la plupart du temps seul dans son bureau. Pas aujourd'hui. Myron glissa la tête par la porte, ce qui déclencha une rotation générale d'autres têtes, toutes plantées au sommet d'un costume. Un tas de costumes. Il ne les compta pas mais il y en avait au moins six, peut-être huit. Ils formaient une sorte de paysage flou gris et bleu avec des rayures rouges pour les cravates et les pochettes, comme dans une reconstitution de la guerre de Sécession. Les plus vieux, reconnaissables à leur chevelure blanche, leurs ongles manucurés et leurs boutons de manchettes, étaient assis dans les fauteuils en cuir lie-de-vin les plus proches du bureau de Win et hochaient fréquemment la tête. Les plus jeunes étaient tassés sur les divans contre le mur, tête baissée, prenant fiévreusement des notes, comme si Win était en train de leur révéler le secret de la vie éternelle. Parfois, un des jeunes levait les yeux vers un des vieux, s'offrant un aperçu sur son avenir glorieux, lequel consisterait, en gros, à jouir d'un fauteuil plus confortable et à prendre moins de notes.

Activité qui les trahissait. C'étaient des avocats. Les vieux, sans doute à plus de quatre cents dollars de l'heure, les jeunes à deux cent cinquante à peine. Myron ne fit pas le calcul, compter le nombre de costumes dans la pièce étant déjà au-dessus de ses forces. Peu importait. Lock-Horne pouvait se les offrir. La redistribution des richesses – c'est-à-dire, le fait de déplacer de l'argent sans création, production ou fabrication de quoi que ce soit de neuf – était une activité des plus profitable.

Myron Bolitar, agent (sportif) marxiste.

Frappant dans ses mains, Win fit rompre les rangs. Les hommes se levèrent le plus lentement possible – chaque minute entamée étant due, un peu comme lors d'une séance de téléphone rose, le... bonus final en moins – et firent la queue pour sortir. Les vieux devant, les jeunes derrière, tous prêts à passer par la porte.

La procession achevée, Myron entra.

— Que se passe-t-il ?

Win lui fit signe de s'asseoir. Puis il se renfonça dans son siège et fit cette espèce de pont qu'il aimait tant avec les doigts de ses deux mains.

— Cette situation me trouble, dit-il.

— Tu veux parler du retrait d'argent de Clu ?

— En partie, oui.

Win se tapota le bout des phalanges avant de poser ses index sous sa lèvre inférieure.

— Je deviens très malheureux quand j'entends les mots *assignation* et *Lock-Horne* dans la même phrase.

— Et alors ? Tu n'as rien à cacher.

Win sourit à peine.

— Ce qui signifie ?

— Laisse-les regarder tes livres de comptes. Tu es un tas de choses, Win. Mais tu es surtout honnête.

Win secoua la tête.

— Et toi, tu es très naïf.

— Hein ?

— Ma famille gère une maison de courtage.

— Et alors ?

— Et alors, même le plus infime murmure malveillant peut souffler ladite maison.

— Tu n'exagères pas un peu ?

Win haussa un sourcil, porta une main à l'oreille.

— *Pardon ?*

— Voyons, Win. Il y a toujours un scandale en cours à Wall Street. Les gens n'y font même plus attention.

— Il s'agit pour l'essentiel de délits d'initié.

— Donc ?

— Tu fais exprès d'être obtus ?

— Non.

— Le délit d'initié est une bestiole tout à fait différente.

— En quoi ?

— Tiens-tu vraiment à ce que je te l'explique ?

— Ben... ouais.

— Bien. En résumé, le délit d'initié c'est du vol ou de la triche. Mes clients se fichent que je vole ou que je triche... tant qu'ils en bénéficient. En fait, si une manipulation illégale pouvait gonfler leurs portefeuilles, la plupart d'entre eux l'encourageraient. Mais si leur conseiller financier se met à jouer avec leurs comptes personnels – ou bien, perspective tout aussi horrible, si leur établissement bancaire est simplement mêlé à quelque chose qui donne au gouvernement le droit de saisir leurs comptes – les susdits clients deviennent, et c'est bien normal, nerveux.

— Je crois comprendre où il pourrait y avoir un problème, fit Myron.

Win pianota sur la table de son bureau. C'était fascinant tous les trucs qu'il pouvait faire avec le bout de ses doigts. C'était aussi, chez lui, le signe d'une agitation extrême. Difficile à croire mais, pour la première fois depuis très, très, très longtemps, Win semblait un peu anxieux.

— J'ai trois cabinets d'avocats et deux boîtes de lobbying qui travaillent sur ce problème, poursuivit-il.

— Qui travaillent comment ?

— La routine habituelle, si tu me permets ce pléonasme. Demander à certains politiciens un retour de faveur, préparer des poursuites contre le bureau du procureur du Bergen County pour calomnies et diffamation, lancer des rumeurs en notre faveur dans les médias, voir quels juges sont à la veille d'une réélection.

— En d'autres mots, dit Myron, acheter tout ce qui peut l'être.

Win haussa les épaules.

— Chacun sa syntaxe.

— Tes livres n'ont pas encore été saisis ?

— Non. J'envisage de pulvériser cette éventualité avant qu'un juge quelconque ne songe même à leur existence.

— Dans ce cas, nous devrions peut-être prendre l'offensive.

Win refit son pont de doigts. Il put en vérifier la perfection dans le reflet impeccable que lui renvoyait son bureau en acajou, un peu comme dans ces vieilles pubs où la maîtresse de maison « s'extââsie » de pouvoir se mirer dans une assiette creuse.

— Je t'écoute.

Il lui relata sa conversation avec Bonnie Haid. Le téléphone rouge, assorti à l'acajou, de Win – son Batphone : il était si amoureux des gadgets d'Adam West, *le* Batman, qu'il le gardait sous cloche comme un gâteau – l'interrompit plusieurs fois. Win devait prendre les appels. Qui provenaient, pour l'essentiel, d'avocats. Myron sentait la panique juridique dans les murmures qui s'échappaient du combiné. Compréhensible. Windsor Horne Lockwood III n'était pas quelqu'un qu'on avait envie de décevoir.

Win restait calme. Sa participation aux conversations pouvait se résumer à un mot et une phrase. *Combien.* Et *La somme qu'il faudra.*

Quand Myron eut terminé, Win déclara :

— Faisons une liste.

À la suite de quoi, ni Myron ni lui ne s'emparèrent d'un stylo.

— Un, il nous faut le relevé téléphonique de Clu.
— Il habitait un appartement à Fort Lee, dit Myron.
— La scène de crime.
— Oui. Clu et Bonnie l'avaient loué quand Clu a été pris par les Yankees en mai.

Un énorme contrat qui avait donné à Clu, un vétéran en fin de carrière, une dernière chance de tout foutre en l'air.

— Ils ont emménagé dans la maison de Tenafly en juillet mais la location de l'appartement courait encore six mois. Quand Bonnie l'a foutu dehors, c'est là qu'il a atterri.
— Tu as l'adresse ? demanda Win.
— Ouais.
— Parfait.
— Envoie les relevés à Big Cyndi. Je lui demanderai de les éplucher.

Obtenir les relevés téléphoniques d'un quelconque quidam est effroyablement aisé. Vous ne le croyez pas ? Ouvrez les pages jaunes. Choisissez un détective privé au hasard. Offrez-lui deux mille dollars en échange de la facture détaillée de n'importe qui. Certains accepteront sur-le-champ mais la plupart tenteront de monter à trois mille, la moitié de la somme allant au contact qu'ils entretiennent dans une compagnie de téléphone.

— Nous devons aussi vérifier les dépenses de Clu, ses relevés de cartes de crédit, ses retraits, ses chèques. Voir ce qu'il fabriquait ces derniers temps.

Win hocha la tête. Dans le cas de Clu, ce serait encore plus facile. La totalité de ses actifs financiers était gérée par Lock-Horne Securities. Win lui avait créé un compte courant séparé de façon que Clu s'y retrouve mieux. Celui-ci incluait une carte Visa, des prélèvements mensuels automatiques et un chéquier.

— Il faut aussi retrouver la mystérieuse petite amie, dit Myron.

— Ça ne devrait pas être trop difficile.

— Non.

— Et comme tu l'as déjà suggéré, notre vieux frère Billy Lee Palms pourrait savoir quelque chose.

— Nous pourrions partir à sa recherche, dit Myron.

Win leva un doigt.

— Une chose.

— Laquelle ?

— Tu devras t'user les semelles tout seul.

— Pourquoi ça ?

— J'ai une société à gérer.

— Moi aussi, dit Myron.

— Si tu perds ton affaire, tu fais du mal à deux personnes.

— Trois, corrigea Myron. Tu oublies Big Cyndi.

— Non, je parlais d'elle et d'Esperanza. Je t'ai laissé de côté pour des raisons évidentes. Encore une fois, si tu requiers une explication à l'évidence, c'est ton droit, choisis parmi les clichés suivants : comme on fait son lit, on se...

— J'ai compris, le coupa Myron. Mais j'ai quand même une boîte à protéger. Pour elles, sinon pour moi.

— Sans aucun doute, dit Win avant de pointer une phalange vers les tranchées. Mais, au risque de paraître mélodramatique, je suis responsable de tous ces gens. De leurs boulots, de leur sécurité financière. Ils ont des familles, des emprunts pour leurs maisons, pour leurs études ou celles de leurs enfants.

Il transperça Myron de ses yeux bleu glacé.

— Ce n'est pas quelque chose que je prends à la légère.

— Je sais.

Win se laissa aller contre son dossier.

— Je reste impliqué, bien sûr. Et, encore une fois, si mes talents particuliers s'avèrent nécessaires...

— Espérons que non, l'interrompit Myron.

Win haussa à nouveau les épaules. Il attendit un moment avant d'enchaîner :

— C'est drôle, non ?

— Quoi ?

— Nous n'avons pas mentionné Esperanza une seule fois. Pourquoi, selon toi ?

— Je ne sais pas.

— Peut-être, dit Win, parce que nous avons quelques doutes sur son innocence.

— Non.

Win haussa un sourcil mais ne dit rien.

— Ce n'est pas du sentimentalisme de ma part, dit Myron. J'y ai réfléchi.

— Et ?

— Et ça n'a aucun sens. D'abord, pourquoi Esperanza aurait-elle tué Clu ? Quel serait son mobile ?

— Le procureur semble penser qu'elle l'a fait pour l'argent.

— D'accord. Et je pense qu'il est raisonnable de dire que nous savons que ce n'est pas le cas.

Win médita puis hocha la tête.

— Esperanza ne tuerait pas pour de l'argent.

— Donc, nous n'avons pas de mobile.

Win fronça les sourcils.

— Je dirais que cette conclusion est, au mieux, prématurée.

— D'accord, mais maintenant voyons un peu les preuves. Le pistolet, par exemple.

— Continue.

— Réfléchis une seconde. Esperanza a une altercation majeure avec Clu devant témoins, d'accord ?

— Oui.

Myron leva un doigt.

— Primo, est-elle assez idiote pour tuer Clu si peu de temps après une bagarre en public ?

— Non, concéda Win. Mais il est possible que ce combat dans le parking ait marqué un point de non-retour. Esperanza s'est peut-être rendu compte à ce moment-là que Clu devenait incontrôlable.

— D'accord, disons alors qu'Esperanza était assez idiote pour le tuer après la bagarre. Mais elle aurait su qu'elle serait suspectée, non ? Je veux dire, il y avait eu des témoins.

— Je te l'accorde.

— Alors, pourquoi l'arme du meurtre se trouvait-elle dans mon bureau ? Esperanza n'est pas stupide. Elle travaille avec nous. Elle connaît la chanson. Bon sang, il suffit d'avoir la télé pour savoir qu'on est censé se débarrasser de l'arme du crime.

— J'entends ce que tu dis.

— Donc, le flingue a été mis là par quelqu'un d'autre. Et il s'ensuit que ce quelqu'un ne s'est pas contenté du flingue, il a aussi semé les fibres et le sang.

— Logique, dit Win qui avait un faible pour M. Spock.

Le Batphone se remit à sonner. Win décrocha et liquida l'affaire en quelques secondes. Ils reprirent leur réflexion.

— D'un autre côté, dit Win, je n'ai jamais rencontré de meurtre parfaitement logique.

— Que veux-tu dire ?

— La réalité est confuse et bourrée de contradictions. Prends O.J. par exemple.

— Quoi ?

— L'affaire O.J. Simpson, expliqua Win avec patience. Si tout ce sang a été versé et qu'O.J. devait en être trempé, pourquoi en a-t-on retrouvé si peu ?

— Il a changé de vêtements.

— Et alors ? Même s'il l'a fait, on aurait dû en trouver plus que quelques taches sur le plancher, non ? S'il est rentré chez lui et s'est douché, pourquoi n'a-t-on pas retrouvé de sang sur le carrelage ou dans la tuyauterie ou je ne sais où ?

— Donc tu penses qu'O.J. était innocent ?

— Tu ne comprends pas.

— Je ne comprends pas quoi ?

— Les enquêtes criminelles n'expliquent jamais tout. Il y a toujours des trous dans le tissu de la logique. Des imperfections. Esperanza a peut-être commis une erreur. Elle a peut-être cru que la police ne la soupçonnerait pas. Ou que l'arme serait plus en sécurité au bureau que, disons, chez elle.

— Elle ne l'a pas tué, Win.
Celui-ci écarta les mains.
— Qui, parmi nous, si les circonstances l'exigent, est incapable de tuer ?
Silence très lourd.
Myron avait la gorge en feu.
— Voyons où nous mène l'hypothèse selon laquelle l'arme a été planquée par quelqu'un d'autre.
Win hocha lentement la tête sans le quitter des yeux.
— La question est : qui veut la piéger ?
— Et pourquoi ? ajouta Win.
— Donc, il nous faut la liste de ses ennemis, dit Myron.
— Et des nôtres.
— Pardon ?
— Cette accusation de meurtre nous fait beaucoup de tort, dit Win. Nous devons donc envisager plusieurs possibilités.
— Par exemple ?
— D'abord, dit Win, il se peut que nous exagérions cette histoire de piège.
— Comment ça ?
— Il ne s'agit peut-être pas du tout d'une vengeance personnelle. Le meurtrier a pu avoir entendu parler de cette altercation au parking et en a conclu qu'Esperanza ferait un pigeon commode.
— Donc, le meurtrier aurait fait tout ça à seule fin de détourner les soupçons ? Il n'y aurait rien de personnel ?
— C'est une possibilité, dit Win. Rien de plus.
— D'accord, dit Myron. Quoi d'autre ?
— Le meurtrier en veut beaucoup à Esperanza.

— Le choix évident.

— Pour le moment, du moins, dit Win. Troisième possibilité : le meurtrier nous en veut beaucoup.

— À nous, dit Myron. Ou à nos affaires.

— Oui.

Quelque chose comme une enclume géante de dessin animé atterrit sur la tête de Myron.

— Quelqu'un comme FJ.

Win sourit à peine.

— Et, poursuivit Myron, si Clu était embringué dans une activité illégale, une activité nécessitant de fortes sommes d'argent en liquide...

— ... activité illégale, argent liquide, acheva Win à sa place, voilà des mots qui évoquent irrésistiblement FJ et sa famille. Et même sans parler d'argent, ce délicieux jeune homme serait plus que ravi de pouvoir te démolir. Quelle meilleure façon que ruiner ta boîte et faire emprisonner ta meilleure amie ?

— Une pierre, deux coups.

— Précisément.

Myron se sentit soudain épuisé.

— L'idée d'affronter les Ache ne m'enchante guère.

— Moi non plus, dit Win.

— Toi ? Tout à l'heure, tu voulais tuer FJ.

— Justement. C'était tout à l'heure. Maintenant, je ne peux plus me le permettre. Si le jeune FJ est derrière tout ça, nous allons devoir le prouver et donc faire en sorte de le garder en vie. Piéger la vermine est hasardeux. L'extermination pure et simple constitue toujours la meilleure option.

— Donc, maintenant nous avons éliminé ton option préférée.
— Triste, n'est-ce pas ? fit Win.
— Tragique.
— Mais le pire est encore à venir, mon vieil ami.
— Comment cela ?
— Innocente ou coupable, dit Win, Esperanza nous cache quelque chose.
Silence.
— Nous n'avons pas le choix, dit Win. Nous devons enquêter sur elle. Fouiner dans sa vie privée.
— L'idée de me frotter aux Ache ne m'enchante pas, dit Myron, l'idée de fouiner dans la vie privée d'Esperanza ne m'enchante pas du tout.
— Oui, approuva Win. Tu as raison d'avoir peur. Très peur.

11

Le premier indice potentiel eut deux effets sur Myron : Il lui flanqua une trouille bleue et il lui fit penser à *La Mélodie du bonheur*.

Myron aimait bien la vieille comédie musicale avec Julie Andrews – qui ne l'aimait pas ? – mais une des chansons lui avait toujours parue particulièrement débile. C'était aussi une des plus connues. *My Favorite Things*. Demandez à un milliard de gens de faire la liste de leurs trucs préférés. Combien d'entre eux vont y inclure les sonnettes ? Tu veux que je te dise, Millie ? J'adore les sonnettes ! Les sonnettes de porte. Au diable les plages de sable blanc, les grands livres, faire l'amour ou les spectacles de Broadway. Les sonnettes, Millie. Les sonnettes, y a que ça de vrai. Parfois, je cours vers une maison juste pour appuyer sur le bouton et oui, je n'ai aucune honte à l'admettre, j'en ai des frissons.

Parmi les autres trucs préférés assez troublants de la chanson, il y avait les colis enveloppés dans du papier marron avec de la ficelle. Pour Myron, ça évoquait surtout les paquets expédiés par les entreprises pornographiques (aucun rapport bien sûr avec une quelconque expérience personnelle). Ce fut un colis de ce genre qu'il trouva quand il se décida à examiner l'énorme tas de courrier arrivé en son absence. Une boîte enveloppée dans du papier marron. L'étiquette, dactylographiée, portait la mention *Personnel*. Pas d'adresse de réponse. Tampon de la poste de New York.

Myron ouvrit le paquet, le secoua et regarda une disquette d'ordinateur tomber sur son bureau.

Salut.

Myron la ramassa, la tourna, la retourna. Pas la moindre inscription dessus. Juste un carré noir de plastique et de métal. Myron le contempla un moment, haussa les épaules et le glissa dans son lecteur. Il allait cliquer dessus pour voir de quel fichier il s'agissait quand quelque chose se passa. Myron fronça les sourcils. Il n'avait pas une seule seconde envisagé que ce truc puisse propager un virus. On devrait pas fourrer comme ça un corps étrange et étranger dans son ordi. Il ne savait pas dans quelles fentes douteuses il avait été introduit auparavant, s'il portait une capote, s'il avait fait un test VIH. Rien. Son pauvre ordinateur. Il venait de trahir sa mémoire.

Gémissement.

L'écran devint noir.

Myron se tira l'oreille. Son doigt se tendit vers la touche *escape* – le dernier espoir de tout ordinophobe au bord du désespoir – quand une image apparut. Il se figea.

C'était une fille.

Elle avait de longs cheveux, un peu filasse, avec deux petites mèches devant et un sourire gêné. Elle devait avoir dans les seize ans, tout juste débarrassée de son appareil dentaire, les yeux fuyant sur le côté, avec en arrière-plan un de ces arcs-en-ciel qu'ils adorent utiliser dans les portraits scolaires. Ouais, la photo avait sa place dans la salle à manger de Papa-Maman ou bien dans la vitrine d'un lycée de banlieue avec, en dessous, un petit texte résumant sa vie, une citation définitive de James Taylor ou de Bruce Springsteen suivie d'une déclaration exprimant sa joie d'être la secrétaire-trésorière du club d'échecs et l'évocation de ses meilleurs souvenirs : traîner avec Jenny et Sharon T. au Big W, manger du pop-corn pendant les cours de Mme Kennilworth, retrouver toute la bande derrière le parking... Une sorte d'épitaphe de l'adolescence.

Myron connaissait la fille.

Ou, du moins, il l'avait déjà vue. Il était incapable de se rappeler dans quelles circonstances ou bien s'il l'avait vue en personne ou en photographie ou ailleurs. Mais il n'avait pas le moindre doute. Il la scruta, espérant faire surgir un nom ou même un vague souvenir. Rien. Il continua à la fixer. Et c'est alors que ça arriva.

La fille se mit à fondre.

Il n'y avait pas d'autre mot. Les deux mèches se mélangèrent à sa chair, son front s'affaissa, son nez se liquéfia, ses yeux roulèrent en arrière puis se fermèrent. Du sang se mit à suinter des orbites, recouvrant son visage.

Myron faillit hurler.

Le sang couvrait toute l'image maintenant et, pendant un instant, Myron se demanda s'il n'allait pas se mettre à couler de l'écran. Un rire jaillit des haut-parleurs. Pas un rire de malade ou un rire cruel mais le rire sonore et sain d'une joyeuse gamine, un son si normal qu'il en était encore plus terrifiant.

Soudain, le rire s'arrêta. L'écran redevint noir. Et la fenêtre habituelle réapparut.

Myron respirait trop vite. Il avait mal aux doigts à force de serrer le rebord du bureau.

Qu'est-ce que c'est que ça ?

Son cœur battait dans sa cage thoracique comme s'il voulait s'en échapper. Myron s'empara du papier brun. Le tampon de la poste datait presque de trois semaines. Trois semaines. Cette horrible disquette attendait dans sa pile de courrier pendant tout le temps qu'il avait passé sur son île. Pourquoi ? Qui la lui avait envoyée ? Et qui était cette fille ?

Sa main tremblait encore quand il décrocha son téléphone. Même s'il passait ses appels en numéro caché, on lui répondit aussitôt :

— Qu'est-ce qui se passe, Myron ?

— J'ai besoin de ton aide, PT.

— Ben merde, t'as une voix de zombie. C'est pour Esperanza ?

— Non.

— Explique.

— Une disquette d'ordinateur. Il faut que je la fasse analyser.

— Va chez John Jay. Demande le Dr Czerski. Mais si tu cherches une trace, ça va être difficile. De quoi s'agit-il ?

— J'ai reçu une disquette par courrier. Elle contient la photo d'une adolescente. Sur un fichier AVI ou du même genre.
— Qui est la fille ?
— Je ne sais pas.
— J'appelle le Dr Czerski. Tu peux y aller.

Le Dr Kirstin Czerski arborait une blouse blanche et l'air engageant d'une ancienne nageuse est-allemande. Myron essaya le Sourire 17 : celui qui promettait tous les plaisirs décadents du monde libre.
— Salut, dit-il, je m'appelle...
— La disquette.
Elle tendait la main. Il tendit la disquette. Elle la regarda à peine et se dirigea vers une porte.
— Attendez ici.
La porte s'ouvrit. Myron aperçut un bref instant une pièce tout droit sortie de *Battlefield Galactica*. Des câbles, du métal, des voyants lumineux, des moniteurs, des bandes et un fauteuil de commande. La porte se referma. Myron se trouvait dans une salle d'attente chichement décorée. Sol en lino, trois chaises en plastique moulé, des affiches sur un mur.
Son portable sonna à nouveau. Il le contempla un moment. Il l'avait éteint six semaines plus tôt. Maintenant qu'il était rallumé, l'appareil semblait décidé à rattraper le temps perdu.
— Allô ?
— Salut, Myron.
Paf.

La voix lui fit l'effet d'une claque au plexus. Un bourdonnement emplit ses oreilles comme si le téléphone était un coquillage. Myron se laissa glisser sur une chaise en plastique jaune.

— Salut, Jessica, parvint-il à dire.

— Je t'ai vu aux infos, dit-elle, la voix un tout petit peu trop maîtrisée. Je me suis dit que tu avais dû rebrancher ton téléphone.

— Oui.

Silence.

— Je suis à Los Angeles, reprit Jessica.

— Hmm.

— Mais il fallait que je te dise certaines choses.

— Ah ?

Le robinet à répliques ravageuses de Myron... il ne savait pas le fermer.

— D'abord, je serai absente encore au moins un mois. Je n'ai pas fait changer les serrures, donc tu peux t'installer dans le loft...

— Je... euh, squatte chez Win.

— Je m'en doutais. Mais si tu as besoin de quoi que ce soit ou si tu veux récupérer tes affaires...

— Oui.

— N'oublie pas la télé. C'est la tienne.

— Tu peux la garder.

— D'accord.

Nouveau silence.

Jessica :

— On fait ça d'une manière très adulte, n'est-ce pas ?

— Jess...

— Non. Ce n'est pas pour ça que j'appelle.

Myron ne dit rien.

— Clu t'a appelé plusieurs fois. Au loft, je veux dire.

Myron l'avait deviné.

— Il semblait assez désespéré. Je lui ai dit que je ne savais pas où tu étais. Il voulait à tout prix te voir. Il était très inquiet pour toi.

— Pour moi ?

— Oui. Il est même venu une fois. Il était dans un drôle d'état. Il m'a cuisinée pendant vingt minutes.

— À propos de quoi ?

— À propos de l'endroit où tu étais. Il devait absolument te joindre... Il disait que c'était pour ton bien, pas pour le sien. Comme je n'arrêtais pas de lui dire que je ne savais pas où tu étais, il a commencé à me faire peur.

— Te faire peur comment ?

— Il m'a demandé comment je savais que tu n'étais pas mort.

— Clu a dit ça ? Il a dit « mort » ?

— Oui. J'ai même appelé Win juste après son départ.

— Qu'a dit Win ?

— Que tu étais en bonne santé et que je n'avais pas à m'inquiéter.

— Il n'a rien dit d'autre ?

— C'est de Win dont on parle, Myron. Il a dit – je cite – « Il va bien, ne t'inquiète pas » et il a raccroché. J'ai laissé tomber. Je me suis dit que Clu s'était lancé dans une petite hyperbole pour qu'on s'occupe de lui.

— Ce devait être le cas.

— Ouais.

Silence.

Encore.

— Comment vas-tu ? demanda-t-elle.

— Ça va. Et toi ?

— J'essaie de me débarrasser de toi, dit-elle.

Il pouvait à peine respirer.

— Jess, on pourrait parler...

— Non, je ne veux pas parler, d'accord ? Laisse-moi le dire d'une façon simple : si tu changes d'avis, appelle-moi. Tu connais le numéro. Sinon, sois heureux.

Clic.

Le bras au bout duquel se trouvait le téléphone tomba. Myron se força à respirer plusieurs fois. C'était si simple. Oui, il connaissait le numéro. Comme il serait facile de le composer.

— Inutile.

Il leva les yeux vers le Dr Czerski.

— Pardon ?

Elle montra la disquette.

— Vous avez dit qu'il y avait une photo là-dessus ?

Myron expliqua rapidement ce qu'il avait vu.

— Il n'y a plus rien, dit-elle. Elle a dû s'effacer.

— Comment ?

— Vous avez dit que le programme s'est mis en route automatiquement ?

— Oui.

— C'était à mon avis un logiciel automatique qui démarre et s'efface tout seul. C'est simple.

— N'y a-t-il pas des moyens de récupérer des données effacées ?

— Si. Mais ce fichier a fait plus que cela. Il a entièrement reformaté la disquette. C'était sans doute la dernière commande du programme.

— Ce qui veut dire ?
— Ce que vous avez vu a disparu à jamais.
— Y a-t-il autre chose sur la disquette ?
— Non.
— Rien qui puisse nous donner une piste ou un indice quelconque ? Une caractéristique particulière ou autre chose ?
— C'est une disquette banale. Qu'on trouve dans tous les magasins d'informatique du pays. Formatage standard.
— Des empreintes ?
— C'est pas mon rayon.

Et, Myron le savait, ce serait une perte de temps. Si quelqu'un avait pris le soin d'élaborer un tel programme, il y avait peu de chances qu'il ait laissé ses empreintes.

— J'ai du travail.

Le Dr Czerski lui rendit la disquette et le planta là. Myron regarda le truc noir dans sa main et secoua la tête.

Le portable sonna à nouveau. Il décrocha.

— Monsieur Bolitar ?

Big Cyndi.

— Oui.

— Je suis en train d'examiner les relevés téléphoniques de Clu Haid comme vous me l'avez demandé.

— Et ?

— Allez-vous rentrer au bureau, monsieur Bolitar ?

— J'arrive. Pourquoi ?

— Il y a quelque chose là-dedans que vous pourriez trouver bizarre.

12

Quand la porte de l'ascenseur s'ouvrit, Big Cyndi était là à l'attendre. Elle s'était enfin nettoyé le visage. Tout le maquillage avait disparu. Elle avait dû utiliser du papier de verre. Ou un marteau-piqueur.

Elle l'accueillit avec un :

— C'est bizarre, monsieur Bolitar.

— Quoi donc ?

— Selon vos instructions, j'ai examiné les appels téléphoniques de Clu Haid.

Elle secoua la tête avant de répéter :

— Très bizarre.

— Qu'est-ce qui est bizarre ?

Elle lui tendit une feuille de papier.

— J'ai surligné le numéro en jaune.

Myron le regarda en regagnant son bureau. Big Cyndi le suivit, fermant la porte derrière eux. Le numéro commençait par 212. Manhattan, donc. À part ça, il lui était totalement inconnu.

— Et donc ?

— C'est un night-club.

— Lequel ?

— Le *Take A Guess*. C'est pas très loin du *Leather-N-Lust*.

Le *Leather-N-Lust* était le bar SM qui employait Big Cyndi comme videuse. Slogan : Fais-moi mal.

— Vous connaissez ?

— Un peu.

— Et c'est comment ?

— Très mélangé. Pas mal de travestis et de transsexuels. Mais pas seulement.

Myron se frotta les tempes.

— Pas seulement ?

— À vrai dire, ils ont un concept assez intéressant, monsieur Bolitar.

— Je n'en doute pas.

— Au *Take A Guess*, on n'est jamais sûr de ce qu'on trouve. Vous voyez ce que je veux dire ?

Il ne voyait rien du tout.

— Excusez ma naïveté sexuelle mais pourriez-vous développer ?

Quand Big Cyndi exerçait un effort de réflexion, son visage se chiffonnait. Ce n'était pas une vision plaisante.

— D'une certaine manière, on y trouve ce qu'on cherche : des hommes habillés en femmes, des femmes habillées en hommes. Mais, parfois, une femme est juste une femme et un homme un homme. Vous me suivez ?

Myron hocha la tête.

— Pas du tout.

— C'est pour ça que ça s'appelle le *Take A Guess*. Il faut deviner. Vous n'êtes jamais sûr à cent pour cent. Par exemple, vous voyez une femme très belle, juste un peu grande avec une perruque platine. Vous vous dites alors qu'il y a des chances que ce soit un mec. Mais – et c'est ça qui fait le charme du *Take A Guess* – peut-être pas.

— Peut-être pas quoi ?

— C'est peut-être pas un homme. Ou un travesti ou un transsexuel. Peut-être que c'est juste une belle femme qui a mis des talons super hauts et une perruque pour semer la confusion.

— Pour quelle raison ?

— C'est ça l'intérêt de cette boîte. Le doute. Ils ont un slogan. ON NE SAIT JAMAIS.

— Accrocheur.

— Mais c'est l'idée. C'est un lieu de mystère. Vous ramenez quelqu'un chez vous. Vous croyez que c'est une belle femme ou un type séduisant. Mais, tant que la culotte n'est pas baissée, vous n'êtes sûr de rien. Les gens qui vont là-bas s'habillent pour semer le doute. Vous ne savez pas tant que... bon, vous avez vu *The Crying Game* ?

Myron fit la grimace.

— Et ça attire des gens ?

— Ceux qui sont là-dedans, oui.

— Dedans quoi ?

Elle sourit.

— C'est ça le truc.

Myron se frotta à nouveau les tempes.

— Donc, les clients n'ont pas de problème avec...

Il chercha le mot juste mais il n'y en avait pas.

— Un gay, par exemple, reprit-il dans un effort méritoire, ça ne le dérange pas quand il se retrouve avec une femme ?

— C'est pour ça qu'on va là-bas. Pour le frisson. L'incertitude. Le mystère.

— L'équivalent sexuel d'un paquet surprise.

— C'est ça.

— Sauf que, là, vous risquez d'être vraiment surpris par ce qu'il y a dans le paquet.

Big Cyndi réfléchit à cela. Son front dégoulina sur son nez.

— Quand on y réfléchit bien, monsieur Bolitar, il ne peut y avoir que deux possibilités.

Il n'en était plus aussi sûr.

— Mais j'aime bien votre analogie avec le paquet surprise, enchaîna-t-elle. Vous savez ce que vous amenez à la fête mais vous n'avez aucune idée de ce que vous allez ramener chez vous. Une fois, un mec est parti avec ce qu'il pensait être une femme obèse. Il s'est retrouvé avec un type qui avait un nain caché sous sa robe.

— Je vous en prie, dites-moi que c'est une blague.

Big Cyndi se contenta de le regarder.

— Donc, reprit Myron, vous, heu... fréquentez cet endroit ?

— J'y ai été une ou deux fois. Mais pas depuis un moment.

— Pourquoi pas ?

— Deux raisons. D'abord, ils font de la concurrence au *Leather-N-Lust*. L'ambiance est différente mais la clientèle est plus ou moins la même.

Là, Myron avait compris.

— Les pervers.

— Ils ne font de mal à personne.

— En tout cas, à personne qui n'a pas envie qu'on lui fasse mal.

Elle fit la moue, mimique assez inquiétante chez une catcheuse de cent cinquante kilos dépourvue de tout maquillage.

— Esperanza n'a pas tort.
— À quel propos ?
— Il vous arrive d'avoir l'esprit étroit.
— Ouais, parfois mon esprit se demande pourquoi il y a autant de place dans ma cervelle. Et la seconde raison ?

Elle hésita.

— Je suis pour la liberté sexuelle. Je me moque de ce que vous fabriquez tant que c'est consensuel. Et ça m'arrive, moi aussi, d'avoir envie de choses un peu folles, monsieur Bolitar.

Elle le fixait droit dans les yeux.

— *Très* folles, même.

Myron se tassa sur son fauteuil, de peur qu'elle n'entre dans les détails.

— Mais le *Take A Guess* s'est mis à attirer des gens moins fréquentables.

— Voilà qui est surprenant, dit Myron. Un endroit pareil, c'est le coin idéal pour une famille en vacances.

Elle secoua la tête.

— Vous êtes trop refoulé, monsieur Bolitar.
— À cause du fait que je préfère connaître le sexe de mon partenaire avant de me mettre tout nu ?
— À cause de votre attitude. Les gens comme vous suscitent les complexes. La société devient répressive... si répressive, en fait, que les gens franchissent la ligne entre le sexe et la violence, entre le

jeu et le vrai danger. Ils en arrivent à un point où ils prennent leur pied en faisant du mal à des personnes qui ne veulent pas avoir mal.

— Et le *Take A Guess* attire des gens comme ça ?
— Plus que les autres clubs.

Myron se frotta le visage. Sa cervelle recommençait à tourner.

— Ce qui pourrait expliquer certaines choses.
— Lesquelles ?
— Pourquoi Bonnie a fini par larguer Clu pour de bon. C'est une chose de collectionner les petites amies. Mais si Clu fréquentait un endroit pareil, s'il commençait à être attiré par...

Encore une fois, quel était le mot juste ?

— ... par ce que vous voulez. Et si Bonnie l'avait découvert, eh bien, cela expliquerait la demande de divorce.

Il hocha la tête avec précaution comme pour retenir sa cervelle qui tourbillonnait de plus en plus vite.

— Et cela expliquerait l'étrange attitude de Bonnie tout à l'heure.
— Comment cela ?
— Elle m'a demandé, en insistant, de ne pas creuser trop profond. Elle voulait juste que j'innocente Esperanza et qu'ensuite j'abandonne l'enquête.

Big Cyndi acquiesça.

— Elle avait peur que cela se sache.
— Oui. L'effet sur les enfants, si cette histoire s'était retrouvée dans les journaux...

Une autre idée venait d'être expulsée du tourbillon pour venir se fracasser sur les parois de son crâne. Il regarda Big Cyndi.

— Je présume que le *Take A Guess* attire essentiellement des bisexuels. Je veux dire : si vous vous foutez de ce que vous récoltez, c'est sans doute parce que ça vous est égal.

— Plutôt des ambisexués, dit Big Cyndi. Ou des gens qui cherchent un peu de mystère. Qui veulent du neuf.

— Mais aussi bisexuels.

— Oui, bien sûr.

— Comme Esperanza.

Big Cyndi se raidit.

— Quoi, Esperanza ?

— Ne fréquentait-elle pas ce club ?

— Je n'en sais rien, monsieur Bolitar. Et je ne vois pas le rapport.

— Je ne vous demande pas ça parce que ça m'excite. Vous voulez qu'on l'aide, n'est-ce pas ? Ce qui implique de creuser là où nous n'avons pas forcément envie de creuser.

— Je le sais, monsieur Bolitar. Mais vous la connaissez mieux que moi.

— Pas sur ce plan-là.

— Esperanza est une personne très discrète. Croyez-moi, je ne sais pas. En général, elle a quelqu'un de régulier. J'ignore si elle y est allée ou pas.

Myron hocha la tête. Cela n'avait pas grande importance. Si Clu Haid traînait dans une boîte pareille, cela donnerait à Hester Crimstein une occasion supplémentaire de semer le doute au procès. Un club de cul fréquenté par des gens violents : autant dire, le secret du malheur. Clu avait peut-être ramené chez lui le mauvais paquet. Ou alors c'était lui, le mauvais paquet. Sans compter l'argent. Un chantage ? Un client l'avait-il reconnu ? Menacé ? Filmé ?

Ouais, tout un tas de doutes bien troubles.

Et l'endroit idéal pour rechercher cette fameuse petite amie. Ou petit ami. Ou entre les deux. Il secoua la tête. Pour Myron, ce n'était pas une question d'éthique ou de moralité : les déviances sexuelles le désorientaient. Répugnance mise à part, il ne comprenait pas. Sans doute par manque d'imagination.

— Je vais aller faire un tour au *Take A Guess*, dit-il.

— Pas seul, dit Big Cyndi. J'irai avec vous.

Ce qui excluait toute surveillance subtile.

— D'accord.

— Mais pas maintenant. Le *Take A Guess* n'ouvre pas avant onze heures.

— Nous irons donc ce soir.

— J'ai une tenue adaptée, dit-elle. Vous irez en quoi ?

— En hétérosexuel refoulé, dit-il. J'aurai qu'à enfiler mes Rockport.

Il regarda à nouveau la liste des appels.

— Vous avez surligné un autre numéro en bleu.

— Oui. Vous aviez mentionné un vieil ami nommé Billy Lee Palms.

— C'est son numéro ?

— Non. M. Palms ne figure nulle part. Pas sur les annuaires, en tout cas. Et il n'a plus payé d'impôts depuis quatre ans.

— Donc, c'est le numéro de qui ?

— Des parents de M. Palms. M. Haid les a appelés deux fois le mois dernier.

Myron vérifia l'adresse. Westchester. Il se souvenait vaguement d'avoir rencontré les parents de Billy Lee lors d'un jour de visite des familles à Duke. Il consulta sa montre. Il y avait une heure de trajet. Il prit sa veste puis l'ascenseur.

13

La voiture de Myron, la Ford Taurus de la société, ayant été saisie par la police, il loua une Mercury Cougar marron. Avec l'espoir que les femmes pourraient résister. Quand il démarra, la radio était branchée. Patti LaBelle et Michael McDonald susurraient un truc déprimant qui avait pour titre *On My Own*. Leur couple autrefois béat de bonheur se séparait. Tragique. Si tragique que, comme le formulait McDonald : « Maintenant, on parle de divorce... alors qu'on n'est même pas mariés. »

Myron était accablé. Et c'était pour ça que Michael McDonald avait quitté les Doobie Brothers ?

À la fac, Billy Lee Palms était le roi de la teuf. Belle gueule, cheveux noirs rock'n roll et un mélange scotchant, quoiqu'un peu poisseux, de charisme et de machisme, le genre de cocktail qui avait un effet certain sur de jeunes étudiantes qui venaient de quitter le domicile parental. On l'avait baptisé Love Palms. Paumes d'amour. Ça lui allait bien. À condition de considérer l'amour sous son aspect le plus manuel. Ses appendices préhensiles avaient aussi permis à Billy Lee d'être un grand joueur de base-ball, un receveur qui avait réussi à atteindre les *Major Leagues* pendant une demi-saison. Il avait ciré le banc des Baltimore Orioles l'année où ils avaient gagné les *World Series*.

Une année désormais lointaine.

Myron frappa à la porte. Quelques secondes plus tard, elle s'ouvrit vite et en grand. Sans le moindre avertissement. Curieux. De nos jours, les gens âgés lorgnent à travers des œilletons ou des caméras ou, au moins, demandent qui est là.

Il reconnut vaguement la femme.

— Oui ? dit Mme Palms.

Elle était petite avec une bouche d'écureuil et des yeux si exorbités qu'on aurait dit que quelque chose, derrière, les poussait. Ses cheveux étaient attachés sur la nuque mais plusieurs mèches s'échappaient et tombaient sur son visage. Elle les remit en place en se servant de ses doigts comme d'un peigne.

— Madame Palms ?
— Oui.
— Je m'appelle Myron Bolitar. J'étais à Duke avec Billy Lee.

La voix de Mme Palms tomba d'une ou deux octaves.

— Vous savez où il est ?
— Non, madame. Aurait-il disparu ?

Elle fronça les sourcils et s'écarta.

— Entrez, s'il vous plaît.

Myron pénétra dans le hall. Mme Palms fonçait déjà dans un couloir. Elle tendit le bras vers la droite sans se retourner ni ralentir l'allure.

— Entrez dans le salon de mariage de Sarah. J'arrive dans une seconde.
— Oui, m'dame.
Le salon de mariage de Sarah ?
Il pénétra dans l'endroit indiqué. Et entendit la petite exclamation qui sortit de sa gorge. Le Salon de Mariage de Sarah. Les majuscules s'imposaient. Le mobilier était banal, tout droit déballé d'un catalogue. Un canapé blanc cassé et la causeuse assortie formaient un L, probablement la promotion du mois, à 695 dollars les deux, le canapé pouvant se transformer en excellent lit d'appoint, quelque chose comme ça. La table basse était en similichêne, avec une pile de magazines passionnants et jamais ouverts à un bout, des fleurs en soie au milieu et quelques livres de table basse à l'autre bout. La moquette était beige et il y avait deux luminaires imitation rustique.

Mais les murs, eux, étaient tout sauf banals.

Myron avait vu beaucoup de maisons avec des photographies aux murs. Rien d'extraordinaire à ça. Il avait même connu un ou deux intérieurs où les photos tenaient le rôle essentiel. Mais ici, on était au-delà du réel. Le Salon de Mariage de Sarah – encore une fois, les majuscules étaient nécessaires – était une recréation de l'événement. Littéralement. Les clichés en couleurs du mariage étaient grandeur nature et servaient de papier peint. Sur la gauche, Billy Lee en smoking, aux côtés du témoin ou peut-être simplement du portier, souriait. Mme Palms, en robe de cocktail, dansait avec son mari. Face à Myron, se trouvaient les tables des invités, beaucoup de tables. Les invités levaient la tête et lui souriaient... tous grandeur nature. Comme si une photo panoramique du mariage avait été agrandie à la taille de *La Ronde de nuit* de Rembrandt. Des couples valsaient. Un orchestre jouait. Il y avait un pasteur, des arrangements floraux, une pièce montée, de la porcelaine, des nappes blanches... le tout, encore une fois grandeur nature.

— Je vous en prie, asseyez-vous.

Myron se tourna vers Mme Palms. Était-ce la vraie Mme Palms ou une reproduction ? Non, elle portait des vêtements normaux. Il faillit tendre le bras pour la toucher, histoire d'en être vraiment sûr.

— Merci.

— C'est le mariage de notre fille, Sarah. C'était il y a quatre ans.

— Je vois.

— C'était un jour très spécial pour nous.

— J'en suis sûr.

— La réception a eu lieu au Manor dans West Orange. Vous connaissez ?

— J'y ai fait ma Bar Mitsva.

— Vraiment ? Ce doit être un merveilleux souvenir pour vos parents.

— Oui.

Mais maintenant, il se posait la question. Après tout, ses parents gardaient les photos dans un album.

Mme Palms lui sourit.

— C'est bizarre, je sais, mais... Oh, je l'ai déjà expliqué un million de fois. Alors, une de plus...

Elle soupira, montrant le canapé. Myron s'assit. Elle en fit autant.

Mme Palms croisa les mains et le dévisagea avec le regard un peu vitreux d'une femme assise trop près du grand écran de la vie.

— Les gens prennent des photos des grands événements de leur existence, commença-t-elle sur un ton à peine forcé. Ils veulent capturer les moments importants. Ils veulent les apprécier, les savourer et les revivre. Mais ce n'est pas ce qu'ils font. Ils prennent la photo, ils la regardent une fois et ensuite ils la mettent dans une boîte et ils l'oublient. Pas moi. Je me souviens des bons moments. Je m'y baigne... je les recrée, si je peux. Après tout, c'est pour ces moments que nous vivons, n'est-ce pas, Myron ?

Il acquiesça... du bout des paupières.

— Alors, quand je m'assieds dans cette pièce, elle me réchauffe. Je suis entourée par l'un des moments les plus heureux de ma vie. J'ai créé l'aura la plus positive qu'on puisse imaginer.

Nouveau battement de paupières.

— L'art ne me passionne pas vraiment, continua-t-elle. Je n'apprécie pas plus que ça l'idée de suspendre des lithographies aux murs. À quoi bon regarder des images de gens ou de lieux que je ne connais pas ? Je ne suis pas attirée par le design d'intérieur. Et je n'aime pas les antiquités ou les mauvaises imitations à la Martha Stewart. Mais savez-vous ce que je trouve vraiment beau ?

Elle s'arrêta pour le regarder.

Myron dit ce qu'on attendait de lui.

— Non, quoi ?

— Ma famille, répondit-elle. Ma famille est belle pour moi. Ma famille, c'est de l'art pour moi. Cela a-t-il un sens pour vous, Myron ?

— Oui.

Assez curieusement, c'était la vérité.

— Donc, voilà le Salon de Mariage de Sarah. Je sais que c'est idiot. Agrandir des photos pour les utiliser comme papier peint. Donner un nom à une pièce. Ici, toutes les pièces ont un nom. La chambre de Billy en haut, c'est le Gant de Base-Ball. C'est là où il dort quand il est ici. Je pense que cela le réconforte.

Elle haussa les sourcils.

— Vous voulez la voir ?

— Bien sûr.

Elle bondit littéralement du canapé. L'escalier était couvert de clichés géants en noir et blanc, façon vieilles photos. Un couple à l'air sévère en tenue de mariage très Grand Siècle. Un soldat en uniforme.

— C'est le Mur des Générations. Voici mon arrière-grand-père. Et Hank. Mon mari. Il est mort il y a trois ans.

— Je suis désolé.

Elle haussa les épaules.

— Dans cet escalier, on remonte trois générations. Je pense que c'est une jolie façon de se souvenir de ses ancêtres.

Myron ne discuta pas. Il regarda la photographie du jeune couple qui commençait à peine leur vie commune, sans doute un peu effrayé. Maintenant, ils étaient morts.

Pensées profondes par Myron Bolitar.

— Je sais ce que vous vous dites, affirma-t-elle. Mais est-ce bien plus étrange que d'accrocher des tableaux de ses parents décédés ? Non, les photos sont plus ressemblantes.

Difficile de la contredire.

Le couloir à l'étage vous transportait dans une espèce de soirée costumée, thème : les années 70. Tuniques et pattes d'eph'. Myron ne posa pas de question et Mme Palms n'expliqua rien. Tant mieux. Elle tourna à gauche et il la suivit dans le Gant de Base-Ball. Il faisait honneur à son appellation. La vie de Billy sur les terrains de base-ball s'étalait comme dans un mausolée à sa gloire. Ça commençait avec Billy Lee en *Little League*, prêt à recevoir la balle, le sourire immense et étrangement confiant chez un enfant si jeune. Les années défilaient. *Little League*, *Babe Ruth League*, puis le lycée et Duke, pour finir par son semestre de gloire chez les Orioles, Billy Lee montrant avec fierté sa bague de vainqueur des *World Series*. Myron étudia les photos de Duke. L'une avait été prise devant Psi U, le bâtiment de leur fraternité. Un Billy Lee en tenue officielle le bras sur les épaules de Clu, avec plein de frères en arrière-plan parmi lesquels, il le voyait maintenant, Win et lui-même. Myron se souvenait du moment où cette photo avait été prise. En battant Florida State, l'équipe venait de remporter le championnat national. La fête avait duré trois jours.

— Madame Palms, où est Billy Lee ?

— Je ne sais pas.

— Quand vous dites que vous ne savez pas...

— Il s'est enfui, l'interrompit-elle. Encore une fois.

— Ça lui est donc déjà arrivé ?

Elle regarda le mur. Ses yeux étaient à nouveau vitreux.

— Billy Lee ne trouve peut-être pas assez de réconfort dans cette chambre, dit-elle d'une voix sourde. Peut-être lui fait-elle trop penser à ce qui aurait pu être.

Elle se tourna vers lui.

— Quand avez-vous vu Billy Lee pour la dernière fois ?

Il essaya de s'en souvenir.

— Ça fait longtemps.
— Pourquoi ?
— Eh bien, nous n'avons jamais été très proches.

Elle montra le mur.

— C'est vous ? Là, dans le fond ?
— Oui.
— Billy Lee parlait de vous.
— C'est vrai ?
— Il disait que vous étiez agent sportif. L'agent de Clu, si je ne me trompe.
— Oui.
— Vous êtes donc resté ami avec Clu ?
— Oui.

Elle hocha la tête comme si ça expliquait tout.

— Pourquoi recherchez-vous mon fils, Myron ?

Il hésita.

— Vous avez entendu parler de la mort de Clu ?
— Oui, bien sûr. Le pauvre garçon. Une âme perdue, lui aussi. Comme Billy Lee. Je crois que c'est ce qui les rapprochait.
— Avez-vous vu Clu ces derniers temps ?
— Pourquoi voulez-vous le savoir ?

Qui avait dit que cela allait être facile ?

— J'essaie de découvrir qui l'a tué.

Elle tressaillit comme s'il venait de lui envoyer un petit choc électrique.

— Et vous pensez que Billy Lee a quelque chose à voir avec cela ?

— Non, bien sûr que non.

Mais maintenant, il commençait à s'interroger. Clu avait été assassiné ; son tueur s'était peut-être enfui. Un suspect potentiel de plus.

— Je sais à quel point ils étaient proches. Je me disais que Billy Lee pourrait peut-être m'aider.

Mme Palms fixait les deux joueurs devant le bâtiment des Psi U. Elle tendit la main comme pour caresser le visage de son fils. Mais elle se retint.

— Billy Lee était mignon, n'est-ce pas ?
— Oui.
— Les filles. Elles adoraient toutes mon Billy Lee.
— Je n'ai jamais vu quelqu'un qui avait autant de succès auprès d'elles, dit-il.

Cela la fit sourire. Elle continuait à fixer l'image de son fils. Ambiance. Myron se souvint d'un vieil épisode de *La Quatrième Dimension* où l'ex-reine de l'écran échappe à la réalité en sautant dans un de ses vieux films. Il semblait bien que Mme Palms mourait d'envie d'en faire autant.

Elle réussit enfin à arracher son regard de l'image.

— Clu est venu il y a quelques semaines.
— Pourriez-vous m'en dire davantage ?
— C'est drôle.
— Quoi ?
— C'est mot pour mot ce que les policiers ont demandé.
— La police est venue ici ?

— Oui.

Ils avaient dû, eux aussi, éplucher les factures de téléphone.

— Je vous répondrai la même chose qu'à eux. Je ne peux rien vous dire de plus.

— Savez-vous ce que voulait Clu ?

— Voir Billy Lee.

— Billy Lee était là ?

— Oui.

— Il habite donc ici ?

— Plus ou moins. Ces dernières années n'ont pas été très bonnes pour mon fils.

Silence.

— Je ne veux pas me montrer indiscret, commença Myron, mais...

— ... qu'est-il arrivé à Billy Lee ? finit-elle. La vie a fini par le rattraper, Myron. L'alcool, les drogues, les filles. Il a eu sa ration de cures de désintoxication. Vous avez entendu parler de Rockwell ?

— Non, m'dame.

— C'est une clinique privée. Il a terminé son quatrième séjour là-bas il n'y a pas deux mois. Mais il est incapable de s'acheter une conduite. Quand vous êtes à l'université ou quand vous êtes jeune, vous pouvez y survivre. Quand vous êtes une grande star et que des gens veillent sur vous, vous pouvez vous en sortir. Mais Billy Lee n'était pas assez bon pour atteindre ce niveau. Donc, il n'a personne sur qui compter. Sauf moi. Et je ne suis pas assez forte.

Myron déglutit.

— Savez-vous pourquoi Clu est venu voir Billy Lee ?

— En souvenir du bon vieux temps, j'imagine. Ils sont sortis. Ils ont peut-être pris quelques bières et dragué quelques filles. Je n'en sais rien. Vraiment.

— Clu venait-il souvent voir Billy Lee ?

— Eh bien, Clu n'était plus dans la région, dit-elle sur la défensive. Il n'est revenu vivre ici que quand il a été transféré il y a quelques mois. Mais, ça, vous le savez, bien sûr.

— Donc, c'était une visite assez normale ?

— C'est ce que j'ai cru sur le moment.

— Et maintenant ?

— Maintenant, mon fils a disparu et Clu est mort. À méditer.

— Savez-vous si Billy Lee va quelque part quand il s'enfuit comme ça ?

— N'importe où. Billy Lee est un peu nomade. Il s'en va, il se fait une de ces choses horribles qu'il a l'habitude de se faire et quand il touche le fond, il revient.

— Donc, vous ne savez pas où il est ?

— Non.

— Pas la moindre idée ?

— Non.

— Pas de coin préféré ?

— Non.

— Une petite amie, peut-être ?

— Pas à ma connaissance, en tout cas.

— Un ami chez qui il pourrait s'être réfugié ?

— Non, dit-elle lentement. Il n'a pas d'ami de cette sorte.

Myron lui tendit une de ses cartes.

— Si vous recevez de ses nouvelles, madame Palms, voudriez-vous, je vous en prie, m'en informer ?

Elle étudia la carte tandis qu'ils quittaient la pièce et redescendaient l'escalier.

Avant d'ouvrir la porte, Mme Palms dit :

— Vous étiez le joueur de basket.

— Oui.

— Celui qui s'est blessé au genou.

Une pré-saison chez les pros. Myron allait signer chez les Celtics. Un seul tampon avait tout brisé. En une fraction de seconde. Les ligaments et la carrière. Terminée avant d'avoir commencé.

— Oui.

— Vous avez réussi à laisser cela derrière vous, dit-elle. Vous avez réussi à continuer à vivre, à être heureux et productif.

Elle pencha la tête.

— Pourquoi Billy Lee n'a-t-il pas réussi, lui ?

Myron ne répondit pas – en partie, parce qu'il n'était pas certain que son hypothèse soit tout à fait juste. Il la salua et la laissa seule avec ses fantômes.

14

Myron consulta sa montre. C'était l'heure du dîner. Papa et Maman l'attendaient. Il venait de rejoindre le Garden State Parkway quand son portable sonna à nouveau.
— Tu es en voiture ? s'enquit Win.
Jamais avare de plaisanteries.
— Oui.
— Passe sur 1010 Wins. Je te rappelle.
Une des radios new-yorkaises d'infos en continu. Le type dans l'hélicoptère finissait son compte rendu sur l'état du trafic. Il rendit l'antenne à la présentatrice. Qui joua les allumeuses : « Le dernier coup de tonnerre dans le meurtre de la superstar Clu Haid. Dans soixante secondes. »
Ce furent soixante longues secondes. Myron dut se farcir une pub Dunkin' Donuts vraiment rance, puis un mec tout excité vint expliquer comment transformer cinq mille petits dollars en vingt mille gros dollars, tandis qu'une autre voix moins audible et parlant encore plus vite ajoutait que ça ne marchait pas à tous les coups, qu'en fait vous risquiez

d'y perdre votre fric et que, pour tout dire, il fallait être plutôt demeuré pour suivre des conseils d'investissement donnés dans une pub à la radio. Enfin, la dame du journal revint. Elle communiqua son nom au public – qui n'en avait rien à cirer –, le nom de son alter ego masculin. Ensuite, elle donna l'heure et enfin :

— ABC rapporte, selon une source anonyme au bureau du procureur du Bergen County, que, je cite, « des éléments capillaires et d'autres matériaux corporels », fin de citation, correspondant à la suspecte, Esperanza Diaz, ont été retrouvés sur la scène de crime. Selon cette source, des tests ADN sont en cours, mais les résultats préliminaires montrent une correspondance claire avec Mlle Diaz. La source dit aussi que, je cite, « les éléments capillaires », fin de citation, pour certains très petits, ont été retrouvés dans divers endroits de l'appartement.

Les « je cite éléments capillaires fin de citation, pour certains très petits »... En d'autres termes, sans euphémismes ni guillemets, des poils pubiens. Le cœur de Myron cognait, sans euphémisme.

— Aucun autre détail n'a été relevé mais il est clair que les services du procureur sont convaincus que M. Clu Haid et Mlle Esperanza Diaz entretenaient une liaison sexuelle. Restez branchés sur 1010 Wins, la radio de toutes les infos.

Le téléphone sonna. Myron décrocha.

— Seigneur.

— Win suffira. Restons modeste.

— Je te rappelle tout de suite.

Il composa le numéro du bureau de Hester Crimstein. La secrétaire lui annonça que

Me Crimstein n'était pas disponible. Myron insista en disant que c'était urgent. Me Crimstein resta tout autant indisponible. Mais, demanda Myron, Me Crimstein ne possédait-elle pas un téléphone portable ? La secrétaire coupa la communication. Myron appuya sur une autre touche. Win décrocha.

— Ton avis ? demanda Myron.
— Esperanza couchait avec lui.
— Peut-être pas.
— Oui, bien sûr. Il est clair que quelqu'un a semé les poils pubiens d'Esperanza sur la scène de crime.
— Ça pourrait être une fausse piste.
— Ça pourrait.
— Ou peut-être qu'elle lui a rendu visite chez lui. Pour parler affaires.
— En laissant quelques poils rebelles derrière elle ?
— Elle a peut-être été aux toilettes. Ou alors...
— Myron ?
— Quoi ?
— Inutile, je te prie, de forcer sur les détails. Merci. Il y a autre chose à considérer.
— Quoi ?
— La carte de péage.
— Oui, dit Myron. Elle a traversé le Washington Bridge une heure après le meurtre. Nous le savons. Mais peut-être que ça explique tout maintenant. Esperanza et Clu ont une grosse dispute au parking. Esperanza veut arranger les choses. Elle va chez lui.
— Et une fois qu'elle y est ?

— Je ne sais pas. Peut-être qu'en trouvant le corps elle a paniqué.

— Oui, bien sûr, dit Win. Et donc, prise de panique, elle s'arrache quelques poils pubiens avant de filer.

— Je n'ai pas dit que c'était sa première visite là-bas.

— Et tu as bien fait.

— Que veux-tu dire ?

— Encore une fois, la carte de péage. Elle a de la mémoire, cette petite carte. Selon la facture arrivée la semaine dernière, la Taurus a traversé le pont dix-huit fois au cours du mois écoulé.

— Tu plaisantes ?

— Oui, je suis un garçon extrêmement facétieux. J'ai aussi pris la liberté de vérifier le mois précédent. Là, on tombe à seize traversées du Washington Bridge.

— Elle avait peut-être une autre raison d'aller dans le New Jersey.

— C'est juste. Les centres commerciaux de Paramus valent le détour.

— D'accord, dit Myron. Envisageons, par hypothèse, qu'ils avaient une liaison.

— Une hypothèse judicieuse dans la mesure où elle offre une explication raisonnable à de nombreux mystères.

— Lesquels, par exemple ?

— Par exemple, le silence d'Esperanza.

— Comment ça ?

— Amants et maîtresses font toujours de merveilleux suspects, dit Win. Si Esperanza et Clu dansaient dans de beaux draps, nous pouvons sans trop de risques en déduire que l'altercation au parking était une dispute d'amoureux. Éventualité qui ne présagerait rien de bon pour elle. J'envisage qu'elle préférerait la passer sous silence.

— Y compris vis-à-vis de nous ? contra Myron.
— Oui.
— Pourquoi ? Elle a confiance en nous.
— Plusieurs raisons me viennent à l'esprit. Son avocate a dû lui ordonner de ne rien dire.
— Ce n'est pas ça qui l'arrêterait.
— Pas sûr. Mais, plus important, Esperanza était sûrement embarrassée. Tu l'as depuis peu promue au rang d'associée. Elle était responsable de la bonne marche de l'agence. Je sais que tu la crois trop coriace pour se laisser affecter par de tels détails mais je ne pense pas qu'elle aimerait te décevoir.

Myron rumina ça. Oui, c'était comestible mais il n'était pas sûr de pouvoir le digérer.

— Je continue à penser qu'on passe à côté de quelque chose.
— C'est parce que nous continuons à ignorer la seule vraie raison qui la pousserait à garder le silence.
— Qui serait ?
— Elle l'a tué.

Là-dessus, Win raccrocha. Myron prit Northfield Avenue vers Livingstone, insensible aux premiers signes familiers annonçant sa ville natale. Il pensait au bulletin d'information et à ce qu'avait dit Win. Esperanza pouvait-elle être la femme mystère, celle qui avait provoqué la rupture entre Bonnie et Clu ?

Si oui, pourquoi Bonnie ne l'avait-elle pas dit ? Peut-être ne le savait-elle pas. Ou alors...

Clu et Esperanza s'étaient peut-être rencontrés au *Take A Guess*. Y étaient-ils allés ensemble ou bien étaient-ils simplement tombés l'un sur l'autre ? Était-ce ainsi que leur liaison avait commencé ? Fréquentaient-ils l'endroit et participaient-ils... à ce qui s'y passait ? Une rencontre accidentelle. Imaginons qu'ils étaient déguisés tous les deux et n'avaient compris qui était l'autre que quand il avait été trop tard pour s'arrêter ? Est-ce que ça tenait debout ?

Il prit à droite devant le restaurant *Nero's* sur Hobart Gap Lane. Plus très loin maintenant. Le pays de son enfance... non, de toute sa vie. Il vivait encore ici, chez ses parents, un an auparavant, avant de couper enfin le cordon du tablier pour emménager avec Jessica. Psychologues, psychiatres et assimilés se délecteraient, il n'en doutait pas, avec le fait qu'il avait habité chez ses parents jusqu'à trente ans passés. Ils auraient peut-être raison. Mais, pour Myron, la réponse était très simple. Il les aimait. Oui, ils pouvaient être insupportables – quels parents ne l'étaient pas ? – et ils adoraient s'occuper de ce qui ne les regardait pas. Mais leurs penchants insupportables et curieux ne s'exerçaient que pour les choses annexes. Ils lui laissaient son intimité tout en lui offrant la certitude d'être aimé et protégé. Était-ce malsain ? Peut-être. Mais ça lui paraissait nettement plus enviable que le sort de ses amis qui tenaient leurs parents pour responsables de tous leurs malheurs.

Il tourna dans sa rue. Le quartier était on ne peut plus banal. Il y en avait des milliers d'identiques dans le New Jersey, des centaines de milliers à travers tous les États-Unis. C'était Suburbia, la banlieue, le sommier et le matelas de ce pays, le lit du fameux rêve américain. Un peu con à dire mais Myron s'y sentait bien. D'accord, il y avait du malheur, de l'insatisfaction, des disputes et tout le reste mais il continuait à penser que c'était le lieu « le plus réel » du monde, de son monde. Il adorait les paniers de basket dans les allées, les roulettes sur les vélos de gosses, les matins où ils allaient tous à l'école en même temps et l'angoisse permanente à propos de la couleur de la pelouse. C'était la vie. La vraie.

Parfois, Myron se disait que, au bout du compte, Jessica et lui avaient rompu pour les raisons classiques, mais avec inversion des sexes. Il voulait s'installer, acheter une maison en Suburbia, élever une famille, tandis que Jessica, qui avait peur de s'engager, ne le voulait pas. Il tourna dans l'allée de ses parents en secouant la tête. Trop simple, comme explication. Trop pat, comme on dit aux échecs. Cette histoire d'engagement avait bien été une source perpétuelle de tension mais il n'y avait pas eu que ça. Il y avait eu la tragédie.

Il y avait eu Brenda.

Maman jaillit par la porte, sprintant vers lui, les bras en croix. Elle l'avait toujours accueilli comme un prisonnier de guerre tout juste rescapé d'un camp, mais aujourd'hui, elle y ajouta un petit quelque chose de spécial. La croix de ses bras se referma sur lui, manquant de l'envoyer sur les fesses. Papa suivait de près, tout aussi excité mais se la jouant cool. Papa avait toujours été, quant à lui, un équilibriste : l'amour absolu sans l'étouffement, l'attention sans l'insistance. Un homme stupéfiant, son père. Quand il réussit enfin à l'atteindre, il n'y eut pas de poignée de main. Les deux hommes s'étreignirent férocement et sans la moindre gêne. Myron embrassa la joue rugueuse de son père. La sensation familière lui fit entrevoir ce que Mme Palms tentait d'accomplir avec son papier pas peint.

— Tu as faim ? demanda sa mère.

Son premier mot à son fils, en toutes circonstances.

— Un peu.

— Tu veux que je te prépare quelque chose ?

Pétrification générale. Grimace de son père.

— Tu veux cuisiner ?

— Ça te pose un problème ?

— Je ne sais plus si on a le numéro du centre antipoison.

— Ah, Al, qu'est-ce que c'est drôle. Ha ha, j'en peux plus de rire. Myron, tu vois comme ton père est plein d'humour.

— En fait, Ellen, vas-y, prépare-nous quelque chose. J'ai besoin de perdre quelques kilos.

— Ah, quel comique, cet Al. Arrête, tu vas m'achever.

— Mieux qu'une clinique d'amaigrissement.

— Ah ah.

— Mieux qu'un anneau à l'estomac.

— C'est Groucho Marx que j'ai épousé.

Mais elle souriait.

Ils étaient dans la maison. Papa prit Maman par la main.

— Laisse-moi te montrer quelque chose, Ellen, dit-il. Tu vois cette grande boîte en métal là-bas ? Ça s'appelle un four. Un four. Et tu vois ce bouton, le truc avec tous les chiffres dessus ? C'est avec ça qu'on le met en marche.

— C'est un miracle, Al, qu'après toutes ces années passées avec toi je ne sois pas morte de rire.

Mais ils souriaient tous maintenant. Papa ne mentait pas. Maman ne savait pas cuisiner. Manque de pratique. Ses talents culinaires auraient provoqué une émeute en prison. Quand il était gosse, le dîner maison préféré de Myron étaient les œufs brouillés de son père. Sa mère avait travaillé toute sa vie. La cuisine, c'était l'endroit pour lire les journaux.

— Qu'est-ce que tu veux manger, Myron ? demanda-t-elle. Chinois ? On commande chez Fong ?

— D'accord.

— Al, appelle Fong. Commande quelque chose.

— D'accord.

— Et demande-lui des crevettes avec la sauce au crabe.

— Je sais.

— Myron adore les crevettes de Fong avec la sauce au crabe.

— Je sais, Ellen. J'étais là quand on l'a élevé, tu te rappelles ?

— Tu aurais pu oublier.

— Ça fait vingt-trois ans qu'on commande chez Fong. On a toujours demandé des crevettes avec la sauce au crabe.

— Tu aurais pu oublier, Al. Tu vieillis. N'as-tu pas oublié mon chemisier chez le teinturier il y a deux jours ?
— Il était fermé.
— Donc, tu n'as jamais récupéré mon chemisier. Je me trompe ?
— Non.
— Affaire classée.
Elle regarda son fils.
— Myron, assieds-toi. Il faut qu'on parle. Al, appelle Fong.
Les hommes obéirent aux ordres. Comme toujours. Myron s'assit avec Maman à la table de la cuisine.
— Écoute-moi attentivement, dit-elle. Je sais qu'Esperanza est ton amie. Mais Hester Crimstein est une excellente avocate. Si elle a dit à Esperanza de ne pas te parler, c'est qu'elle a une très bonne raison.
— Mais comment sais-tu...
— Je connais Hester depuis des années.
Maman était avocate, une des meilleures de l'État.
— Nous avons travaillé ensemble sur plusieurs dossiers. Elle m'a appelée. Elle m'a dit que tu te mêlais de son affaire.
— Je ne me mêle de rien.
— En fait, elle a dit que tu la gênais et qu'il fallait que tu te tiennes tranquille.
— Elle t'a parlé de cette histoire ?
— Bien sûr. Elle veut que tu laisses sa cliente tranquille.
— Je ne peux pas.

— Pourquoi pas ?

Myron se tortilla sur sa chaise.

— J'ai des informations qui pourraient être importantes.

— Comme quoi ?

— Selon la femme de Clu, il avait une liaison.

— Et tu crois qu'Hester ne le sait pas ? Le procureur pense qu'il avait une liaison avec Esperanza.

— Attendez un peu...

C'était M. Bolitar.

— Je croyais qu'Esperanza était lesbienne.

— Elle est bisexuelle, Al.

— Elle est quoi ?

— Bisexuelle. Ça veut dire qu'elle aime les filles et les garçons.

Papa réfléchit à ça.

— Ça doit pas être mal.

— Quoi ?

— Je veux dire, ça donne deux fois plus de choix.

— Génial, Al, merci pour la profondeur de tes réflexions.

Maman leva les yeux au ciel avant de se concentrer de nouveau sur son fils.

— Donc, Hester est au courant. Quoi d'autre ?

— Clu cherchait désespérément à entrer en contact avec moi avant d'être tué, dit Myron.

— Logique, *bubbe*. Il voulait reprocher quelque chose à Esperanza.

— C'est pas obligatoire. Clu est venu au loft. Il a dit à Jessica que j'étais en danger.

— Et tu penses qu'il avait raison ?

— Non, à mon avis, il exagérait. Mais n'est-ce pas à Hester Crimstein d'en juger ?

— Elle l'a déjà fait.
— Quoi ?
— Clu est venu ici aussi, chéri.
Sa voix était tout à coup beaucoup plus sourde.
— Il nous a dit, à ton père et à moi, la même chose.

Myron n'insista pas. Si Clu était venu dire à ses parents la même chose qu'à Jessica, s'il avait parlé de ces menaces de mort alors qu'ils ne savaient pas où se trouvait Myron...

Comme s'il lisait dans ses pensées, Papa dit :
— J'ai appelé Win. Il a dit que tu étais en sécurité.
— Vous a-t-il dit où j'étais ?
Maman répondit à celle-ci.
— Nous ne le lui avons pas demandé.
Silence.
Elle posa la main sur le bras de son fils.
— Tu viens de traverser une période très difficile, Myron. Ton père et moi, nous le savons.

Ils le regardaient tous les deux, les yeux bourrés d'amour. Ils savaient en partie ce qui s'était passé. Sa rupture avec Jessica.

Et pour Brenda. Mais ils ne sauraient jamais tout.

— Hester Crimstein sait ce qu'elle fait, reprit Mme Bolitar. Tu dois la laisser faire son travail.
Silence encore.
— Al ?
— Quoi ?
— Raccroche le téléphone, dit-elle. Peut-être qu'on devrait aller manger dehors.
Myron regarda sa montre.

— Un truc rapide, alors. Je dois retourner en ville.

Maman haussa un sourcil.

— Ah ? Tu vois déjà quelqu'un ?

Il pensa à la description que Big Cyndi lui avait faite du *Take A Guess*.

— Je ne crois pas, dit-il. Mais on ne sait jamais.

15

De l'extérieur, le *Take A Guess* ressemblait à n'importe quelle boîte de drague de Manhattan. Murs en brique et vitres sombres pour mettre en valeur les pubs de bières au néon. Au-dessus de la porte, une enseigne plus très fraîche annonçait *Take A Guess*. Devinez. C'est tout. Pas « Perversion exigée », ni « Plus c'est tordu, meilleur c'est », ni « Rien ne vaut une bonne surprise ». Rien. Un costard-cravate rentrant chez lui aurait pu s'arrêter ici, poser son attaché-case, repérer quelqu'un de séduisant, lui payer un verre, distiller quelques bonnes blagues issues du catalogue des collègues et le ramener à la maison. Surprise, surprise.

Big Cyndi le retrouva devant l'entrée. Elle était habillée en Earth, Wind and Fire – pas comme un des membres mais comme le groupe tout entier.

— Prêt ?

Myron hésita avant d'acquiescer.

Quand elle poussa la porte, il retint son souffle avant de plonger derrière elle. En découvrant l'intérieur, il fut à nouveau surpris. Il s'attendait plus ou moins à quelque chose... de cinglé. Comme la scène de bar dans *Star Wars* peut-être. Au lieu de cela, le *Take A Guess* offrait la même ambiance néodésespérée que des milliards d'autres boîtes à célibataires un vendredi soir. Certains clients étaient vêtus de façon colorée mais la plupart portaient du beige ou des costumes trois boutons. Il y avait aussi une poignée de travelos scintillants, quelques dévots du cuir et une bimbo qui débordait de sa combi en latex mais, de nos jours, il est très rare de trouver un bar de nuit à Manhattan sans quelques représentants de ces faunes. C'est sûr, certains étaient déguisés mais, si on y réfléchit bien, qui ne porte pas un masque dans un bar pour célibataires ?

Myron le Profond.

Têtes et regards se tournèrent dans leur direction. Pendant un moment, il se demanda pourquoi. Mais ce fut très bref. Il se tenait, après tout, aux côtés d'une masse multicolore en mouvement d'environ deux mètres et cent cinquante kilos, portant sur elle plus de machins étincelants qu'une conférence internationale de proxénètes. Big Cyndi attirait l'œil.

Elle parut flattée de cette attention. Modeste, elle baissa les paupières. Imaginez Cro-Magnon jouant les coquettes.

— Je connais le barman, dit-elle. Il s'appelle Pat.
— Mâle ou femelle ?

Elle sourit, lui expédia un direct dans le biceps (en retenant son coup, heureusement).

— C'est bien. Vous commencez à comprendre.

Police dans le juke-box : *Every Little Thing She Does Is Magic*. Myron essaya de compter combien de fois Sting répétait les mots *every little*. Il perdit le fil à un million.

Ils trouvèrent deux tabourets au bar. Big Cyndi demanda après Pat tandis que Myron, détective jusqu'au bout des cils, passait la salle en revue. Dos au bar, les coudes sur le comptoir, la tête ballottant au rythme de la musique. Mister Cool. Son examen général s'arrêta à la bimbo dans la combi noire. Leurs regards se croisèrent. Elle se laissa couler dans le siège voisin du sien et s'y moula. Myron repensa à Julie Newmar en Catwoman, un truc qui lui arrivait trop souvent. La chatte couverte de latex était blond cendré mais, hormis cet infime détail, elle ressemblait effroyablement à Julie.

Sans le lâcher des pupilles, Combicat changea de regard et il se mit à croire à la télékinésie.

— Salut, dit-elle.

— Salut aussi.

Le Tueur de Dames se réveillait.

Elle leva lentement la main vers son cou pour jouer avec le Zip de son pelage en latex. Myron parvint à garder sa langue dans le voisinage approximatif de sa bouche. Il jeta un rapide coup d'œil vers Big Cyndi.

— Faut pas toujours croire ce qu'on voit, le prévint-elle.

Myron fronça les sourcils. Il y avait un décolleté ici, et pour tout dire un sillon. Un profond sillon. Il déroba un nouveau regard – pour les besoins de la science. Ouais, décolleté, sillon... confirmés. Et un sacré sillon. Il se retourna vers Big Cyndi et chuchota :

— Nichons. Deux.

Big Cyndi haussa les épaules.
— Je m'appelle Frisson, dit Combicat.
— Et moi, Myron.
— Myron, répéta-t-elle en faisant des ronds avec sa langue comme pour tester le goût du mot. J'aime. Ça fait très homme.
— Heu... ben... merci.
— Vous n'aimez pas votre prénom ?
— À vrai dire, je l'ai toujours plus ou moins détesté, dit-il.
Puis il lui adressa son regard de mec, un sourcil en pointe de flèche tel Geronimo réfléchissant à sa prochaine attaque.
— Mais s'il vous plaît tant que ça, je vais peut-être changer d'avis.
Big Cyndi émit un bruit d'alligator qui recrache une carapace de tortue.
Frisson lui adressa un nouveau regard carbonisant et leva son verre. Elle fit un truc qui, en général, s'appelle « siroter une petite gorgée » mais que toutes les polices du monde auraient considéré comme un attentat à la pudeur.
— Parlez-moi de vous, Myron.
Ils se mirent à papoter. Pat, le barman, étant en pause Myron put donc s'offrir Frisson pendant quinze bonnes minutes. Il ne voulait pas l'admettre mais, en fait, il s'amusait. Frisson s'était tournée face à lui. Et il y en avait des choses à tourner. Elle se glissa un peu plus près. Myron chercha une nouvelle fois des signes éventuellement révélateurs. Pas d'ombre de barbe ou de protubérance entre les jambes. Rien. Il vérifia à nouveau le décolleté.

Toujours là. Toujours aussi bien rempli. Détective jusqu'au bout des cils, on vous dit.

Frisson mit la main sur sa cuisse. Elle était chaude, même à travers le jean. Myron fixa cette main un moment. La taille n'était-elle pas un peu bizarre ? Il essaya de deviner si elle était grande pour une femme ou petite pour un homme. Il ne tarda pas à avoir des vertiges.

— Je ne voudrais pas être impoli, dit-il finalement, mais vous êtes une femme, n'est-ce pas ?

Frisson rejeta la tête en arrière et éclata de rire. Myron chercha une pomme d'Adam. Elle portait un ruban noir autour du cou. Difficile à dire. Le rire était un peu rauque, mais oh, ça va, hein. Elle ne pouvait pas être un mec. Pas avec ce décolleté. Pas avec une combinaison aussi moulante... et c'était le mot qui convenait.

— Quelle différence ? dit Frisson.
— Pardon ?
— Je vous plais, non ?
— Ce que je vois me plaît, oui.
— Alors ?

Myron leva les mains.

— Alors – et permettez-moi d'énoncer ceci clairement – si, au cours d'un moment d'égarement, apparaissait un second pénis dans la chambre... cela tuerait pour de bon toutes mes ardeurs.

Elle rit encore.

— Pas d'autres pénis, hein ?
— C'est exact. Juste le mien. Je sais, j'suis un peu bizarre.
— Vous connaissez Woody Allen ? demanda-t-elle.
— Bien sûr.

— Alors, permettez-moi de le citer.

Myron ne broncha pas. Frisson allait citer Woody. Si elle était une elle, il était au bord de la demande en mariage.

— Le sexe, à deux, c'est beau. À cinq, c'est merveilleux.

— Jolie citation, dit Myron.

— Vous savez d'où elle vient ?

— D'un de ses anciens sketches. Woody faisait du stand-up dans le temps.

Frisson acquiesça, contente que l'élève ait réussi son exam.

— Mais nous ne parlions pas de sexe à plusieurs, dit Myron.

— Vous avez déjà couché avec plusieurs partenaires ?

— Euh... à vrai dire, non.

— Mais si vous le faisiez – s'il y avait, disons, cinq personnes dans la pièce – serait-ce un problème si l'une d'entre elles avait un pénis ?

— Nous parlons, bien sûr, de façon hypothétique, n'est-ce pas ?

— À moins que vous ne vouliez que j'appelle quelques amis.

— Non, ça ira, merci.

Myron respira un bon coup.

— Bon, de façon hypothétique alors, je pense que ce ne serait pas un immense problème, tant que l'homme garde ses distances.

Frisson hocha la tête. Elle faisait ça très bien.

— Mais si j'avais un pénis...

— Extinction immédiate de toute ardeur.

— Je vois...

Un des doigts de Frisson dessinait de petits cercles sur la cuisse de Myron.

— Admettez que je vous intéresse, dit-elle.
— J'admets.
— Donc ?
— Donc, je suis aussi intéressé par ce qui se passe dans la tête de quelqu'un qui saute du haut d'un gratte-ciel. Avant qu'il ne s'écrase sur le trottoir.

Elle haussa un sourcil. Un des seins suivit le mouvement.

— Des tas de choses, sans doute, et à toute allure.
— Ouais, mais y a cet écrasement à la fin.
— Et dans le cas qui nous occupe...
— L'écrasement serait un pénis, oui.
— Intéressant, dit Frisson. Supposons que je sois un transsexuel.
— Pardon ?
— Supposons que j'aie *eu* un pénis mais que maintenant il ne soit plus là. Vous ne risqueriez rien, pas vrai ?
— Faux.
— Pourquoi ?
— Pénis fantôme, dit Myron.
— Pardon ?
— Comme un type qui perd un membre à la guerre et qui le sent toujours. Pénis fantôme.
— Mais ce n'est pas votre pénis qui aurait été perdu.
— N'empêche. Pénis fantôme.
— Mais ça ne veut rien dire.
— Exactement.

Frisson lui montra de très jolies dents blanches. Myron les examina. Difficile de deviner le sexe par les dents. Mieux valait vérifier à nouveau le décolleté.

— Vous vous rendez compte que vous n'êtes pas très à l'aise par rapport à votre sexualité, dit-elle.

— Parce que je tiens à savoir si mon partenaire potentiel a un pénis ?

— Un homme, un vrai, se moquerait qu'on le prenne pour un pédé.

— Ce n'est pas ce qu'on pense de moi qui me gêne.

— C'est juste cette histoire de pénis, conclut-elle à sa place.

— Bingo.

— Je continue à dire que vous êtes sexuellement angoissé.

Myron haussa les épaules, mains levées.

— Qui ne l'est pas ?

— Exact.

Elle réajusta son postérieur. Latex contre vinyle. Bruits en grrrr.

— Alors, pourquoi ne m'invitez-vous pas à sortir avec vous ? reprit-elle.

— Je pense que nous venons d'en discuter.

— Je vous plais, n'est-ce pas ? Ce que vous voyez, je veux dire.

— Oui.

— Et notre discussion est agréable ?

— Oui.

— Vous me trouvez intéressante ? Drôle ?

— Oui et oui.

— Et vous êtes célibataire et sans attaches ?

Il avala un peu d'air.

— Deux nouveaux oui.
— Alors ?
— Alors – et encore une fois, ne le prenez pas pour vous...
— Mais c'est toujours cette histoire de pénis.
— Bingo.

Frisson se laissa aller contre le dossier de son tabouret, joua avec la boucle du Zip à sa gorge, la remonta un peu.

— Hé, je parle juste d'un premier rencard. Nous ne sommes pas forcés de nous retrouver tout nus.

Myron réfléchit à cela.

— Oh.
— Vous semblez surpris.
— Non... je veux dire...
— Peut-être que je ne suis pas si facile.
— Pardonnez-moi si j'ai cru... je veux dire, vous traînez dans ce bar.
— Et alors ?
— Et alors, je ne pensais pas que les clients ici jouaient les difficiles. Pour citer Woody Allen : « Comment j'ai pu me tromper à ce point ? »

Frisson n'hésita pas.

— *Play it again, Sam.*
— Si vous êtes une femme, dit Myron, je risque de tomber amoureux.
— Merci. Et puisque vous déduisez tant de choses du fait d'être dans ce bar, qu'est-ce que vous y faites ? Vous et votre problème de pénis.
— Touché.
— Donc ?
— Quoi, donc ?

— Donc, pourquoi ne me demandez-vous pas un rencard ?

À nouveau, elle avait les pupilles carbonisantes.

— On pourrait se tenir par la main. Peut-être échanger un baiser. Vous pourriez même glisser une main sous mon chemisier, vous offrir un petit tour de circuit. De toute manière, vu comme vous me reluquez, c'est comme si vous y étiez déjà.

— Je ne vous reluque pas, dit Myron.

— Non ?

— Si j'ai regardé – et notez que je dis *si* – cela a été dans le seul but louable de clarifier la situation. Je vous assure.

— Merci de rétablir la vérité. Mais je ne fais que dire : « On pourrait juste aller au restaurant. » Ou voir un film. Les contacts génitaux ne sont pas obligatoires.

Myron secoua la tête.

— Je continuerais à avoir des doutes.

— Et vous n'appréciez pas le moindre mystère ?

— J'apprécie le mystère dans de nombreux domaines. Mais quand il s'agit du contenu d'une culotte, j'aime bien connaître la fin avant.

Frisson haussa son soutif et son contenu.

— Je ne comprends toujours pas pourquoi vous êtes ici.

— Je recherche quelqu'un.

Il sortit une photo de Clu.

— Vous le connaissez ?

Frisson regarda le cliché avec méfiance.

— Vous n'avez pas dit que vous êtes agent sportif ?

— Je le suis. C'était un de mes clients.

— C'était ?
— Il a été assassiné.
— C'est le joueur de base-ball ?
Myron acquiesça.
— L'avez-vous déjà vu ici ?
Frisson attrapa un bout de papier et un stylo.
— Voilà mon numéro de téléphone, Myron. Appelez-moi un jour.
— Et le type sur la photo ?
Frisson lui tendit le bout de papier et sauta du tabouret. Myron suivit du regard ses ondulations, toujours à la recherche d'un... pistolet caché. Big Cyndi lui flanqua un coup de coude. Il faillit se retrouver sur le tabouret voisin.
— Voici Pat, dit-elle.
Pat le barman ressemblait à Pat le barman, jusqu'à la caricature. Grisonnant, la cinquantaine, les épaules avachies au niveau du nombril et l'air revenu de tout. Même sa moustache – un de ces modèles gris-qui-vire-au-jaune – sombrait comme si elle en avait marre de cette vie. Déprimant. Les manches de sa chemise étaient remontées, révélant des avant-bras à la Popeye, les poils en plus. Myron espérait de tout son cœur que Pat était un mec. Cette boîte commençait à lui filer la migraine.

Derrière Pat se trouvait un miroir géant. Un peu plus loin, le mur qui le prolongeait était baptisé – à la peinture rose : *Nos Clients Préférés*. Il était couvert de portraits encadrés de chefs de file de la droite la plus conservatrice. Pat Buchanan. Jerry Falwell. Pat Robertson. Newt Gingrich. Jesse Helms.

Pat le vit regarder les photographies.
— Vous avez remarqué ?

— Remarqué quoi ?

— Comment tous ces grands antipédés ont des prénoms sexuellement ambigus ? Pat, Jesse, Jerry. Ça pourrait être des gars, ça pourrait être des filles. Vous voyez ce que je veux dire ?

— Hmm.

— Et qu'est-ce que c'est que ce nom, Newt ? ajouta Pat. Je veux dire, comment grandir de façon saine d'un point de vue sexuel quand on s'appelle Newt ?

— Je ne sais pas.

— J'ai une théorie, fit Pat en essuyant le comptoir avec une lavette. Ces trous du cul serrés se sont tous fait emmerder quand ils étaient gosses. Ça les a rendus hostiles à la moindre ambiguïté sexuelle.

— Théorie intéressante, dit Myron. Mais vous vous appelez bien Pat, n'est-ce pas ?

— Ouais, et je hais les pédés moi aussi, dit Pat. Mais ils laissent de bons pourboires.

Pat adressa un clin d'œil à Big Cyndi. Qui le lui rendit. Le juke-box changea sa chanson. Lou Rawls susurra *Love is in the Air*. Excellent timing.

Les portraits des réactionnaires étaient tous « autographiés ». Celui de Jesse Helms annonçait : « J'ai mal partout, amour et baisers, Jesse. » Brutal. Il y avait aussi la marque de deux grosses lèvres rouges comme si Jesse en personne avait roulé un patin tout mouillé à sa photo. Yeerk.

Pat entreprit d'essuyer une chope de bière, toujours avec la même lavette. Désinvolte. Il n'allait pas tarder à cracher dedans comme dans les vieux westerns.

— Bon, vous désirez ?

— Vous aimez le sport ? demanda Myron.
— C'est pour un sondage ?
Cette réplique. Toujours aussi hilarante. Myron fit une nouvelle tentative.
— Est-ce que le nom de Clu Haid vous évoque quelque chose ?
Myron guettait sa réaction mais il n'en vit aucune. Ce qui ne signifiait rien. Ce type était visiblement barman depuis son enfance la plus tendre. Il n'y avait que dans *Alerte à Malibu* qu'on trouvait des gens capables de se montrer moins expressifs. Tiens. Pourquoi pensait-il justement à cette série ?
— Je vous ai demandé...
— Ce nom ne me dit rien.
— S'il te plaît, Pat.
Big Cyndi.
Il lui jeta un regard.
— Tu m'as entendu, Big C. Je ne le connais pas.
Myron insista.
— Vous n'avez jamais entendu parler de Clu Haid ?
— C'est exact.
— Et des New York Yankees ?
— Je ne m'intéresse plus au base-ball depuis que je porte des shorts en cuir.
Myron posa la photo de Clu Haid sur le comptoir.
— Vous ne l'avez jamais vu ici ?
Quelqu'un demanda une pression. Pat la tira. Quand il revint, il s'adressa à Big Cyndi.
— C'est un flic, ce mec ?
— Non, dit Big Cyndi.
— Alors la réponse est non.
— Et si j'étais un flic ? demanda Myron.

— La réponse serait non, monsieur.

Myron avait noté qu'il avait à peine jeté un coup d'œil au cliché.

— Et je pourrais ajouter, reprit Pat, une jolie fable comme quoi je suis trop occupé pour remarquer la tête de mes clients. Et comment les gens, surtout les célébrités, évitent de se montrer sous leur vrai visage dans une boîte pareille.

— Je vois, dit Myron en sortant un billet de cinquante de son portefeuille. Et si je vous montrais un portrait d'Ulysses S. Grant ?

Le juke-box, toujours aussi versatile, changea de complainte. Cette fois, le Flying Machine suppliait Rosemary : *Smile a Little Smile for Me, Rosemary*. The Flying Machine. Myron s'était souvenu du nom du groupe. Que fallait-il en déduire sur son compte ?

— Gardez votre argent, dit Pat. Gardez votre photo. Gardez vos questions. Je ne veux pas d'ennuis.

— Parce que ce type est synonyme d'ennuis ?

— J'ai même pas regardé sa tronche, mec. Et j'en ai pas l'intention. Va voir ailleurs.

Big Cyndi s'immisça.

— Pat, dit-elle, s'il te plaît... file-nous un coup de main...

En battant des paupières – imaginez deux crabes sur le dos sous un soleil accablant.

— ... pour moi ?

— Hé, Big C, je t'aime bien, tu le sais. Mais suppose que je me pointe au *Leather-N-Lust* avec des photos ? Tu me filerais un coup de main, comme tu dis ?

Big Cyndi pesa le pour et le contre.

— J'imagine que non.
— Tu vois. Bon, j'ai des clients.
— D'accord, dit Myron en ramassant la photo. Alors, peut-être que je vais traîner dans le coin. Faire circuler la photo dans la salle. Poser des questions. Et pourquoi pas surveiller cette boîte. De façon pas très discrète. Prendre des photos des gens qui entrent et sortent de ce bel établissement.

Pat secoua la tête avec un petit sourire.
— Vous êtes un enfoiré et un crétin. Vous le savez ?
— Je le ferai, dit Myron. Je n'en ai aucune envie mais je vais camper devant chez vous avec un appareil photo.

Pat lui adressa un long regard. Dur à déchiffrer. Hostile, un peu. Ennuyé, surtout.
— Big C, laisse-nous un moment.
— Non.
— Alors, je ne parle pas.

Myron se tourna vers elle, hochant la tête. Big Cyndi secoua la sienne. Il l'entraîna à l'écart.
— Quel est le problème ?
— Vous ne devriez pas proférer des menaces ici, monsieur Bolitar.
— Je sais ce que je fais.
— Je vous ai prévenu à propos de ce bar. Je ne peux pas vous laisser seul.
— Vous ne serez pas si loin et je sais me débrouiller tout seul.

Quand Big Cyndi fronçait les sourcils, son visage ressemblait à un totem tout juste repeint.
— Je n'aime pas ça.
— Nous n'avons pas le choix.

Elle soupira. Imaginez le Vésuve crachant un peu de lave.

— Soyez prudent.

— Promis.

Elle se dirigea vers la sortie. La salle était bondée maintenant et Big Cyndi prenait de la place. Pourtant, les gens s'écartaient devant elle à une vitesse qui aurait rendu Moïse jaloux. Quand elle fut à la porte, Myron se tourna à nouveau vers Pat.

— Alors ?

— Alors, t'es un enfoiré et un crétin.

Ça arriva sans prévenir. Deux mains se glissèrent sous les bras de Myron, des doigts se croisèrent sur sa nuque. Double Nelson. Un grand classique. La prise se resserra, repoussant ses bras en arrière comme des ailes de poulet. Un truc brûlant lui déchira le dos entre les omoplates.

Une voix près de son oreille chuchota :

— Une petite danse, mon cœur ?

Quand il s'agissait de combat au corps à corps, Myron n'était pas Win mais il n'était pas manchot non plus. Il savait donc que, si l'autre s'y connaissait, il n'y avait aucun moyen de briser un double Nelson. C'était pour cette raison qu'ils étaient interdits dans les matches officiels. Debout, vous pouvez essayer d'écraser le cou-de-pied de la personne. Mais il n'y a que les crétins qui se laissent avoir comme ça et un crétin n'aurait pas eu la vitesse ni la force d'arriver là où il en était. De toute manière, Myron n'était pas debout.

Ses coudes étaient en l'air, façon marionnette, son visage désespérément exposé. Les bras puissants qui le verrouillaient étaient couverts de laine.

Une douce laine jaune et vierge. Pas de doute, un cardigan. Seigneur. Myron se débattait. En vain. Les bras en cardigan lui relevèrent la tête en arrière avant de l'abattre sur le comptoir. Myron ferma les yeux. Il rentra juste assez le menton pour éviter que son nez ne subisse l'essentiel de l'impact. Du coup, son front – qui n'était pas du tout fait pour ça – rebondit sur le teck verni. Sa cervelle en fit autant dans son crâne. Quelque chose éclata. Il vit des étoiles.

Une deuxième paire de mains lui rafla les pieds. Myron se déplaçait dans les airs maintenant, hébété. On lui faisait les poches. Une porte s'ouvrit sur une pièce sombre. La prise se relâcha et il s'affala, tout mou, sur son coccyx, un peu plus dur. Toute la manœuvre, depuis le début du double Nelson jusqu'à l'instant où on l'avait laissé tomber, n'avait pas duré huit secondes.

Une lumière jaillit. Myron se toucha le front et sentit quelque chose de poisseux. Du sang. Il leva les yeux vers ses agresseurs.

Deux femmes.

Non, deux travestis. Tous deux en perruque blonde. L'un avait choisi le style caissière de supermarché, début des années 80 – beaucoup de hauteur et plus entortillée que les draps d'un incontinent. L'autre – celui au cardigan jaune pâle (avec monogramme, pour ceux que ça intéresse) – était coiffé comme Veronica Lake après une cuite particulièrement dosée.

Myron essaya de se relever. Veronica Lake lâcha un cri perçant et lui balança un side kick. Le coup de pied était rapide et lui arriva en pleine poitrine.

Myron s'entendit émettre une sorte de « plooouu » avant de se retrouver sur les fesses. Sa main chercha machinalement son portable. Une des touches d'appel automatique était programmée sur le numéro de Win.

Problème.

Le portable avait disparu.

Il leva les yeux. Caissière l'avait. Merde. Il regarda autour de lui. Vue imprenable sur le bar et le dos de Pat. Il se souvint du miroir. Bien sûr. Un miroir sans tain. Les gens qui se trouvaient dans cette pièce voyaient... tout. Pas facile de piquer dans la caisse.

Les murs étaient couverts de liège et donc insonorisés. Le sol était en vulgaire linoléum. Plus facile à nettoyer. Malgré cela, il y avait encore quelques taches de sang. Pas le sien. Ces taches-là étaient anciennes et séchées. Mais elles étaient bien là. Et pas question de les prendre pour ce qu'elles n'étaient pas. Myron ne s'y trompa pas. En un mot, elles signifiaient : intimidation.

La pièce réservée aux passages à tabac. Un classique dans certains lieux publics. Surtout dans les stades. Moins maintenant que par le passé. À une époque, un supporteur trop démonstratif n'était pas juste raccompagné hors de l'enceinte du stade. Les types de la sécurité l'emmenaient dans une pièce tranquille et le cabossaient un peu. Ils ne risquaient pas grand-chose. Que pouvait prétendre le supporteur après les faits ? Il s'était bourré la gueule, avait dû déclencher une bagarre dans les gradins... ils s'étaient contentés de lui coller quelques gnons de plus. Qui pourrait dire que c'étaient eux les auteurs de ces ecchymoses supplémentaires ? Et si le gars menaçait de les poursuivre ou de faire du scandale, les officiels du stade lui renvoyaient à la gueule qu'ils pouvaient, eux, l'accuser d'ivresse dans un lieu public, d'agression ou de tout ce qui leur passerait par la tête. Ils étaient aussi en mesure de produire une douzaine de membres de la sécurité qui confirmeraient leur histoire alors que le supporteur, lui, n'avait personne pour le supporter.

Donc, il laissait tomber. Et les pièces « baston » avaient perduré. Il devait encore y en avoir dans certains endroits. Comme ici.

Veronica Lake gloussa. Ce n'était pas un joli son.

— Une petite danse, mon cœur ? redemanda-t-elle. Ou il.

— Attendons un slow, dit Myron.

Un troisième travelo pénétra dans la pièce. Une rouquine, cette fois. Il-elle ressemblait beaucoup à Princesse Fiona, la copine de *Shrek*, après sa métamorphose. La ressemblance était, à vrai dire, troublante – moche mais jolie avec une délicate tronche d'ogresse.

— Vous voulez un baiser ? demanda Myron.

Pas de réponse.

— Debout, mon cœur, dit Veronica Lake.

— Le sang sur le sol, dit Myron.

— Quoi ?

— C'est du plus bel effet mais vous ne trouvez pas ça un peu ringard ?

Veronica Lake leva le pied droit et tira sur son talon. Qui s'allongea. En quelque sorte. Le talon était, en fait, un étui. Un fourreau. Pour une lame d'acier. Veronica l'exhiba devant Myron dans une impressionnante démonstration de coups de pied d'arts martiaux, la lame étincelant dans la lumière.

Fiona et Caissière gloussaient.

Myron repoussa sa peur et regarda calmement Veronica Lake.

— Vous débutez dans le travestisme, pas vrai ?

Veronica Lake arrêta de lever la jambe.

— Hein ?

— Selon moi, vous en faites trop avec vos talons aiguilles.

Pas sa meilleure blague, mais il était prêt à sortir n'importe quoi pour la retarder un peu. Veronica Lake regarda Caissière. Caissière regarda Fiona. Et, soudain, Veronica Lake lâcha un coup de pied tournant, lame en avant. Myron vit l'éclat de l'acier foncer sur lui. Il roula en arrière mais la lame lacéra sa chemise et sa peau. Il poussa un petit cri et baissa des yeux écarquillés. La coupure n'était pas profonde mais il saignait.

Les trois l'encerclèrent, poings serrés. Fiona avait quelque chose à la main. Un bâton noir. Mauvais, ça. Myron essaya de bondir mais, à nouveau, Veronica lança son pied. Il avait sauté très haut mais la lame le toucha pourtant à la jambe. Il la sentit racler contre l'os, le tibia, avant de ressortir.

Le cœur de Myron battait très fort maintenant. Encore du sang. Le sien. Pas se laisser impressionner. Sa respiration était trop rapide. *Calme-toi*, se rappela-t-il. *Réfléchis*.

Il feinta en direction de Fiona et de son bâton. Et repartit vers la droite. Sans hésiter, il balança un direct à Caissière. Il la toucha sous l'œil et elle s'écroula.

C'est là que Myron sentit son cœur s'arrêter.

Il y eut un bruit étrange, *zzzap*, et l'arrière de son genou explosa. Il se tordit de douleur. Son corps tressauta. Un élancement atroce partit du paquet de nerfs situé dans le genou et lui traversa tout le corps comme une décharge électrique. Et ce n'était pas une métaphore. Il regarda derrière lui. Fiona l'avait juste effleuré avec son bâton. Soudain sa jambe céda. Il s'écroula et se tortilla par terre, façon poisson sur le pont. Son estomac se révulsa. La nausée le submergea.

— C'était le réglage mini, dit Fiona, voix aiguë de petite fille. Juste de quoi titiller les vaches.

Myron la regarda, essayant de stopper les convulsions qui le secouaient. Veronica Lake leva la jambe et plaça la lame-talon au-dessus de son visage. Un petit pas pour elle et un grand saut dans la mort pour lui. Fiona lui montra à nouveau son bâton, un truc pour le bétail qui envoyait des décharges électriques. Un *cattle prod*. Myron eut tout à coup très froid. Il regarda à travers le miroir sans tain. Aucun signe de Big Cyndi ni d'une cavalerie quelconque.

Et maintenant ?

Fiona entama la conversation :

— Pourquoi t'es là ?

Il se concentra sur son bâton à foudre et sur les manières d'éviter à nouveau son courroux.

— Je posais des questions sur quelqu'un, dit-il.

Caissière avait récupéré. Il-elle se pointa devant lui en se tenant le visage.

— Il m'a frappé !

Sa voix était un peu plus grave maintenant, le choc et la douleur gommant sa part la plus féminine.

Myron ne broncha pas.

— Salope !

Caissière lui balança un coup de pied dans la poitrine comme à un vulgaire ballon de foot. Myron vit le coup arriver, vit la lame, vit le bâton électrique ; il ferma les yeux et accepta son rôle de ballon.

Il tomba en arrière.

Fiona avait d'autres questions :

— Qui ça, quelqu'un ?

Rien de secret.

— Clu Haid.

— Pourquoi ?

— Parce que je voulais savoir s'il était venu ici.

— Pourquoi ?

Leur dire qu'il recherchait son assassin n'était peut-être pas la solution la plus sage, surtout si l'assassin en question se trouvait dans cette pièce.

— C'était mon client.

— Et alors ?

— Salope !

C'était encore Caissière. Encore un coup de pied. Qui arriva encore en bas de sa cage thoracique et qui lui fit un mal de chien. Myron ravala la bile qui s'était frayé un passage jusqu'à sa gorge. Il regarda à nouveau à travers le miroir. Toujours pas de Big Cyndi. Le sang ruisselait des blessures infligées par la lame à la poitrine et à la jambe. À l'intérieur, ça tremblait encore à cause du choc électrique. Il regarda les yeux de Veronica Lake.

Des yeux calmes. Comme ceux de Win. Les yeux des grands.

— Pour qui tu travailles ? demanda Fiona.

— Personne.

— Alors, qu'est-ce que ça peut te faire s'il est venu ici ou pas ?

— J'essaie simplement de comprendre certaines choses.

— Quelles choses ?

— Des trucs un peu généraux.

Fiona regarda Veronica Lake. Les deux hochèrent la tête. Puis Fiona fit tout un cirque pour montrer qu'elle branchait son bâton.

— « Des trucs un peu généraux » n'est pas une réponse acceptable.

La panique tordit le ventre de Myron.

— Attendez...

— Non, je ne crois pas.

Fiona tendit le *cattle prod* vers lui.

Myron écarquilla les yeux. Il n'avait plus vraiment le choix. Il fallait essayer. Si le bâton le touchait encore une fois, il était fini. Il espérait juste que Veronica ne le tuerait pas.

Il préparait son coup depuis dix bonnes secondes. Roulade arrière. Il atterrit sur ses pieds et se jeta en avant. Les trois travestis reculèrent, se préparant à l'attaque. Mais attaquer aurait été suicidaire. Myron le savait. Ils étaient trois, dont deux armés, et l'un, au moins, très bon. Il n'avait aucune chance de les battre. Il devait les surprendre. Ce qu'il fit. En *ne* les attaquant *pas*.

Il fonça vers le miroir.

Ses jambes poussèrent à fond, le propulsant façon fusée vers le miroir. Le temps que ses trois ravisseurs comprennent son intention, il était trop tard. Myron ferma les yeux et les poings, très forts, et s'envola vers la vitre à la Superman. Il y avait mis tout ce qu'il avait. Si le verre ne cédait pas, il était mort.

Il éclata sous l'impact.

Le bruit fut monstrueux, apocalyptique. Myron volait dans un orage d'échardes. Au moment de l'atterrissage, il se mit en boule et heurta le sol en roulant. Des éclats de miroir lui mordirent la peau. Il ignora la douleur, continua à rouler et finit par s'écraser violemment contre le comptoir. Quelques bouteilles tombèrent.

Big Cyndi avait parlé de la réputation de l'endroit. Myron comptait là-dessus. Et la clientèle du *Take A Guess* ne le déçut pas.

Une typique pagaille new-yorkaise s'ensuivit.

Des tables s'envolèrent. Des gens hurlèrent. Quelqu'un passa au-dessus du comptoir pour atterrir sur le crâne de Myron. D'autres bouts de verre tombèrent. Myron essaya de se relever mais il n'y arriva pas. À sa droite, il vit une porte s'ouvrir. Caissière apparut.

— Salope !

Caissière fonça sur lui, le bâton de Fiona à la main. Myron essaya de ramper mais son corps ne lui obéissait plus. Caissière fonçait toujours, tout près maintenant. Il allait à nouveau encaisser.

Et c'est alors que Caissière disparut.

On aurait dit une scène de dessin animé où le gros chien flanque un coup de poing à Sylvestre le chat et où Sylvestre s'envole à travers la pièce tandis que le poing démesuré reste là un moment. Vibrant.

En l'occurrence, le poing démesuré appartenait à Big Cyndi.

D'autres corps volèrent. Du verre vola. Des chaises volèrent. Big Cyndi s'en moquait. Elle ramassa Myron et le jeta sur son épaule comme un pompier. Ils se ruèrent dehors tandis que les sirènes de police déchiraient la nuit laiteuse.

16

De retour au Dakota. Win fit tss-tss :
— Tu as laissé deux filles te casser la figure ?
— C'étaient pas des filles.
Win dégusta une infime gorgée de cognac. Myron engloutit sa canette de Yoo-Hoo.
— Demain soir, dit Win, nous retournerons dans ce bar. Ensemble.
Pour l'instant, Myron n'avait guère envie de penser à ça. Win appela un médecin. Il était plus de deux heures du matin mais le docteur, un vieux monsieur qui devait dormir avec son stéthoscope, arriva en moins d'un quart d'heure. Rien de cassé, déclara-t-il avec un sourire professionnel. L'essentiel du traitement consista à nettoyer les coupures faites par le talon surprise et les éclats de verre. Les deux blessures par lame – celle qui ornait son ventre était en forme de Z – exigeaient des points de suture. Au bout du compte, douloureux mais pas très grave.

Le médecin lança à Myron du Tylenol codéiné, referma sa trousse, toucha son chapeau et disparut.

Myron avala un deuxième Yoo-Hoo et se leva avec précaution. Il aurait voulu prendre une douche mais le toubib lui avait conseillé d'attendre le matin. Il prit donc deux cachets et sa place entre les draps. Il s'endormit très vite et rêva de Brenda.

Au réveil, il appela Hester chez elle. Répondeur. Myron dit que c'était urgent. Il parlait encore quand elle décrocha.

— Il faut que je voie Esperanza, dit-il à l'avocate. Tout de suite.

Étonnamment, elle hésita très peu.

— D'accord.

— J'ai tué quelqu'un, dit Myron.

Esperanza était assise face à lui.

— Je n'ai pas appuyé sur la détente mais c'est tout comme. D'une certaine façon, ce que j'ai fait est bien pire.

Elle ne le quittait pas des yeux.

— C'est arrivé juste avant votre départ, n'est-ce pas ?

— Oui, deux ou trois semaines avant.

— Mais ce n'est pas pour ça que vous êtes parti.

Il avait la bouche sèche.

— Non, je ne crois pas.

— Vous vous êtes enfui à cause de Brenda.

Il ne répondit pas.

Elle croisa les bras.

— Pourquoi partager ce petit secret avec moi ?

— Je ne sais pas trop.

— Moi, je sais.

— Ah ?

— C'est une sorte de stratagème. Vous espérez que votre grande confession m'incitera à parler.
— Non, dit Myron.
— Non ?
— Il n'y a qu'avec vous que je parle de ce genre de choses.

Elle faillit sourire.

— Même maintenant ?
— Je ne comprends pas pourquoi vous ne voulez pas me parler, dit-il. Et, c'est vrai, j'ai peut-être l'espoir que vous raconter ça nous aidera à revenir – je ne sais pas – à une certaine... normalité. Ou peut-être que j'ai juste besoin d'en parler. Win ne comprendrait pas. La personne que j'ai tuée était le mal incarné. L'éliminer n'aurait pas représenté pour lui un dilemme moral.
— Et c'est ce dilemme moral qui vous hante ?
— Non, dit Myron. Et c'est bien ça, le problème.

Elle acquiesça.

— La personne le méritait vraiment, continua-t-il. Et il n'y avait aucune preuve.
— Vous avez donc joué les justiciers.
— Dans un sens.
— Et ça vous dérange ? Non, attendez, ça ne vous dérange pas.
— Exact.
— Donc, vous perdez le sommeil à cause du fait que vous ne perdez pas le sommeil.

Il sourit, écarta les mains.

— Vous voyez pourquoi je suis venu vous voir ?

Esperanza croisa les jambes et regarda en l'air.

— Quand je vous ai rencontrés, Win et vous, je me suis posé des questions sur votre amitié. Sur ce qui vous attirait l'un chez l'autre. Je me suis dit que Win était peut-être un homosexuel latent.

— Pourquoi tout le monde dit ça ? Deux hommes ne peuvent-ils pas juste...

— Je me trompais, le coupa-t-elle. Et arrêtez de vous défendre sans arrêt, ça rend les gens méfiants. Vous n'êtes pas gays, ni l'un ni l'autre. Je l'ai compris assez vite. Ensuite, je me suis demandé s'il ne s'agissait pas simplement du vieux dicton selon lequel « les contraires s'attirent ». C'est peut-être en partie vrai.

Elle s'arrêta.

— Et ? insista Myron.

— Vous vous ressemblez plus que vous n'avez, l'un et l'autre, envie de le croire. Je ne veux pas me lancer dans l'exploration des profondeurs mais Win vous voit comme sa part d'humanité. Son raisonnement : si vous l'aimez, c'est qu'il n'est pas si mauvais que ça. Vous, de votre côté, vous le voyez comme l'homme de la froide réalité. La logique de Win est effrayante mais, aussi, bizarrement attirante. Il y a une petite part en chacun de nous qui apprécie ce qu'il fait, cette même part qui pense que les Iraniens n'ont peut-être pas tout à fait tort quand ils coupent la main d'un voleur. Vous avez grandi au milieu de toutes ces conneries libérales sur les défavorisés. Maintenant, l'expérience et la vraie vie sont en train de vous enseigner que certaines personnes sont bel et bien le mal incarné, comme vous dites. Ça vous rapproche de Win.

— Donc, vous dites que je suis en train de devenir comme Win ? Quel réconfort.

— Je dis que votre réaction était humaine. Elle ne me plaît pas et je ne pense pas qu'elle soit juste. J'ai aussi le sentiment que vous êtes peut-être en train de vous enfoncer peu à peu. Ça vous gêne de moins en moins de contourner les règles. La personne que vous avez tuée le méritait peut-être, mais si c'est ça que vous voulez entendre, si c'est l'absolution que vous voulez, allez voir Win.

Silence.

Les doigts d'Esperanza volaient autour de sa bouche, hésitant entre des ongles à ronger et une lèvre à triturer.

— Je ne connais personne d'aussi bien que vous, ajouta-t-elle. Faites en sorte de ne pas changer, d'accord ?

Il ravala tout ce qu'il y avait dans sa gorge et hocha la tête.

— Ces temps-ci, vous ne contournez plus les règles, poursuivit-elle, vous les piétinez. Pas plus tard qu'hier vous étiez prêt à mentir sous serment pour me protéger.

— C'est différent.

Esperanza le regarda droit dans les yeux.

— Vous en êtes sûr ?

— Oui. Je ferai ce qu'il faut pour vous protéger.

— Y compris violer la loi ? C'est de cela que je parle, Myron.

Il s'agita sur sa chaise.

— Et encore une chose, reprit-elle. Cette histoire de dilemme moral, c'est une distraction, un truc commode pour ne pas penser aux deux vérités que vous ne voulez pas affronter.

— Quelles vérités ?

— D'abord, Brenda.
— Et la deuxième ?
Esperanza sourit.
— On a glissé assez vite sur celle-là.
— Et la deuxième ? répéta-t-il.
Elle avait un sourire doux, compréhensif.
— La vraie raison de votre présence ici.
— Qui est ?
— Vous avez de plus en plus peur d'apprendre que j'ai tué Clu. Vous essayez donc de trouver une explication rationnelle au cas où ce serait vrai. Puisque vous avez commis un meurtre, je pourrais l'avoir fait, moi aussi. Vous voulez juste entendre une raison.
— Il vous a frappée, dit Myron. Dans ce parking.
Elle ne dit rien.
— Selon la radio, on a retrouvé des poils pubiens dans son appartement.
— Stop. Ne vous mêlez pas de ça.
— Je dois m'en mêler.
— Vous ne devez rien du tout.
— Je ne peux pas faire autrement.
— Je n'ai pas besoin de votre aide.
— Il n'y a pas que ça. J'y suis mêlé, moi aussi.
— Seulement parce que vous voulez y être mêlé.
— Clu ne vous a-t-il pas dit que j'étais en danger ?
Pas de réponse.
— Il l'a dit à mes parents. Et à Jessica. J'ai cru au début qu'il s'agissait d'une exagération. Mais peut-être pas. J'ai reçu une disquette bizarre. Avec l'image d'une jeune fille.
— Vous perdez les pédales, dit-elle. Vous croyez être prêt mais vous ne l'êtes pas. Apprenez quelque

chose de vos erreurs passées, Myron. Ne vous mêlez pas de ça.

— Mais ça se mêle de moi, répliqua-t-il. Pourquoi Clu a-t-il dit que j'étais en danger ? Pourquoi vous a-t-il frappée ? Qu'est-il arrivé au *Take A Guess* ?

Elle secoua la tête.

— Gardien.

La porte s'ouvrit. Les yeux obstinément baissés, Esperanza quitta la pièce sans un regard pour Myron. Il resta assis, seul, quelques secondes, essayant de rassembler ses idées. Un coup d'œil à sa montre. Neuf heures quarante-cinq. Il était temps de partir au Yankee Stadium pour son rendez-vous avec Sophie et Jared Mayor. Il venait à peine de mettre un pied dans le couloir qu'un homme l'aborda.

— Monsieur Bolitar ?
— Oui.
— Pour vous.

L'homme lui tendit une enveloppe et fila. Myron l'ouvrit. Une citation à comparaître provenant du bureau du procureur du Bergen County. Affaire : « Le Peuple de Bergen County contre Esperanza Diaz. » Tiens, tiens. Esperanza et Hester Crimstein avaient peut-être eu raison de ne rien lui dire.

Au moins, maintenant, il n'aurait pas à mentir.

17

Myron fit ce que tout bon garçon devrait faire quand il a des ennuis avec la justice : il appela sa maman.

— Tante Clara s'occupera de la citation, dit-elle.

Tante Clara n'était pas une vraie tante, juste une très vieille amie du quartier. Les jours de fête, il lui arrivait encore de pincer la joue de Myron en s'écriant : « Quel *punim* ! » Il espérait qu'elle s'en abstiendrait devant le juge. « Votre Honneur, je vous demande de bien regarder ce visage : n'est-ce pas le *punim* d'un innocent ? »

— D'accord, dit Myron.

— Je vais l'appeler, elle appellera le procureur. D'ici là, tu ne dis rien, compris ?

— Oui.

— Tu comprends maintenant, Monsieur Je-Sais-Tout-Depuis-Que-Je-Porte-Un-Pantalon ? Tu comprends ce que je te disais ? Tu comprends qu'Hester Crimstein avait raison.

— Ouais, m'man, ça va.

— Pas de « ça va » avec moi. Ils t'ont cité à comparaître. Mais comme Esperanza ne t'a rien dit, tu ne peux pas lui faire de tort.
— J'ai compris, m'man.
— Bien. Maintenant, laisse-moi appeler tante Clara.
Elle raccrocha. Et Monsieur Je-Sais-Tout-Depuis-Que-Je-Porte-Un-Pantalon en fit autant.

En gros, le Yankee Stadium se dresse sur une fosse d'aisances d'un Bronx toujours plus cloacal. Ce qui n'a aucune importance. Dès que vous apercevez l'édifice du stade, vous vous mettez à chuchoter comme à l'église. Impossible de faire autrement. Les souvenirs remontent à la surface avant de se noyer à nouveau. Des images surgissent, disparaissent. Vous barbotez dans la nostalgie. Et Myron aimait bien barboter. Son enfance. Un gamin surexcité dans la cohue du train 4, la main enfouie dans celle, géante, de son père, les yeux levés vers son gentil visage, l'anticipation du match à venir lui chatouillant tout le corps. Un jour, Myron avait cinq ans, son père avait attrapé une balle dans les tribunes. Il revoyait encore la scène – l'arc décrit par la boule de cuir blanc, le bras de Papa s'étirant à une hauteur inconcevable, la balle atterrissant dans sa paume avec un smack de bonheur, la lumière tombant du regard rayonnant de M. Bolitar Senior quand il avait tendu le merveilleux trophée à son fils. Cette balle, Myron l'avait encore ; elle jaunissait dans le sous-sol de la maison de ses parents.

Le basket était le sport qu'il avait choisi et le foot peut-être celui qu'il préférait regarder à la télé. Le tennis était le jeu des princes, le golf celui des rois. Mais le base-ball était magique. Les souvenirs de la petite enfance sont diffus mais presque chaque gamin se souvient de son premier match de *Major League*. Il se souvient du score, du batteur qui a réussi un *home run*, de chaque lanceur. Mais, surtout, il se souvient de son père. De l'odeur de son after-shave qui se mêlait à celles du base-ball : l'herbe fraîchement coupée, la chaleur de l'été, les hot dogs, le pop-corn rance, la bière renversée, le gant trop graissé avec la balle qui déchiraient les poches. Il se souvient de l'équipe visiteuse, de la façon dont Yaz aidait Petrocelli à s'échauffer à toute allure, des chahuteurs qui se moquaient gentiment des pubs sur le grand écran du stade, de la façon dont les héros du match avaient remonté la marque à la fin de la deuxième période pour entamer la troisième à fond. Il se souvient des frangins qui tenaient des statistiques, étudiant les compos d'équipe comme des rabbins étudiant le Talmud, des cartes de joueurs qu'il serrait dans sa main, de la douceur et du calme d'un lent après-midi d'été. De Maman qui préférait prendre encore un peu de soleil plutôt que regarder le jeu. Il se souvient de Papa achetant un fanion de l'autre équipe que, plus tard, il avait accroché au mur de sa chambre dans une cérémonie digne des Celtics levant la bannière dans l'ancien Boston Garden. Il se souvient de l'air si décontracté des lanceurs dans la zone d'entraînement, de gros morceaux de chewing-gum qui leur déformaient les joues. Il se souvient de sa haine si saine et si respectueuse envers les superstars adverses, de la joie d'aller au Bat Day et d'avoir chéri ce bout de bois comme s'il sortait tout droit du casier d'Honus Wagner.

Montrez-moi un garçon qui, avant l'âge de sept ans, n'a pas rêvé de devenir pro, avant que les ligues de jeunes ne se chargent d'amaigrir les troupes en enseignant une des leçons les plus précoces de la vie, à savoir que le monde peut et va vous décevoir. Montrez-moi un garçon qui n'a pas porté sa casquette à l'école, quand les profs l'autorisaient, la plantant le plus haut possible sur le crâne et ne l'enlevant que pour dormir en prenant soin de la poser sur la table de nuit juste à côté du lit. Montrez-moi un garçon qui ne se souvient pas d'avoir joué avec son père le week-end ou, mieux encore, pendant un de ces précieux soirs d'été quand ce dernier rentrait en vitesse du boulot, se débarrassait de sa tenue de travail, enfilait un tee-shirt toujours trop petit, attrapait un gant et fonçait dans l'allée avant que les derniers rayons de soleil ne s'éteignent. Montrez-moi un garçon qui n'a pas ouvert des yeux éberlués en voyant son père frapper ou lancer la balle si loin – même si son père était un athlète médiocre, un handicapé moteur ou ce que vous voulez... ce moment étincelant où Papa s'était transformé en un personnage d'un talent et d'une force inimaginables.

Seul le base-ball possède cette magie.

Le nouvel actionnaire majoritaire des New York Yankees était Sophie Mayor. Son mari, Gary, et elle avaient choqué le monde du sport en rachetant l'équipe à l'ancien et très peu populaire propriétaire,

Vincent Riverton, moins d'un an auparavant. La plupart des supporteurs avaient applaudi des deux mains. Vincent Riverton, un nabab de l'édition, entretenait une relation d'amour-haine (peu d'amour et beaucoup de haine) avec son public. Les Mayor, un couple de techno-nouveaux-riches qui avait fait fortune grâce à des logiciels, avaient garanti plus de chaleur et de décontraction. Gary Mayor, un ex-p'tit gars du Bronx, avait promis le retour de l'époque du Mick et de DiMaggio. Les supporteurs avaient frémi d'extase.

Mais la tragédie avait frappé très vite. Deux semaines avant la signature effective de la vente, Gary Mayor était mort d'une crise cardiaque. Sophie Mayor, qui avait toujours été une partenaire à part égale, sinon dominante, dans leur business informatique, avait tenu à finaliser la transaction. Elle avait le soutien et la sympathie du public mais c'était Gary et ses racines qui l'attachaient à ce public. Sophie venait du Middle West. Autant dire la cambrousse. Avec son amour de la chasse et son passé de génie des maths, elle passait aux yeux des New-Yorkais, congénitalement méfiants, pour une espèce de dingue.

Peu après avoir pris la barre, Sophie avait nommé son fils Jared, un homme dépourvu de la moindre expérience base-ballistique, comanager général. Le public avait froncé les sourcils. Dans la foulée, elle avait vidé le centre de formation des Yankees en échange de Clu Haid, proclamant qu'il avait encore une ou deux grandes années devant lui. Le public avait hurlé. Elle avait tenu bon. Elle voulait ramener les *World Series* dans le Bronx dès cette saison. Acheter Clu Haid était la seule façon d'y arriver. Le public était sceptique.

Mais Clu avait lancé de façon incroyable pendant son premier mois avec l'équipe. Sa balle rapide dépassait à nouveau les cent quarante-cinq à l'heure et ses effets étaient si déroutants qu'on aurait dit qu'il les contrôlait avec une commande à distance. Il s'améliorait à chaque sortie et les Yankees s'étaient retrouvés en tête du championnat. Le public était apaisé. Pour un temps, du moins. Facile d'imaginer la brutalité de sa réaction contre la famille Mayor quand Clu avait été déclaré positif à l'héroïne.

Myron fut sur-le-champ conduit dans le bureau de Sophie Mayor. Jared et elle se levèrent pour l'accueillir. Sophie Mayor était ce qu'on appelle généralement une belle femme, la cinquantaine tonique, chevelure grise impeccable, dos droit, poignée de main ferme, les bras dorés, les yeux brillant d'intelligence et d'ironie. Jared avait dans les vingt-cinq ans, une raie sur le côté, des lunettes rondes cerclées, un blazer bleu et un nœud papillon à pois. Les jeunes aussi ont le droit d'être vieux.

La déco était minimale... ou elle semblait l'être à cause de la tête d'élan accrochée à un mur. L'élan était mort, bien sûr. Ça ne se fait pas d'accrocher une tête d'élan vivant. Mais l'effet était garanti. On ne voyait plus qu'elle. Myron essaya de ne pas grimacer. Il faillit dire : « C'était sûrement un élan raté » mais se retint. Avec l'âge, vient la maturité.

Il secoua la main de Jared puis se retourna vers Sophie Mayor.

Elle attaqua à fond.

— Vous vous foutez de notre gueule, Myron ?
— Pardon ?

Elle tendit l'index vers une chaise.

— Assis.

Comme à un chien. Mais il obéit. Jared aussi. Sophie resta debout, toisant Myron.

— Au tribunal hier, ils ont parlé des Caraïbes, reprit-elle.

— Hmm hmm, fit-il, prudent.
— Où étiez-vous ?
— Pas ici.
— Pas ici ?
— Oui.

Elle regarda son fils avant de revenir sur lui.

— Depuis quand ?
— Trois semaines.
— Miss Diaz m'a pourtant assuré que vous étiez en ville.

Silence de Myron.

Sophie Mayor serra les poings. Les deux, pour faire bonne mesure, et se pencha vers lui.

— Autrement dit, elle m'a menti.

Il ne répondit pas.

— Où étiez-vous ? insista-t-elle.
— À l'étranger.
— Dans les Caraïbes ?
— Oui.
— Et vous ne l'avez dit à personne ?

Myron s'agita sur son siège qui devenait aussi glissant que le fameux terrain.

— Je ne voudrais pas me montrer grossier, dit-il, mais je ne vois pas en quoi mes voyages vous regardent.

— Vous ne voyez pas ?

Un gloussement très bref franchit ses lèvres. Elle se tourna vers son fils comme pour lui dire : *Tu le crois, ce type ?* Avant de braquer à nouveau ses lasers gris sur Myron.

— Je comptais sur vous, dit-elle.

Encore une fois, il ne répondit pas.

— Après avoir acheté cette équipe, j'ai choisi de ne pas me mêler de tout. Les logiciels, les ordinateurs, les affaires, c'est mon domaine. Le base-ball, moins. Je n'ai pris qu'une seule décision. Je voulais Clu Haid. Je le sentais bien. J'étais persuadée qu'il avait encore quelque chose. Je l'ai donc échangé contre trois de nos joueurs. Les gens m'ont prise pour une folle... trois jeunes pleins d'avenir contre un has been. Je comprenais leur inquiétude. Je suis donc venue vous voir, Myron. Vous vous souvenez ?

— Oui.

— Et vous m'avez assuré qu'il serait clean.

— Faux, dit Myron. Je vous ai dit qu'il *voulait* rester clean.

— Voulait rester, serait... Vous me faites un cours de sémantique ?

— C'était mon client, dit Myron. C'est mon boulot de défendre ses intérêts.

— Et au diable les miens ?

— Ce n'est pas ce que j'ai dit.

— Et au diable l'intégrité et la morale, aussi ? C'est ainsi que vous travaillez, Myron ?

— Absolument pas. Bien sûr, nous voulions que ce transfert se fasse....

— Vous ne le vouliez pas, vous en creviez d'envie, le corrigea-t-elle.

— D'accord, nous en crevions d'envie. Mais je ne vous ai jamais promis qu'il serait propre parce que c'est quelque chose que ni moi ni personne ne pouvait garantir. Je vous ai assuré que nous ferions tout pour cela. Je l'ai même fait inscrire dans le contrat. Je vous ai donné le droit de lui faire passer des tests inopinés aussi souvent que vous le vouliez.

— *Vous* m'avez *donné* le droit ? C'est moi qui l'ai exigé ! Et vous avez tout tenté pour m'y faire renoncer.

— Nous avons partagé les risques, dit Myron. J'ai accepté que son salaire soit fonction du résultat de ces tests. Je vous ai laissée inclure des clauses morales très strictes.

Elle sourit, croisa les bras.

— Vous savez à qui vous me faites penser ? À ces publicités pour voitures où General Motors et Ford vantent tous les systèmes antipollution qu'ils ont installés sur leurs bagnoles. Comme si c'était leur idée à eux. Comme s'ils s'étaient réveillés un matin plus soucieux de développement durable que de bénéfices juteux. Ils oublient juste de préciser que ce sont les autorités qui les ont forcés à installer ces systèmes, qu'ils se sont battus bec et ongles contre ces directives.

— C'était mon client, répéta Myron.

— C'est ça l'excuse qui vous sert à tout justifier ?

— C'est mon rôle de lui obtenir le meilleur contrat.

— Vous vous répétez.

— Je ne peux empêcher personne de replonger dans une addiction. Vous le saviez.

— Mais vous avez dit que vous le tiendriez à l'œil. Vous avez dit que vous l'aideriez de votre mieux.

Myron avait de plus en plus de mal à tenir sur sa chaise.

— Oui, reconnut-il.

— Mais vous ne l'avez pas tenu à l'œil, n'est-ce pas, Myron ?

Silence.

— Vous êtes parti en vacances sans prévenir personne. Vous avez laissé Clu tout seul. Vous avez agi de façon pour le moins légère. Je vous considère donc comme en partie responsable de sa rechute.

Elle avait raison, bien sûr, mais il ne pouvait s'offrir le luxe de se vautrer là-dedans maintenant. Plus tard. Il réfléchirait à son rôle dans cette histoire plus tard. Après une trop courte grasse matinée, la douleur du passage à tabac de la veille se réveillait. Myron fouilla dans sa poche pour en extraire deux cachets de Tylenol extra-forts.

Satisfaite – ou peut-être repue – Sophie Mayor s'assit.

— Vous voulez de l'eau ? demanda-t-elle.

— S'il vous plaît.

Elle hocha la tête vers Jared et Jared versa de l'eau dans un verre qu'il tendit à Myron. Celui-ci le remercia. Il avala ses cachets. L'effet placebo fut immédiat. Il se sentit mieux.

Avant que Sophie Mayor ne cogne à nouveau, il tenta d'inverser la tendance.

— Parlez-moi du test raté de Clu, dit-il.

Elle parut assez perplexe.

— Que voulez-vous que je vous dise ?

— Clu a affirmé qu'il ne prenait rien.
— Et vous le croyez ?
— Ça mérite qu'on s'y intéresse.
— Pourquoi ?
— Quand Clu s'est fait coincer par le passé, il a imploré le pardon, il a promis de se faire aider. Mais il n'a jamais prétendu que le résultat d'un test était faux.

Elle croisa à nouveau les bras.

— Ce qui prouve quoi, au juste ?
— Rien. J'aimerais juste poser quelques questions.
— Posez.
— Le contrôliez-vous souvent ?

Sophie se tourna vers son fils. À lui de jouer. Jared parla pour la première fois depuis que Myron avait franchi la porte.

— Au moins une fois par semaine.
— Des examens d'urine ?
— Oui.
— Et il n'y a jamais eu le moindre problème ? Je veux dire, à part le dernier.
— Aucun.
— Toutes les semaines ? insista Myron. Et aucun autre résultat positif ? Juste celui-ci ?
— C'est exact.

Myron se tourna vers Sophie.

— Vous ne trouvez pas ça bizarre ?
— Pourquoi ? contra-t-elle. Il essayait de rester clean et il a rechuté. Ça leur arrive sans arrêt, non ?

Ouais, ça leur arrive, se dit Myron, sauf que là c'était arrivé à un moment très particulier.

— Clu savait que vous alliez lui faire passer un test ?

— Je présume, oui. Puisque nous lui en faisions passer au moins un par semaine.

— Et comment se déroulaient ces examens ?

Sophie s'en remit à nouveau à Jared.

— Que voulez-vous dire ? demanda celui-ci.

— Étape par étape, dit Myron. Que devait-il faire ?

Là, Sophie jugea bon de répondre.

— Il faisait pipi dans un gobelet, Myron. C'est assez simple.

Ce n'est jamais assez simple.

— Y avait-il quelqu'un qui le regardait uriner ?

— Quoi ?

— Est-ce que quelqu'un regardait Clu pisser ou bien s'enfermait-il dans un cabinet ? demanda Myron. Était-il nu ou bien portait-il un caleçon...

— Quelle importance cela a-t-il ?

— Une énorme importance. Clu a passé sa vie à truander ses contrôles. S'il savait qu'il allait être contrôlé, il s'y serait préparé.

— Préparé comment ? s'enquit Sophie.

— Ce ne sont pas les moyens qui manquent, dit Myron. Tout dépend de la sophistication de l'examen. Si le contrôle est assez primitif, vous vous enduisez le bout des doigts d'huile de moteur et vous laissez l'urine la toucher quand vous pissez. Les phosphates détraquent complètement les résultats. Certains testeurs le savent et vérifient avant. Si vous laissez le type uriner seul dans un cabinet, il peut fixer une réserve d'urine propre à l'intérieur de sa cuisse. En général, dans un préservatif. Il peut aussi la planquer ailleurs, dans la doublure de son caleçon, entre ses orteils, sous son aisselle. Parfois, même, dans la bouche.

— Vous êtes sérieux ?

— Le meilleur reste à venir. En cas de contrôle très strict – au cas où quelqu'un observe vos moindres faits et gestes – certains se vident la vessie et utilisent un cathéter pour se pomper de l'urine propre.

Sophie Mayor parut horrifiée.

— Ils se pompent l'urine de quelqu'un d'autre dans leur propre vessie ?

— Oui, dit Myron.

— Seigneur.

Puis les yeux gris se plantèrent dans les siens.

— Vous semblez en connaître un rayon sur le sujet, Myron.

— Clu aussi.

— Que voulez-vous dire ?

— Que cela soulève quelques questions, c'est tout.

— Il a dû être pris par surprise.

— Peut-être, dit Myron. Mais si vous le contrôliez toutes les semaines, la surprise ne devait pas être énorme.

— Il a peut-être tout simplement merdé, dit Sophie. C'est fréquent chez les junkies.

— Possible. Mais j'aimerais néanmoins parler à la personne qui a effectué le contrôle.

— C'est le Dr Stilwell, dit Jared. Le médecin de l'équipe. Il était assisté par Sawyer Wells.

— Sawyer Wells, le roi de la gonflette mentale ?

— C'est un psychologue spécialiste du comportement et un excellent thérapeute motivationnel, corrigea Jared.

Thérapeute motivationnel.

Mouais.

— Ils sont dans le coin ?

— Je ne pense pas. Mais ils ne devraient pas tarder à arriver. Nous avons un match ce soir.

— Clu avait-il des copains dans l'équipe ? Un des coaches, un autre joueur ?

— Je l'ignore, dit Jared.

— Avec qui partageait-il sa chambre lors des déplacements ?

Sophie faillit sourire.

— Vous aviez très peu de contacts avec lui, n'est-ce pas, Myron ?

— Cabral, dit Jared. Enos Cabral. C'est un lanceur cubain.

Myron le connaissait. Il hocha la tête et, pour la première fois, lâcha ses interlocuteurs du regard. C'est alors qu'il la vit. Et faillit pousser un hurlement.

Il avait juste balayé la pièce des yeux sans vraiment chercher à voir quoi que ce soit quand un objet lui avait accroché le regard, comme un crochet rouillé. Myron se pétrifia. Là... dans la bibliothèque, au milieu d'autres photos, de quelques trophées et, ici, de la première action émise par Mayor Software. Juste là. Une photo.

Une photo de la fille sur la disquette.

Myron essaya de garder son sang-froid. De ne rien montrer. Inspirer. Expirer. Mais son cœur jouait du tam-tam. Son esprit était soudain en plein brouillard sans la moindre éclaircie à l'horizon. *D'accord, on se calme. Respire. Continue à respirer.*

Il se fouilla les synapses. Pas étonnant que la fille lui ait paru familière.

C'était quoi, son histoire ? Sa mémoire accepta de répondre. C'était la fille de Sophie Mayor, bien sûr. La sœur de Jared Mayor. Comment s'appelait-elle déjà ? Ses souvenirs restaient vagues. Que lui était-il arrivé ? Une fugue, c'est ça ? Dix ou quinze ans plus tôt. Il y avait eu une brouille, quelque chose dans ce genre. Aucun soupçon de crime ou d'un quelconque délit. C'était bien ça ? Il ne se le rappelait plus.

— Myron ?

Il avait besoin de réfléchir. Au calme. Il avait besoin d'espace, de temps. Pas question de lâcher de but en blanc : « Au fait, j'ai reçu une disquette avec l'image de votre fille qui fond dans un flot de sang. » Il fallait foutre le camp d'ici. Faire quelques recherches. Réfléchir à tout ça. Il se leva maladroitement en regardant sa montre.

— Je dois y aller, dit-il.
— Quoi ?
— J'aimerais parler au Dr Stilwell le plus vite possible, dit-il.

Sophie ne le quittait pas des yeux.

— Je n'en vois pas l'intérêt.
— Je viens de vous expliquer...
— Quelle différence cela ferait-il ? Clu est mort. Le contrôle antidopage n'a plus aucun intérêt.
— Il pourrait y avoir un rapport.
— Entre sa mort et le contrôle ?
— Oui.
— Je ne suis pas sûre d'y croire.
— J'aimerais néanmoins vérifier. J'en ai le droit.
— Quel droit ?

— Si le contrôle a été faussé, cela change beaucoup de choses.
— Cela change quoi ? Je...

Sophie s'arrêta, sourit d'une façon bizarre, comme si elle découvrait quelque chose qui ne la surprenait pas.

— Oui, je crois comprendre.

Myron ne dit rien.

— Vous pensez aux termes de son contrat, c'est cela ?

— Je dois y aller, répéta-t-il.

Elle se renfonça dans son fauteuil et rerecroisa les bras.

— Eh bien, Myron, je vous reconnais au moins ça. Vous avez une belle mentalité d'agent. Vous cherchez à soutirer votre commission d'un cadavre, c'est ça ?

Myron laissa passer l'insulte.

— Si Clu était clean, dit-il, son contrat reste valide. Dans ce cas, vous devriez à sa famille au moins trois millions de dollars.

— Il s'agit donc d'extorsion ? Vous êtes ici pour l'argent ?

Il jeta à nouveau un regard vers la photo de la jeune fille. Il pensa à la disquette, au rire, au sang.

— Pour l'instant, dit-il, j'aimerais juste parler au médecin de l'équipe.

Sophie Mayor le contempla comme s'il était une merde sur sa moquette.

— Sortez de mon bureau, Myron.

— Me laisserez-vous parler au médecin ?

— Légalement, rien ne m'y oblige.

— Je pense le contraire.
— Vous pensez mal. Chez moi, on ne détrousse pas les cadavres. Sortez, Myron. Tout de suite.

Il regarda encore une fois la photo. Ce n'était pas le moment de discuter. Il fila.

18

Myron commençait à souffrir. Le Tylenol simple ne suffisait pas et il n'osait pas utiliser les comprimés à la codéine. Il avait besoin de toute sa lucidité et, avec ce truc, il s'endormait plus vite... qu'après l'amour. Il passa rapidement ses plaies et bosses en revue. D'abord, la coupure au tibia, la plus douloureuse, suivie de près par ses côtes concassées ; les autres en devenaient presque des distractions bienvenues. Le moindre geste était une épreuve.

Quand il fut de retour au bureau, Big Cyndi lui tendit une énorme pile de papiers bleus.

— Beaucoup d'appels de journalistes ? s'enquit-il.
— J'ai arrêté de compter, monsieur Bolitar.
— Un message de Bruce Taylor ?
— Oui.

Bruce s'occupait des Mets, pas des Yankees. Mais, comme tous ses confrères, il voulait couvrir cette histoire. Par ailleurs, c'était plus ou moins un ami... qui devait savoir des choses sur la fille de Sophie Mayor. Le problème étant, bien sûr, d'évoquer le sujet sans trop éveiller sa curiosité.

Myron ferma la porte de son bureau, s'assit et composa un numéro. Une voix répondit à la première sonnerie.

— Taylor.

— Salut, Brucie.

— Myron ? Ah, merci Seigneur. J'apprécie que tu prennes la peine de me rappeler.

— Pourquoi parler de peine, Bruce ? Tu es mon journaliste préféré.

Hésitation, puis :

— Oh oh.

— Quoi ? fit Myron.

— C'est trop facile.

— Pardon ?

— D'accord, Myron, sautons la partie où tu brises mes défenses grâce à ton charisme surnaturel. Allons droit au but.

— Je veux passer un marché.

— Je t'écoute.

— Je ne suis pas prêt à faire une déclaration pour le moment. Mais quand je la ferai, tu seras le premier à l'avoir. En exclusivité.

— En exclusivité ? Whaaa, Myron, tu sais vraiment causer le journaliste.

— J'aurais pu dire scoop. C'est un mot que j'aime bien aussi.

— D'accord, Myron, génial. Donc, tu ne me dis *rien* et tu veux quoi en échange ?

— Juste quelques renseignements. Mais tu n'essaies pas de deviner quoi que ce soit à partir de mes questions et tu n'écris rien là-dessus. Tu me sers juste de source.

— Tu veux dire de pute, dit Bruce.

— Si tu préfères.
— Pas ce soir, chéri, j'ai la migraine. Bon, voyons si j'ai bien compris. Tu ne me dis rien. Je n'écris rien. En échange, je te dis tout. Désolé, mon grand, je ne marche pas.
— Bye-bye, Bruce.
— Waou, Myron, attends un peu. Bon Dieu, on n'est pas à l'ONU mais on peut quand même négocier. Arrêtons de nous tirer dans les pattes, que diable. Voilà ce que je propose : tu me donnes quelque chose. N'importe quoi. Une déclaration. Aussi inoffensive que ça te chante. Mais je veux être le premier à avoir une décla de Myron Bolitar. Ensuite, je te dis ce que tu veux savoir, je reste tranquille et tu me donnes ton scoop ou ton exclusivité avant tout le monde. Ça marche ?
— Ça marche, dit Myron. Voilà ta déclaration : Esperanza Diaz n'a pas tué Clu Haid. Je la soutiens à cent pour cent.
— Avait-elle une liaison avec Clu ?
— C'était ma déclaration, Bruce. Toute ma déclaration. Rien que ma déclaration.
— D'accord, OK, mais qu'est-ce que c'est que cette histoire selon laquelle t'étais à l'étranger au moment du meurtre ?
— On a dit déclaration, Bruce. Comme dans « pas de commentaire ». Comme dans « je ne répondrai plus à aucune question ».
— Hé, c'est déjà de notoriété publique. Je veux juste une confirmation. Tu étais dans les Caraïbes, n'est-ce pas ?
— Oui.
— Où dans les Caraïbes ?

— Pas de commentaire.

— Pourquoi pas ? Tu étais vraiment aux îles Caïmans ?

— Non, je n'étais pas aux Caïmans.

— Où alors ?

Les journalistes.

— Pas de commentaire.

— Je t'ai appelé juste après le contrôle positif de Clu. Esperanza m'a dit que tu étais en ville mais que tu n'avais aucun commentaire à faire.

— Et je n'en fais toujours pas, dit Myron. À ton tour, maintenant, Bruce.

— Voyons, Myron, tu ne m'as rien donné.

— Nous avions un marché.

— Ouais, bon, d'accord, si tu veux, dit-il sur un ton qui laissait entendre qu'il reprendrait l'offensive plus tard. Vas-y, qu'est-ce que tu veux savoir ?

Tout doux. Pas question de l'interroger d'emblée sur la fille Mayor. Faire preuve de subtilité. La porte du bureau s'ouvrit et Win fit son apparition. Myron leva un doigt. Win acquiesça et ouvrit un placard. Un miroir en pied lui renvoya son image. Win sourit. Agréable manière de passer le temps.

— Qu'est-ce qu'on racontait sur Clu ? s'enquit Myron.

— Tu veux dire, avant le contrôle positif ?

— Oui.

— Bombe à retardement, dit Bruce.

— Explique.

— Il lançait comme un dieu, c'est sûr. Et il avait bonne mine. Aminci, l'air concentré. Mais environ une semaine avant le contrôle, il a recommencé à avoir sa tête des mauvais jours. Bon sang, tu as bien dû t'en rendre compte, non ? Ou alors, t'étais déjà à l'étranger ?

— Continue ton histoire, Bruce.

— Que veux-tu que je te dise ? Avec Clu, on a déjà vécu ça environ cent fois. Ce type nous brise le cœur. Son bras est un don de Dieu. Mais tout le reste, c'est pas un cadeau, si tu vois ce que je veux dire.

— Donc, il y avait des signes avant le contrôle ?

— On peut dire ça comme ça. Avec le recul, c'est sûr qu'on voit des tas de signes. Paraît que sa femme l'avait jeté. Il ne se rasait plus, les yeux injectés, ce genre de trucs.

— Ce n'était pas forcément la drogue, dit Myron.

— Exact. Ça aurait pu être l'alcool.

— Ou peut-être simplement le contrecoup de la discorde conjugale ?

— Écoute, Myron, je suis toujours pour accorder le bénéfice du doute mais quand il s'agit de gars comme Clu Haid, des foireux chroniques, on peut présumer l'abus de substances et, onze fois sur dix, on aura raison.

Myron risqua un regard vers Win. Il avait fini de tapoter ses blondes boucles et se servait à présent du miroir pour répéter ses différents sourires. Il en était au coquin.

Subtil, se répéta, Myron, *subtil...*

— Bruce ?

— Ouais ?

— Que peux-tu me dire à propos de Sophie Mayor ?

— Que veux-tu que je te dise ?

— Des trucs en gros.

— Juste par curiosité, c'est ça ?
— C'est ça, par curiosité.
— Ben voyons, dit Bruce.
— Le contrôle de Clu lui a-t-il créé des problèmes ?
— Des tas de problèmes. Mais tu le sais déjà. Quand Sophie Mayor s'est pointée, tout le monde l'a prise pour un génie. Puis Clu se fait choper au test et, tout à coup, c'était plus qu'une bimbo demeurée qui aurait dû laisser les hommes gérer l'équipe.
— Parle-moi un peu de son passé.
— Son passé ?
— Oui. J'ai besoin de me faire une idée.
— Pourquoi ? demanda Bruce. Bah... Elle vient du Kansas, je crois, ou alors de l'Iowa, de l'Indiana ou du Montana. Quelque part par là. Une grande fille toute simple, mais la version avec pas mal de kilomètres au compteur. Elle aime la pêche, la chasse, le grand air, tous ces trucs naturels. C'était aussi une prodige des maths. Elle est venue dans l'Est faire ses études au MIT. C'est là qu'elle a rencontré Gary Mayor. Ils se sont mariés et ont vécu leur vie de profs de science. Il enseignait à Brandeis et elle à Tufts. Ils ont développé un logiciel pour la tenue des comptes du ménage ou je sais plus trop quoi et, soudain, les profs de la classe moyenne sont devenus millionnaires. Ils ont fait entrer leur boîte en Bourse en 94 et le *lion* est devenu un *liard*.
— Pardon ?
— Millionnaires, milliardaires.
— Ah.
— Ensuite, les Mayor ont fait ce que font les gens super riches : ils ont acheté une équipe de foot.

Dans ce cas, de base-ball : les Yankees. Gary Mayor était fan depuis tout gosse. Ça allait être son plus beau jouet, sauf que, bien sûr, il n'en a jamais profité.

Myron s'éclaircit la gorge.

— Et ils ont eu des gosses ?

Sub-til.

— Deux. Tu connais Jared. Un gamin sympa, en fait, intelligent, qui a usé les mêmes bancs que toi à Duke. Mais tout le monde le hait parce qu'il est là où il est grâce à maman. Son rôle essentiel est de veiller sur les investissements maternels. D'après ce que je sais, il se débrouille plutôt bien et il laisse le base-ball aux gars du base-ball.

— Hmm.

— Ils ont aussi une fille. Ou plutôt avaient.

Au prix d'un effort considérable, Win referma la porte du placard. C'était si dur de s'arracher à un miroir. Il s'assit face à Myron, comme toujours, parfaitement à l'aise.

— Comment cela, *avaient* ? demanda Myron.

— La fille s'est brouillée avec eux. Tu ne te souviens pas de cette histoire ?

— Vaguement. Elle a fugué, c'est ça ?

— Oui. Elle s'appelait Lucy. Elle s'est barrée avec son petit copain, un musicien grunge, quelques semaines avant son dix-huitième anniversaire. C'était il y a, je sais pas, dix ou quinze ans. Avant que les Mayor ne touchent le jackpot.

— Et où vit-elle maintenant ?

— C'est ça, le problème. Personne ne sait.

— Comprends pas.

— Elle a fugué, ça, on en est sûr. Elle leur a laissé un mot : « Je pars faire la route avec mon copain, on veut découvrir le monde. » La crise de l'acné, quoi. Sophie et Gary Mayor étaient des profs, des progressistes typiques comme on en produit tant sur la côte Est. Ils avaient trop lu le Dr Spock, le pédiatre pas le Vulcain – quoique, je me demande –, et ils s'imaginaient qu'en laissant de « l'espace » à leur fille elle finirait par revenir.

— Mais elle n'est pas revenue.

— T'es trop fort.

— Et ils n'ont plus jamais entendu parler d'elle.

— De plus en plus fort.

— Mais je me rappelle avoir lu des trucs dans les journaux il y a quelques années. Ils ne s'étaient pas mis à sa recherche ?

— Ouais. D'abord, le petit copain est revenu au bout de quelques mois. Ils avaient rompu et chacun était parti de son côté. Étonnant, non ? Quoi qu'il en soit, il ne savait pas où elle était. Alors, les Mayor ont appelé la police mais les flics ont pris ça à la légère. Lucy était majeure désormais et elle était, à l'évidence, partie de son plein gré. Il n'y avait aucune preuve d'acte délictueux ou criminel et n'oublie pas que ça se passait avant que les Mayor ne soient pétés de thunes.

— Et une fois qu'ils sont devenus riches ?

— Sophie et Gary ont tenté de la retrouver. Et ils y ont mis les moyens. À la recherche de l'héritière perdue. Ça a fait la joie des tabloïds pendant un moment. Il y a eu quelques rumeurs assez folles mais rien de concret. Lucy s'est installée dans un pays lointain. Lucy vit dans une communauté. Il y a même eu Lucy est morte. Toujours est-il que personne ne l'a jamais retrouvée et qu'il n'y avait toujours pas le moindre indice d'acte crapuleux. L'histoire a fini par mourir toute seule comme meurent les histoires qui n'ont pas de fin.

Silence. Win regarda Myron et haussa un sourcil. Myron secoua la tête.

— Alors ? demanda Bruce. Pourquoi cet intérêt ?
— Je veux juste me faire une idée sur les Mayor.
— Hmm.
— Rien de plus.
— Ben voyons !
— C'est la vérité, mentit Myron. Et tu devrais moderniser ton langage. Plus personne ne dit « ben voyons ».
— Non ?

Pause.

— Je devrais regarder MTV plus souvent. Rassure-moi, MTV, c'est toujours branché ?
— Faut juste une prise et une antenne.
— Ouais, bon... on va la jouer à ta manière pour le moment, Myron. Mais je ne sais rien de plus sur Lucy Mayor. Tu peux tenter une recherche sur le Net. Il y a peut-être des articles qui traînent au fond de la Toile.
— Bonne idée, merci. Écoute, Bruce, j'ai un autre appel.
— Quoi ? Tu vas me larguer comme ça ?
— Tu oublies notre accord, mon chou.
— Pourquoi toutes ces questions sur les Mayor ?
— Comme je te l'ai dit, j'ai besoin de me faire une idée.

— Est-ce que les mots « arrête ton boniment » signifient quelque chose pour toi ? Ou est-ce que c'est pas assez branché ?

— Au revoir, Bruce.

— Attends.

Bref silence avant que Bruce n'enchaîne :

— C'est grave, ce qui se passe en ce moment, n'est-ce pas ?

— Clu Haid a été assassiné. Esperanza a été arrêtée comme suspecte. Oui, je dirais que c'est assez grave.

— Mais il y a autre chose. Dis-moi au moins ça. Je ne l'imprimerai pas. C'est promis.

— Tu veux la vérité, Bruce ? J'en sais encore trop rien.

— Et quand tu le sauras ?

— Tu seras le deuxième à savoir.

— Tu crois vraiment Esperanza innocente ? Malgré toutes les preuves ?

— Oui.

— Appelle-moi, Myron. Si tu as besoin de quoi que ce soit. J'aime bien Esperanza. Je veux l'aider si je peux.

Myron raccrocha. Et leva les yeux vers Win. Qui semblait plongé dans ses réflexions. Il se tapotait le menton avec l'index. Le silence dura quelques secondes.

Win cessa de tapoter et demanda :

— Qu'est-il arrivé à la Famille King ?

— Tu veux parler de ceux qui nous souhaitaient Noël à la télé ?

Win acquiesça.

— Chaque année, on était censé regarder le Noël de la Famille King. On a dû se les farcir des centaines de fois – les gros King avec la barbe, les petits King en knickers, Maman King, Papa King, Tonton, Tata et Cousin King. Et puis, une année – pouf – ils disparaissent. Tous. Qu'est-il arrivé ?

— Je ne sais pas.

— Étrange, non ?

— Sans doute.

— Et qu'est-ce que le clan King faisait pendant le reste de l'année ?

— Ils se préparaient pour le Noël suivant ?

— Quelle vie, non ? dit Win. Noël vient à peine de s'achever et il faut déjà penser au prochain. C'est comme de vivre dans une boule à neige de Noël.

— Si tu le dis.

— Je me demande où ils sont maintenant, tous ces King soudain sans emploi. Vendent-ils des voitures ? Des assurances ? De l'héroïne ? Est-ce qu'ils sont tristes à la période de Noël ?

— Ouais, c'est poignant, Win. Au fait, tu es descendu ici pour me dire quelque chose ?

— Parler de la famille King ne te paraît pas suffisant ? N'est-ce pas toi qui venais dans mon bureau parce que tu ne comprenais pas le sens d'une chanson de Sheena Easton ?

— Tu compares la Famille King à Sheena Easton ?

— Oui, eh bien, à vrai dire, j'étais venu t'informer que j'ai fait annuler la citation à comparaître visant Lock-Horne.

Myron n'aurait pas dû être surpris.

— L'enivrant pouvoir des pots-de-vin, dit-il en secouant la tête. J'en perds à chaque fois la tête.

— « Pots-de-vin » est un terme offensant, dit Win. Je préfère le plus politiquement correct « assistance aux personnes en manque de contribution ».

Il se cala sur son dossier, croisa les jambes comme lui seul savait le faire et montra le téléphone.

— Explique.

Myron expliqua. Il lui raconta tout, notamment l'incident Lucy Mayor. Quand il eut terminé, Win déclara :

— Déconcertant.

— Pour le moins.

— Mais je ne suis pas certain de voir le rapport.

— Quelqu'un m'envoie une disquette avec Lucy Mayor et, peu de temps après, Clu Haid est assassiné. Tu penses qu'il s'agit d'une simple coïncidence ?

Win médita là-dessus.

— Trop tôt pour trancher, conclut-il. Récapitulons, si tu le veux bien ?

— Je t'écoute.

— Commençons par l'enchaînement des événements : Clu est acheté par New York, il joue bien, se fait larguer par Bonnie, commence à s'effondrer, rate un contrôle antidopage, te recherche désespérément, vient me voir, retire deux cent mille dollars, frappe Esperanza et se fait tuer.

Win s'arrêta.

— Ça te paraît juste ?

— Oui.

— Explorons maintenant quelques arborescences pouvant s'accrocher à cet enchaînement.

— Explorons.

— Un, notre vieux pote de fraternité étudiante, Billy Lee Palms, semble avoir disparu. Clu aurait pris contact avec lui peu de temps avant le meurtre. En dehors de cela, y a-t-il la moindre raison pour que Billy Lee soit lié à cette histoire ?

— Pas vraiment. Et, selon sa propre mère, Billy Lee n'est pas l'outil le plus fiable de la remise.

— Donc, sa disparition n'a peut-être rien à voir avec ça.

— Peut-être.

— Mais cela ne ferait qu'ajouter une autre coïncidence bizarre, dit Win.

— En effet, cela ne ferait que.

— Bien, laissons ça pour le moment. Arborescence numéro deux, le *Take A Guess*.

— Tout ce que nous savons, c'est que Clu a appelé là-bas.

Win secoua la tête.

— Nous en savons beaucoup plus que cela.

— Ah bon ?

— Ils ont réagi de façon très exagérée à ta visite. Te jeter dehors aurait été une chose. Te bousculer un peu aurait été une chose. Mais cette espèce d'interrogatoire avec coups de couteau et électrocution... c'est un peu excessif.

— Tu en déduis ?

— Que tu as touché un point sensible, pincé un nerf, semé le trouble, choisis ton cliché préféré.

— Donc, ils sont mêlés à cette affaire.

— Logique, dit Win, toujours fidèle à Spock.

— Comment ?

— Grands dieux, je n'en ai pas la moindre idée.

Myron mâchouilla sa réponse pendant quelques secondes avant de la laisser sortir.

— J'ai pensé un moment que Clu et Esperanza traînaient peut-être dans cette boîte.

— Et maintenant ?

— Disons qu'ils y traînaient. Et alors ? En quoi cela provoquerait cette réaction... excessive ?

— Donc c'est autre chose.

Myron hocha la tête.

— D'autres arborescences ?

— La plus importante, dit Win. La disparition de Lucy Mayor.

— Qui a eu lieu il y a plus de dix ans.

— Et à propos de laquelle nous devons reconnaître que son lien avec cette histoire paraît plus que ténu.

— Reconnaissons donc, dit Myron.

Win réunit le bout de ses doigts.

— Mais la disquette t'a été adressée.

— Oui.

— Donc, nous ne pouvons pas être certains qu'il y ait le moindre rapport entre Lucy Mayor et Clu Haid...

— Exact.

— ... mais nous pouvons être certains qu'il y a un rapport entre Lucy Mayor et toi.

— Moi ? fit Myron, surpris. Je n'imagine pas comment.

— Réfléchis. Tu l'as peut-être déjà rencontrée.

— Jamais.

— Il se peut que tu ne l'aies pas su. Cette femme vit dans une sorte de clandestinité depuis très longtemps. Tu l'as peut-être rencontrée dans un bar, un coup d'un soir.

— Je ne pratique pas les coups d'un soir.

— C'est vrai, dit Win puis, avec un regard impavide : Seigneur, comme j'aimerais être toi.

Myron refusa de s'attarder là-dessus.

— Mais supposons que tu aies raison. Supposons que je l'aie rencontrée sans le savoir. Et alors ? Elle décide de me rendre le plaisir que je lui ai éventuellement procuré en m'envoyant une disquette de son visage se diluant dans un flot de sang ?

Win hocha la tête.

— Déconcertant.

— Ouais, et maintenant on en est où ?

— Déconcertés.

L'interphone buzza.

— Oui ? fit Myron.

— Votre père sur la ligne un, monsieur Bolitar.

— Merci, dit-il avant de décrocher. Salut, p'pa.

— Bonjour, Myron, comment vas-tu ?

— Bien.

— Tu te réadaptes à la vie ici ?

— Je me réadapte.

— Content d'être revenu ?

Papa gagnait du temps.

— Ouais, p'pa, je me sens très bien.

— Toute cette histoire avec Esperanza, ça doit te rendre un peu dingue, non ?

— Un peu.

— Aaaalors, dit M. Bolitar en traînant sur le mot, tu crois que tu aurais un peu de temps pour déjeuner avec ton vieux père ?

Il y avait de la tension dans sa voix.

— Bien sûr, p'pa.
— Demain, ça irait ? Au club ?
Myron ravala un gémissement. Non, pas le club.
— Bien sûr. Midi, d'accord ?
— Parfait, fils, parfait.
Son père ne l'appelait pas si souvent. À vrai dire, il ne l'appelait jamais. Myron changea l'écouteur d'oreille.
— Il y a un problème, p'pa ?
— Non, non, dit-il trop vite. Tout va bien. Je veux juste te parler de quelque chose.
— De quoi ?
— Ça peut attendre, rien de grave. À demain.
Clic.
Myron regarda Win.
— C'était mon père.
— Oui, je l'avais deviné quand Big Cyndi a dit que ton père était en ligne. Ce qui a, par la suite, été confirmé par le fait que tu as répété quatre fois « p'pa » au cours de la conversation. Je suis assez doué dans mon genre.
— Il veut qu'on déjeune ensemble demain.
Win hocha la tête.
— Et ça me concerne parce que... ?
— Je te le dis, c'est tout.
— Je le noterai dans mon journal ce soir, dit Win. Entre-temps, j'ai eu une autre idée à propos de Lucy Mayor.
— Je t'écoute.
— Si tu te souviens bien, nous essayions de déterminer qui était atteint dans cette affaire.
— Je me souviens.
— Clu, bien sûr. Esperanza. Toi. Moi.

— Oui.

— Nous devons désormais ajouter un nouveau nom à cette liste : Sophie Mayor.

Pensif, Myron hocha la tête.

— Ça pourrait être cela, le lien. Si quelqu'un voulait détruire Sophie Mayor, comment s'y prendrait-il ? D'abord, en sapant le soutien qu'elle a gagné auprès des fans des Yankees et de l'équipe dirigeante du club.

— Clu Haid, dit Win.

— Exact. Ensuite, en tentant de la frapper à ce qui est sûrement son point faible... sa fille disparue. Imagine l'horreur si elle reçoit la même disquette que moi.

— Ce qui soulève une question intéressante, dit Win.

— Laquelle ?

— Vas-tu lui en parler ?

— De la disquette ?

— Non, des récents mouvements de troupe en Afghanistan. Oui, de la disquette.

Myron ne fut pas long à prendre sa décision.

— Je n'ai pas vraiment le choix. Je dois lui en parler.

— Cela fait peut-être aussi partie de cet hypothétique plan pour l'abattre, dit Win. On t'a peut-être envoyé la disquette sachant que tu lui en parlerais.

— Peut-être. Mais elle a quand même le droit de savoir. Ce n'est pas à moi de décider si Sophie Mayor est assez forte pour encaisser le choc.

— Voilà qui est bien vrai.

Win se leva.

— J'ai quelques contacts qui tentent de localiser les documents officiels sur le meurtre de Clu – rapport d'autopsie, de scène de crime, déposition des témoins, et tout le reste. Mais, pour le moment, tout le monde serre les lèvres.

— J'ai une source possible, dit Myron.

— Ah ?

— Le médecin légiste du Bergen County. Sally Li. Je la connais.

— Par le père de Jessica ?

— Oui.

— Va la voir, dit Win.

Myron le suivit des yeux tandis qu'il gagnait la porte.

— Win ?

— Oui ?

— Tu n'as pas une idée sur la manière d'annoncer la nouvelle à Sophie Mayor ?

— Pas la moindre.

Et il partit. Myron contempla son téléphone. Au bout d'un très long moment, il décrocha et composa le numéro de Sophie Mayor. Cela prit un certain temps mais une secrétaire finit par la lui passer. Sophie parut tout sauf ravie d'entendre sa voix.

— Quoi ? fit-elle en guise de salut.

— Il faut que nous parlions, dit Myron.

Il y avait des parasites sur la ligne. Un portable, sans doute.

— Nous avons déjà parlé.

— Pas de cela.

Silence. Puis :

— Je suis dans ma voiture en ce moment, à un kilomètre de chez moi sur Island. C'est vraiment important ?

Myron s'empara d'un stylo.

— Donnez-moi votre adresse, dit-il. J'arrive.

19

Dans la rue, l'homme lisait toujours son journal.
La descente en ascenseur jusqu'au rez-de-chaussée avait tout d'une longue hésitation. Arrêt-descente-arrêt-etc. Rien d'anormal. Personne ne parlait, bien sûr, chacun se passionnant pour le spectacle des chiffres qui décroissaient comme s'il s'agissait du compte à rebours précédant l'atterrissage d'un ovni. Dans le grand hall, Myron se mêla au flot de costards-cravates et émergea péniblement sur Park Avenue, une vraie marée, des saumons luttant contre le courant jusqu'à... la mort. Certains de ces types marchaient la tête haute, c'étaient les chefs de meute ; d'autres avaient le dos voûté, versions charnelles de la statue d'Atlas sur la 5e Avenue portant le monde sur ses épaules, sauf que, pour eux, le monde était un peu trop lourd.
Waou, toujours aussi profond.
Parfaitement posté au coin de la 46e et de Park, apparemment absorbé par son journal mais plus sûrement surveillant les entrées et sorties du building de la Lock-Horne, se trouvait le même homme

que Myron avait remarqué à son arrivée un peu plus tôt.

Hum.

Myron sortit son portable.

— Articule, dit Win.

— Je crois que je suis suivi.

— Ne quitte pas, s'il te plaît.

Dix secondes passèrent, environ, puis :

— Le journal au coin.

Win gardait toute une collection de jumelles et de télescopes dans son bureau. Allez savoir pourquoi.

— Ouais.

— Bonté divine, dit Win. Cherche-t-il à se faire repérer ?

— J'en doute.

— N'ont-ils donc plus aucune fierté dans ce métier ? Où sont passés les professionnels d'antan ?

— C'est triste.

— Vois-tu, mon ami, c'est le grand problème de ce pays.

— Les filatures ratées ?

— C'est un exemple. Regarde-le. A-t-on jamais vu quelqu'un lire son journal debout ainsi à un coin de rue ? Il aurait tout aussi bien pu y découper deux trous pour les yeux.

— Hmm, fit Myron. Tu as un peu de temps libre ?

— Mais bien sûr. Comment veux-tu que nous procédions ?

— Couvre-moi.

— Accorde-moi cinq minutes.

Ce que Myron fit bien volontiers... évitant avec soin de regarder vers le coin de rue, ne cessant de consulter sa montre en gonflant les joues comme s'il attendait quelqu'un et s'impatientait. Les cinq minutes écoulées, il se dirigea droit vers le journal.

L'homme repéra son approche et se tapit un peu plus derrière sa double page.

Myron s'arrêta juste devant le canard, un tabloïd. L'autre garda le nez dans son torchon. Myron afficha son Sourire n° 8 : le gros, le *dentesque*. Celui du télévangéliste qui reçoit un gros chèque. L'autre se terra un peu plus derrière sa feuille de chou. Myron continua à sourire, les yeux écarquillés comme un clown. L'autre faisait semblant de ne pas le voir. Myron s'approcha encore, passant dents et yeux au-dessus du rebord de la gazette et se mit à tortiller des sourcils.

Le bonhomme baissa enfin son quotidien en soupirant.

— D'accord, le crack, vous m'avez eu. Félicitations.

Toujours simplement vêtu de son n° 8 :

— Et merci d'avoir participé à notre jeu ! N'ayez aucune crainte, nous ne vous laisserons pas rentrer chez vous les mains vides ! Vous gagnez la version simplifiée de *Filature foireuse* ainsi qu'un abonnement d'un an à *Crétin d'aujourd'hui*.

— Ouais, bon, c'est ça. À un de ces jours.

— Attendez ! *Jeopardy* n'est pas fini. Réponse : il ou elle vous a embauché pour me filer.

— Va te faire voir.

— Oooooh, désolé ! Vous auriez dû formuler cela sous forme de question.

L'homme commença à s'éloigner. Quand il se retourna, Myron, toujours radieux, lui adressa un grand signe de la main.

— À la semaine prochaine. Bonne nuit tout le monde !

Nouveau grand signe.

L'autre secoua la tête et continua sa route, s'insérant dans un flot de passants. Flot dans lequel glissait déjà Win. Le type allait probablement s'arrêter dans un coin tranquille pour appeler son patron. Win serait là pour l'écouter et tout apprendre. Malin.

Myron rejoignit sa voiture de location. Il fit le tour du block. Pas de filature. En tout cas, aucune d'aussi repérable que la précédente. Bah. Aucune importance. Il se rendait chez les Mayor dans Long Island. Il n'avait rien à cacher. Myron, l'immaculé puceau.

Une fois en voiture, il passa son temps à causer dans son portable. Il avait deux footballeurs qui espéraient gratter une place sur le banc d'une équipe de la NFL avant la fin de la période des transferts. Myron appela les recruteurs mais personne n'était intéressé. Par contre, ils étaient tous passionnés par le meurtre. Il les envoya poliment balader. Ses efforts, il le savait, étaient futiles mais il insistait. C'était grand de sa part. Se concentrer sur son travail, essayer de trouver l'oubli grâce à son gagne-pain. Mais le monde ne se laissait pas oublier aussi facilement. Il pensait à Esperanza en prison. Il pensait à Jessica en Californie. Il pensait à Bonnie Haid et à ses enfants sans père chez elle. Il pensait à Clu dans le formol. Il pensait au coup de téléphone de son père. Et, chose curieuse, il ne cessait de penser à Terese seule sur cette île.

Le reste, il le bloquait.

Quand il arriva à Muttontown, un quartier de Long Island qui lui avait, d'une manière ou d'une autre, échappé par le passé, il tourna à droite sur une route s'enfonçant dans une vraie forêt. Il effectua à peu près trois kilomètres avant d'atteindre un portail en fer forgé avec une petite pancarte qui annonçait en toute simplicité : LES MAYOR. Il y avait plusieurs caméras de sécurité et un interphone. Il pressa le bouton. Une voix féminine répondit :

— En quoi puis-je vous aider ?
— Myron Bolitar pour Sophie Mayor.
— Remontez l'allée, s'il vous plaît. Vous pouvez vous garer devant la maison.

Le portail s'ouvrit. Myron s'engagea sur une pente assez abrupte. De hautes haies flanquaient la route de part et d'autre, lui donnant l'impression d'être un rat perdu dans un labyrinthe. Il repéra d'autres caméras. Toujours aucun signe de la maison. Au sommet de la colline, le paysage se dégagea soudain. Apparurent un court de tennis au gazon un tout petit peu trop haut et un terrain de croquet. Très *Sunset Boulevard*. Il prit un dernier virage et la maison se dressa enfin devant lui. C'était un manoir, bien sûr, mais pas aussi immense que d'autres. Du lierre s'accrochait au stuc jaune pâle. Les fenêtres étaient à petits carreaux. Tout ça évoquait furieusement les Années folles. Myron jeta un coup d'œil dans son rétro pour vérifier que Scott et Zelda n'arrivaient pas derrière lui en décapotable.

Cette partie de l'allée était recouverte de cailloux qui crissaient sous ses pneus. Au centre de la pelouse encerclée par l'allée, à environ cinq mètres de la porte, se dressait une fontaine ; réplique plus petite de celle qui se trouve sur la Piazza della Signoria à Florence. De l'eau en jaillissait mais ni très haut ni avec beaucoup d'enthousiasme, comme si quelqu'un avait réglé le jet sur « miction mesurée ».

Sur la droite, s'étalait un bassin parfaitement carré, un truc impeccable avec feuilles de nénuphars flottant. Le Giverny du pauvre. Toutes les autres statues peuplant les jardins avaient l'air gréco-romain. Antique. Une équipe complète de Vénus de Milo – mais celles-ci avec tous leurs membres.

Myron pensa à ce qu'il était venu faire ici et, pendant un bref instant, envisagea de filer. *Comment*, se demanda-t-il à nouveau, *parler à cette femme de sa fille disparue qui fond sur une disquette ?*

Les statues ne lui soufflèrent pas la réponse.

La porte de la maison s'ouvrit. Une femme, en pantalon et sweat-shirt, lui fit traverser un long couloir jusqu'à une vaste pièce aux plafonds hauts, avec un tas de fenêtres et une vue presque décevante sur d'autres statues blanches sur fond d'arbres verts. L'intérieur était Art déco mais pas trop. Joli. À l'exception, bien sûr, des trophées de chasse. Des oiseaux empaillés nichaient sur les étagères. Ils avaient l'air inquiet. Ils l'étaient sans doute. Qui pouvait le leur reprocher ?

En attendant Sophie Mayor, Myron se retourna pour contempler un daim debout sur un piédestal, bien planté sur ses quatre pattes. Le daim attendait, lui aussi. Il semblait très patient.

— Allez-y, dit une voix.

Myron fit volte-face. Sophie Mayor portait un jean taché de boue et une chemise en laine, la botaniste du dimanche dans toute son élégante rusticité.

Jamais à court d'une réplique saisissante, Myron rétorqua :

— Allez-y quoi ?

— Ironisez sur la chasse.

— Je n'ai rien dit.

— Allons, allons, Myron. Vous ne trouvez pas la chasse barbare ?

Il haussa les épaules.

— Je n'y ai jamais vraiment réfléchi.

Faux mais bon...

— Mais vous n'approuvez pas, n'est-ce pas ?

— Je n'ai pas à approuver.

Elle sourit.

— Quelle tolérance. Mais, bien sûr, vous-même ne la pratiqueriez pas. Je me trompe ?

— La chasse ? Non, ce n'est pas pour moi.

— Vous trouvez cela inhumain.

Du menton, elle désigna le daim.

— Tuer la mère de Bambi et tout ça.

— Ce n'est pas pour moi, c'est tout.

— Je vois. Vous êtes végétarien ?

— Je ne mange pas beaucoup de viande rouge.

— Je ne suis pas en train de parler diététique. Avez-vous déjà mangé un animal mort ?

— Oui.

— Donc, vous estimez qu'il est plus humain de tuer, disons, un poulet ou une vache que de tuer un daim ?

— Non.

— Savez-vous par quelles atroces tortures passe cette vache avant d'être abattue ?

— Pour nourrir, dit Myron.

— Pardon ?

— Abattue pour nourrir.

— Je mange ce que je tue, Myron. Votre ami, ici présent...

Elle montra le daim patient.

— ... a été vidé et mangé. Vous vous sentez mieux ?

Myron digéra cette information.

— Heu... nous n'allons pas passer à table, j'espère ?

Cela lui valut un petit gloussement.

— Je ne vais pas argumenter sur la longue chaîne de la nourriture, dit Sophie Mayor. Mais Dieu a créé un monde où, pour survivre, il faut tuer. Point. Nous tuons tous. Même les végétariens les plus stricts doivent labourer des champs. Vous ne pensez pas qu'en labourant on tue des tas de petits animaux et d'insectes ?

— Je n'y ai jamais vraiment réfléchi.

— La chasse est juste plus directe, plus honnête. Quand vous vous asseyez devant votre assiette pour manger un animal, vous ne songez pas au processus, au sacrifice accompli de façon que vous puissiez survivre. Vous laissez quelqu'un d'autre tuer pour vous. Vous êtes au-dessus de ça, vous n'y pensez même pas. Quand je mange un animal, j'ai une compréhension plus globale. Je ne le fais pas par routine. Ce n'est pas un processus impersonnel.

— D'accord, dit Myron, et pendant que nous sommes sur le sujet, que pensez-vous de ces chasseurs qui ne tuent pas pour se nourrir ?

— La plupart mangent ce qu'ils tuent.

— Mais, et ceux qui tuent rien que pour le sport ? Le plaisir ? Ça fait partie du truc, non ?

— Oui.

— Donc, que penser de ça ? Du fait de tuer juste pour le plaisir ?

— Par opposition à quoi, Myron ? Tuer pour une paire de chaussures ? Ou pour une jolie veste ? Est-ce que passer toute une journée en plein air, devoir comprendre comment fonctionne la nature et apprécier sa glorieuse générosité, est-ce que cela a moins de valeur qu'un portefeuille en cuir ? Si cela vaut la peine de tuer un animal parce que vous préférez porter une ceinture en peau de bête plutôt que dans un matériau créé par l'homme, est-ce que cela ne vaut pas la peine d'en tuer un juste pour l'excitation que cela procure ?

Il ne dit rien.

— Je suis désolée de vous faire la leçon. Mais l'hypocrisie qui entoure tout ça me rend un peu malade. Tout le monde veut sauver les baleines mais qui se soucie des milliers de poissons et de crevettes qu'une baleine mange chaque jour ? Leur vie a-t-elle moins de valeur parce qu'ils sont moins mignons ? Vous avez remarqué comme personne ne défend jamais les animaux laids ? Et les mêmes personnes qui prétendent que la chasse est barbare font construire des clôtures spéciales pour que les daims ne viennent pas manger leurs précieux légumes. Du coup, les daims, qui prolifèrent, meurent de faim. Cela vaut-il mieux ? Et ne venez pas me parler de ces soi-disant éco-féministes. Les hommes chassent, disent-elles, mais pas les femmes qui sont beaucoup trop raffinées. Toutes ces imbécillités sexistes. Elles veulent être environnementalistes ? Elles veulent rester aussi près que possible de l'état de nature ? Alors qu'elles comprennent la seule vérité universelle à propos de la nature : Tuer ou mourir.

Ils se tournèrent en même temps vers le daim qu'ils contemplèrent. La preuve pas vivante.

— Vous n'êtes pas venu ici pour écouter une conférence, dit-elle.

Myron avait apprécié ce délai. Mais le moment était venu.

— Non, madame.

— « Madame » ?

Sophie Mayor émit un rire sans joie.

— Ça fait sinistre, Myron.

Il se tourna vers elle. Elle croisa son regard et le soutint.

— Appelez-moi Sophie.

— Puis-je vous poser une question très personnelle, et peut-être douloureuse, Sophie ?

— Vous pouvez essayer.

— Avez-vous reçu des nouvelles de votre fille depuis sa fugue ?

— Non.

La réponse était venue très vite. Son regard restait calme, sa voix forte. Mais son visage perdait ses couleurs.

— Vous n'avez donc aucune idée de l'endroit où elle se trouve ?

— Aucune.

— Ni même si elle est...

— ... vivante ou morte, finit-elle à sa place. Non.

Sa voix était si monocorde que Myron aurait préféré l'entendre hurler. Une ride frémissait au coin de sa bouche. Et elle ne posait pas la moindre question. Sophie Mayor se tenait là, attendant ses explications, effrayée peut-être de prononcer un mot de plus.

— J'ai reçu une disquette par courrier, commença-t-il.

Elle fronça les sourcils.

— Quoi ?

— Une disquette d'ordinateur. Elle est arrivée par courrier. Je l'ai insérée dans mon ordinateur et elle a démarré. Je n'ai pas eu à faire quoi que ce soit.

— Un programme autostart, dit-elle, retrouvant soudain l'assurance de l'experte en informatique. Ce n'est pas très compliqué.

Myron s'éclaircit la gorge.

— Une sorte de clip a commencé. Par une photographie de votre fille.

Sophie Mayor recula d'un pas.

— C'était la photographie qui se trouve dans votre bureau. À droite sur l'étagère.

— C'était Lucy, en première au lycée, dit-elle. Le portrait de l'école.

Myron hocha la tête, sans trop savoir pourquoi.

— Au bout de quelques secondes, son image s'est mise à fondre sur l'écran.

— Fondre ?

— Oui. Elle s'est, comment dire, dissoute dans une mare de... sang. Puis un son a retenti. Un rire d'adolescente.

Les yeux de Sophie Mayor brillaient maintenant.

— Je ne comprends pas.
— Moi non plus.
— C'est arrivé par courrier ?
— Oui.
— Sur une disquette ?
— Oui.
— Quand ?
— Elle est arrivée à mon bureau il y a à peu près deux semaines.
— Pourquoi avoir attendu si longtemps pour m'en parler ?
Elle leva la main.
— Non, attendez. Vous étiez à l'étranger.
— Oui.
— Donc, quand l'avez-vous vue pour la première fois ?
— Hier.
— Mais nous nous sommes vus ce matin. Pourquoi n'avoir rien dit ?
— Je ne savais pas qu'il s'agissait de votre fille. Pas au début de notre entretien, en tout cas. C'est au bout d'un moment dans votre bureau que j'ai vu la photo sur l'étagère. Ça m'a déboussolé. Je ne savais plus quoi faire.
Elle hocha lentement la tête.
— Voilà pourquoi vous êtes parti si brusquement.
— Oui. Je suis désolé.
— Vous avez la disquette ? Je peux la faire analyser.
Il la sortit de sa poche.
— Je ne pense pas que vous en tirerez quoi que ce soit.
— Pourquoi pas ?

— Je l'ai amenée à un labo de la police. Ils ont dit qu'elle s'est reformatée automatiquement.

— Il n'y a donc rien dessus.

Ce n'était pas une question. Myron regardait Sophie Mayor.

Ce fut comme si ses muscles avaient soudain décidé de déserter le pays. Ses jambes cédèrent. Elle tomba sur une chaise. Sa tête roula dans ses mains. Myron attendit. Il n'y avait pas de bruit. Elle restait juste assise là, la tête entre les mains. Quand elle leva les yeux, leur gris était noyé dans du rouge.

— Vous avez parlé d'un labo de la police.

— Oui.

— Vous avez travaillé pour le compte du gouvernement.

— Pas vraiment.

— Je me souviens de Clip Arnstein y faisant allusion.

Myron ne dit rien. Clip Arnstein était l'homme qui l'avait choisi au premier tour de draft pour les Celtics. C'était aussi une grande gueule.

— Vous avez aidé Clip quand Greg Downing a disparu, continua-t-elle.

— Oui.

— Pendant des années, j'ai loué les services d'enquêteurs privés pour retrouver Lucy. Soi-disant, les meilleurs du monde. Parfois, il semblait que nous étions sur une piste mais...

Sa voix s'en alla, ses yeux étaient déjà loin. Soudain, elle les baissa vers la disquette entre ses mains comme si celle-ci venait tout à coup de s'y matérialiser.

— Pour quelle raison quelqu'un vous enverrait ceci ?
— Je n'en sais rien.
— Connaissiez-vous ma fille ?
— Non.
Sophie prit deux ou trois prudentes inspirations.
— Je veux vous montrer quelque chose. Je reviens dans une minute.
Cela lui prit peut-être deux fois moins de temps. Myron venait à peine de commencer à plonger son regard dans celui d'un oiseau mort, remarquant avec un certain désarroi à quel point il ressemblait à celui de quelques êtres humains de sa connaissance... et Sophie était de retour. Elle lui tendit une feuille de papier.
C'était le portrait d'une femme d'une trentaine d'années fait par un artiste.
— Cela vient du MIT, expliqua-t-elle. Mon alma mater. Un informaticien y a développé un programme de vieillissement. Pour les personnes disparues. De façon à avoir une idée de leur apparence après plusieurs années. Il a réalisé celui-ci pour moi il y a quelques mois.
Myron contempla l'image représentant ce que Lucy allait devenir à trente ans. L'effet était saisissant. Et plausible, il n'y avait pas à en douter, mais quitte à parler de fantômes, de la vie comme d'une longue suite d'événements marquants et/ou foireux, des années qui s'enfuient pour mieux revenir vous claquer à la gueule... Myron fixait le portrait, la coupe de cheveux plus classique, les petites rides sur le front. À quel point Sophie souffrait-elle quand elle regardait ça ?

— Vous paraît-elle familière ? demanda-t-elle.
— Non, je suis désolé.
— Vous en êtes sûr ?
— Aussi sûr qu'on peut l'être dans de telles circonstances.
— M'aiderez-vous à la retrouver ?

Il n'était pas sûr de savoir comment répondre à cela.

— Je ne vois pas bien comment je pourrais vous aider.
— Clip disait que vous étiez doué pour enquêter.
— Je ne le suis pas. Mais, même si je l'étais, je ne vois pas ce que je pourrais faire. Vous avez déjà engagé des experts. Il y a la police...
— La police n'a servi à rien. Pour elle, Lucy est une fugueuse. Point.

Myron ne dit rien.

— Pensez-vous que c'est sans espoir ? demanda-t-elle.
— Je n'en sais pas assez pour penser quoi que ce soit.
— C'était une fille bien, vous savez.

Sophie Mayor lui sourit, les yeux mouillés par le voyage dans le temps.

— Têtue, bien sûr. Et qui avait un peu trop envie d'aventures. Mais, je le reconnais, j'ai toujours voulu lui apprendre l'indépendance. La police... Elle pensait que c'était juste une enfant perturbée. Ce n'était pas le cas. Elle était un peu désorientée, c'est tout. Qui ne l'est pas à cet âge ? Et ce n'est pas comme si elle avait fugué au milieu de la nuit sans rien dire à personne.

Malgré lui, malgré toutes ses réserves, Myron demanda :

— Que s'est-il passé ensuite ?

— Lucy était une adolescente, Myron. Elle était maussade, malheureuse. Elle ne s'adaptait pas. Ses parents étaient profs de fac et dingues d'informatique. Son frère cadet était considéré comme un génie. Elle détestait l'école. Elle voulait voir le monde et vivre sur la route. Le vieux fantasme rock'n roll. Un jour, elle nous a dit qu'elle partait avec Owen.

— Owen était son copain ?

— Oui. Un musicien médiocre qui jouait dans un garage band, certain que son immense talent était brimé par ses camarades.

Elle plissa les lèvres comme si elle suçait un citron.

— Ils voulaient partir, décrocher un contrat dans une maison de disques et devenir célèbres. Alors, Gary et moi avons dit d'accord. Lucy était comme un oiseau sauvage enfermé dans une cage. Elle n'aurait pas cessé de battre des ailes quoi que nous fassions. Gary et moi avions l'impression de ne pas avoir le choix. Nous avons même pensé que ce serait bon pour elle. Beaucoup de ses copines traversaient l'Europe avec un sac à dos. Quelle différence ?

Elle s'arrêta pour lever les yeux vers lui. Myron attendit. Comme elle ne disait rien de plus, il la relança :

— Et ?

— Et nous n'avons plus jamais entendu parler d'elle.

Silence.

Elle se retourna vers le daim debout. Le daim lui rendit son regard avec quelque chose qui ressemblait, oui, à de la compassion.

— Mais Owen est revenu, lui ? demanda Myron.
— Oui.

Elle regardait toujours le daim.

— Il vend des voitures dans le New Jersey maintenant. Et il joue dans un orchestre le week-end. Vous imaginez ? Il enfile un smoking de location et il joue *Happy Birthday* ou *La Marche nuptiale* quand la mariée apparaît.

Si un silence peut être ironique, celui-ci le fut.

— Quand Owen est revenu, la police l'a interrogé mais il ne savait rien. C'était l'histoire habituelle : ils étaient allés à Los Angeles, ça n'avait pas marché, les disputes avaient commencé et ils s'étaient séparés au bout de six mois. Owen avait insisté encore trois mois, certain cette fois que c'était Lucy qui brimait son immense talent. Mais il s'est encore planté. Il est revenu à la maison la queue entre les jambes. Il a dit qu'il n'avait pas revu Lucy depuis leur rupture.

— Les flics ont vérifié ?
— C'est ce qu'ils ont dit. Mais ça n'a mené nulle part.
— Soupçonnez-vous Owen ?
— Non, dit-elle avec amertume. Ce type est un rien-du-tout.
— Y a-t-il eu la moindre piste solide ?
— Solide ?

Elle parut évaluer ce mot.

— Pas vraiment. Plusieurs des enquêteurs que nous avons engagés pensaient qu'elle avait rejoint une secte.

— Une secte ? fit Myron.

— Sa personnalité correspondait au profil, selon eux. Malgré tous mes efforts pour la rendre indépendante, ils proclamaient qu'elle était tout le contraire : quelqu'un qui avait besoin qu'on la guide, une fille solitaire, impressionnable, qui ne supportait pas sa famille, n'avait pas d'amis.

— Je ne suis pas d'accord, dit Myron.

Elle le fixa.

— Vous avez dit que vous n'avez jamais rencontré Lucy.

— Le profil psychologique est peut-être exact mais je doute qu'elle ait rejoint une secte.

— Pourquoi ?

— Les sectes aiment l'argent. Lucy Mayor est la fille d'une famille fabuleusement riche. Vous ne l'étiez peut-être pas au moment où elle les aurait rejoints mais, croyez-moi, dès que vous avez commencé à faire fortune, ils l'auraient su. Et ils vous auraient contactés, ne serait-ce que pour vous extorquer de l'argent.

Elle se remit à cligner des paupières. Puis celles-ci se fermèrent et Sophie Mayor lui tourna le dos. Myron esquissa un pas vers elle avant de s'immobiliser. Il ne se sentait pas de la prendre dans ses bras. Mieux valait rester tranquille, garder ses distances, attendre.

— Ne pas savoir, dit Sophie Mayor au bout d'un moment, ça vous ronge. Chaque jour, chaque nuit, depuis douze ans. Ça ne s'arrête jamais. Ça

ne disparaît jamais. Quand le cœur de mon mari a fini par craquer, tout le monde a été choqué. Un homme en si bonne santé, disaient-ils. Si jeune. Même maintenant, je ne sais pas comment je vais tenir jusqu'à la fin de la journée sans lui. Mais, après sa disparition, nous parlions rarement de Lucy. Nous restions allongés dans le lit la nuit en faisant semblant de croire que l'autre dormait, à regarder le plafond et à imaginer toutes les horreurs que seuls les parents dont les enfants ont disparu sont capables d'imaginer.
Silence.
Myron ne savait pas quoi dire mais le silence devint si écrasant qu'il pouvait à peine respirer.
— Je suis désolé, marmonna-t-il.
Elle ne se retourna pas.
— Je vais aller voir la police, dit-il. Pour leur parler de la disquette.
— À quoi cela servira-t-il ?
— Elle enquêtera.
— Elle l'a déjà fait. Je vous l'ai dit. Les flics pensent qu'il s'agit d'une fugue.
— Mais maintenant, nous avons ce nouvel élément. Ils prendront l'affaire plus au sérieux. Je peux même aller trouver les médias. Ça les incitera à se remuer.
Elle secoua la tête. Myron attendit. Elle s'essuya la paume des mains sur son jean.
— La disquette, dit-elle, a été envoyée chez vous.
— Oui.
— Adressée à vous en personne.
— Oui.
— Donc, dit-elle, c'est vous que l'on vise.

Win avait dit quelque chose de similaire.

— Ce n'est pas une certitude, dit Myron. Je ne veux pas briser vos espoirs mais cela pourrait n'être qu'une mauvaise farce.

— Ce n'est pas une farce.

— Vous ne pouvez pas en être sûre.

— Si cela avait été une farce, c'est à moi qu'on l'aurait envoyée. Ou à Jared. Ou à quelqu'un qui la connaissait. Ce n'est pas le cas. Elle vous a été envoyée, à vous. Quelqu'un cherche à vous atteindre, vous en particulier. Il se pourrait même que ce soit Lucy.

Il respira un grand coup.

— Encore une fois, je ne veux pas briser...

— Pas de ça avec moi, Myron. Dites ce que vous avez à dire.

— D'accord... si c'était Lucy, pourquoi aurait-elle envoyé une image d'elle-même se diluant dans une mare de sang ?

Sophie Mayor ne grimaça pas mais ce fut au prix d'un effort terrible.

— Je ne sais pas. Vous avez peut-être raison. Ce n'est peut-être pas elle. C'est peut-être son assassin. Quoi qu'il en soit, c'est *vous* que l'on vise. Et c'est la première piste solide depuis toutes ces années. Si nous le hurlons sur les toits, je crains que celui ou celle qui vous a envoyé ça ne retourne se tapir au fond de sa tanière. C'est un risque que je ne peux pas prendre.

— Je ne sais pas ce que je peux faire, dit Myron.

— Je vous paierai ce que vous voudrez. Dites une somme. Cent mille ? Un million ?

— Ce n'est pas une question d'argent. Je ne vois simplement pas quoi faire.
— Vous pouvez enquêter.
Il secoua la tête.
— Ma meilleure amie et associée est en prison pour meurtre. Un de mes clients a été abattu dans sa propre maison. J'ai d'autres clients qui comptent sur moi pour préserver la sécurité de leur emploi.
— Je vois, dit-elle. Donc, vous n'avez pas le temps, c'est cela ?
— Ce n'est pas une question de temps, non plus. Je n'ai en fait aucun élément à suivre. Aucun indice, aucune source, aucun lien. Il n'y a rien par où commencer.
Elle le cloua du regard.
— Vous pourriez commencer par vous. Vous êtes mon indice, ma source, mon lien.
Elle lui prit la main. Elle avait la peau froide et dure.
— Tout ce que je vous demande, c'est d'y regarder d'un peu plus près.
— Regarder quoi ?
— Vous-même, peut-être.
Silence. Elle lui tenait toujours la main.
— Ça sonne bien, Sophie, mais est-ce que ça veut dire quelque chose ?
— Vous n'avez pas d'enfant, n'est-ce pas ?
— Non, dit-il, mais cela ne signifie pas que je ne sympathise pas.
— Alors, laissez-moi vous poser une ou deux questions, Myron : que feriez-vous si vous étiez à ma place ? Que feriez-vous si le premier indice réel en dix ans débarquait dans votre salon ?

— La même chose que vous.

Donc, au pied du daim sur son piédestal, il lui dit qu'il ouvrirait l'œil. Il lui dit qu'il y réfléchirait. Il lui dit qu'il essaierait de comprendre où menaient ces liens.

20

De retour au bureau, Myron enfila son casque ultramince avec micro intégré et commença à passer des coups de téléphone. Façon cosmonaute... ou employé d'un centre de téléachat. En l'occurrence de télérachat : ses clients fuyaient la navette spatiale.
Win appela.
— Le filocheur au journal se nomme Wayne Tunis. Il vit à Staten Island et travaille sur des chantiers. Il a appelé un certain John McClain pour lui annoncer qu'il avait été repéré. C'est tout. Ils sont assez prudents.
— Donc nous ne savons pas qui l'a embauché ?
— Exact.
— Dans le doute, dit Myron, préférons l'évidence.
— Le jeune FJ ?
— Qui d'autre ? Il me suit depuis des mois.
— Mesures préconisées ?
— J'aimerais bien ne plus l'avoir sur le dos.
— Puis-je recommander une balle bien placée à la base du crâne ?

— Nous avons assez de problèmes comme ça, tu ne trouves pas ?
— Bien. Mesures préconisées ?
— On va le voir.
— Il traîne en général dans un Starbucks sur la 49ᵉ.
— Un Starbucks ?
— Les si pittoresques cafés de la pègre ont disparu comme ont disparu les costumes à paillettes et la musique disco.
— Les deux reviennent au goût du jour.
— Non, dit Win. D'étranges mutations de ces merveilles reviennent au goût du jour.
— Comme des bars à café à la place de vulgaires cafés ?
— Tu comprends enfin.
— Allons rendre visite à FJ.
— Accorde-moi vingt minutes, dit Win avant de raccrocher.
Big Cyndi en profita pour le buzzer aussitôt.
— Monsieur Bolitar ?
— Oui ?
— Un M. ou une Mme Frisson est en ligne.
Myron ferma les yeux.
— Vous voulez dire, celui ou celle d'hier soir ?
— À moins que vous ne connaissiez d'autres Frisson, monsieur Bolitar.
— Prenez le message.
— Ses paroles et son ton suggèrent une réelle urgence, monsieur Bolitar.
« Suggèrent une réelle urgence ? »
— Bien. Passez-la – le – moi.
— Oui, monsieur Bolitar.
Clic.

— Myron ?

— Euh, ouais, salut, Frisson.

— C'est une sacrée sortie que vous avez réussie hier soir, mon grand, dit Frisson. Vous savez vraiment impressionner les filles.

— Ouais, en général, je ne saute pas à travers le miroir avant le deuxième rencard.

— Alors, comment se fait-il que vous ne m'ayez pas rappelée ?

— J'ai été vraiment très occupé.

— Je suis en bas, dit Frisson. Dites au gardien de me laisser monter.

— Le moment est mal choisi. Comme je viens de le dire...

— Les hommes disent rarement non à Frisson. Faut croire que je vous fais moins d'effet.

— Ce n'est pas ça, dit-il. C'est juste que ce n'est pas le bon moment.

— Myron, je ne m'appelle pas Frisson.

— Sans vouloir ravager vos illusions, ce n'est pas le nom que je voyais inscrit sur votre acte de naissance.

— Non, ce n'est pas ce que je voulais dire. Écoutez, laissez-moi monter. Il faut que nous parlions à propos d'hier soir. Et de quelque chose qui s'est passé après votre départ.

Il se résigna donc et appela la réception pour leur dire de laisser monter un certain Frisson. Le garde parut perplexe mais dit oui. Toujours casqué, Myron appela un équipementier. Avant de foncer aux Caraïbes, ils avaient été sur le point de conclure un contrat chaussures pour le compte d'un athlète de MB Sports. Mais là, on le mit en attente.

L'assistant d'un assistant finit par prendre l'appel. Myron l'interrogea à propos du contrat. Il n'est plus d'actualité, lui dit-on. Pourquoi ? demanda-t-il.

— Demandez à votre client, dit l'assistant. Et, tant que vous y êtes, demandez à son nouvel agent.

Clic.

Myron ferma les yeux et retira son casque. Merde.

On frappa à la porte. Ce bruit incongru lui fit mal au ventre. Esperanza ne frappait jamais. Jamais. Elle était très fière de l'interrompre quand ça lui chantait. Elle aurait préféré perdre la main plutôt que de frapper.

— Entrez.

La porte s'ouvrit. Quelqu'un entra et dit :
— Surprise.

Myron essaya de ne pas écarquiller les yeux.
— Vous êtes...
— Frisson, ouais.

Rien n'était pareil. Disparus le costume de Catwoman, la perruque blonde, les talons hauts, la, euh, prodigieuse poitrine. Frisson était encore une femme, Dieu merci. Et toujours plutôt séduisante dans son costume bleu marine assez traditionnel avec chemisier assorti, les cheveux coiffés à la garçonne, les yeux moins lumineux derrière les lunettes rondes à monture en écaille, le maquillage beaucoup plus discret. Sa silhouette était plus fine, plus sportive, moins... galbée. Pas de quoi se plaindre, cela dit. Elle était juste... différente.

— Pour répondre à votre première question, dit-elle, quand je m'habille en Frisson, je porte des coussinets en silicone Raquel Wonder.

— En silicone ? Ce truc qui ressemble à de la pâte à modeler ?

— Lui-même. Vous les fourrez dans votre soutif. J'imagine que vous avez dû voir la vidéo de démonstration.

— Si je l'ai vue ? Je l'ai achetée.

Frisson rit. Son rire de nuit – sans parler de sa démarche, de ses gestes, du ton de sa voix, de son choix de mots – était à double sens. Celui de jour était mélodieux, enfantin presque.

— Je porte aussi le bien-nommé Miracle Bra, continua-t-elle. Pour relever tout ça.

— Un peu plus relevés, dit Myron, et ils auraient pu servir de boucles d'oreilles.

— C'est bien vrai, dit-elle. Les jambes et les fesses, cependant, sont les miennes. Et, accessoirement, je n'ai pas de pénis.

— L'absence d'accessoire est notée.

— Je peux m'asseoir ?

Myron consulta sa montre.

— Ce n'est pas que je veuille...

— Vous n'allez pas le regretter, croyez-moi.

Elle s'installa dans le fauteuil face à son bureau. Myron posa une fesse sur le rebord du même bureau.

— En fait, je m'appelle Nancy Sinclair. Je ne m'habille pas en Frisson pour le frisson. Je suis journaliste. Je fais un article sur le *Take A Guess*. Une enquête sur le terrain, en quelque sorte ; ce qui s'y passe, les gens qui y vont, ce qui les branche. Je me déguise en Frisson pour amener les clients à se lâcher un peu.

— Vous faites tout ça pour un article ?

— Je fais tout quoi ?
— Vous déguiser et, euh...

Il fit des gestes incompréhensibles.

— Non pas que je voie en quoi cela vous concernerait, même de très loin, mais la réponse est non. Je joue un rôle. J'entame des conversations. Je flirte un peu. Point. J'aime observer la réaction des gens quand ils sont avec moi.

— Ah.

Vivacité d'esprit, par Myron Bolitar.

— Juste, euh, par curiosité, vais-je me retrouver dans votre article ? Je veux dire, c'était vraiment la première fois que j'allais là-bas et...

— Relax. Je vous ai reconnu dès que vous avez franchi la porte.

— Ah bon ?

— J'aime le basket. J'ai un abonnement à l'année pour les Dragons.

— Je vois.

Les Dragons étaient l'équipe pro du New Jersey. Myron avait tenté un come-back chez eux il n'y avait pas si longtemps.

— C'est pour cela que je vous ai abordé.

— Pour voir si j'étais... branché par l'ambiguïté des genres ?

— Tout le monde l'est là-bas. Pourquoi pas vous ?

— Mais je vous ai expliqué que j'étais là pour poser des questions.

— Sur Clu Haid, je sais. Cependant, votre réaction à mon égard était intéressante.

— C'est votre conversation que je trouvais intéressante, dit Myron.

— Hmm.

— Et j'ai aussi un faible pour Julie Newmar en Catwoman.

— Vous seriez surpris du nombre de gens qui partagent le même faible.

— Non, je ne pense pas que je serais surpris, dit Myron. Bon, pourquoi êtes-vous là, Nancy ?

— Pat nous a vus bavarder hier soir.

— Le barman ?

— C'est aussi l'un des propriétaires. Il a des parts dans quelques autres établissements similaires en ville.

— Et ?

— Et une fois la fumée retombée après votre sortie, Pat m'a entraînée à l'écart.

— Parce qu'il nous avait vus parler ?

— Parce qu'il m'avait vue vous donner mon numéro de téléphone.

— Et alors ?

— Et alors, je ne l'avais encore jamais fait.

— Je me sens flatté.

— Ne le soyez pas. J'essaie juste de clarifier la situation. Je branche des tas de filles, de mecs et d'autres dans cette boîte. Mais je ne donne jamais mon numéro.

— Alors, pourquoi me l'avoir donné ?

— J'étais curieuse de voir si vous appelleriez. Vous avez repoussé Frisson, vous n'étiez donc pas là pour le sexe. J'avais envie de savoir pourquoi vous étiez venu dans cette boîte.

Myron fronça les sourcils.

— C'était la seule raison ?

— Oui.

— Rien à propos de ma beauté sauvage et de mon corps musclé ?
— Ah, ouais, j'avais presque oublié.
— Bon, que voulait Pat ?
— Que je vous amène dans un autre club ce soir.
— Ce soir ?
— Oui.
— Comment savait-il que je vous appellerais ?
Le sourire à nouveau.
— Nancy Sinclair peut ne pas garantir un coup de téléphone immédiat...
— Mais Frisson, oui ?
— Une grosse poitrine offre de grosses assurances. Cela dit, au cas où vous n'appelleriez pas, il m'a conseillé de consulter l'annuaire.
— Ce que vous avez fait.
— Oui. Il m'a aussi promis qu'on ne vous fera pas le moindre mal.
— Voilà qui est réconfortant. Et votre intérêt dans tout ça ?
— N'est-il pas évident ? Un article. Le meurtre de Clu Haid est une histoire énorme. Et voilà que, grâce à vous, un lien est établi entre le meurtre du siècle de la semaine et une boîte aux mœurs assez spéciales.
— Je ne pense pas pouvoir vous aider.
— Meuh.
— Meuh ?
— Meuh.
— Qu'est-ce que Pat vous a dit d'autre ? demanda Myron qui n'avait pas envie de continuer à parler le ruminant.

— Pas grand-chose. Il a juste dit qu'il voulait vous parler.

— Il ne sait pas lire l'annuaire ?

— Frisson, qui ne brille pas par son intelligence, a collé là-dessus.

— Mais pas Nancy Sinclair ?

Elle sourit à nouveau. C'était un sacré joli sourire.

— Quand il m'a parlé, Pat était blotti contre Zorra.

— Qui ?

— C'est leur videur psychopathe. Un travesti avec une perruque blonde.

— À la Veronica Lake ?

— Oui. Il est complètement cinglé. Enlevez votre chemise.

— Pardon ?

— Il fait tout ce qu'il veut avec son talon-lame. Sa figure préférée est un Z sur le flanc droit. Il me semble que vous étiez dans cette pièce du fond avec lui.

Ouais. Myron n'avait pas réussi à y échapper. Zorra – *Zorra ?* – voulait juste le marquer.

— J'ai eu droit à mon Z.

— C'est un tordu. Il a fait des trucs pendant la première guerre du Golfe. En infiltration. Il bossait pour les Israéliens. Je refuse le plus souvent de croire les rumeurs. C'est pour ça que je pense qu'il n'a tué que quelques douzaines de personnes.

Manquait plus que ça : un travelo Mossad. Et sanguinaire.

— Ont-ils parlé de Clu ?

— Non. Mais Pat a dit un truc sur vous. Que vous vouliez tuer quelqu'un.

— Moi ?
— Oui.
— Ils pensent que j'ai tué Clu ?
— Je ne crois pas. On aurait plutôt dit qu'ils pensaient que vous étiez au club pour trouver quelqu'un et le tuer.
— Qui ?
— Aucune idée. Ils ont juste dit que vous vouliez le tuer.
— Ils n'ont pas dit qui ?
— S'ils l'ont dit, je n'ai pas entendu.
Elle sourit.
— Donc, nous avons un rencard ? demanda-t-elle.
— Je le crains.
— Vous n'avez pas peur ?
— J'aurai du renfort.
— Quelqu'un de bon ?
— De très bon.
— Alors, je ferais bien de rentrer me raccrocher les seins.
— Besoin d'un coup de main ?
— Ciel, mon héros. Mais non, Myron, je pense pouvoir me débrouiller seule.
— Et si vous ne le pouvez pas ?
— J'ai votre numéro, dit-elle. À ce soir.

21

Win fronça les sourcils.
— Des prothèses mammaires non chirurgicales ?
— Oui. C'est une sorte d'accessoire.
— D'accessoire ? Comme un calepin assorti ?
— D'une certaine façon.
Puis, après réflexion, Myron ajouta :
— Mais, en plus visible, sans doute.
Win lui lança un regard vide. Myron haussa les épaules.
— Publicité mensongère, dit Win.
— Pardon ?
— Ces prothèses mammaires. C'est de la publicité mensongère. Il devrait y avoir une loi.
— Tu as raison, Win. Ces politiciens qui nous gouvernent... où sont-ils quand il faut s'attaquer aux vrais problèmes ?
— Je vois que tu comprends.
— Je comprends que tu es un cochon baveux.
— Mille pardons, ô Lumière de nos vies...
Win se mit la main derrière l'oreille et pencha la tête.

— Redis-moi encore une fois, Myron. Qu'est-ce qui t'a attiré en premier lieu chez Frisson ?

— La combinaison de chatte.

— Je vois. Donc si, disons, Big Cyndi débarquait au bureau en combinaison de chatte...

— Hé, arrête. Je viens de manger un muffin.

— Exactement.

— D'accord, je suis aussi un cochon libidineux. Heureux ?

— Extatique. Et peut-être m'as-tu mal compris. Il se pourrait que je veuille faire interdire de tels accessoires en raison de ce qu'ils font à l'amour-propre des femmes... robe taille 34 et bonnet D.

— Le mot clé ici étant « peut-être ».

Win sourit.

— Chacun ses défauts.

— T'aimerais-je autant sans eux ?

Win ajusta sa cravate.

— FJ et les deux glandes hormonales qui le protègent sont chez Starbucks. Avec ta permission ?

— Accordée. Ensuite, je voudrais aller au Yankee Stadium. Il faut que j'interroge deux ou trois personnes.

— Ça ressemble presque à un plan, dit Win.

Ils remontèrent Park Avenue. Le feu changea et ils attendirent au carrefour. Myron se tenait à côté d'un homme en costume qui parlait dans son portable. Rien d'anormal là-dedans sauf que le type s'offrait une séance de cul tarifé par téléphone. De fait, il se frottait sans honte les parties honteuses en disant : « Ouais, baby, ouais, continue... » et d'autres trucs qu'il vaut mieux ne pas répéter. Le feu passa au rouge. L'homme traversa, sans cesser de se frotter et de parler. *I Love New York.*

— À propos de ce soir, dit Win.
— Oui.
— Frisson t'inspire confiance ?
— Ça et plein d'autres choses.
— Reste, bien sûr, le risque qu'ils t'abattent dès qu'ils te voient.
— J'en doute. Pat a des parts dans cette boîte. On n'assassine pas les gens chez soi.
— Donc, tu penses qu'ils t'envoient cette invitation dans le seul but de t'offrir un verre ?
— Ça se pourrait, dit Myron. Mon magnétisme animal et mon penchant pour le travestisme font de moi un morceau de choix pour la faune hermaphrodite.

Win préféra ne pas le contredire.

Ils prirent vers l'est sur la 49e. Le Starbucks se trouvait à quatre blocks de là sur la droite. Quand ils y arrivèrent, Win fit signe à Myron d'attendre. Il se pencha, jeta un bref regard à travers la vitrine avant de reculer et faire son rapport.

— Le jeune FJ est avec quelqu'un. Hans et Franz sont deux tables plus loin. Une seule autre table est occupée.

Myron hocha la tête.
— Avec ta permission ?
— Après toi, dit Win. Je traîne un peu.

Myron avait cessé de s'interroger sur les méthodes de Win depuis bien longtemps. Il entra et se dirigea vers la table de FJ. Hans et Franz, les OGM, portaient encore leurs maillots sans manches et leur simili-pyjama brillant. Ils se dressèrent dès qu'ils le virent, poings serrés, cous en érection maximale.

FJ arborait une veste de sport à chevrons, une chemise boutonnée jusqu'au col, un pantalon à revers et des mocassins à glands Cole Haan. Trop chic. Il repéra Myron et leva la main en direction des gros bras. Hans et Franz se figèrent.

— Salut, FJ, dit Myron.

FJ sirotait quelque chose de crémeux ; ça ressemblait à de la mousse à raser.

— Ah, Myron, dit-il avec ce qu'il devait prendre pour du *savoir-faire*.

Un geste à son compagnon de table qui, sans un mot, se sauva comme s'il avait rencard avec Marilyn.

— Je vous en prie, Myron, joignez-vous à moi. Quelle étrange coïncidence !

— Ah ?

— Vous m'avez épargné un déplacement. J'allais justement vous rendre visite.

FJ lui jeta son sourire de serpent. Myron le laissa tomber par terre et ramper vers les cuisines.

— C'est notre karma, pas vrai, Myron ? Notre karma.

De toute évidence, FJ trouvait ça hilarant. Hans et Franz rirent aussi.

FJ leva une main modeste comme pour dire : « J'en ai des millions comme celle-là. »

— Asseyez-vous, je vous en prie, Myron.

Ce dernier tira une chaise.

— Vous voulez boire quelque chose ?

— Un *latte* glacé. *Grande*, avec du lait écrémé et un trait de vanille.

Un autre signe de FJ au type derrière le comptoir.
— Il est nouveau, confia-t-il.
— Qui ?
— Le type qui fait les expressos. Celui qu'il a remplacé faisait un *latte* merveilleux. Mais il a démissionné pour des raisons morales.
— Des raisons morales ?
— Ils se sont mis à vendre des CD de Kenny G, dit FJ. Du coup, il n'en dormait plus la nuit. Ça le déchirait. Imaginez qu'un gosse influençable en achète un ? Comment se regarder dans un miroir après ça ? Dealer de la caféine, d'accord. Mais Kenny G... cet homme avait des scrupules.
— Louable, fit Myron.
Win choisit cet instant pour faire son entrée. FJ le vit et se tourna vers Hans et Franz. Win n'hésita pas. Il se dirigea droit vers la table de FJ. Hans et Franz voulurent justifier leur salaire. Ils lui barrèrent la route, le torse dilaté à des proportions telles qu'ils auraient pu prétendre à un emplacement de stationnement réservé. Win continua à avancer. Les maillots des deux autres leur montaient si haut sur le cou et étaient si serrés qu'ils ressemblaient à deux bidules attendant une circoncision.

Hans réussit à ricaner.
— Win ?
— Ouiinne, dit Win.
— T'as pas l'air si coriace.
Hans se tourna vers Franz.
— Tu trouves qu'il a l'air coriace, Keith ?
— Pas tant que ça, dit Keith.
Win n'avait pas ralenti l'allure. Presque négligemment et sans le moindre avertissement, il

frappa Hans avec le tranchant de la main derrière l'oreille. Tout le corps de Hans se raidit avant de s'effondrer comme si quelqu'un lui avait subtilisé son squelette. Franz en resta bouche bée. Mais pas longtemps. Dans le même mouvement, Win avait exécuté une pirouette pour le sécher à la gorge. Un affreux gargouillement franchit les lèvres de Franz. Win chercha l'artère carotide, la trouva, la pinça entre le pouce et l'index. Les yeux de Franz se fermèrent et lui aussi glissa au pays des nuits noires.

Le couple à l'autre table sortit sans demander son reste. Win baissa les yeux vers les deux inconscients. Puis il regarda Myron, lequel secoua la tête. Win haussa les épaules avant de se tourner vers le type derrière le comptoir.

— *Barista*, dit-il. Un *caffè moka*.
— Quelle taille ?
— *Grande*, s'il vous plaît.
— Lait écrémé ou entier ?
— Écrémé. Je surveille ma ligne.
— Tout de suite.

Win rejoignit Myron et FJ. Il s'assit et croisa les jambes.

— Joli veston, FJ.
— Ravi qu'il vous plaise, Win.
— Il fait vraiment ressortir le rouge démoniaque de vos yeux.
— Merci.
— Où en étions-nous ?

Myron le renseigna.

— J'étais justement sur le point de dire à FJ que j'en ai un peu assez d'être suivi.

— Et j'étais justement sur le point de dire à Myron que j'en ai un peu assez qu'il fourre son nez dans mes affaires, dit FJ.

Myron regarda Win.

— « Fourrer son nez » ? Y a-t-il encore quelqu'un qui utilise une telle expression ?

Win se concentra.

— Le vieux à la fin de chaque épisode de *Scooby-Doo*.

— C'est juste. Hé, les gosses, vous fourrez votre nez partout.

— Tu ne devineras jamais qui fait la voix de Shaggy, dit Win.

— Qui ?

— Casey Kasem.

— Tu déconnes, dit Myron. Le type du top quarante ?

— En personne.

— On en apprend tous les jours.

Sur le sol, Hans et Franz commencèrent à remuer. Win montra à FJ le flingue qu'il dissimulait à peine.

— Pour la sécurité de toutes les personnes concernées, dit Win, je vous prie de demander à vos employés de s'abstenir de tout mouvement.

FJ fit passer le message. Il n'avait pas peur. Il était le fils de Frank Ache. C'était une protection suffisante. Les muscles hypertrophiés n'étaient là que pour le décor.

— Vous me suivez depuis des semaines maintenant, dit Myron. Je veux que ça s'arrête.

— Dans ce cas, je vous suggère de cesser d'interférer dans les affaires de ma compagnie.

Myron soupira. La syntaxe des mauvais garçons.

— D'accord, FJ, je mords. En quoi interféré-je avec les affaires de votre compagnie ?

— Avez-vous, oui ou non, rendu visite à Sophie et Jared Mayor ce matin ? demanda FJ.

— Vous savez que oui.

— Dans quel but ?

— Cela n'a rien à voir avec vous, FJ.

— Mauvaise réponse.

— Mauvaise réponse ?

— Vous allez voir la propriétaire des New York Yankees alors que vous ne représentez plus aucun joueur de son équipe.

— Et donc ?

— Et donc pourquoi êtes-vous allé la voir ?

Myron regarda Win. Win haussa les épaules.

— Non pas que je vous doive la moindre explication, FJ, mais juste pour assouvir vos délires paranoïaques, je suis allé les voir à propos de Clu Haid.

— Mais encore ?

— Je les ai interrogés à propos de son contrôle antidopage.

FJ plissa les paupières.

— Intéressant.

— Ravi que vous le pensiez, FJ

— Vous voyez, je ne suis qu'un petit nouveau qui essaie de comprendre les rouages complexes de ce métier.

— Hmm.

— Je suis jeune et inexpérimenté.

— Ah, j'ai si souvent entendu cette réplique, dit Win.

Myron se contenta de secouer la tête.

FJ se pencha en avant, gros plan sur sa peau en écailles. Myron eut peur que sa langue ne jaillisse pour le renifler.

— Je veux apprendre, Myron. Alors, s'il vous plaît, dites-moi : en quoi les résultats du contrôle de Clu peuvent-ils avoir la moindre importance maintenant ?

Myron se demanda aussitôt s'il allait répondre. Mais après tout, quelle importance ?

— Si je peux démontrer que les résultats du test ont été trafiqués, son contrat sera toujours valable.

FJ acquiesça, comprenant maintenant ce que cela signifiait.

— Vous pourrez réclamer l'argent qui lui était dû.

— Exact.

— Avez-vous des raisons de croire que le test a été trafiqué ?

— J'ai bien peur que cela ne soit confidentiel, FJ. Secret professionnel et tout le reste. Je suis sûr que vous comprenez.

— Je comprends, dit FJ.

— Bien.

— Mais vous, Myron, n'êtes plus son agent.

— Je suis toujours responsable de son patrimoine. La mort de Clu n'altère en rien mes obligations.

— Mauvaise réponse.

Myron regarda Win.

— Encore cette mauvaise réponse ?

— Vous n'êtes responsable de rien.

FJ récupéra une mallette posée à terre qu'il ouvrit de la façon la plus chic possible. Ses doigts dansèrent autour d'une liasse de documents avant d'extraire celui qu'il cherchait. Il le tendit à Myron en souriant. Myron le regarda dans les yeux et, à nouveau, le souvenir du daim sur son piédestal s'imposa à lui.

Puis il consulta le document. La première ligne lui fit un petit choc. Il vérifia la signature.

— Qu'est-ce que c'est que ce truc ?

Le sourire de FJ faisait maintenant penser à une bougie dégoulinante.

— Exactement ce que vous croyez. Clu Haid avait changé de représentant. Il avait viré MB Sports pour engager TruPro.

Il se souvint de ce que Sophie Mayor lui avait dit dans son bureau, qu'il n'avait aucune justification légale.

— Il ne nous en a jamais rien dit.

— *Nous*, Myron ? Ne serait-ce pas plutôt *vous* ?

— Qu'est-ce que vous racontez ?

— Vous n'étiez pas là. Il a peut-être essayé de vous le dire. Et il l'a peut-être dit à votre associée.

— Et il se trouve qu'il est justement tombé sur vous, FJ ?

— Ma façon de recruter ne vous regarde pas. Si vos clients étaient heureux de vos services, tous mes efforts ne serviraient à rien.

Myron vérifia la date.

— C'est une drôle de coïncidence, FJ.

— Quoi donc ?

— Il est mort deux jours après avoir signé avec vous.

— Oui, Myron, je suis d'accord. Je ne pense pas que ce soit une coïncidence. Par chance pour moi, ce contrat prouve que je n'avais pas la moindre raison de le tuer. Ce qui n'est hélas pas le cas de la brûlante Esperanza.

Myron jeta un coup d'œil vers Win. Celui-ci contemplait Hans et Franz. Ils étaient tous les deux conscients maintenant, visage contre terre, mains derrière la tête. Des clients franchissaient parfois la porte du bar. Certains voyaient tout de suite les deux hommes au sol et ressortaient illico. D'autres, imperturbables, passaient devant Hans et Franz comme ils passaient devant les clodos de Manhattan.

— Très commode, dit Myron.

— Comment cela ?

— Que Clu ait signé avec vous si peu de temps avant sa mort. En apparence, cela vous élimine de la liste des suspects.

— En apparence ?

— Du coup, on s'intéresse moins à vous, puisque sa mort semble contraire à vos intérêts.

— Sa mort est contraire à mes intérêts.

Myron secoua la tête.

— Il venait de se faire coincer à un contrôle antidopage. Son contrat était annulé. Il avait trente-cinq ans avec plusieurs suspensions derrière lui. En tant que source de profits à venir, Clu ne valait pas grand-chose.

— Clu avait déjà surmonté l'adversité par le passé, dit FJ.

— Pas comme ça. Il était fini.

— S'il était resté chez MB, c'est probablement vrai. Mais TruPro possède une certaine influence. Nous aurions trouvé un moyen de relancer sa carrière.

Peu probable. Mais tout cela soulevait d'intéressantes questions. La signature semblait authentique, le contrat légitime. Donc Clu l'avait peut-être bel et bien quitté. Pourquoi ? Les raisons ne manquaient pas. Sa vie était tombée aux chiottes pendant que Myron glandait sur les sables caribéens. D'accord, mais pourquoi TruPro ? Clu connaissait leur réputation. Il savait qui étaient les Ache. Pourquoi les choisir, eux ?

À moins qu'il n'ait pas eu le choix.

À moins que Clu n'ait eu une dette envers eux. Myron pensa aux deux cent mille dollars disparus. Clu devait-il de l'argent à FJ ? S'était-il enfoncé au point de devoir signer avec lui ? Mais si ça avait été le cas, pourquoi ne pas retirer plus d'argent ? Il en avait bien davantage sur son compte.

Non, l'explication était peut-être beaucoup plus simple. Clu s'était fourré dans de gros ennuis. Il avait cherché l'aide de Myron. Mais Myron n'était pas là. Clu s'était senti abandonné. Il n'avait personne. En désespoir de cause, il s'était tourné vers son vieil ami, Billy Lee Palms. Mais Billy Lee était trop barré pour aider qui que ce soit. Clu avait à nouveau recherché Myron. Et Myron n'était toujours pas là, peut-être même que Myron l'évitait. Clu était faible et seul et FJ était là avec ses promesses et son bras très long.

Clu n'avait peut-être pas eu de liaison avec Esperanza après tout. Peut-être qu'il lui avait simplement dit qu'il quittait l'agence et qu'elle s'était énervée et qu'il s'était énervé à son tour. Peut-être que Clu lui avait juste filé une beigne d'adieu dans ce parking.

Hum.

Mais ce scénario-là n'était pas, lui non plus, sans faiblesses. Sans liaison, comment expliquer la présence de poils pubiens sur le lieu du crime ? Comment expliquer le sang dans la voiture, l'arme au bureau, et le silence persistant d'Esperanza ?

FJ souriait toujours.

— Finissons-en, dit Myron. Comment je me débarrasse de vous ?

— Ne vous approchez pas de mes clients.

— Comme vous ne vous approchez pas des miens ?

— Je vais vous dire, Myron...

FJ sirota un peu de crème à raser.

— ... si je plaque mes clients pendant six semaines, je vous donne carte blanche pour les relancer avec tout le brio dont vous êtes capable.

Myron regarda Win. Aucune consolation de ce côté-là. Si effrayant que cela paraisse, FJ avait raison.

— Esperanza a été arrêtée pour le meurtre de Clu, dit Myron. Je reste impliqué jusqu'à ce qu'elle soit innocentée. Cela mis à part, je ne me mêlerai pas de vos affaires. Et vous ne vous mêlez pas des miennes.

— Supposons qu'elle ne soit pas innocentée, dit FJ.

— Quoi ?

— Avez-vous envisagé la possibilité qu'elle l'ait effectivement tué ?

— Vous savez quelque chose que j'ignore, FJ ?

FJ posa les mains sur sa poitrine.

— Moi ?

Plus innocent qu'une agnelle vierge.

— Comment le pourrais-je ?

Il acheva sa mixture plus ou moins caféinée et repoussa sa chaise. Il regarda ses gorilles avant de se tourner vers Win. Celui-ci hocha la tête. FJ dit à Hans et Franz de se lever et leur ordonna de sortir. Ils sortirent donc, tête haute, pectoraux gonflés, regard fier et le slip vide.

— Si vous trouvez quoi que ce soit qui pourrait m'aider à faire valoir le contrat de Clu, vous me le ferez savoir ?

— C'est ça, dit Myron, je vous le ferai savoir.

— Génial. On reste donc en contact, Myron.

— C'est ça. On reste en contact.

22

Ils prirent le métro jusqu'au Yankee Stadium. Le train 4 était presque vide à cette heure de la journée. Une fois assis, Myron demanda :
— Pourquoi as-tu démoli les deux Musclor ?
— Tu sais pourquoi, dit Win.
— Parce qu'ils t'avaient défié ?
— Je n'appellerais pas ça un défi.
— Alors, pourquoi les as-tu démolis ?
— Parce que c'était plus simple.
— Quoi ?
Win détestait se répéter.
— Tu as exagéré, dit Myron. Comme toujours.
— Non, Myron, je n'ai pas exagéré.
— Tu m'expliques ?
— J'ai une réputation, n'est-ce pas ?
— Oui. De psychopathe violent.
— Exactement... une réputation que j'ai choisie et nourrie en exagérant, comme tu dis. Il t'arrive de compter sur cette réputation parfois, n'est-ce pas ?
— Peut-être.
— Elle nous est utile ?

— Peut-être.

— Pas peut-être, dit Win. Amis et ennemis croient que je pète les plombs pour un oui ou pour un non... que j'exagère, comme tu dis. Que je suis instable, incontrôlable. Mais c'est ridicule, bien sûr. Je ne perds jamais le contrôle. Au contraire. Chaque attaque est parfaitement réfléchie. Les pour et les contre ont été évalués avec soin.

— Et dans ce cas, les pour étaient plus lourds ?

— Oui.

— Tu savais donc que tu allais les démolir avant d'entrer ?

— J'ai évalué la situation. Quand j'ai vu qu'ils n'étaient pas armés et qu'il serait facile de les éliminer, j'ai pris ma décision.

— Juste pour renforcer ta réputation ?

— En un mot, oui. Ma réputation nous protège. Pourquoi crois-tu que FJ a reçu l'ordre de son père de ne pas nous tuer ?

— Parce que je suis un rayon de soleil ? Parce que, grâce à moi, le monde est meilleur.

Win sourit.

— Je vois que tu comprends.

— Cela ne te dérange pas, Win ?

— Quoi donc ?

— D'attaquer quelqu'un comme ça.

— Ce sont des gros bras, Myron, pas des bonnes sœurs.

— N'empêche. Tu les as explosés sans la moindre provocation.

— Oh, je vois. Tu n'apprécies pas que je les aie pris par surprise. Tu aurais préféré un combat à la loyale ?

— Sans doute pas. Mais imagine que tu te sois planté ?

— Très improbable.

— Supposons que l'un d'entre eux ait été meilleur que tu ne l'avais supposé et ne se soit pas écroulé aussi facilement. Supposons que tu aies dû le mutiler ou le tuer.

— Ce sont des gros bras, Myron, pas des bonnes sœurs.

— Donc, tu l'aurais fait ?

— Tu connais la réponse à cette question.

— Oui, je la connais.

— Qui aurait pleuré leur décès ? demanda Win. Deux ordures qui ont librement choisi pour profession d'intimider et de mutiler, comme tu dis.

Myron ne répondit pas. La rame s'arrêta. Des passagers sortirent. Myron et Win restèrent assis.

— Mais tu aimes ça, reprit Myron.

Win ne dit rien.

— Tu as d'autres raisons, c'est vrai, mais tu aimes la violence.

— Et toi, non, Myron ?

— Pas comme toi.

— Non, pas comme moi. Mais toi aussi, tu ressens une pointe d'excitation.

— Et, en général, ça me donne envie de vomir après.

— Eh bien, Myron, c'est sans doute parce que tu es un grand humaniste.

Ils sortirent à la 161e et marchèrent en silence jusqu'au Yankee Stadium. Quatre heures avant le match et déjà des centaines de supporters étaient là pour assister aux échauffements. Une batte géante *Louisville Slugger* projetait une ombre longue. Des flics encadraient des chasseurs de ticket pas le moins du monde intimidés. Classique. Ce petit jeu amusait les deux camps. Il y avait des chariots de hot dogs, certains avec des parasols... Yoo-Hoo. Miam-miam. À l'entrée presse, Myron présenta sa carte professionnelle, le gardien appela son supérieur. On les laissa passer.

Ils descendirent le long des gradins pour émerger sur l'herbe verte et sous le soleil éclatant. Myron et Win venaient de discuter de la nature de la violence et voilà que Myron repensait à son père et à son coup de téléphone. M. Bolitar était l'homme le plus doux qui soit. Myron ne l'avait vu se montrer violent qu'une seule fois. Et c'était ici, au Yankee Stadium.

Il avait dix ans. Papa les avait emmenés son jeune frère, Brad, et lui à un match. Brad avait cinq ans à l'époque. M. Bolitar avait pris quatre billets en haut dans les gradins mais, à la dernière minute, une relation d'affaires lui avait donné deux places situées trois rangées derrière le banc des Red Sox. Brad était dingue des Red Sox. Alors, leur père avait suggéré à Brad et à Myron d'aller s'asseoir près de la fosse de l'équipe pour quelques tours de batte. Lui resterait en haut. Myron avait pris Brad par la main et ils étaient descendus. Les places étaient, en un mot, fabuleuses.

Brad s'était mis à crier de toute la force de ses poumons de cinq ans. Un vrai supporteur. Il avait repéré Carl Yastrzemski dans la boîte des batteurs et hurlait : « Yaz ! Yaz ! » Le type assis devant eux s'était retourné. Vingt-cinq ans peut-être, barbu, une tête à la Jésus.

— La ferme, avait-il aboyé. Ça suffit.

Brad avait été choqué.

— Ne l'écoute pas, avait dit Myron. Tu as le droit de crier.

Les mains du barbu avaient bougé très vite. Elles avaient attrapé la chemise de Myron, broyant l'emblème des Yankees entre deux poings géants, soulevant le gamin de dix ans de son siège. Jésus sentait la bière.

— Il file la migraine à ma copine. Alors maintenant, il la ferme.

La peur avait englouti Myron. Des larmes avaient empli ses yeux mais il avait refusé de les laisser couler. Il était effrayé bien sûr mais surtout, pour une raison inconnue, il avait honte. Le barbu l'avait fixé pendant encore quelques secondes avant de le repousser brutalement. Myron avait repris la main de Brad pour foncer en haut dans les gradins. Il avait essayé de faire comme si tout allait bien mais les gosses de dix ans ne sont pas de grands comédiens et le père lisait dans son fils comme s'il logeait à l'intérieur de son crâne.

— Qu'est-ce qu'il y a ?

Myron avait hésité. M. Bolitar avait reposé la question. Et Myron lui avait dit ce qui s'était passé. Alors quelque chose arriva au père de Myron, quelque chose que Myron n'avait encore jamais vu et qu'il ne reverrait plus jamais. Il y eut une explosion dans ses yeux. Son visage devint rouge ; son regard devint noir.

— Je reviens, avait-il dit.

Myron vit le reste dans les jumelles. Son père s'installa sur le siège derrière le banc des Red Sox. Son visage était toujours rouge. Les mains en coupe devant sa bouche, il se pencha en avant et se mit à hurler comme un fou. Le rouge de son visage vira à l'écarlate. Papa continua à hurler. Le barbu tentait de l'ignorer. Papa se colla à son oreille, à la Mike Tyson, et hurla de plus belle. Quand le barbu se retourna enfin, Papa fit quelque chose qui choqua Myron jusqu'à la moelle. Il poussa l'inconnu. Il le bouscula deux fois avant de lui montrer la sortie, le signe universel pour inviter quelqu'un à venir s'expliquer dehors. Le barbu refusa. Et Papa le poussa encore une fois.

Deux gars de la sécurité dévalèrent les marches pour intervenir. Mais c'était déjà terminé. M. Bolitar revenait dans les gradins.

— Vous pouvez redescendre, dit-il. Il ne vous embêtera plus.

Mais Myron et Brad avaient secoué la tête. Ils préféraient leurs places ici.

— Encore perdu dans le passé ? dit Win.
— Ouais.
— Tu te rends compte, bien sûr, que tu es bien trop jeune pour t'offrir autant de voyages nostalgiques ?
— Ouais, je sais.

Plusieurs joueurs des Yankees étaient assis sur le terrain, jambes allongées, mains posées derrière eux sur l'herbe, comme des gosses attendant leur match de *Little League*. Un homme dans un costume trop bien coupé leur parlait. Il faisait de grands gestes, souriant et enthousiaste, de toute évidence émerveillé par la vie. Myron le reconnut. Sawyer Wells, le spécialiste en motivation, élu escroc de l'année. Deux ans plus tôt, Wells était un charlatan inconnu, débitant le charabia habituel – trouvez-vous, libérez votre potentiel, faites quelque chose pour vous-même – comme si les gens n'étaient déjà pas assez nombrilistes. Son heure de gloire avait sonné quand les Mayor l'avaient embauché pour réciter son laïus à leurs forces de travail. Les discours, à défaut d'être originaux, avaient été couronnés de succès et Sawyer Wells avait sucé ledit succès jusqu'à la moelle. Il avait décroché un contrat pour un bouquin, au titre finaud – *The Wells Guide to Wellness*, le Guide Wells du bien-être – avec pubs télé, cassettes audio (pour les illettrés) et CD bourrés de bonus dont un programme de développement personnalisé avec objectifs progressifs et mesurables. Des boîtes classées au top cinq cents par *Fortune* avaient commencé à faire appel à ses services. Quand les Mayor avaient pris le contrôle des Yankees, ils l'avaient embarqué à bord en tant que psychologue consultant chargé de la motivation ou une connerie du même genre.

Dès que Sawyer Wells aperçut Win, il se mit à haleter comme un gros toutou.

— Il flaire un nouveau client, dit Myron.

— Ou peut-être qu'il n'a encore jamais vu quelqu'un d'aussi séduisant.

— Ouais, ça doit être ça.

Wells se retourna vers les joueurs, brailla encore un machin exaltant, ponctué de spasmes divers et d'une claque des deux mains avant de leur dire bye-bye. Il regarda à nouveau Win. Et lui fit signe.

Un grand et gros signe. Puis il se mit à rebondir vers eux comme un bébé phoque pourchassant son nouveau jouet ou un politicien qui vient de repérer un éventuel bailleur de fonds.

Win fronça un sourcil.

— En deux mots, aucun style.

Myron acquiesça.

— Veux-tu que je me montre amical avec lui ? demanda Win.

— Il était, paraît-il, présent lors du contrôle. C'est aussi le psychologue de l'équipe. Il doit connaître quelques petits secrets.

— Bien, dit Win. Tu prends le camarade de chambre. Je prends le camarade de nos tourments.

Enos Cabral était un Cubain très sec et beau gosse, doté d'une balle rapide phénoménale malgré un lancer encore perfectible. Il avait vingt-quatre ans mais ce genre de visage qui devait lui interdire d'acheter de l'alcool. Pour le moment, il observait les batteurs à l'échauffement, le corps complètement mou à l'exception de la bouche. Comme la plupart des lanceurs, il mâchait du chewing-gum ou du tabac avec la férocité d'un lion qui vient d'attraper une gazelle.

Myron se présenta.

Enos lui serra la main et annonça :

— Je sais qui vous êtes.

— Ah ?

— Clu parlait beaucoup de vous. Il voulait que je signe avec vous.

Pincement au cœur.

— Vraiment ?

— J'avais envie de changer, poursuivit Enos. Mon agent. Il me traite bien. Et il a fait de moi un homme riche.

— Je ne voudrais pas dévaluer l'importance d'un bon représentant, Enos, mais c'est vous qui avez fait de vous un homme riche. Un agent ne fait que faciliter les choses. Il ne les crée pas.

Enos hocha la tête.

— Vous connaissez mon histoire ?

C'était presque un classique. La traversée en bateau avait été dure. Très dure. Pendant une semaine, on les avait crus perdus en mer. Quand ils avaient fini par échouer sur une plage de Floride, seuls deux des huit Cubains étaient encore en vie. L'un des morts était Hector, le frère d'Enos, considéré comme le meilleur joueur sorti de Cuba depuis une décennie. Enos, prétendument le moins bon des deux, avait failli mourir de déshydratation.

— Juste ce que j'ai lu dans les journaux, dit Myron.

— Mon agent. Il était là quand je suis arrivé. J'avais de la famille à Miami. Quand il a su pour les frères Cabral, il nous a prêté de l'argent. Il a payé mon séjour à l'hôpital. Il m'a donné des sous, des bijoux et une voiture. Il m'a promis encore plus d'argent. Et il a tenu parole.

— Alors, où est le problème ?

— Il n'a pas d'âme.

— Vous voulez un agent qui ait une âme ?

Enos haussa les épaules.

— Je suis catholique, dit-il. Nous croyons aux miracles.

Ils rirent tous les deux.

Enos semblait étudier Myron.

— Clu était toujours méfiant vis-à-vis des gens. Moi compris. Il s'enfermait dans sa coquille. Dans son bunker, plutôt.

— Je sais, dit Myron.

— Mais il croyait en vous. Il disait que vous étiez un homme bien. Il disait qu'il avait mis sa vie entre vos mains et qu'il le referait avec joie.

Ça pinçait de plus en plus fort.

— Clu se trompait souvent sur les gens, marmonna Myron.

— Je ne pense pas.

— Enos, je voudrais que vous me parliez des dernières semaines de Clu.

— Je croyais que vous étiez venu me recruter.

— Non, dit Myron, puis : Mais vous connaissez l'expression « faire d'une pierre deux coups » ?

Enos rigola.

— Que voulez-vous savoir ?

— Avez-vous été surpris par le résultat de son contrôle ?

Enos ramassa une batte. Il serra et reserra ses mains sur le manche. Cherchant le bon feeling. Marrant. C'était un lanceur. Il n'aurait probablement jamais l'occasion d'être à la batte.

— J'ai du mal à comprendre les addictions, dit-il. Là d'où je viens, ça arrive qu'on se noie dans l'alcool, à condition d'en avoir les moyens. On vit dans une telle merde qu'il y en a qui préfèrent crever comme ça. Mais ici, quand on a tout ce que Clu avait...

Il n'acheva pas sa phrase. Inutile de formuler des évidences.

— Un jour, Clu a essayé de m'expliquer, reprit Enos. « Des fois, il a dit, ce n'est pas le monde qu'on veut fuir, c'est soi-même. »

Il pencha la tête.

— Vous y croyez, vous, à ça ?

— Pas vraiment, dit Myron. Comme beaucoup de belles phrases, ça sonne bien, mais j'ai plutôt l'impression que c'est un moyen de se justifier.

Enos sourit.

— Vous lui en voulez.

— Sans doute.

— Vous ne devriez pas. C'était un homme très malheureux, Myron. Un homme qui a besoin de tant d'excès... c'est qu'il y a quelque chose de cassé en lui, non ?

Myron ne dit rien.

— Clu essayait. Il s'est battu, vous n'avez pas idée. Il ne voulait plus sortir le soir. S'il y avait un minibar dans notre chambre, il le faisait vider. Il ne traînait pas avec les potes parce qu'il avait peur de ce qu'il pourrait faire. Il avait tout le temps peur. Oui, il s'est battu, très fort et très longtemps.

— Et il a perdu, dit Myron.

— Je ne l'ai jamais vu prendre de drogue. Je ne l'ai jamais vu boire.

— Mais vous avez remarqué des changements.

Enos acquiesça.

— Sa vie a commencé à tomber en miettes. Trop de mauvaises choses sont arrivées en même temps.

— Quelles mauvaises choses ?

La sono réglée à fond se mit à lâcher des accords d'orgue, la légendaire version d'Eddie Layton de *The Girl from Ipanema*, le grand classique des stades. Enos leva la batte sur son épaule puis la rabaissa.

— Ça me gêne d'en parler.

— Je ne vous demande pas ça par curiosité malsaine. J'essaie de découvrir qui l'a tué.

— Les journaux disent que c'est votre secrétaire.

— Ils se trompent.

Enos fixa la batte comme s'il y avait un message caché sous le mot *Louisville*. Myron essaya d'insister.

— Clu a retiré deux cent mille dollars peu avant de mourir. Avait-il des problèmes financiers ?

— Pas que je sache.

— Jouait-il ?

— Je ne l'ai jamais vu jouer.

— Saviez-vous qu'il avait changé d'agent ?

Enos parut surpris.

— Il vous a viré ?

— Apparemment, il l'a fait ou allait le faire.

— Je sais qu'il vous cherchait. Mais non, ça, je l'ignorais.

— Alors, c'était quoi, Enos ? Qu'est-ce qui l'a fait craquer ?

Enos leva les yeux vers le soleil. Il dut plisser les paupières. Un temps idéal pour un match en nocturne. Bientôt le public allait arriver et la fabrique à souvenirs allait se mettre à tourner. Ça arrivait tous les soirs dans tous les stades du monde. C'était toujours le premier match d'un gosse quelque part.

— Son mariage, dit Enos. C'était ça, le gros problème, je crois. Vous connaissez Bonnie ?

— Oui.

— Clu l'aimait beaucoup.

— Il avait une curieuse façon de le montrer.

Nouveau sourire d'Enos.

— En couchant avec toutes ces femmes ? Je pense qu'il cherchait surtout à se faire du mal à lui-même plutôt qu'à qui que ce soit d'autre.

— On dirait encore une de ces bonnes, grosses et belles phrases, Enos. Clu a peut-être réussi à faire de l'autodestruction un huitième art. Mais ce n'est pas une excuse pour ce qu'il lui a fait subir.

— Je pense qu'il aurait été d'accord avec ça. Mais Clu se faisait surtout du mal à lui-même.

— Et il a aussi fait du mal à Bonnie.

— Oui, vous avez raison, bien sûr. Mais il l'aimait encore. Quand elle l'a foutu dehors, il a vraiment souffert. Vous n'avez pas idée.

— Que pouvez-vous me dire sur leur rupture ?

Une autre hésitation.

— Pas grand-chose. Clu s'est senti trahi. Il était en colère.

— Vous savez que Clu l'avait souvent trompée avant ?

— Oui.

— Alors, qu'y avait-il de si différent cette fois ? Bonnie avait l'habitude. Pourquoi a-t-elle craqué cette fois ? Qui était sa maîtresse ?

Enos parut étonné.

— Vous pensez que Bonnie l'a jeté à cause d'une fille ?

— Ce n'est pas le cas ?

— Non.

— Vous êtes sûr ?

— Pour Clu, les filles n'ont jamais compté. Elles ne faisaient qu'accompagner l'alcool et la drogue. C'était facile pour lui d'arrêter les filles.

Myron n'y comprenait plus rien.

— Donc, vous dites qu'il n'avait pas de liaison ?

— Lui, non, dit Enos. C'était *elle*.

C'est alors que le déclic se produisit. Myron eut l'impression qu'on lui vidait le ventre avec une pompe à froid. Il dit à peine au revoir avant de se ruer hors du stade.

23

Il savait que Bonnie serait chez elle.

La voiture n'était pas encore arrêtée qu'il en jaillit. Il y avait peut-être une douzaine d'autres véhicules garés dans la rue. Les amis et parents du défunt. La porte était ouverte. Myron entra sans frapper. Il voulait trouver Bonnie, la faire parler et en finir. Mais elle n'était pas dans le salon. Il n'y avait que des invités. Certains l'approchèrent, le ralentissant. Il présenta ses condoléances à la mère de Clu, ravagée de chagrin. Il serra des mains, essayant de traverser cette mer épaisse d'affligés et de compatissants. Il repéra enfin Bonnie dehors sur la véranda. Elle était assise seule sur une marche, les genoux sous le menton, en train de regarder ses enfants jouer. Il réussit à esquiver un dernier éploré et fit glisser la grande paroi vitrée.

Le porche était en cèdre et donnait sur une immense balançoire. Les garçons de Clu, tous deux en cravate rouge nouée sur des chemises à manches courtes couraient et riaient. Versions miniatures de leur père mort, avec un sourire et des traits identiques, éternels échos de ceux de Clu. Bonnie les observait. Une cigarette entre les doigts, elle tournait le dos à Myron. Elle ne se retourna pas quand elle l'entendit.

— Ce n'était pas Clu qui avait une liaison, dit-il. C'était toi.

Elle inspira profondément avant de soupirer.

— Tu choisis bien ton moment, Myron.

— Je n'y peux rien.

— On ne pourrait pas en parler plus tard ?

Il hésita une fraction de seconde.

— Je sais avec qui tu couchais.

Elle se raidit. Puis se retourna enfin pour lever les yeux vers lui.

— Allons faire un tour, dit-elle.

Bonnie tendit la main et il l'aida à se lever.

Ils longèrent une allée dans le jardin jusqu'à un bouquet d'arbres. La rumeur de la circulation franchissait une barrière antibruit un peu plus haut sur la colline. La maison était gigantesque et flambant neuve. Des tas de fenêtres, des plafonds de cathédrale, un salon douillet, une immense cuisine américaine débordant sur une immense salle à manger, une immense chambre à coucher et des placards aussi vastes que des rayons de grand magasin. Le tout pour un peu moins d'un million. Superbe, stérile et sans âme. La baraque avait besoin qu'on y vive un peu. De prendre de la bouteille comme un cru bourgeois.

— Je ne savais pas que tu fumais, dit-il.

— Il y a des tas de choses que tu ne sais pas sur moi, Myron.

Touché. Il étudia son profil et, à nouveau, revit la jeune étudiante débarquant au sous-sol de leur fraternité. Il se retrouva projeté à l'instant précis où Clu avait tout à coup cessé de respirer quand il avait posé les yeux sur elle. Et si elle était arrivée dix minutes plus tard ? Clu aurait déjà comaté ou dragué une autre meuf. Et si elle avait décidé de rester dans sa chambre ce soir-là ? Idées idiotes – les carrefours possibles sur le chemin de la vie... et si, et si, et si – mais insistantes.

— Donc, qu'est-ce qui te fait croire que c'est moi qui avais une liaison ? demanda-t-elle.

— Clu l'a dit à Enos.

— Clu a menti.

— Non, dit Myron.

Ils continuaient à marcher. Bonnie prit une dernière taffe et jeta son mégot par terre.

— Je suis chez moi, dit-elle. Je fais ce que je veux.

Myron ne dit rien.

— Clu a-t-il aussi dit à Enos avec qui je couchais, selon lui ?

— Non.

— Mais tu penses avoir deviné l'identité de l'amant mystère.

— L'amante, corrigea Myron. C'est Esperanza.

Elle ne répondit pas tout de suite.

— Me croirais-tu si j'affirmais encore que tu te trompes ?

— Tu aurais alors un tas d'explications à me donner.

— Lesquelles, par exemple ?

— Commençons par ta visite dans mon bureau après l'arrestation d'Esperanza.

— Je t'écoute.

— En fait, tu es venue pour savoir ce que la police avait contre elle. Tu ne tenais pas à ce que je découvre la vérité. Tu l'as dit. Tu m'as dit de la sortir de cette galère et de m'en tenir là.

— Et tu penses que je t'ai dit ça parce que je ne voulais pas que tu apprennes cette liaison ?

— Oui. Entre autres. Ensuite, il y a le silence d'Esperanza. Win et moi pensions qu'elle ne voulait pas que nous apprenions sa liaison avec Clu. Avoir une liaison avec un client, ça la fout déjà assez mal. Mais une liaison avec la femme d'un client ? C'est encore plus débile.

— Tout cela ne prouve pas grand-chose, Myron.

— Je n'ai pas terminé. Tu vois, tout ce qui conduit à penser à une liaison entre Esperanza et Clu démontre en fait une liaison entre vous deux. Les preuves physiques, par exemple. Les poils pubiens et l'ADN retrouvés dans l'appartement de Fort Lee. Clu et toi avez vécu là-bas un moment avant d'emménager dans cette maison. Mais la location de l'appart courait encore. Donc, avant que tu ne mettes Clu dehors, il était inoccupé, n'est-ce pas ?

— Oui.

— Le lieu idéal pour des rendez-vous galants. Ce n'était pas Clu et Esperanza qui se retrouvaient là-bas. C'était vous deux.

Bonnie ne dit rien.

— La carte de péage du Washington Bridge... la plupart des traversées ont eu lieu les jours où les Yankees jouaient à l'extérieur. Donc ce n'était pas Clu qu'Esperanza allait voir. C'était toi. J'ai vérifié les relevés de téléphone du bureau. Elle n'a plus jamais appelé l'appartement après que tu as mis Clu dehors... elle appelait toujours ici. Pourquoi ? Clu n'était plus là. Toi, oui.

Elle sortit une autre cigarette, craqua une allumette.

— Et enfin, il y a la bagarre au parking. Pourquoi l'aurait-il frappée ? Parce qu'elle avait rompu avec lui ? Je n'y croyais pas. Parce qu'il voulait me voir et qu'il était shooté jusqu'aux yeux ? Encore moins. Je n'y comprenais rien. Mais maintenant, c'est évident. Esperanza avait une liaison avec sa femme. Et Clu lui en voulait de briser son mariage. Enos dit que la rupture a été terrible pour lui. Quelqu'un d'aussi fragile que Clu... que peut-il y avoir de pire que d'apprendre que sa femme a une liaison avec une autre femme ?

— Tu m'accuses de sa mort ?

Sa voix était très sèche.

— Ça dépend. Tu l'as tué ?

— Ça changerait quelque chose si je disais non ?

— Ce serait un début.

Elle sourit mais sans la moindre joie. Comme la maison, c'était un sourire splendide, stérile et presque sans âme.

— Tu veux entendre quelque chose de drôle ? dit-elle. Le fait que Clu arrête l'alcool et la drogue pour de bon n'a pas aidé notre mariage... ça l'a achevé. Pendant si longtemps, Clu était... comment dire... en chantier. Je lui en voulais pour la drogue, l'alcool et le reste. Mais quand il a enfin réussi à exorciser ses démons, il ne restait plus que...

Elle leva les paumes en haussant les épaules.

— ... lui. Pour la première fois, j'ai vu Clu tel qu'en lui-même, Myron, et tu sais ce que j'ai découvert ? Que je ne l'aimais pas.

Myron ne dit rien.

— Et Esperanza n'a rien à y voir. Ne lui fais aucun reproche. Je ne tenais que pour les enfants mais quand elle est arrivée...

Bonnie s'interrompit et, pour la première fois, son sourire parut sincère.

— Tu veux que je te dise encore un truc drôle ? Je ne suis pas lesbienne. Je ne suis même pas bisexuelle. C'est juste... qu'elle m'a traitée avec tendresse. On faisait l'amour, oui, mais ça n'a jamais été pour le sexe. Je sais que ça peut paraître bizarre mais le fait qu'elle soit une femme ne comptait pas. Esperanza est simplement quelqu'un de beau et je suis tombée amoureuse de ça. Tu vois ce que je veux dire ?

— Tu sais ce qu'on peut en penser, dit Myron.

— Bien sûr que je sais ce qu'on peut en penser. Deux gouines se foutent à la colle et éliminent le mari gênant. Pourquoi crois-tu qu'on tenait tant à garder le secret ? Le procureur n'a toujours pas de mobile solide. Si jamais on apprend que nous couchions ensemble...

— Est-ce que vous l'avez tué ?

— Comment veux-tu que je réponde à ça, Myron ?

— J'aimerais t'entendre le dire.

— Non, nous ne l'avons pas tué. J'étais en train de le quitter. Pourquoi l'aurais-je mis dehors et entamé toute cette procédure de divorce si j'avais eu l'intention de le tuer ?

— Pour éviter un scandale qui aurait été très dur pour tes enfants.

Elle se raidit.

— Soyons sérieux.

— Alors, comment expliques-tu le flingue dans mon bureau et le sang dans la voiture ?
— Je ne l'explique pas.

Myron avait mal au crâne – à cause du passage à tabac ou de cette dernière révélation ? Ou peut-être simplement parce qu'il essayait de réfléchir ?

— Qui d'autre est au courant pour vous deux ?
— Juste l'avocate d'Esperanza. Hester Crimstein.
— Personne d'autre ?
— Personne. Nous étions très discrètes.
— Tu es sûre ?
— Oui. Pourquoi ?
— Parce que, dit Myron, si je voulais assassiner Clu et si je voulais faire porter le chapeau à quelqu'un d'autre, l'amante de sa femme ferait une candidate de choix.

Bonnie vit où il voulait en venir.

— Donc, tu penses que l'assassin était au courant pour nous ?
— Cela expliquerait beaucoup de choses.
— Je n'en ai parlé à personne. Et Esperanza non plus, m'a-t-elle dit.

Pan.

Pile entre les deux yeux.

— Vous n'avez pas été si prudentes que ça, dit alors Myron.
— Que veux-tu dire ?
— Clu a tout découvert, non ?

Elle médita ça puis hocha la tête.

— Tu es sûre de ne pas lui en avoir parlé ? s'enquit-il.
— Certaine.
— Que lui as-tu dit quand tu l'as mis dehors ?

Elle haussa les épaules.

— Qu'il n'y avait personne d'autre. Ce qui, dans un sens, était vrai. Ça n'avait rien à voir avec Esperanza.

— Alors, comment a-t-il su ?

— Je n'en sais rien. J'imagine que ça a fini par l'obséder. Qu'il m'a suivie.

— Et il aurait découvert la vérité ?

— Oui.

— Et ensuite, il s'en est pris à Esperanza et l'a agressée ?

— Oui.

— Et avant d'avoir l'occasion de parler de ça à quiconque, avant de pouvoir lâcher le morceau et de se venger de vous deux, il se fait tuer. L'arme du crime se retrouve chez Esperanza. Le sang de Clu se retrouve dans la voiture qu'elle conduisait. Et la carte de péage montre qu'elle est revenue à New York une heure après le meurtre.

— Encore une fois, oui.

Myron grimaça.

— C'est pas bon tout ça, Bonnie.

— C'est ce que j'essaie de te dire depuis un moment. Si, même toi, tu ne nous crois pas, imagine la réaction du jury.

Il était inutile de répondre. Ils revinrent donc vers la maison. Les deux garçons jouaient encore, inconscients de ce qui se passait autour d'eux. Myron les observa un moment. *Orphelins*, pensa-t-il, et le mot le fit frémir.

24

Frisson, et non Nancy Sinclair, le retrouva devant un bar qui s'appelait le *Biker Wannabee*. Ici, on s'prend pour un biker. De la pub honnête. Une contradiction dans les termes qui faisait plaisir à voir.

— Salut, dit Myron, toujours spirituel.

Elle lui adressa un sourire tout plein de promesses pornographiques.

— Salut, vous-même, jeune homme. Je vous plais ?

Chez certaines femmes, chaque syllabe est un chant – un roucoulement – d'amour.

— Beaucoup. Mais je crois que je vous préfère en Nancy.

— Menteur.

Myron ne s'offusqua pas, ne sachant pas trop qui avait raison, elle ou lui. Le choix était délicat : Dr Nancy ou Mrs. Frisson ? La jolie gentille ou la belle méchante ? Cruel et vieux dilemme.

— Je croyais que vous deviez amener des renforts, dit Frisson.

— Ils sont là.

— Où ça ?

— Si les choses se passent bien, vous ne les verrez pas.

— Que de mystère.

— N'est-ce pas ?

Ils entrèrent et s'installèrent dans un box dans le fond. Ouais, s'la jouer biker. Des tas de mecs qui faisaient de leur mieux pour choper le look j'ai-fait-le-Vietnam-j'ai-fait-la-route. Et *God Only Knows (What I'd Be Without You)* à fond dans le juke-box – les Beach Boys. Curieux dans un endroit pareil. Une longue plainte gémissante qui, en dépit de son côté pop, faisait toujours son petit effet sur Myron. La voix de Brian, les paroles si simples et nues. La terreur de ce que réserve l'avenir maintenant qu'elle n'est plus là. Déchirant. Surtout en ce moment. Surtout pour lui.

Frisson l'observait.

— Ça va ? demanda-t-elle.

— Oui. Et maintenant, on fait quoi ?

— On commande à boire, j'imagine.

Cinq minutes passèrent. *Lonely Boy* au juke-box. Andrew Gold. Tout le charme sirupeux des seventies. *Oh, oh, oh... oh, what a lonely boy... oh, what a lonely boy... oh, what a lonely boy...* Quand le refrain retentit pour la dixième fois, Myron avait si bien enregistré les paroles qu'il se mit à chanter lui aussi. Une mémoire pareille, faut pas gâcher.

Les hommes aux tables voisines reluquaient Frisson, certains en douce, d'autres en dur. Elle en souriait, un sourire aussi éblouissant que son décolleté.

— Ça vous amuse, on dirait, dit Myron.

— C'est un rôle, Myron. La vie est un théâtre, vous connaissez la suite.
— Mais toute cette attention, ça vous plaît.
— Et alors ?
— Et alors, je parlais, c'est tout.
Elle haussa les seins.
— Je trouve ça fascinant.
— Quoi ?
— Ce qu'une forte poitrine fait aux hommes. Ils deviennent obsédés.
— Vous venez d'arriver à la conclusion que les hommes sont des obsédés mammaires ? Je m'en veux de vous décevoir, Nancy, mais c'est un sujet de recherches éculé depuis quelques siècles.
— Oui, mais c'est quand même bizarre quand on y pense.
— J'essaie de ne pas y penser.
— Les poitrines font des trucs bizarres aux hommes, c'est sûr, dit-elle, mais je n'aime pas ce qu'elles font aux femmes.
— Mais encore ?
Frisson posa ses paumes sur la table.
— Tout le monde sait que nous, les femmes, accordons trop de valeur à notre corps. Rien de neuf, d'accord ?
— D'accord.
— Je le sais, vous le savez, tout le monde le sait. Et, à la différence de mes plus féministes copines, je n'en tiens pas rigueur aux hommes.
— Non ?
— *Elle, Mademoiselle, Vogue, Bazaar, Glamour*... tous dirigés par des femmes pour une clientèle exclusivement féminine. Si elles veulent changer

l'image, qu'elles commencent par là. Pourquoi demander aux hommes de changer une perception que les femmes elles-mêmes ne veulent pas changer ?

— Point de vue rafraîchissant, dit Myron.

— Mais les poitrines font des trucs bizarres aux gens. Les hommes, on sait. Ils en perdent la cervelle. Comme si les nichons leur crevaient les yeux, remontaient jusqu'au lobe frontal et leur arrachaient toute pensée cognitive.

Myron ferma les yeux, de peur que la métaphore n'en soit pas une.

— Mais, pour les femmes, ça commence très jeune. Une fille se développe de bonne heure. Les garçons se mettent à baver devant elle. Comment réagissent les copines ? Elles lui en veulent à elle. Elles sont jalouses ou alors elles se sentent pas comme il faut ou je ne sais quoi encore. Mais elles en veulent à la fille qui ne peut rien contre ce que son corps est en train de lui faire. Vous me suivez ?

— De près.

— Même maintenant. Voyez comme les femmes ici me regardent. Du concentré de haine. Mettez quelques femmes ensemble, faites passer une nana plantureuse, elles se mettent toutes à soupirer : « C'est pas vrai... » Dans le monde des affaires, les femmes préfèrent ne pas s'habiller trop sexy, pas juste à cause du regard des hommes. Mais aussi à cause des autres femmes. Une femme avec des gros seins et un poste élevé, ouais, c'est sûr, elle l'a eu grâce à ses nichons. C'est aussi simple que ça. Que ce soit vrai ou pas. D'où vient cette animosité ? D'une jalousie dormante, du sentiment de ne pas avoir ce qu'il faut ou bien parce qu'elles considèrent que la stupidité est forcément proportionnelle à la taille des seins ? Je n'en sais rien. Mais quoi qu'il en soit, c'est pas joli-joli.

— Je n'avais jamais vraiment pensé à ça, dit Myron.

— Et, pour finir, je n'aime pas ce que ça me fait.

— Vous n'aimez pas quoi : votre réaction quand vous voyez des gros seins ou bien d'en avoir ?

— D'en avoir.

— Pourquoi ?

— Parce que les femmes aux gros seins y sont habituées. Pour elles, c'est normal. Elles en tirent avantage.

— Et alors ?

— Comment ça, et alors ?

— Tous les gens attirants font ça, dit Myron. Ce n'est pas juste les seins. Si une femme est belle, elle le sait et en use. Rien de mal à ça. Les hommes font pareil, s'ils le peuvent. Parfois – je le reconnais, à ma grande honte – il m'arrive même de tortiller mes petites fesses pour obtenir ce que je veux.

— Shocking.

— Oh, il n'y a pas de quoi. Ça marche jamais.

— Ne jouez pas les modestes. Donc, vous ne voyez rien de mal à ça ?

— À quoi ?

— Au fait d'utiliser un attribut physique pour s'en sortir ?

— Je n'ai pas dit qu'il n'y avait rien de mal à ça. Je note simplement que ce dont vous parlez n'est pas qu'un phénomène mammaire.

Elle le dévisagea.

— Un phénomène mammaire ?

Grâce au ciel, la serveuse les interrompit. Myron fit en sorte de ne pas risquer son regard à proximité de sa poitrine, effort délicat et aussi méritoire que de ne pas se gratter après une piqûre d'abeille. La fille avait coincé un stylo derrière l'oreille. Et des cheveux teints en un blond qui évoquait le jaune phosphorescent de certaines sucettes.

— Désirez ? dit-elle, évitant les préliminaires du genre « Bonjour » ou « Qu'est-ce que vous... ».

— Un Rob Roy, dit Frisson.

Le stylo jaillit de son holster d'oreille, griffonna puis regagna son étui. Wyatt Earp.

— Vous ? dit-elle à Myron.

Peu de chance qu'ils aient du Yoo-Hoo.

— Un soda light, s'il vous plaît.

Elle le regarda comme s'il avait commandé un bassin hygiénique.

— Ou alors, peut-être, une bière, dit Myron.

Elle fit claquer son chewing-gum.

— Bud, Michelob ou un truc de tapette ?

— Un truc de tapette, s'il vous plaît, merci, dit Myron. Et si vous aviez une de ces ombrelles de cocktail... ?

Elle le toisa d'un regard de ruminant en faisant gonfler une nouvelle bulle de chewing-gum. Une grosse. La bulle éclata et la dame s'évapora.

Ils se mirent à bavarder. Myron commençait à se détendre et, encore une fois, à s'amuser, quand Frisson annonça :

— Derrière vous. Près de la porte.

Il n'était pas d'humeur à faire dans la subtilité. Après tout, c'étaient eux qui lui avaient demandé de venir. Il se retourna sans la moindre discrétion et repéra Pat le barman et Veronica Lake, alias Zorra, toujours en cardigan – du cachemire dans les tons pêche, cette fois, pour ceux qui prendraient des notes – jupe longue et collier de perles. Zorra, la Débutante Stéroïdée. Fiona et Caissière étaient restées à la maison. Ou aux vestiaires.

Myron fit un grand signe de la main.

— Par ici, les gars !

Pat fit la gueule, feignant la surprise. Il se tourna vers Zorra, l'Homme-Femme au Talon-Sabre. Zorra resta impassible. Les grands le sont toujours. Myron s'était souvent demandé si leur air blasé était une comédie ou si, pour de bon, rien ne les surprenait vraiment. Sans doute un peu des deux.

Pat vint à leur rencontre, en affectant d'être choqué – choqué ! – de trouver Myron dans son bar. Zorra le suivait, glissant plutôt que marchant, enregistrant tout ce qui se passait autour de lui. Comme Win. Malgré ses talons aiguilles écarlates, Zorra se déplaçait sans le moindre geste inutile. Pat tirait toujours la gueule quand il arriva devant la table.

— Bordel, qu'est-ce que vous foutez là, Bolitar ? demanda-t-il.

Myron hocha la tête.

— Pas mal. Mais pas assez travaillé. Recommencez. Mais ajoutez un petit cri de surprise d'abord. Cri, bordel qu'est-ce que vous foutez là, Bolitar ? Comme ça. Ou mieux encore, pourquoi ne pas secouer la tête et dire quelque chose comme

« avec toutes les boîtes de merde qu'il y a à New York, il faut que vous vous pointiez chez moi... deux soirs de suite ».

Zorra souriait maintenant.

— Vous êtes malade, dit Pat.
— Pat.

C'était Zorra. Il regarda Pat et secoua la tête. Une seule fois. Traduction : Fini de jouer maintenant.

Pat se tourna vers Frisson.

— Rends-moi un service, mon chou.

Frisson en fit trembler son décolleté.

— Bien sûr, Pat.
— Va te repoudrer le nez, d'accord ?

Myron poussa le petit cri qu'il avait décrit plus tôt.

— Quoi ? Va te repoudrer le nez ?

Il se tourna vers Zorra. Celui-ci haussa les épaules comme pour s'excuser.

— Et maintenant, Pat, c'est quoi la suite ? Vous allez me menacer de servir de repas aux poissons ? Me faire une offre que je ne pourrai pas refuser ? Franchement, va te repoudrer le nez ?

Pat fulminait.

— S'il te plaît, mon chou, dit-il.
— Pas de problème, Pat.

Frisson se glissa hors du box. Pat et Zorra prirent aussitôt sa place. Le changement de panorama fit grimacer Myron.

— On veut des informations, dit Pat.
— Ouais, j'avais cru comprendre ça hier soir, dit Myron.
— On s'est un peu laissés aller. Désolé.
— Un peu, comme vous dites.

— Hé, on t'a laissé partir, non ?

Ah, la chaleur d'un amical tutoiement.

— Ouais, non sans m'avoir cogné, charcuté et électrocuté. C'est vrai, vous m'avez laissé partir. Vous m'avez même laissé traverser le miroir.

Pat ricana.

— Si Zorra n'avait pas voulu te laisser partir, tu ne serais pas parti. Tu vois ce que je veux dire ?

Myron regarda Zorra. Zorra regarda Myron.

— Un cardigan pêche avec des chaussures rouges ? dit-il.

Zorra sourit et haussa à nouveau les épaules. Il faisait ça très bien.

— Zorra aurait pu te tuer les doigts dans le nez, continua Pat.

— Maintenant que vous le dites, je regrette d'avoir raté ça. L'assassin avait les doigts dans le nez. On passe aux choses sérieuses ?

— Pourquoi ces questions sur Clu Haid ?

— Désolé de vous décevoir mais je vous disais la vérité hier soir. J'essaie de retrouver son meurtrier.

— Qu'est-ce que mon club vient faire là-dedans ?

— Avant de visiter votre arrière-salle, j'aurais dit : « rien ». Maintenant, je me pose des questions.

Pat se tourna vers Zorra. Qui ne broncha pas.

— On va faire un tour, annonça Pat.

— Ouh là là.

— Quoi ?

— Ça faisait à peu près dix secondes que vous aviez réussi à éviter les clichés. Et voilà que vous me parlez de faire un tour. C'est triste, vraiment. Je peux me repoudrer le nez avant ?

— Tu veux faire des blagues ou tu veux venir avec nous ?

— Je peux faire les deux, dit Myron. J'ai de multiples talents.

Pat secoua la tête.

— Allons-y.

Myron commença à glisser sur son siège.

— Non, dit Zorra.

Tout le monde se figea.

— Qu'est-ce qui se passe ? demanda Pat.

Zorra contemplait Myron.

— Nous ne désirons pas vous faire de mal, mon cœur, dit Zorra.

Tant de prévenance.

— Mais nous ne pouvons pas vous laisser voir où nous allons. Il va falloir vous bander les yeux.

— Vous plaisantez, n'est-ce pas ?

— Non.

— D'accord, bandez-moi. Et allons-y.

— Non, répéta Zorra.

— Quoi encore ?

— Votre ami Win. Zorra, dit Zorra, pense qu'il n'est pas loin.

— Qui ?

Zorra sourit. Il-elle n'était pas joli. À la différence de nombreux travestis. Chez lui, l'ambiguïté était surtout virtuelle. Zorra avait l'ombre d'une barbe (ce que Myron avait un peu de mal à trouver séduisant chez une femme), de grandes mains aux phalanges velues (argh !), une perruque mal foutue et une voix rauque indéniablement mâle. En dépit de tous ses ornements, Zorra ressemblait, en gros et en détail, à un mec en robe.

— Ne prenez pas Zorra pour une idiote, mon cœur.

— Vous le voyez quelque part ?

— Si Zorra pouvait le voir, dit Zorra, sa réputation serait grossièrement exagérée.

— Alors, qu'est-ce qui vous rend si sûr que Win est dans le coin ?

— Vous recommencez, dit Zorra.

— Je recommence quoi ?

— À prendre Zorra pour une idiote.

Rien de tel qu'un malade qui parle de lui-même à la troisième personne. Du féminin.

— S'il vous plaît, demandez-lui de se montrer, dit Zorra. Nous ne désirons faire de mal à personne. Mais Zorra sait que votre collègue vous suivra partout. Alors, Zorra devra le suivre. Ce qui conduira à un conflit. Aucun d'entre nous ne veut d'un conflit.

La voix de Win surgit du téléphone portable de Myron.

— Quelle garantie avons-nous que Myron reviendra ?

Myron montra son appareil à tout le monde.

— Vous restez ici avec Zorra et vous prenez un verre, mon cœur, dit Zorra. Myron voyagera avec Pat.

— Voyager ? Où ça ? s'enquit Myron.

— Nous ne pouvons pas vous le dire.

Myron fit la moue.

— Tous ces trucs façon KGB sont-ils bien nécessaires ?

Pat restait en retrait maintenant, laissant Zorra conduire les opérations.

— Vous avez des questions, nous avons des questions, dit Zorra. Cette rencontre est le seul moyen de satisfaire les deux parties.
— Dans ce cas, pourquoi ne pas parler ici ?
— Impossible.
— Pourquoi ?
— Vous devez aller avec Pat.
— Où ça ?
— Zorra ne peut pas le dire.
— Qui m'emmenez-vous voir ?
— Zorra ne peut pas dire cela non plus.
— L'avenir du monde libre dépend-il du perpétuel silence de Zorra ?

Zorra ajusta ses lèvres, formant ce qu'il devait prendre pour un sourire.

— Vous vous moquez de Zorra. Mais Zorra a déjà gardé le silence par le passé. Zorra a vu et vécu des horreurs que vous ne pouvez pas imaginer. Zorra a été torturée. Pendant des semaines d'affilée. Zorra a éprouvé des douleurs en comparaison desquelles ce que vous avez éprouvé avec ce *cattle prod* ressemble au baiser d'un amoureux.

Myron hocha solennellement la tête.
— Wow.

Zorra écarta les mains. Phalanges velues et vernis à ongles rose. Du grand art.

— Nous pouvons toujours choisir de nous séparer maintenant, mon cœur.

Depuis le téléphone, Win déclara :
— Bonne idée.
— Quoi ? fit Myron.
— Si nous acceptons leurs termes, dit Win, je ne peux garantir qu'ils ne te tueront pas.

— Zorra le garantit, dit Zorra. Sur sa vie.
— Je vous demande pardon ? fit Myron.
— Zorra reste ici avec Win, expliqua Zorra.

Une étincelle apparut dans ses yeux surchargés de mascara et elle n'était pas de lucidité.

— Zorra n'est pas armée, poursuivit-il-elle. Si vous ne revenez pas en parfaite santé, Win tue Zorra.

— Ça, c'est de la garantie, dit Myron. Vous n'avez jamais songé à devenir garagiste ?

Win pénétra dans le bar. Il vint droit vers leur table, s'assit, les coudes sous le rebord.

— Si vous pouviez avoir l'amabilité, dit-il à Pat et Zorra, de poser vos mains sur la table.

Ils le firent.

— Et, madame Zorra, si vous voulez bien enlever vos chaussures ?

— Bien sûr, mon cœur.

Win ne lâchait pas Zorra des yeux. Zorra ne lâchait pas Win des yeux. Aucun des deux n'était du genre à cligner des paupières.

— Je ne peux toujours pas garantir sa sécurité, dit Win. Certes, j'ai la possibilité de vous tuer s'il ne revient pas mais, il se peut fort bien que Pat, notre gros lapin, ne tienne pas plus à vous qu'à sa première carotte.

— Hé, dit Pat, vous avez ma parole.

Win se contenta de le dévisager un moment. Puis il se retourna vers Zorra.

— Myron garde une arme. Pat conduit. Myron le tient en joue.

Zorra secoua la tête.

— Impossible.

— Alors, restons-en là.

Zorra haussa les épaules.

— Zorra et Pat vous disent adieu.

Ils se levèrent pour partir. Myron savait que Win ne les rappellerait pas. Il lui murmura à l'oreille.

— Il faut que je sache ce qui se passe ici.

Win haussa les épaules.

— Ce serait une erreur mais c'est toi qui décides.

Myron leva les yeux.

— Nous acceptons, dit-il.

Zorra se rassit. Sous la table, Win le braquait toujours.

— Myron garde son portable, dit Win. J'écoute tout ce qui se passe.

Zorra acquiesça.

— Ça me semble équitable.

Pat et Myron commencèrent à s'éloigner.

— Oh, Pat ? dit Win.

Pat s'immobilisa.

— Si Myron ne revient pas, je tuerai ou je ne tuerai pas Zorra. Je prendrai ma décision en temps voulu. Cependant, je ferai usage de ma considérable influence, de mon argent et de mon temps pour vous retrouver. J'accomplirai les efforts nécessaires. J'offrirai des récompenses. Je chercherai. Je ne dormirai plus. Je vous trouverai. Et quand ce sera fait, je ne vous tuerai *pas* ? Vous me comprenez ?

Comme s'il lui annonçait quel temps il faisait.

Pat avala de travers et acquiesça.

— Partez, dit Win.

25

Quand ils arrivèrent à la voiture, Pat le fouilla. Rien. Puis il lui tendit une capuche noire.

— Mettez ça.

Il le vouvoyait maintenant qu'ils avaient signé le traité de coopération.

— Dites-moi que c'est une plaisanterie.

— Mettez ça. Allongez-vous sur le siège arrière et ne vous relevez pas.

Myron économisa sa salive et son humour et fit ce qu'on lui dit. Non sans mal. Mille neuf cent cinquante millimètres, ça prend de la place. Pat s'installa au volant et démarra.

— Une petite suggestion, dit Myron.

— Hein ?

— La prochaine fois que vous ferez ça, passez d'abord l'aspirateur dans la voiture. C'est dégoûtant ici.

Le « voyage » démarra. Myron essaya de se concentrer, guettant les sons qui auraient pu lui donner un indice quant à l'endroit où ils se rendaient. Ça marchait toujours à la télé. Le type entendait, disons, une sirène de bateau et il savait qu'il se trouvait sur le quai 12 et que les autres allaient tous se pointer en vitesse pour le sauver. Mais tout ce que Myron entendait, sans grande surprise, c'étaient des bruits de circulation : des coups de klaxon, des voitures qui passaient, des pots d'échappement, des radios trop fortes, ce genre de choses. Il tenta de mémoriser les changements de direction mais ne tarda pas à s'y perdre. Après tout, M. et Mme Bolitar n'avaient pas fabriqué une boussole humaine.

Le trajet dura environ dix minutes. Pas le temps de quitter la ville. Indice : ils étaient donc toujours dans Manhattan. Voilà qui était sacrément utile. Pat coupa le contact.

— Vous pouvez vous relever mais gardez la cagoule.

— Vous êtes sûr que cette cagoule me va ? Je ne voudrais pas décevoir pour un premier entretien avec votre patron.

— On vous a déjà dit que vous êtes drôle, Bolitar ?

— Vous avez raison. Le noir, ça va avec tout.

Pat soupira. Quand ils sont nerveux, certains s'enfuient. Certains se cachent. Certains parlent trop. Et certains font des blagues minables.

Pat l'aida à sortir de la voiture et le conduisit en le tenant par le coude. Myron essaya encore de reconnaître des sons. Le rire d'une mouette, peut-être. Ça aussi, ça arrivait tout le temps à la télé. Mais, à New York, les mouettes ne riaient pas, elles dégueulaient leurs poumons. Si vous entendez une mouette à New York, il y a plus de chance que vous soyez à côté d'une poubelle que sur un quai. Il y avait une photo d'un de ces volatiles chez son marchand de bagels préféré. Légende : « Si une mouette est un oiseau qui vole au-dessus de la mer, comment s'appelle une mouette qui vole au-dessus de New York ? » Malin quand on y pense.

Les deux hommes marchaient... vers quoi, Myron n'en avait aucune idée. Il trébuchait sur un macadam défoncé mais Pat l'empêchait de tomber. Encore un indice. Trouver le coin dans Manhattan où le macadam est défoncé. Seigneur, il avait pratiquement acculé le type.

Ils grimpèrent ce qui devait donc être une pente avant de pénétrer dans une pièce où régnaient une chaleur et une humidité plus suffocantes qu'un feu de forêt en Birmanie. Myron avait toujours les yeux bandés mais la lumière d'une ampoule filtrait à travers le tissu. La pièce sentait le moisi, la vapeur et la sueur. On se serait cru dans un sauna de salle de gym, les relents de déodorants en moins. Myron avait du mal à respirer à travers la cagoule. Pat posa la main sur son épaule.

— Assis, dit-il en le poussant un peu.

Myron s'assit. Il entendit les pas de Pat qui s'éloignaient puis des voix. Des chuchotements, plutôt. Pour l'essentiel, émis par Pat. Une discussion, une dispute peut-être. De nouveaux pas. Qui approchaient. Un corps s'interposa soudain devant la lumière. Un dernier pas. Quelqu'un s'arrêta juste devant lui.

— Salut, Myron, dit une voix.

Un peu excitée, pour ne pas dire au bord de l'hystérie. Mais le doute n'était pas permis. Myron n'était pas génial avec les noms et les visages mais les voix se gravaient en lui. Myron le microsillon. Euh, le disque dur, pour faire plus moderne. Les souvenirs affluèrent. Après toutes ces années, il sut instantanément.

— Salut, Billy Lee.

Billy Lee Palms le disparu, pour être exact. Ancien « frère » et star de l'équipe de base-ball de Duke. Ancien meilleur pote de Clu Haid. Fils de Mme Ma-Vie-Macule-Mes-Murs.

— Ça t'ennuie si j'enlève ma cagoule maintenant ? demanda Myron.

— Pas du tout.

Myron se débarrassa de la chose. Billy Lee était debout devant lui. Du moins, il présumait que c'était Billy Lee. C'était comme si l'ancien beau gosse avait été kidnappé par des extraterrestres farceurs et remplacé par un double obèse. Les pommettes autrefois saillantes semblaient maintenant malléables, une peau cireuse dégoulinait sur ses traits, s'y accrochant péniblement, les yeux étaient aussi enfoncés qu'un paralytique dans les profondeurs du classement du cent mètres, le teint un peu plus gris qu'une rue après la pluie. Ses cheveux étaient graisseux et hirsutes, un peu comme les VJ gominés sur MTV.

Par ailleurs, Billy Lee tenait ce qui ressemblait à un fusil à canon scié à environ vingt centimètres du nez de Myron.

— Il tient ce qui ressemble à un fusil à canon scié à environ vingt centimètres de mon nez, annonça Myron au bénéfice de son portable.

Billy Lee gloussa. Ce son, lui aussi, était familier.

— Fiona, dit alors Myron.

— Quoi ?

— Hier soir. C'était toi Princesse Fiona. Tu m'as frappé avec le bâton à décharge.

Billy Lee écarta les bras. Ils étaient très longs.

— Bingo, baby !

Myron prit un air désolé.

— T'as vraiment meilleure mine avec ton maquillage, Billy Lee.

Billy Lee gloussa à nouveau et approcha le canon scié de quelques centimètres. Puis il tendit sa main libre.

— Le téléphone.

Myron hésita mais pas longtemps. Les yeux enfoncés, qu'il distinguait maintenant, étaient humides, vitreux et injectés de sang crasseux. Le corps de Billy Lee faisait penser à un liquide sur le point d'entrer en ébullition. Myron vérifia sous les manches courtes et vit les traces de piqûres. Billy Lee avait tout de l'animal le plus sauvage et le plus imprévisible qui soit : un junkie coincé. Myron lui donna le téléphone. Billy Lee le porta à son oreille.

— Win ?

La voix de Win était claire.

— Oui, Billy Lee.

— Va te faire foutre.

Billy Lee gloussa à nouveau. Puis il éteignit l'appareil, les isolant du monde extérieur et Myron sentit l'effroi monter en lui.

Billy Lee replaça le portable dans la poche de Myron en jetant un regard à Pat.

— Attache-le à la chaise.

— Quoi ? dit Pat.

— Attache-le à la chaise. Avec cette corde.

— L'attacher comment ? Tu me prends pour un boy-scout ?

— Fais plusieurs fois le tour et termine par un nœud. Je veux juste le ralentir au cas où il aurait envie de jouer au con avant que je lui fasse la peau.

Pat se dirigea vers Myron. Billy Lee le tenait à l'œil et en joue.

— Ce n'est vraiment pas une bonne idée d'énerver Win, dit Myron.

— Win ne me fait pas peur.

Myron secoua la tête sans rien dire.

— Quoi ? fit Billy Lee.

— Je savais que t'avais perdu les pédales, dit Myron, mais je croyais que t'étais encore sur le vélo.

Pat se mit à lui enrouler la corde autour de la poitrine.

— Tu devrais peut-être le rappeler, dit Pat. Il va se mettre à notre recherche, tu vois ce que je veux dire ?

Si la faille de San Andreas tremblait autant que sa voix, on aurait fait évacuer toute la Californie.

— T'inquiète pas pour ça, dit Billy Lee.

— Et Zorra est toujours là-bas...

— *T'inquiète pas pour ça !*

En hurlant cette fois. Un hurlement strident, affreux. Le canon scié plana un peu plus près du nez de Myron. Celui-ci se raidit. C'était le moment de tenter quelque chose avant que la corde ne soit nouée. Mais, soudain, Billy Lee bondit en arrière, comme s'il se rendait compte pour la première fois de la présence de Myron dans la pièce.

Personne ne parlait. Pat serra la corde et fit un nœud. Pas très solide mais suffisant pour le but recherché : le ralentir assez pour que Billy Lee ait tout le temps nécessaire de lui exploser le crâne.

— Tu essaies de me tuer, Myron ?

Étrange question.

— Non, dit Myron.

Le poing de Billy Lee s'écrasa dans le bas-ventre de Myron. La corde l'empêcha de se plier en deux mais elle n'empêcha pas les spasmes, la douleur et le besoin d'oxygène. Il sentit des larmes lui gonfler les yeux.

— Ne mens pas, enculé.

Myron essayait de respirer.

Billy Lee renifla, s'essuya le visage avec sa manche.

— Pourquoi tu veux me tuer ?

Myron tenta de répondre mais cela lui prit trop longtemps. Billy Lee le cogna avec la crosse de son arme, pile à l'endroit où Zorra avait laissé son Z la veille. Les points de suture éclatèrent et le sang s'étala rapidement sur la chemise de Myron. Il commençait à avoir des vertiges. Billy Lee gloussa une fois de plus. Puis il leva la crosse au-dessus de sa tête dans l'intention évidente de l'abattre sur celle de Myron.

— Billy Lee ! cria Pat.

Myron la vit venir mais sans pouvoir y échapper. Il réussit à soulever la chaise avec ses orteils pour basculer en arrière. Le coup lui gratta le crâne, ouvrant le cuir chevelu. La chaise tomba et Myron se cogna la tête par terre. Il vit des étoiles.

Bon Dieu...

Billy Lee levait à nouveau la crosse. La prochaine fois, il lui fracasserait le crâne. Myron essaya de rouler mais on ne roule pas quand on est attaché à une chaise. Billy Lee lui sourit. Il restait là, prêt à frapper, laissant durer le moment, contemplant Myron qui se tortillait par terre comme certains regardent une fourmi avant de l'écraser.

Soudain, Billy Lee fronça les sourcils. Il baissa son fusil qu'il étudia quelques secondes.

— Non, dit-il. Je risque de l'abîmer.

Myron sentit Billy Lee le saisir par les épaules et les soulever, la chaise et lui, à nouveau. Cette fois, le canon du fusil était braqué sur son œil.

— Putain, dit Billy Lee. Vaudrait mieux que je te flingue, tu trouves pas ?

Myron n'entendait plus ses gloussements maintenant. Quand une arme est braquée si près de votre visage, elle a tendance à faire disparaître tout le reste. Les gueules jumelles du canon emplissent votre champ de vision, façon zoom en gros plan, les deux trous noirs prennent toute la place et avalent tout ce que vous pourriez voir ou entendre.

Pat essaya à nouveau.

— Billy Lee...

Myron sentait la sueur suinter sous ses aisselles. *Du calme. Reste calme. Ne l'excite pas.*

— Dis-moi ce qui se passe, Billy Lee. Je veux t'aider.

Billy Lee ricana, le flingue tremblant toujours entre ses mains.

— Tu veux m'aider ?

— Ouais.

Cela le fit rigoler.

— De la merde, Myron. De la merde en barre.

Myron resta silencieux.

— On n'a jamais été amis, pas vrai, Myron ? Je veux dire, on faisait partie de la même fraternité et ça nous arrivait de traîner ensemble. Mais on n'a jamais été amis.

Myron essayait de garder ses yeux sur ceux de Billy Lee.

— Ça fait un peu bizarre d'évoquer le bon vieux temps dans ces circonstances, Billy Lee.

— Je t'explique quelque chose, connard. Tu me sors cette connerie comme quoi tu veux m'aider. Comme si on était amis. Mais c'est de la merde. On n'est pas amis. Tu m'as jamais vraiment aimé.

« Tu m'as jamais vraiment aimé. » Comme s'ils jouaient dans une série pour ados.

— J'ai quand même sorti ton cul de quelques fosses très septiques, Billy Lee.

Sourire.

— Pas le mien, Myron. Le cul de Clu. C'est son cul que t'as toujours léché. Cette histoire de conduite en état d'ivresse quand on était dans le Massachusetts. T'es pas venu pour sortir mon cul de là. T'es venu pour Clu. Et cette bagarre dans le bar. C'était aussi à cause de Clu.

Tout à coup, Billy Lee pencha la tête comme un chien qui vient d'entendre un nouveau bruit.

— Pourquoi on n'était pas amis, Myron ?

— Parce que tu ne m'as pas invité à ton anniversaire à la patinoire ?

— Ne joue pas au con avec moi, connard.

— Je t'aimais bien, Billy. T'étais un mec sympa.

— Mais t'as pas tardé à en avoir marre, pas vrai ? J'te branchais plus, pas vrai ? Tant que j'étais la star de la fac, c'était cool, pas vrai ? Mais quand je me suis planté chez les pros, j'étais plus si mignon et si sympa. D'un coup, je suis devenu pathétique. C'est bien ça, Myron ?
— C'est toi qui le dis.
— Et Clu ?
— Quoi Clu ?
— Tu étais ami avec lui.
— Oui.
— Pourquoi ? Clu déconnait autant que moi. Plus, même. Il se foutait toujours dans la merde. Pourquoi t'étais son ami ?
— C'est stupide, tout ça, Billy Lee.
— Tu trouves ?
— Pour commencer, baisse cette arme.
Billy Lee sourit. C'était le large sourire de quelqu'un à qui on ne la fait pas et qu'on n'aurait jamais dû laisser sortir de l'asile.
— Je vais te dire pourquoi t'es resté pote avec Clu. Parce qu'il jouait mieux au base-ball que moi. Il allait faire carrière chez les pros. Et tu le savais. C'était la seule différence entre Clu Haid et Billy Lee Palms. Il se bourrait, il se piquait, il baisait des tonnes de meufs mais c'était un mec trop cool parce qu'il était pro.
— Qu'est-ce que t'essaies de me dire, Billy Lee ? demanda Myron. Que les athlètes pros ne sont pas traités comme nous autres, les pauvres mecs ordinaires ? Waou, quelle révélation.
Mais cette révélation le mettait mal à l'aise. Probablement parce que Billy Lee, si cinglé soit-il,

avait au moins en partie raison. Clu était charmant et excentrique pour la bonne et simple raison que c'était un athlète pro. Mais si la vélocité de sa balle avait perdu quelques kilomètres-heure, si la rotation de son bras avait été un peu moins fluide ou si la position de ses doigts ne lui avait pas permis de donner des effets aussi surprenants, Clu aurait fini comme Billy Lee. Les dimensions parallèles – des vies et des destins bien différents – sont là, planquées par un rideau pas plus épais qu'une membrane. Mais avec les athlètes, cette autre vie est un tout petit peu trop visible. Le don de lancer la balle un peu plus vite que les autres fait de vous un dieu au lieu du plus pitoyable des mortels. Vous avez les filles, la gloire, la grande maison, l'argent au lieu de l'anonymat, de l'appart minable, des cafards et des boulots débiles. Vous allez à la télé pour délivrer des messages sur la vie. Les gens veulent être près de vous, vous entendre parler, toucher l'ourlet de votre veste. Tout ça simplement parce que vous pouvez lancer une boule de cuir à grande vitesse, mettre un ballon orange dans un cercle ou balancer une longue tige de fer selon un arc un peu plus pur. Vous êtes spécial.

Plutôt con quand on y pense.

— Est-ce que tu l'as tué, Billy Lee ? demanda Myron.

Ce fut comme si Billy Lee avait reçu une claque.

— Quoi ?

— Tu étais jaloux de Clu. Il avait tout. Il t'avait laissé en rade.

— C'était mon meilleur ami !

— Autrefois, Billy Lee. Il y a très longtemps.

Myron envisageait à nouveau de tenter quelque chose. Il pouvait essayer de se débarrasser des cordes – elles n'étaient pas très serrées – mais cela lui prendrait du temps et il était encore trop loin de Billy Lee. Il se demanda comment Win réagissait au fait d'avoir été coupé de tout ça et il frémit. Mieux valait ne pas trop penser à ça.

Une ride bizarre barra le front de Billy Lee. Il semblait soudain apaisé. Il cessa de trembler, regardant Myron droit dans les yeux sans gigoter ni tressaillir. Soudain, sa voix était douce.

— Ça suffit, dit-il.

Silence.

— Je dois te tuer, Myron. C'est de la légitime défense.

— De quoi est-ce que tu parles ?

— Tu as tué Clu. Et maintenant, tu veux me tuer.

— C'est ridicule.

— Peut-être que tu as ordonné à ta secrétaire de le faire. Et elle s'est fait choper. Ou peut-être que c'est Win qui l'a fait. Ce type a toujours été ton chien méchant. Ou peut-être que tu l'as fait toi-même, Myron. Le flingue a été trouvé chez toi, non ? Le sang dans ta bagnole ?

— Pourquoi aurais-je tué Clu ?

— Tu utilises les gens, Myron. Tu t'es servi de lui pour lancer ta boîte. En se faisant choper au contrôle, Clu a foutu sa carrière en l'air. Alors, t'as préféré arrêter les frais plutôt que continuer à perdre du fric avec lui.

— Ça n'a pas de sens, dit Myron. Et même si ça en avait, pourquoi voudrais-je te tuer ?

— Parce que, moi aussi, je peux parler.
— Parler de quoi ?
— De toi. De comment tu sais aider les gens.

Des larmes roulaient maintenant sur le visage de Billy Lee. Sa voix s'éteignit. Et Myron comprit que les ennuis sérieux allaient commencer.

Le moment de calme était passé. Le double canon tremblait. Myron testa les cordes. Que dalle. Malgré la chaleur, quelque chose de glacé inondait ses veines. Il était coincé. Pas la moindre chance de tenter quoi que ce soit.

Billy Lee essaya de glousser encore une fois mais il était trop fatigué maintenant.

— Bye-bye.

La panique tordit les entrailles de Myron. Billy Lee allait le tuer. Point. Rien ne le ferait changer d'avis. Le mélange drogue-paranoïa avait bousillé toutes ses capacités de raisonnement. Myron chercha une issue et n'en trouva aucune.

— Win, dit-il.
— Je te l'ai déjà dit. Je n'ai pas peur de lui.
— Ce n'est pas à toi que je parle.

Myron se tourna vers Pat. Le barman respirait avec difficulté et on aurait dit qu'on lui avait rempli les épaules de sable mouillé.

— Quand il aura pressé cette détente, dit Myron, il vaudra mieux être à ma place qu'à la vôtre.

Pat esquissa un pas vers Billy Lee.

— Essayons de nous calmer une seconde, Billy Lee. Réfléchissons un peu, d'accord ?
— Je vais le tuer.
— Billy Lee, ce Win. J'ai entendu des histoires...
— Tu comprends pas, Pat. T'y comprends rien.

— Alors, dis-moi, mec, je suis avec toi.
— Non. Je le tue d'abord.

Billy Lee vint vers Myron. Posa le canon de son arme sur sa tempe. Myron se pétrifia.

— Non ! fit Pat.

Qui était assez proche maintenant. Du moins, le croyait-il. Il tenta sa chance, plongeant vers les jambes de Billy Lee. Mais, sous le junkie diminué rôdaient encore quelques réflexes de l'ancien athlète. Suffisamment en tout cas. La balle frappa Pat en pleine poitrine. Pendant une fraction de seconde, celui-ci parut surpris. Puis il tomba.

Billy Lee hurla.

— Pat !

Il s'écroula à genoux et rampa vers le corps.

Le cœur de Myron s'affolait. Il n'attendit pas. Il se débattit avec les cordes. Pas moyen. Il se tortillait frénétiquement, basculant en avant. Les liens étaient plus serrés qu'il ne l'avait cru mais il réussit à leur donner du jeu.

— Pat ! hurla à nouveau Billy Lee.

Myron avait les genoux au sol maintenant, le corps tordu, la colonne vertébrale pliée d'une façon qu'il n'aurait jamais crue possible. Billy Lee gémissait devant un Pat trop silencieux. La corde se coinça sous le menton de Myron, lui repoussant la tête en arrière et l'étranglant à moitié. Combien de temps avait-il ? Combien de temps avant que Billy Lee ne retrouve ce qui lui servait d'esprit ? Impossible à dire. Myron leva encore un peu plus le menton et la corde commença à passer. Il était presque libre.

Billy Lee tressaillit et se retourna.

Myron était toujours pris dans la corde. Les yeux des deux hommes se nouèrent. Billy Lee leva le canon scié. Ils se trouvaient peut-être à trois mètres l'un de l'autre. Myron vit les deux trous noirs et, là-bas, loin derrière, les yeux de Billy Lee. Il vit la distance.

Aucune chance. Trop tard.

Le coup de feu partit.

La première balle frappa la main de Billy Lee. Il hurla de douleur et lâcha son arme. La deuxième balle lui explosa le genou. Un autre cri. Du sang gicla. Billy Lee s'écroula. La troisième balle arriva avant qu'il n'ait touché terre. L'impact lui projeta la tête en arrière, soulevant son corps à l'horizontale. Puis Billy Lee retomba, hors de vue, comme une cible dans un stand de tir.

La pièce était silencieuse.

Myron acheva de se libérer et roula dans un coin.

— Win ? cria-t-il.

Pas de réponse.

— Win ?

Rien.

Pat et Billy ne bougeaient pas. Myron se releva. Le seul bruit était sa respiration. Du sang. Partout, du sang. Ils devaient être morts. Myron se renfonça dans son coin. Quelqu'un l'avait suivi. C'était une certitude maintenant. Il se décida à traverser la pièce pour regarder par la fenêtre. À gauche. Rien. À droite.

Quelqu'un là parmi les ombres. Une silhouette. La peur saisit Myron. La silhouette bougea puis disparut dans les ténèbres.

26

Myron vomit à trois blocks de là. Appuyé contre un mur, il dégueula ses tripes. Plusieurs SDF s'arrêtèrent pour applaudir. D'un geste, Myron les salua, remerciant ses fans. Bienvenue à New York.

Il essaya son portable mais la mêlée lui avait été fatale. Un panneau indicateur lui apprit qu'il se trouvait à un quart d'heure à pied à peine du *Biker Wannabee*, dans le quartier des abattoirs près du West Side Highway. Il se mit à courir, pas trop vite, se tenant le côté pour essayer d'empêcher le sang de couler. Il trouva un téléphone public en état de marche, un miracle dans ce coin de Manhattan, et composa le numéro du portable de Win.

Celui-ci décrocha à la première sonnerie.

— Articule.

— Ils sont morts, dit Myron. Tous les deux.

— Explique.

Il expliqua.

Quand il eut terminé, Win annonça :

— Je suis là dans trois minutes.

— Il faut que j'appelle les flics.

— Peu judicieux.
— Pourquoi ?
— Ils ne goberont pas le récit de tes malheurs, surtout la partie où apparaît le sauveur mystérieux.
— Tu veux dire qu'ils vont croire que je les ai tués ?
— Précisément.
— Mais on devrait pouvoir les convaincre, dit Myron.
— Oui, peut-être, on finira sûrement. Mais cela prendra beaucoup de temps.
— Du temps que nous n'avons pas.
— Comme je le disais : précisément.
Myron fit fonctionner ses méninges.
— Des témoins m'ont vu quitter le bar avec Pat.
— Et alors ?
— Et alors, la police les interrogera. Elle saura que j'étais sur les lieux.
— Stop.
— Quoi ?
— Au téléphone. Plus de discussion. Je serai là dans trois minutes.
— Et Zorra ? Que lui as-tu fait ?
Mais Win avait déjà coupé. Myron raccrocha à son tour. Une autre bande de clodos le dévisageait maintenant, comme s'il était un sandwich abandonné. Myron soutint leur regard. Ce soir, plus question de se laisser bouffer par quiconque.
Une voiture arriva dans les trois minutes annoncées. Une Chevy Nova. Win en avait toute une collection – toutes vieilles, toutes d'occase, toutes non repérables. Il les appelait ses voitures jetables. Win aimait bien s'en servir pour certaines de ses activités nocturnes. On ne pose pas de question.

La portière passager s'ouvrit. Myron jeta un coup d'œil à l'intérieur. Win était au volant. Il s'installa à la place du mort.

— Les dés sont jetés, dit Win.
— Quoi ?
— La police est déjà sur les lieux. C'était sur le scanner.

Mauvaise nouvelle.

— Je peux encore aller les trouver.
— Oui, bien sûr. Et pourquoi, monsieur Bolitar, n'avez-vous pas alerté la police ? Pourquoi, en fait, avez-vous appelé votre ami avant de prévenir les autorités compétentes ? N'êtes-vous pas le complice présumé de Mme Esperanza Diaz dans le meurtre du meilleur ami de Billy Lee Palms ? Et puis, que faisiez-vous au juste dans ce bar ? Pourquoi M. Palms aurait-il voulu vous tuer ?
— Je peux tout expliquer.

Win haussa les épaules.

— C'est toi qui choisis.
— Tout comme c'est moi qui ai choisi de partir seul avec Pat.
— Oui.
— Ce qui était un mauvais choix.
— Oui. Tu étais trop vulnérable. Il y avait d'autres moyens.
— Quels autres moyens ?
— On aurait pu retrouver Pat à un autre moment et faire en sorte qu'il nous parle.
— Faire en sorte ?
— Oui.
— Tu veux dire, le torturer ?
— Oui.

— Je ne fais pas ça.

— Grandis. C'est une simple analyse coût-profit : en infligeant un inconfort temporaire à un malfrat, tu diminues grandement les risques de te faire tuer. Ça ne se discute même pas.

Cela établi, Win lui jeta un coup d'œil.

— Au fait... tu as une sale tête.

— Tu devrais voir celles des autres, dit Myron. Tu as tué Zorra ?

Win sourit.

— Tu me connais.

— Non, Win, je ne te connais pas. L'as-tu tué ?

Win gara la voiture devant le *Biker Wannabee*.

— Jette un coup d'œil à l'intérieur.

— Pourquoi on revient ici ?

— Deux raisons. Un, tu ne l'as jamais quitté.

— Non ?

— C'est ce que je jurerais. Tu étais ici toute la nuit. Tu es juste sorti un moment avec Pat. Frisson confirmera... et, ajouta-t-il avec un sourire, Zorra aussi.

— Il n'est pas mort ?

— Elle. Zorra préfère qu'on la considère comme une elle.

— Elle. Elle n'est pas morte ?

— Bien sûr que non.

Ils sortirent de la voiture.

— Je suis surpris, dit Myron.

— Pourquoi ?

— En général, quand tu menaces...

— Je n'ai jamais menacé Zorra. J'ai menacé Pat. J'ai dit que je *pourrais* tuer Zorra. Mais à quoi bon ? Zorra devrait-elle souffrir parce qu'un dément drogué jusqu'aux dents comme Billy Lee Palms a éteint un téléphone ? Il me semble que non.

— Tu ne cesseras jamais de me surprendre.

Win s'arrêta.

— Et, ces derniers temps, Myron mon ami, tu ne cesses de merder. Tu as eu beaucoup de chance. Zorra a dit qu'elle était prête à offrir sa vie en garantie pour ta survie. J'ai considéré que cette garantie n'était pas suffisante. C'est pourquoi je t'ai dit de ne pas y aller.

— Je ne pensais pas avoir le choix.

— Maintenant tu sais que tu te trompais.

— Peut-être.

Win posa la main sur le bras de Myron. Un geste des plus inhabituels chez lui.

— Esperanza avait raison. Tu ne t'es pas encore remis de sa disparition.

Myron acquiesça. Win le lâcha.

— Prends ça, dit-il en lui tendant un petit flacon. S'il te plaît.

Un bain de bouche. À la menthe. Win. Ils entrèrent dans le bar. Myron passa directement aux toilettes, se rinça la bouche, s'aspergea le visage et vérifia sa blessure. Elle faisait mal. Il se regarda dans le miroir. Le bronzage dû aux trois semaines passées avec Terese était toujours là mais Win avait raison : il avait une sale gueule.

Win l'attendait devant la porte.

— Tu as évoqué deux raisons tout à l'heure, deux raisons pour lesquelles tu voulais que je revienne ici.

— Raison deux, dit Win. Nancy... ou Frisson, si tu préfères. Elle s'inquiétait pour toi. J'ai pensé que ce serait mieux si tu la voyais.

Quand ils arrivèrent au box dans le fond de la salle, Zorra et Frisson étaient tout occupées à papoter comme, eh bien, deux femmes dans un bar.

Zorra sourit à Myron.

— Zorra est désolée, mon cœur.

— C'était pas votre faute, dit Myron.

— Zorra veut dire qu'ils soient morts, dit Zorra. Zorra aurait aimé passer quelques heures seule avec eux d'abord.

— Ouais, dit Myron. Quel dommage.

— Zorra a déjà dit à Win tout ce que Zorra sait. C'est-à-dire très peu. Zorra n'est qu'une très belle mercenaire. Elle préfère en savoir le moins possible.

— Mais vous travailliez pour Pat ?

Il-elle hocha la tête mais pas sa perruque.

— Zorra était videuse et garde du corps. Vous vous rendez compte ? Zorra Avrahaim qui doit se contenter de prendre un vulgaire travail de videur.

— Ouais, les temps sont durs. Bon, Pat trafiquait dans quoi ?

— Un peu de tout. La drogue, surtout.

— Et quel était le lien entre Billy Lee et Pat ?

— D'après Billy Lee, Pat était son oncle, dit Zorra en haussant les épaules. Mais c'était peut-être un mensonge.

— Avez-vous déjà rencontré Clu Haid ?

— Non.

— Savez-vous pourquoi Billy Lee se cachait ?

— Il était terrifié. Il était persuadé que quelqu'un voulait le tuer.

— Ce quelqu'un étant moi ?

— C'est ce qu'il croyait.

Ce qui, pour Myron, était incompréhensible. Il posa encore quelques questions sans rien apprendre de plus. Win offrit sa main. Zorra l'accepta pour se glisser hors du box. Elle se débrouillait très bien sur ses talons aiguilles. À la différence de beaucoup.

Zorra bisa Win sur la joue.

— Merci de ne pas avoir tué Zorra, mon cœur.

Win la salua.

— Ce fut un plaisir, madame.

Win le charmeur.

— Je vous raccompagne dehors, proposa-t-il.

Myron se glissa auprès de Frisson. Sans un mot, elle lui prit le visage à deux mains et l'embrassa. Fort. Il lui rendit son baiser. Win et son bain de bouche. Quel mec.

Le moment vint de reprendre leur souffle.

— Vous savez vous y prendre pour donner des frissons à une fille.

— Ouais, hein ?

— Et vous m'avez aussi flanqué une sacrée trouille.

— Je n'en avais pas l'intention.

Elle le scrutait.

— Ça va ?

— Ça ira.

— J'ai presque envie de vous inviter chez moi.

Il ne dit rien, baissant les yeux. Elle le scrutait toujours.

— C'est fini, n'est-ce pas ? Vous ne rappellerez pas ?

— Vous êtes belle, intelligente, drôle...

— Et sur le point de se faire larguer.

— Ce n'est pas vous.

— Ça, c'est original. Attendez, je crois deviner... c'est vous, c'est ça ?

Il sourit.

— Vous me connaissez si bien.

— J'aimerais.

— Je ne suis pas en bon état, Nancy.

— Qui l'est ?

— Je sors à peine d'une longue relation...

— Qui a parlé d'une relation ? On pourrait juste s'amuser, non ?

— Non.

— Quoi ?

— Je ne marche pas comme ça, dit-il. C'est plus fort que moi. Je sors avec quelqu'un et je commence à imaginer des gosses, un barbecue dans le jardin et un panier rouillé dans l'allée. J'envisage la totale tout de suite.

Elle le regarda.

— Seigneur, vous êtes étrange.

Difficile de la contredire.

Elle se mit à tripoter sa paille.

— Et vous n'arrivez pas à m'envisager dans cet environnement domestique ?

— Au contraire, dit Myron. C'est le problème.

— Je vois. Du moins, je crois voir.

Elle se tortilla sur son siège avant d'annoncer :

— Il vaut mieux que j'y aille.

— Je vous ramène.

— Non, je vais prendre un taxi.

— Ce n'est pas nécessaire.

— Je pense que si. Bonne nuit, Myron.

Elle s'en alla. Myron se leva. Win le rejoignit. Ils la regardèrent sortir du bar.

— Tu peux t'assurer que la dame rentre sans encombre chez elle ? demanda Myron.
— C'est déjà fait. J'ai appelé une voiture pour elle.
— Merci.
Silence. Puis Win posa une main sur l'épaule de Myron.
— Puis-je me permettre une observation maintenant que nous en sommes arrivés là ? s'enquit-il.
— Je t'écoute.
— Tu es le roi des cons.

Ils passèrent chez le médecin, à son domicile, dans l'Upper West Side. Il recousit la blessure en émettant des bruits réprobateurs avec sa langue. Quand ils arrivèrent chez Win au Dakota, les deux amis s'installèrent dans le salon Louis Machinchose avec leurs boissons favorites : pour Myron, un Yoo-Hoo, pour Win un alcool ambré.

Win zappa un moment avant de s'arrêter sur CNN. Myron regarda l'écran et pensa à Terese toute seule sur cette île. Il vérifia l'heure. C'était celle où, normalement, elle était à l'antenne. Une fille à la teinture ratée la remplaçait. Il se demanda quand et si Terese reprendrait son boulot. Puis il se demanda pourquoi il continuait à penser à elle.

Win éteignit la télé.
— Un autre remontant ?
— Non. Qu'est-ce que t'a dit Sawyer Wells ?
— Pas grand-chose, je le crains. Clu était un drogué. Il a essayé de l'aider. Bla, bla, bla. Au fait, Sawyer va quitter les Yankees.
— Ah ?

— Il veut bien reconnaître que c'est grâce à eux qu'il s'est extirpé des ténèbres mais maintenant le moment est venu pour le grand Wells de briller seul sous les sunlights et de motiver de nouveaux disciples. Il va partir en tournée.

— Comme une rock star ?

— Oui, avec pins et tee-shirts.

— Noirs, les tee-shirts ?

— Je n'en sais rien. Mais à la fin de chaque performance, il a droit à plusieurs rappels de la part de ses fans brandissant leurs Bic.

— Très 1977.

— N'est-ce pas ? Mais j'ai fait quelques recherches. Devine qui sponsorise sa tournée ?

— Budweiser, le roi de la bière ?

— Presque, dit Win. Son nouvel éditeur, Riverton Press.

— Riverton ? Comme Vincent, ancien propriétaire des New York Yankees ?

— Lui-même.

Myron sifflota, traita l'information, et n'en tira que dalle.

— Depuis qu'il passe son temps à racheter des boîtes d'édition, Riverton doit posséder la moitié des bouquins de cette ville. Ce qui ne signifie probablement rien.

— Probablement, approuva Win. Si tu as d'autres questions, Sawyer donne un séminaire demain au Cagemore Auditorium de la Reston University. Il m'a offert une invitation. J'ai le droit d'emmener ma copine.

— Je ne couche pas le premier soir.

— Et tu en es fier ?

Myron s'enfila une longue rasade. C'était peut-être l'âge mais le Yoo-Hoo ne lui faisait plus le même effet. Il l'aurait volontiers troqué contre un *latte* glacé à la vanille, taille D, un truc qu'il évitait de commander devant d'autres hommes. Ou femmes.

— Je vais essayer d'en savoir un peu plus sur l'autopsie de Clu demain.

— Par Sally Li ?

— Elle était au tribunal mais elle est censée être de retour à la morgue demain matin.

— Tu penses qu'elle te parlera ?

— J'en sais rien.

— Tu vas peut-être devoir user de ton charme, dit Win. Sally Li est-elle hétérosexuellement compatible ?

— Elle l'est jusqu'à ce jour, dit Myron. Mais si je déploie tout mon charme...

— Stop, on ne prend plus les paris.

— C'est un charme si puissant, dit Myron, qu'il peut dégoûter une femme des hommes.

— Tu devrais ajouter ça sur ta carte de visite, dit Win en faisant négligemment tourner son verre dans sa paume. Avant que notre vieux copain Billy Lee ne passe de vie à trépas, a-t-il révélé quoi que ce soit d'intéressant ?

— Pas vraiment, dit Myron. Juste qu'il pensait que c'était moi qui avais tué Clu et que je voulais maintenant lui faire la peau.

— Hum.

— Hum quoi ?

— Encore une fois, tu réapparais là où nul ne t'attend et dans un rôle dans lequel nul ne t'attend.

— C'était un camé de la pire espèce.

— Je vois, dit Win. Donc, il ne faisait que délirer, c'est ça ?

Silence.

— D'une manière ou d'une autre, dit Myron, je n'arrête pas de me retrouver mêlé à cette histoire.

— On dirait.

— Mais je ne vois pas du tout pourquoi.

— Les petits mystères de la vie.

— Je ne vois pas non plus ce que Billy Lee vient faire là-dedans : le meurtre de Clu, la liaison d'Esperanza avec Bonnie, le fait que Clu se soit fait jeter de l'équipe, qu'il ait signé avec FJ. Non, je n'y comprends rien.

Win posa son verre et se leva.

— Je suggère que nous nous accordions une nuit de sommeil.

Bon conseil. Myron rampa sous les couvertures pour plonger aussitôt dans le grand rien. Ce ne fut que plusieurs heures plus tard – après toute la série des cycles de sommeil paradoxal ou pas, quand il commençait à revenir à la conscience et que son activité cérébrale redémarrait chaotiquement – que ça lui vint. Il repensa à FJ qui l'avait fait filer. Il pensa à ce que FJ lui avait dit, comment il l'avait suivi au cimetière avant qu'il ne disparaisse aux Caraïbes avec Terese.

Et un grand clic retentit dans sa tête.

27

Il appela FJ à neuf heures du matin. La secrétaire particulière de M. Ache lui dit que M. Ache ne pouvait pas être dérangé. Myron dit que c'était urgent. Désolée, mais M. Ache n'est pas dans son bureau. Mais, lui rappela Myron, vous venez juste de dire qu'il ne pouvait pas être dérangé. Il ne peut pas être dérangé, rétorqua la secrétaire, parce qu'il n'est pas au bureau. Ah.

— Dites-lui que je veux le voir, dit Myron. Et il faut que ce soit aujourd'hui.

— Je ne peux pas vous promettre...

— Dites-le-lui, c'est tout.

Il regarda sa montre. Il devait retrouver Papa au « Club » à midi. Ce qui lui laissait le temps de tenter sa chance avec Sally Li, médecin légiste en chef du Bergen County. Il l'appela à son bureau et dit qu'il voulait lui parler.

— Pas ici, dit Sally. Tu connais le Fashion Center ?

— Le gigantesque truc de fringues sur la 17 ?

— Oui, au croisement de Ridgewood Avenue. Il y a une boutique de sandwiches à côté d'Ikea. Retrouve-moi là-bas dans une heure.
— Ikea fait partie du Fashion Center ?
— T'enfiles pas ton étagère avant de sortir en boîte, toi ?

Elle raccrocha. Il monta dans la voiture de location, direction Paramus, New Jersey. Slogan : Vivre c'est vendre. La ville de Paramus ressemblait à un ascenseur bondé et surchauffé avec un con le doigt posé sur le bouton d'ouverture de porte en train de gueuler : « Il n'est pas trop tard pour profiter de nos promotions. »

Le Fashion Center n'avait rien de particulièrement branché. En fait, il était si ringard que même les ados refusaient d'y traîner. Assise sur un banc, une cigarette éteinte au coin des lèvres, Sally Li portait une tenue verte d'hôpital et des sandales de sport sans socquettes – une façon de se chausser très prisée par les médecins légistes car ça permettait de se débarrasser du sang, des tripes et autres débris humains avec un simple jet d'eau.

Un peu d'histoire s'impose : au cours de la dernière décennie, Myron avait vécu une romance intermittente avec Jessica Culver. Récemment, ils étaient même tombés amoureux. Ils avaient emménagé ensemble. Et maintenant c'était terminé. Du moins, il le pensait. Il n'était pas certain de ce qui s'était passé au juste. Un observateur objectif aurait évoqué Brenda.

Elle était apparue et beaucoup de choses avaient changé. Mais Myron n'en était pas sûr.

Quel rapport avec Sally Li ?

Le père de Jessica, Adam Culver, avait été le médecin légiste en chef du Bergen County jusqu'à son assassinat sept ans plus tôt. Sally Li, son assistante et meilleure amie, avait pris sa place. Voilà comment Myron avait fait sa connaissance.

Il s'approcha.

— Encore un centre commercial non fumeur ?

— On ne dit plus ça, dit Sally. Maintenant, on dit *sans*. Ce n'est pas un centre commercial non fumeur : c'est une zone sans fumée. Bientôt, ils diront que l'eau est une zone sans air. Ou le Sénat une zone sans cerveau.

— Pourquoi voulais-tu qu'on se retrouve dans une zone aussi libre ?

Sally soupira, se redressa.

— Parce que tu veux des détails sur l'autopsie de Clu Haid. Je me trompe ?

Non, elle ne se trompait pas.

— Eh bien, mes supérieurs – et j'utilise ce terme en sachant que je n'ai même pas d'égal – n'apprécieraient guère de nous voir ensemble. En fait, ils tenteraient sans doute de me virer.

— Alors, pourquoi prendre ce risque ?

— D'abord, je vais changer de boulot. Je retourne dans l'Ouest, à UCLA probablement. Deuxio, je suis mignonne, de genre féminin et ce qu'on appelle maintenant une *Asian-American*. Trois qualités qui compliquent le fait de me virer. Je pourrais faire un scandale. Les politiquement ambitieux n'ont pas envie d'avoir l'air de s'en prendre au membre d'une minorité. Troisio, tu es un mec bien. Tu as découvert la vérité quand Adam est mort. Je me dis que je te dois bien ça.

Elle enleva la cigarette de sa bouche, la remit dans le paquet et en sortit une autre qu'elle coinça au même endroit entre ses lèvres.

— Que veux-tu savoir ? dit-elle.

— Juste comme ça ?

— Juste comme ça.

— Je m'étais dit que j'allais devoir faire usage de mon charme.

— Seulement si tu veux me voir nue, dit-elle avant de lever une main. Ah, je rêve ! Vas-y, Myron, je t'écoute.

— Des blessures ? demanda-t-il.

— Quatre, par balles.

— Je croyais qu'il y en avait trois.

— C'est ce qu'on a cru au début. Deux dans la tête, toutes deux à bout portant, chacune pouvant être fatale. Les flics n'ont vu qu'un seul trou. Une autre dans le mollet droit et une dernière dans le dos entre les omoplates.

— Tirées de plus loin ?

— Ouais, au moins un mètre cinquante. On dirait du trente-huit mais la balistique, c'est pas mon rayon.

— Tu as été sur la scène ?

— Voui.

— Tu pourrais me dire s'il y a eu effraction ?

— Les flics disent que non.

— Voyons donc si j'ai bien compris la version du proc. Corrige-moi si je me trompe.

— Te corriger ? J'en rêve la nuit.

— Ils pensent que Clu connaissait l'assassin. Il le laisse entrer, ils parlent un moment et quelque chose tourne mal. Le tueur – ou la tueuse – sort une arme, Clu veut fuir, l'autre tire deux fois. Dans le mollet et le dos. Tu peux me dire où d'abord ?

— Où d'abord quoi ?

— Si c'est le mollet ou le dos qui a été atteint en premier.

— Non.

— D'accord. Donc, Clu tombe. Il est blessé mais pas mort. Le tueur lui met son arme sur la tête. Pan, pan.

Sally haussa un sourcil.

— Je suis impressionnée.

— Merci.

— Mais pas tant que ça.

— Pardon ?

Elle inspira une bouffée de sa clope éteinte puis la rejeta dans un gros soupir.

— Cette version ne tient pas compte de certains détails.

— Comme ?

— Le corps a été déplacé.

Myron sentit son pouls s'accélérer.

— Clu a été tué ailleurs ?

— Non. Mais son cadavre a été déplacé. Après la mort.

— Je ne comprends pas.

— La lividité n'a pas été affectée donc le sang n'a pas eu le temps de se déposer. Mais il a été traîné sur le sol, juste après sa mort, je pense, ou dans l'heure qui a suivi sa mort. Et la pièce était sens dessus dessous.

— Le tueur cherchait quelque chose, dit Myron. Probablement les deux cent mille dollars.

— Je ne suis pas au courant de ça. Mais il y avait des traînées de sang un peu partout.

— Que veux-tu dire, des traînées ?

— Écoute, je suis légiste. Je n'interprète pas les scènes de crime. Mais c'était un sacré bordel là-bas. Meubles et étagères renversés, tiroirs vidés et du sang partout. Sur le sol. Et sur les murs. Comme si on l'avait traîné à travers la pièce comme une poupée de chiffon.

— C'est peut-être lui qui s'est traîné partout. Après avoir reçu les balles dans le dos et la jambe.

— Il aurait pu, j'imagine. Cela dit, c'est assez dur de se traîner sur les murs quand t'es pas Spiderman.

Le sang de Myron se refroidit de quelques degrés. Il essaya d'intégrer, comprendre et déduire. Revoyons la scène. Le tueur avait tout saccagé pour retrouver le fric. Jusque-là, pas de problème. Mais pourquoi traîner le cadavre ? Pourquoi étaler le sang sur les murs ?

— Et c'est pas tout, dit Sally.

Myron cligna des paupières comme s'il sortait d'une transe.

— J'ai aussi pratiqué un examen toxicologique complet. Tu sais ce que j'ai trouvé ?

— De l'héroïne ?

Elle secoua la tête.

— *Nada.*

— Quoi ?

— *Niente,* rien, que dalle.

— Clu était clean ?

— Même pas un Maalox.

Myron fronça le nez.

— Mais ça aurait pu être temporaire, non ? Je veux dire, son corps avait peut-être éliminé la drogue.
— Non.
— Comment ça, non ?
— Je vais éviter de te faire un cours de science trop compliqué, d'accord ? Si un type prend de l'alcool ou de la drogue, ça se voit. Le cœur ou le foie en mauvais état, des nodules dans les poumons, et ainsi de suite. Et c'était le cas. Il ne fait aucun doute que Clu avait abusé de puissantes substances chimiques. *Avait*, Myron. Il y a d'autres examens – des cheveux, par exemple – qui donnent une photo plus récente. Et ceux-là étaient clean. Ce qui signifie qu'il avait arrêté depuis un moment.
— Mais il a été déclaré positif à un contrôle il y a deux semaines.

Elle regarda la fumée qui ne sortait pas de sa clope et haussa les épaules.

— Tu es en train de me dire que son contrôle a été trafiqué ?
— Tu m'as entendue dire quelque chose ? Je constate juste que mes données contredisent cette donnée. Je n'ai jamais parlé de contrôle trafiqué. Un boulot mal fait, ça arrive. Des erreurs aussi.

Myron en avait le vertige. Clu était clean. Et son cadavre avait été baladé à travers la pièce après sa mort. Pourquoi ? Rien de tout cela n'avait de sens.

Ils discutèrent encore quelques minutes, surtout du passé. Quand il regagna sa voiture, Myron appela Win.

— Articule.
— Clu avait raison. Son test a été trafiqué.

— Tiens, tiens, dit Win.
— Sawyer Wells était présent lors du contrôle.
— Tiens, tiens, tiens.
— À quelle heure, son speech à Reston ?
— Deux heures.
— Envie de te faire motiver ?
— Tu n'as pas idée.

28

Le Club.
Le *Brooklake Country Club*, pour être précis. Autrement dit le Country Club du lac du Ruisseau. Même s'il n'y avait ni ruisseau, ni lac, ni country dans les environs. À part ça, pas de doute, c'était bien un club. Tandis que Myron remontait l'allée, le capot de sa bagnole braqué sur les blanches colonnes gréco-romaines du club-house elles-mêmes braquées sur les nuages, des souvenirs d'enfance clignotèrent en flashes fluorescents. C'était toujours comme ça qu'il revoyait l'endroit. Par flashes. Pas toujours très agréables.
Si le style parvenu avait un club, ce serait celui-là. Les frères fortunés de Myron prouvant qu'ils pouvaient se montrer aussi vulgaires et exclusifs que leurs équivalents goys. De vieilles femmes à l'opulente poitrine constellée de taches de rousseur sous le bronzage de cabine étaient installées au bord de la piscine, la chevelure laquée par de faux coiffeurs français au point que les mèches ressemblaient à des fibres optiques pétrifiées, ne permettant jamais,

Dieu l'interdisait, que l'eau ne les touche, dormant, il l'imaginait, sans jamais poser la tête sur l'oreiller de crainte qu'elles ne se brisent comme autant de fibres de verre vénitien. Il y avait des nez refaits, des liposuccions et des liftings si extrêmes que les oreilles frôlaient les nuques ou presque, l'effet général étant bizarrement sexy à la façon dont pourraient être sexy des barquettes de blancs de poulet sous cellophane : des trucs appétissants en apparence mais qui perdaient beaucoup de leur attrait quand on n'était plus aveuglé par les néons et l'impeccable étalage.

Hommes et femmes étaient séparés au Club, ces dames jouant avec animation au mah-jong tandis que ces messieurs mâchouillaient des cigares, un jeu de cartes en main. Les femmes avaient encore des horaires spéciaux pour prendre leur tee, de façon à ne pas troubler les précieux moments de détente des moissonneurs de blés – leurs maris ; il y avait, aussi, des courts de tennis offrant à chacun une excuse pour porter des survêts et des bandeaux à sueur qui ne rencontraient jamais la moindre perle de transpiration, époux et épouse arborant souvent des tenues identiques. Il y avait un fumoir pour les hommes, un salon pour les femmes, des tableaux en chêne commémorant les champions de golf à coups de gravures dorées – le même type, mort maintenant, ayant remporté le tournoi sept fois de suite –, d'immenses vestiaires avec des tables de massage, des salles de bains avec des peignes trempés dans de l'alcool bleu, un comptoir à cornichons-crudités, des traces de chaussures à clous sur les moquettes, la liste des fondateurs avec le nom du grand-père de Myron dessus et des serveurs immigrés toujours trop prêts à rendre service et qui ne semblaient posséder dans cette vie qu'un sourire et un prénom.

Le plus choquant pour Myron était que beaucoup de membres avaient *son* âge. Les mêmes jeunes filles que l'oisiveté de leur mère faisaient autrefois ricaner abandonnaient à présent leur carrière, de toute évidence prometteuse, pour « élever » les gosses – traduction : embaucher des nounous – et venir déjeuner ici en se crétinisant les unes les autres à vouloir sans cesse être mieux que leur voisine. Les hommes, pas plus vieux que Myron, venaient de passer chez la manucure et le coiffeur ; ils étaient bien nourris, bien habillés et insultaient amicalement un collègue par téléphone portable interposé. Leurs gosses étaient là eux aussi, des jeunes aux yeux sombres traversant le club-house un jeu vidéo entre les mains, la démarche un peu trop dédaigneuse.

Toutes les conversations étaient ineptes et lui flanquaient le cafard. À l'époque de Myron, les papys avaient le bon sens de ne pas trop parler, marmonnant parfois quelques mots à propos d'une équipe de sport locale pendant que les mamies s'interrogeaient les unes les autres, jaugeant enfants et petits-enfants face à la concurrence, cherchant la faiblesse d'une rivale et saisissant la moindre ouverture pour asséner le récit d'un exploit de sa descendance, les autres ne l'écoutant pas vraiment car elles préparaient déjà leur prochain assaut, la fierté familiale fleurissant sur un curieux mélange de confiance en soi et de désespoir.

La salle à manger principale du club-house était telle qu'on pouvait s'y attendre : un brin outrée. La moquette verte, les rideaux faisant penser à des vestons en velours côtelé, les nappes et serviettes dorées sur d'immenses tables rondes en acajou, la décoration florale centrale qui grimpait jusqu'au plafond sans le moindre sens des proportions, un peu comme les plats qui s'amoncelaient sur le buffet. Myron se souvint d'une Bar Mitsva à laquelle il avait assisté ici quand il était gosse. Thème : le sport. Des juke-box, des posters, des fanions, une machine à lancer des balles de base-ball, un panier de basket pour tenter des lancers francs et un futur artiste coincé là à dessiner des caricatures, sur le thème du sport, de garçons de treize ans – les garçons de treize ans étant les créatures de Dieu les plus détestables après les avocats de télévision – et un orchestre au grand complet avec une chanteuse obèse qui distribuait aux gosses des dollars en argent dans des bourses de cuir sur lesquelles était brodé le numéro de téléphone de l'orchestre.

Mais cette vision, ces flashes, étaient trop fugitifs et donc simplistes. Myron le savait. Ses souvenirs à propos de cet endroit étaient biaisés – la dérision se mêlant à la nostalgie. Il se souvenait être aussi venu ici pour assister à des dîners de famille, sa cravate épinglée légèrement de travers, envoyé par Maman dans le sanctuaire des hommes, à savoir la salle de jeux, pour aller chercher son grand-père, l'indiscutable patriarche, la pièce empestant le cigare, Papy l'accueillant avec une étreinte féroce, ses compagnons bourrus en chemise de golf trop criarde et trop serrée accordant à peine un regard à l'intrus car ils savaient que leurs propres petits-fils n'allaient pas tarder à rappliquer eux aussi, la partie de cartes mourant petit à petit faute de participants.

Ces gens auxquels il accordait si facilement sa tendresse étaient la première génération parvenue à s'extraire de Russie, de Pologne, d'Ukraine ou d'une autre de ces zones *sans* paix jonchées de *shtetl*. Ils avaient débarqué dans le Nouveau Monde en fuyant – le passé, la pauvreté, la peur – et ils avaient juste continué à fuir. Un peu trop loin. Mais sous les coiffures, les bijoux et les lamés or, aucune mère ours n'aurait tué plus vite pour ses petits, les yeux durs des femmes parcourant encore la salle, cherchant le moindre signe de pogrom, soupçonneuses, s'attendant toujours au pire et se préparant à prendre les coups à la place de leurs enfants.

Le père de Myron était assis dans un fauteuil jaune pivotant en similicuir. Parmi cette assemblée, il se distinguait à peine plus qu'un mufti à dos de chameau. Papa n'était pas à sa place ici. Il ne l'avait jamais été. Il ne jouait ni au golf, ni au tennis, ni aux cartes. Il ne piscinait pas, il ne se vantait pas, il ne brunchait pas et il ne boursicotait pas. Il était venu en tenue de travail : pantalon gris anthracite, mocassins, chemise blanche à col ouvert sur maillot de corps blanc. Ses yeux étaient sombres, sa peau olivâtre et son nez saillant comme une main attendant d'être serrée.

Il était à noter que Papa n'était pas membre de Brooklake, alors que ses propres parents avaient fait partie des fondateurs et que son grand-père, un quasi-légume de quatre-vingt-douze ans dont la vie fabuleuse avait été alzheimerisée en fragments dérisoires, avait toujours droit à sa carte. M. Bolitar haïssait cet endroit mais, par respect pour son père, il faisait en sorte que son adhésion reste valide. Ce qui l'obligeait à se montrer ici de temps à autre. Un prix à payer que son père considérait comme négligeable.

Dès qu'il repéra Myron, il se leva, plus lentement que d'habitude, et soudain l'évidence frappa Myron : le cycle recommençait. Son père avait l'âge de son grand-père quand il était entré dans cette salle de jeux, l'âge de ces gens dont ils se moquaient. L'encre de sa chevelure avait viré au gris, un gris qui n'avait rien de rassurant.

— Par ici ! appela M. Bolitar, qui avait pourtant vu que Myron l'avait vu.

Myron se fraya un chemin parmi les bruncheurs, pour la plupart des femmes permanentées qui oscillaient de façon (permanente) entre mâcher et papoter, des bouts de chou cru coincés aux coins de leurs bouches glossées, leurs verres d'eau pétillante tachés de rouge à lèvres rose vif. Elles passèrent Myron au scanner tandis qu'il traversait la salle, et ce, pour trois raisons : mâle, moins de quarante ans, pas d'alliance. Mesurant son potentiel de gendre. Toujours sur le qui-vive, pas nécessairement pour leurs propres filles. La *yenta* du *shtetl* ne s'était pas tout à fait noyée sous le maquillage.

Myron étreignit son père et, comme toujours, lui embrassa la joue. La joue était merveilleusement rugueuse mais la peau se relâchait. L'odeur d'Old Spice flottait doucement dans l'air, aussi réconfortante qu'un bol de chocolat chaud par une journée d'hiver. Papa le serra lui aussi dans ses bras, le lâcha, puis le serra à nouveau. Personne ne remarqua ces effusions. Elles n'étaient pas inhabituelles ici.

Les deux hommes s'assirent. Les napperons de papier s'ornaient d'un diagramme du dix-huit trous avec un *B* stylisé en son centre. Le logo du club. M. Bolitar ramassa un stylo en forme de club de golf pour gribouiller leur commande. Ça marchait comme ça ici. Le menu n'avait pas changé depuis trente ans. Gamin, Myron commandait toujours le sandwich Monte Cristo ou le Reuben. Aujourd'hui, il choisit un bagel au saumon fumé avec du fromage blanc. Son père écrivit.

— Alors, commença-t-il, tu te réacclimates ?
— Ouais, je crois.
— Une sacrée affaire, cette histoire avec Esperanza.
— Elle n'a rien fait.

M. Bolitar hocha la tête.

— Ta mère m'a dit que tu étais cité à comparaître.
— Ouais. Mais je ne sais rien.
— Écoute ta tante Clara. C'est une femme intelligente. Elle l'a toujours été. Déjà à l'école, Clara était la plus intelligente de la classe.
— Je l'écouterai.

La serveuse arriva. Papa lui tendit la commande. Il se retourna vers Myron en haussant les épaules.

— C'est bientôt la fin du mois, dit-il. Il faut que j'utilise les points de Papy avant le trente. Je ne veux pas gâcher l'argent.
— On est bien ici.

Son père grimaça pour marquer sa désapprobation. Il prit du pain, le beurra puis l'abandonna. Il s'agita sur sa chaise. Myron l'observait. Son père avait un truc à lui dire.

— Donc, Jessica et toi, vous avez rompu ?

Pendant toutes les années au cours desquelles Myron était sorti avec Jessica, Papa ne l'avait jamais interrogé sur sa relation sinon pour poser quelques questions polies. Ce n'était pas son genre. Il demandait comment allait Jessica, quels étaient ses projets, quand son prochain livre allait sortir. Il était affable, amical et l'accueillait avec chaleur mais sans jamais donner la moindre indication quant à ses sentiments réels à son égard. Maman, elle, était d'une clarté cristalline sur le sujet : Jessica n'était pas assez bien pour son fils. Mais, je vous le demande, qui pouvait l'être ? Papa était plutôt comme un grand interviewer, le genre de type qui pose des questions sans qu'on ait la moindre idée de son avis sur la ou les questions, justement.

— Je crois que c'est fini, dit Myron.

— À cause de...

M. Bolitar s'arrêta, détourna les yeux, les ramena sur son fils.

— ... Brenda ?

— Je n'en suis pas sûr.

— Donner des conseils, c'est pas mon fort. Tu le sais. J'aurais peut-être dû. Je lis ces bouquins que certains pères écrivent pour leurs enfants. La vie, comment la vivre... Tu vois le genre ?

— Oui.

— C'est plein de sagesse, ces machins. Du genre : Allez regarder le soleil se lever au moins une fois par an. Pourquoi ? Imagine que tu aies envie de faire la grasse matinée. Ou celui-là : donnez un bon pourboire à la serveuse le matin au café. Et si elle fait la tête ? Et si elle ne sait pas faire son travail ? C'est peut-être pour ça que j'ai jamais pu m'y mettre. Je vois toujours l'autre côté des choses.

Myron sourit.

— Donc, les conseils, c'est pas mon fort. Mais il y a une chose que j'ai apprise avec certitude. Une et une seule. Alors, écoute-moi bien parce que c'est important.

— Je t'écoute.

— Le choix le plus important de toute ta vie c'est celui de la personne avec qui tu te marieras, dit Papa. Tu peux prendre tous les autres choix que tu feras, les additionner les uns aux autres et ils ne seront toujours pas aussi importants que celui-là. Imagine que tu choisisses le mauvais métier, par exemple. Avec la femme qu'il faut, ce ne sera pas un problème. Elle t'encouragera à changer, te soutiendra quoi qu'il arrive. Tu comprends ?

— Oui.

— Souviens-toi de ça, d'accord ?

— D'accord.

— Il faut que tu l'aimes plus que n'importe quoi au monde. Mais elle doit t'aimer tout autant. Ta priorité doit être son bonheur mais sa priorité doit être le tien. C'est une drôle de chose... tenir à quelqu'un plus qu'à soi-même. Ce n'est pas facile. Alors, ne vois pas en elle juste un objet sexuel ou une amie à qui parler. Représente-toi chaque jour avec elle. Imagine que tu paies les factures avec elle, que tu élèves des enfants avec elle, que tu es coincé avec elle et un bébé qui hurle dans une pièce surchauffée sans climatisation. Tu comprends ce que je veux dire ?

— Oui, dit Myron en souriant, croisant les mains sur la table. C'est comme ça, entre Maman et toi ? Elle est tout ça pour toi ?

— Tout ça, dit son père, plus un bâton dans le *tuchus*.

Myron rit.

— Si tu me promets de ne pas le dire à ta mère, je te révèle un petit secret.

— Lequel ?

Son père regarda de part et d'autre pour voir si on ne les écoutait pas.

— Quand ta mère entre dans la pièce – même maintenant, même après toutes ces années, si elle, tiens, si elle passait là à côté de nous – mon cœur se met encore à frétiller. Tu vois ce que je veux dire ?

— Je crois, ouais. C'était comme ça avec Jess.

Papa écarta les mains.

— Alors, ça suffit.

— Es-tu en train de dire que Jessica est cette femme ?

— Ce n'est pas à moi de dire ça ou le contraire.

— Penses-tu que j'ai fait une erreur ?

Papa haussa les épaules.

— Tu trouveras ça tout seul, Myron. J'ai une immense confiance en toi. C'est peut-être pour ça que je ne t'ai jamais donné beaucoup de conseils.

Peut-être que je trouvais que t'étais assez malin sans moi.

— Ben voyons.

— Ou peut-être que c'était plus facile d'être un parent comme ça, je ne sais pas.

— Ou peut-être que tu te contentais de montrer l'exemple, dit Myron. Peut-être que t'en faisais pas des tonnes. Que tu préférais montrer plutôt que parler.

— Ouais, bon, peu importe.

Ils se turent. À la différence des femmes autour d'eux.

— Je vais avoir soixante-huit ans cette année, dit soudain son père.

— Je sais.

— C'est plus très jeune.

— Mais pas vieux non plus.

— Non plus.

Nouveau silence.

— Je vends l'affaire, dit M. Bolitar.

Myron se figea. Il vit l'entrepôt dans Newark, l'endroit où Papa avait travaillé depuis aussi longtemps qu'il s'en souvenait. L'affaire de *schmata*, de chiffons – dans ce cas particulier, des sous-vêtements. Il revit son père avec ses cheveux si noirs dans son bureau vitré, aboyant des ordres, les manches de sa chemise relevées, et Eloise, son éternelle secrétaire, lui apportant ce dont il avait besoin avant même qu'il sache qu'il le lui fallait.

— Je suis trop vieux maintenant, continua Papa. Alors, je me retire. J'ai parlé avec Artie Bernstein. Tu te souviens d'Artie ?

Myron se débrouilla pour hocher la tête.

— Ce type est une crapule mais ça fait des années qu'il veut me racheter. Pour le moment, il me fait une offre grotesque mais je vais peut-être l'accepter.

Myron cligna des paupières.

— Tu vas vendre ?

— Oui. Et ta mère va quitter le cabinet.

— Je ne comprends pas.

Papa posa une paume solide et chaude sur le bras de son fils.

— Nous sommes fatigués, Myron.

Deux mains géantes broyaient la poitrine de Myron.

— Nous allons aussi acheter quelque chose en Floride.

— En Floride ?

— Oui.

— Vous allez déménager en Floride ?

La théorie de Myron sur la vie des juifs de la côte Est : grandir, se marier, faire des gosses, s'installer en Floride et mourir.

— Non, peut-être une partie de l'année, je ne sais pas. Ta mère et moi, nous allons commencer à voyager un peu plus.

Une pause.

— Donc, nous allons sans doute vendre la maison.

Depuis son premier cri dans ce monde, Myron n'avait connu que cette maison. Il baissa les yeux vers la table. Il attrapa un cracker dans le panier à pain et déchira la cellophane.

— Ça va ? demanda Papa.

— Oui, dit-il.

Mais ça n'allait pas. Pas du tout. Et il était incapable de dire pourquoi. Y compris à lui-même.

La serveuse leur apporta leurs plats. Son père avait pris une salade avec du fromage blanc alors qu'il détestait le fromage blanc. Ils mangèrent en silence. Myron sentait les larmes lui piquer les yeux. Ridicule.

— Il y a encore une chose, dit Papa.

Myron leva les yeux.

— Quoi ?

— Ce n'est pas grand-chose, en fait. Rien d'important. Je ne voulais même pas t'en parler mais ta mère a insisté. Et tu la connais. Quand elle a quelque chose en tête, Dieu lui-même...

— Qu'est-ce que c'est, Papa ?

Papa regarda Myron droit dans les yeux.

— Je veux que tu saches que cela n'a rien à voir avec ton voyage aux Caraïbes.

— Papa, qu'est-ce que c'est ?

— Pendant ton absence...

Papa haussa les épaules et se mit à cligner des paupières, lui aussi ; il reposa sa fourchette tandis que sa lèvre inférieure imitait ses paupières.

— ... j'ai eu des douleurs dans la poitrine.

Le cœur de Myron prit soudain toute la place. Il revit son père avec ses cheveux noirs au Yankee Stadium. Il vit le visage de son père devenir tout rouge quand il lui parlait de l'homme barbu. Il vit son père se lever pour foncer venger ses fils.

Quand Myron parla, sa voix lui parut minuscule et lointaine.

— Des douleurs dans la poitrine ?

— N'en fais pas toute une histoire.

— Tu as eu une crise cardiaque ?
— N'exagérons pas. Les médecins ne savaient pas trop. C'étaient juste des douleurs à la poitrine, c'est tout. Je suis sorti de l'hôpital au bout de deux jours.
— L'hôpital ?

D'autres images : Papa se réveillant avec des douleurs, Maman en pleurs appelant une ambulance, le trajet à toute allure vers l'hôpital, le masque à oxygène sur le visage, Maman lui tenant la main, leurs deux visages livides…

Et alors quelque chose céda. Ce fut plus fort que lui. Myron se leva et courut aux toilettes. Quelqu'un lui dit bonjour, prononça son nom mais il ne s'arrêta pas. Il poussa la porte, en poussa une autre, celle d'un cabinet, s'enferma à l'intérieur et faillit s'évanouir.

Il se mit à chialer.

Des larmes lourdes, des hoquets qui lui secouaient le corps, lui tordaient les os. Juste au moment où il croyait qu'il était désormais incapable de pleurer. Quelque chose en lui avait enfin craqué et maintenant il sanglotait.

Il entendit la porte des toilettes s'ouvrir. Quelqu'un approcha. La voix de Papa, quand il se décida à parler, était à peine un murmure.

— Je vais bien, Myron.

Mais Myron revoyait à nouveau Papa au Yankee Stadium. Les cheveux noirs étaient tout gris. Myron vit Papa défier le barbu. Il vit le barbu se lever puis il vit Papa se tenir la poitrine et s'effondrer.

29

Myron essayait de se secouer. Il n'avait pas vraiment le choix. Mais il ne cessait d'y penser. Et de s'inquiéter. Il n'avait jamais été du genre à s'inquiéter par le passé, même en période de crise. Voilà que, tout à coup, il avait des crampes d'estomac. C'est vrai ce qu'on raconte : plus on vieillit, plus on ressemble à ses parents. Bientôt, il dirait à un mioche de ne pas laisser pendre le bras par la portière, qu'il allait se le faire arracher.

Win l'attendait devant l'auditorium : détendu, bras croisés, lunettes noires signées et fringues dignes de la une de *Vogue homme*.

— Un problème ? demanda-t-il.
— Non.

Win haussa les épaules.

— Je croyais qu'on devait se retrouver à l'intérieur, dit Myron.
— Ce qui m'aurait obligé à écouter Sawyer Wells.
— C'est si terrible que ça ?
— Imagine, si tu le peux, un duo Céline Dion-Michael Bolton.

— Argh.

Win consulta sa montre.

— Il ne devrait pas tarder à finir. Soyons braves.

Ils entrèrent. Le Cagemore Center était un bâtiment tentaculaire où se déployaient des tas de salles de concerts et de conférences, chacune pouvant être agrandie ou rétrécie à volonté par la grâce de parois coulissantes. Un centre de loisirs pour jeunes enfants occupait une des salles. Win et Myron s'arrêtèrent pour écouter les gosses chanter *Farmer in the Dell*, le Fermier du val.

« ... *le fermier du val, le fermier du va-a-a-aaaal, le fermier du val...* »

Win se tourna vers Myron.

— C'est quoi, un vaaaaal ?

— Aucune idée.

Win haussa les épaules et ils se dirigèrent vers l'auditorium principal. Une table avait été dressée devant l'entrée pour vendre les gadgets de Sawyer Wells. Cassettes, CD, livres, magazines, posters, fanions (Myron n'arrivait pas à concevoir ce qu'on pouvait fabriquer avec un fanion Sawyer Wells) et – hé, hé – des tee-shirts. Avec des slogans géniaux, du genre : *Le guide Wells du bien-être, les règles du bien-être, Le bien-être : ça dépend de vous*. Myron se remit à déprimer.

L'amphithéâtre était bondé, la foule si silencieuse qu'elle aurait foutu la honte au Vatican. Sur scène, trépignant comme une guenon en rut, se trouvait la bête en chair, en os et en tenue de travail. Resplendissante, la tenue de travail : la veste tombée, les manches remontées et de superbes bretelles lui sciant les épaules. Le look idéal. Le costume, visiblement très cher, proclamait le succès tandis que la veste tombée et les manches retroussées donnaient l'impression d'un mec normal. Subtil équilibre.

— Ça ne dépend que de vous, déclamait Sawyer Wells au public captivé. S'il y a une seule chose à ne pas oublier aujourd'hui, c'est celle-ci. Tout tourne autour de vous. Chaque décision vous concerne. Tout ce que vous voyez, tout ce que vous touchez est un reflet de votre personne. Non... plus que cela – *c'est* vous. Vous êtes tout. Et tout est vous.

Win se pencha vers Myron.

— C'est pas une chanson ?

— Les Stylistics, je crois. Début des années 70.

— Je veux que vous vous en souveniez, continuait Sawyer. Visualisez. Visualisez tout comme étant vous. Votre famille, c'est vous. Votre travail, c'est vous. Quand vous marchez dans la rue, cet arbre magnifique, c'est vous. Cette rose épanouie, c'est vous.

— Ce siège pourri dans le métro... dit Win.

— C'est vous, dit Myron.

— Vous voyez un chef, un patron, un boss, un type plein aux as, une personne comblée d'honneurs et de richesses. Cette personne, c'est vous. Quand vous vous retrouvez devant un adversaire, vous savez que vous pouvez gagner car cet adversaire c'est vous. Et vous savez comment vous battre vous-même. Rappelez-vous que vous êtes votre adversaire. Votre adversaire, c'est vous.

Win fronça les sourcils.

— Mais comment gagner puisque celui qu'on bat c'est nous ?

— C'est un paradoxe, décida Myron.

— Vous avez peur de l'inconnu, brailla Sawyer Wells. Vous avez peur du succès. Vous avez peur de prendre des risques. Mais maintenant vous savez que l'inconnu, c'est vous. Que le succès, c'est vous. Prendre des risques, c'est vous. Et vous n'avez plus peur, n'est-ce pas ?

Win enleva ses lunettes noires et s'y regarda.

— Écoutez Mozart. Faites de longues promenades. Demandez-vous ce que vous avez fait de votre journée. Faites-le chaque soir. Avant d'aller dormir, demandez-vous si le monde est meilleur grâce à vous. Après tout, c'est votre monde. Vous êtes le monde.

— S'il se lance, dit Win, dans une reprise de *We Are the World*, je sors mon pistolet.

— Mais tu es ton pistolet, dit Myron.

— Et il est mon pistolet, lui aussi.

— Exact.

Win considéra la situation.

— Donc, s'il est mon pistolet et que mon pistolet le tue, c'est un suicide.

— Acceptez la responsabilité de vos actes, dit Wells. C'est l'une des Règles Wells du bien-être. Acceptez vos responsabilités. Cher a dit un jour : « C'est pas avec des excuses que tu vas te remuer le cul. » Vous entendez ? Croyez-le de tout votre cœur.

Ce type était en train de citer Cher. Et la foule acquiesçait. Dieu n'existe pas.

— Confessez quelque chose à propos de vous-même à un ami... quelque chose d'atroce, quelque chose que vous ne voudriez jamais que l'on sache. Vous vous sentirez mieux. Vous verrez que vous êtes encore digne d'être aimé. Et puisque votre ami, c'est vous, en fait, vous l'aurez simplement dit à vous-même. Intéressez-vous à tout. La soif de connaissance. C'est une autre Règle. Souvenez-vous que tout tourne autour de vous. Quand vous apprenez des choses nouvelles, c'est en fait sur vous que vous en apprenez. Apprenez à mieux vous connaître.

Win se tourna vers Myron, l'air peiné.

— Allons attendre dehors, dit Myron.

Mais la chance fut avec eux. Deux phrases plus tard, Sawyer Wells en avait terminé. La foule se déchaîna. Les gens se levèrent, acclamèrent, tapèrent dans leurs mains, hurlèrent, une meute de chimpanzés en rut devant la dernière des guenons.

Win secoua la tête.

— Quatre cents dollars l'entrée.

— C'est le tarif ?

— Votre argent, c'est lui.

Beaucoup s'approchaient de l'estrade, tendant les bras vers la bête sacrée dans le vain espoir que Sawyer Wells les toucherait. Myron et Win observaient la scène. La table avec les wellsries en vente grouillait maintenant comme une bouse assaillie par les mouches.

— N'oublions pas de fourguer les saints excréments, dit Win.

Finalement, Sawyer Wells leva une dernière fois la main et abandonna la scène. La foule continua à brailler et à acheter. Myron s'attendait presque à entendre une voix annoncer qu'Elvis venait de quitter les lieux.

— Viens, dit Win. J'ai des passes backstage.

— Dis-moi que tu plaisantes.

Il ne plaisantait pas. Il était en effet écrit *Backstage Pass* sur les précieux documents. Un gardien en uniforme les toisa avant d'étudier leurs passes comme si c'étaient deux photos de Madonna à poil. Satisfait, il leur permit de franchir le cordon de velours. Un cordon de velours, rien que ça ! Sawyer Wells repéra aussitôt Win et trottina vers eux.

— Ah Win, quelle joie de vous voir !

Il se tourna vers Myron, la main en érection.

— Salut, je suis Sawyer Wells.

Vaillamment, Myron serra la paluche dressée.

— Myron Bolitar.

Le sourire de Sawyer vacilla mais tint bon.

— Ravi de vous rencontrer, Myron.

Myron, qui n'était pas ravi du tout, se lança dans une attaque frontale.

— Pourquoi avez-vous trafiqué le contrôle antidopage de Clu Haid ?

Le sourire resta là mais il ne semblait plus tout à fait à sa place.

— Pardon ?

— Clu Haid. Ça vous dit quelque chose ?

— Bien sûr. Comme je l'ai dit à Win hier, j'ai beaucoup travaillé avec lui.

— Travaillé à quoi ?

— À ce qu'il ne touche plus à la drogue. J'ai consacré énormément de temps à ces sujets. La dépendance. L'aide aux toxicomanes. C'était mon domaine.

— Ça l'est toujours, à ce que je vois, dit Myron.
— Pardon ?
— Les gens qui ont tendance à s'intoxiquer ont toujours besoin d'une addiction. Si ce n'est pas l'alcool ou les drogues, ça peut être la religion ou les prétendus programmes de développement personnel. Ils remplacent juste une addiction par une autre. Espérons que la nouvelle est moins dangereuse.

Sawyer Wells branla outrageusement et dangereusement du chef.

— Voilà un point de vue des plus intéressants, Myron.
— Wah, merci, Sawyer.
— J'ai beaucoup appris sur la fragilité humaine, sur notre manque d'estime de nous-mêmes, grâce à des toxicos comme Clu Haid. Comme je l'ai dit, j'ai travaillé très dur avec lui. Son échec m'a fait beaucoup de peine.
— Parce que c'était votre échec, dit Win.
— Pardon ?
— Vous êtes tout et tout est vous, dit Win. Vous êtes Clu Haid. Il a échoué, ergo vous avez échoué.

Sawyer Wells garda son sourire. Mais celui-ci était différent quand il le braquait sur Win. Ses gestes aussi étaient plus précis, plus contrôlés. Il faisait partie de ces gens qui essaient d'imiter la personne avec qui ils parlent. Myron détestait ça.

— Je vois que vous avez assisté à la fin de mon séminaire, Win.
— Aurais-je mal interprété le message ?

— Non, ce n'est pas ça. Mais chacun crée son propre monde. C'est là où je veux en venir. Vous êtes ce que vous créez, ce que vous percevez. Assumez vos responsabilités. C'est le point le plus important du *Guide Wells du bien-être*. Assumez vos responsabilités pour vos propres actes. Et admettez vos défauts. Vous savez quelles sont les deux plus belles phrases du monde ?

Win ouvrit la bouche, s'arrêta, consulta Myron du regard puis secoua la tête.

— Trop facile, dit-il.
— « Je suis responsable », révéla Sawyer. Et « c'est ma faute ».

Il se tourna vers Myron.

— Dites-le, Myron.
— Quoi ?
— Allons. C'est exaltant. Dites : « Je suis responsable, c'est ma faute. » Arrêtez de faire porter le chapeau à quelqu'un d'autre. Dites-le. Allons. Je le dirai avec vous. Vous aussi, Win.

Myron et Sawyer dirent donc : « Je suis responsable, c'est ma faute. » Win resta muet.

— Vous vous sentez mieux ? s'enquit Sawyer.
— C'était presque comme faire l'amour, dit Myron.
— Oui, c'est assez puissant, parfois.
— Ouais, hum. Écoutez, Sawyer, je ne suis pas ici pour critiquer votre séminaire. Je veux savoir ce qui s'est passé lors du contrôle de Clu. Il a été trafiqué. Vous avez participé à ce test. Je veux savoir pourquoi vous avez fait en sorte qu'on croie que Clu se droguait.
— Je ne sais pas de quoi vous parlez.

— L'autopsie montre de façon certaine que Clu n'avait pas pris le moindre produit depuis au moins deux mois. Pourtant, vous lui avez fait un test positif il y a moins de deux semaines.

— Le test était peut-être défaillant.

— Tss-tss, fit Win. Dites : « Je suis responsable, c'est ma faute. »

— Arrêtez de faire porter le chapeau, ajouta Myron.

— Allons, Sawyer, c'est exaltant.

— Vous n'êtes pas drôles, dit Sawyer.

— Attendez, dit Win. Vous êtes tout, donc vous êtes le test.

— Et vous êtes un type positif, ajouta Myron.

— Donc, le test était positif.

— Je crois que j'en ai assez entendu, dit Sawyer.

— Vous êtes fini, Wells, dit Myron. Je vais tout raconter aux médias.

— Raconter quoi ? Je ne sais pas de quoi vous parlez. Je n'ai jamais trafiqué le moindre test.

— Vous voulez entendre ma théorie ? demanda Myron.

— Non.

— Vous êtes en train de quitter les Yankees pour rejoindre Riverton, pas vrai ?

— Je ne travaille en exclusivité pour personne. Son conglomérat publie mon livre, c'est tout.

— C'est aussi l'ennemi juré de Sophie Mayor.

— Qu'est-ce que vous en savez ?

— L'équipe était sa danseuse, sa passion. Il n'a pas été ravi de se la faire piquer. Et il s'avère que Sophie Mayor réussit d'emblée tout en ayant l'intelligence de ne pas se mêler de ce qu'elle ne connaît pas. Elle n'a pris qu'une décision, et une seule, celle d'acheter Clu Haid, et le résultat est splendide. Clu lance mieux que quiconque ne l'aurait jamais espéré. Les Yankees grimpent à nouveau vers les sommets. Alors, vous intervenez. Clu foire son contrôle. Sophie Mayor a l'air d'une incompétente. Les Yankees dégringolent.

Sawyer ne semblait plus respirer aussi mal. Quelque chose dans ce que venait de dire Myron lui avait donné un peu d'air. Bizarre.

— Tout cela ne rime à rien.

— Qu'est-ce qui ne rime à rien ?

— Tout, dit Sawyer, la poitrine gonflée. Sophie Mayor a été très bonne envers moi. Je travaillais comme conseiller à Sloan State et Rockwell, dans des centres de désintoxication, et c'est elle qui m'a donné la chance de m'en sortir. Pourquoi voudrais-je lui faire du tort ?

— À vous de me le dire.

— Je n'ai rien à vous dire. J'ai vraiment cru que Clu avait replongé. Si ce n'est pas le cas, c'est que le test était défaillant.

— Vous savez parfaitement qu'on pratique toujours une contre-expertise. Il n'y a pas eu d'erreur. Quelqu'un a trafiqué ce test.

— Ce quelqu'un n'était pas moi. Vous devriez peut-être parler au Dr Stilwell.

— Mais vous étiez présent ? Vous l'admettez ?

— Oui, j'étais présent. Et je ne m'abaisserai plus à répondre à vos questions.

Là-dessus, Sawyer Wells fit volte-face et fila loin au-delà du cordon de velours.

— Je ne crois pas que nous lui ayons plu, dit Myron.
— Mais si tout est tout alors nous sommes lui.
— Donc, il ne se plaît pas ?
— Triste, n'est-ce pas ?
— Et un peu déroutant, dit Myron.
Ils se dirigèrent vers la sortie.
— Où allons-nous maintenant, ô Grand Motivé ? demanda Win.
— Chez Starbucks.
— C'est l'heure de ton *latte* ?
Myron secoua la tête.
— Non, mais c'est peut-être l'heure de FJ.

30

Ce n'était pas son heure. FJ n'était pas là. Myron rappela sa secrétaire qui lui dit que FJ n'était toujours pas joignable. Myron répéta qu'il était impératif qu'il parle à Francis Ache Junior aussi tôt qu'il était humainement possible. La secrétaire ne parut pas impressionnée.

Myron retourna à son bureau.

Big Cyndi portait une combinaison en tissu Elastiss vert fluo avec un slogan en travers de la poitrine. Imaginez un hippopotame en collant de danseuse. Le tissu hurlait de douleur, les lettres du slogan étaient si étirées qu'elles en devenaient illisibles.

— Beaucoup de clients ont appelé, monsieur Bolitar, dit Big Cyndi. Ils s'énervent de vos absences.

— Je m'en occupe, dit-il.

Elle lui donna les messages.

— Oh, et Jared Mayor a cherché à vous contacter, dit-elle. Ça semblait important.

— D'accord, merci.

Il commença par Jared qui se trouvait dans le bureau de sa mère au Yankee Stadium. Sophie brancha le haut-parleur.

— Vous avez appelé ? dit Myron.

— J'espérais que vous pourriez nous donner des nouvelles, dit Jared.

— Je pense que quelqu'un tente de s'en prendre à votre mère.

— S'en prendre à moi comment ? demanda Sophie.

— Le test de Clu a été trafiqué. Il était clean.

— Je sais que c'est ce que vous avez envie de croire...

— J'en ai la preuve, dit Myron.

Silence.

— Quel genre de preuve ? demanda Jared.

— Ce n'est pas le moment d'en discuter. Mais vous pouvez me croire. Clu ne prenait rien.

— Qui aurait trafiqué le contrôle ? demanda Sophie.

— C'est ce que j'aimerais bien savoir. Les suspects logiques sont le Dr Stilwell et Sawyer Wells.

— Mais pourquoi voudraient-ils faire du tort à Clu ?

— Pas à Clu, Sophie. À vous. Cela concorde avec tout le reste. On fait surgir le spectre de votre fille disparue, on s'arrange pour que le seul joueur que vous avez tenu à acheter passe pour un camé... Je pense que quelqu'un vous en veut.

— Vous n'allez pas un peu vite en besogne ? fit Sophie.

— Peut-être.

— Qui me voudrait du mal ?

— Je suis sûr que vous ne manquez pas d'ennemis. Si on commençait par Vincent Riverton, par exemple ?

— Riverton ? Non. Notre prise de participation s'est faite de façon bien plus amicale que ne l'a rapportée la presse.

— Je ne l'éliminerais pas de la liste pour autant.

— Écoutez, Myron, tout cela m'est assez indifférent. Je veux juste que vous retrouviez ma fille.

— Il y a sans doute un lien.

— Comment ?

Myron changea d'oreille.

— Vous voulez que je sois franc, n'est-ce pas ?

— Absolument.

— Alors je dois vous rappeler les chances que votre fille soit encore en vie.

— Faibles, dit-elle.

— Très faibles.

— Non, pas très. En fait, je pense même qu'elles ne sont pas si faibles.

— Vous croyez vraiment que Lucy est vivante quelque part ?

— Oui.

— Elle est là, quelque part, et elle attend qu'on la trouve ?

— Oui.

— Alors, dit Myron, la grande question est : pourquoi ?

— Que voulez-vous dire ?

— Pourquoi n'est-elle pas revenue ? demanda-t-il. Vous croyez que quelqu'un la séquestre depuis plus de dix ans ?

— Je n'en sais rien.

— Bien, quelles sont les autres possibilités ? Si Lucy est en vie, pourquoi n'est-elle pas rentrée ? Pourquoi n'a-t-elle même pas passé un coup de fil ? De quoi, de qui, se cache-t-elle ?

Silence.

— Vous pensez que quelqu'un a réveillé le souvenir de ma fille pour exercer une sorte de vendetta contre moi ? finit par demander Sophie.

— Je pense que c'est une éventualité à considérer.

— J'apprécie votre franchise, Myron. Et je veux que vous continuiez à être honnête avec moi. Ne m'épargnez pas. Mais, de mon côté, je préfère garder espoir. Quand votre enfant disparaît subitement, cela crée un vide énorme. J'ai besoin de quelque chose pour remplir ce vide, Myron. Donc, jusqu'à ce que je trouve autre chose, je le remplirai d'espoir.

— Je comprends, dit Myron.

— Si vous comprenez, vous continuerez à chercher.

On frappa à la porte. Myron posa sa main sur le téléphone et dit d'entrer. Big Cyndi apparut. Myron montra une chaise. Elle la prit. Toute verte comme ça, elle ressemblait à une planète.

— Je ne suis pas sûr de pouvoir faire grand-chose, Sophie.

— Jared va enquêter sur le contrôle de Clu, dit-elle. S'il s'est passé quoi que ce soit de bizarre, il le saura. Continuez à vous occuper de ma fille. Vous avez peut-être raison quant au sort de Lucy. Mais il se peut aussi que vous ayez tort. N'abandonnez pas.

Avant qu'il ne puisse répondre, la ligne fut coupée. Il raccrocha.

— Eh bien ? s'enquit Big Cyndi.

— Elle garde toujours espoir.

Big Cyndi fit un truc avec son visage : pendant un instant, il ressembla à une vieille pomme pourrie toute ridée.

— La frontière est mince entre l'espoir et l'illusion, monsieur Bolitar, dit-elle. Je crains que Mme Mayor ne l'ait franchie.

Myron acquiesça. Il gigota dans son fauteuil.

— Je peux faire quelque chose pour vous ? s'enquit-il.

Elle secoua la tête. Une tête qui était un cube presque parfait et qui, pour Myron, évoquait les robots des séries Z de science-fiction des années 50. Ne sachant trop quoi faire, il croisa les mains sur son bureau. Il ne s'était pas souvent retrouvé seul avec Big Cyndi. Pratiquement jamais, à vrai dire. C'était moche de sa part, mais elle le mettait mal à l'aise.

Au bout d'un moment, Big Cyndi déclara :

— Ma mère était une femme grosse et laide.

…

Court-circuit général dans le cerveau de Myron.

— Et, comme la plupart des femmes grosses et laides, c'était aussi une grande trouillarde. Ça se passe comme ça pour les femmes grosses et laides, monsieur Bolitar. Elles prennent l'habitude de rester dans leur coin. Elles se cachent. Elles deviennent aigries et colériques. Elles baissent la tête et elles se laissent traiter avec dédain, dégoût et…

Elle s'interrompit brusquement, levant une patte charnue. Myron ne bougea pas un cil.

— Je détestais ma mère, dit-elle. J'ai juré que je ne serai jamais comme elle.

Myron risqua un petit geste approbateur du menton.

— C'est pour cela que vous devez sauver Esperanza, reprit Big Cyndi.

— Heu... je ne suis pas sûr de saisir le lien.

— C'est la seule qui voie derrière tout ça.

— Derrière tout ça quoi ?

Cela la fit cogiter un moment.

— Quelle est la première chose à laquelle vous pensez quand vous me voyez, monsieur Bolitar ?

— Je ne sais pas.

— Les gens me dévisagent, dit-elle.

— Difficile de le leur reprocher, non ? Je veux dire, avec votre façon de vous habiller.

Elle sourit.

— Je préfère provoquer la surprise que la pitié, dit-elle. Et je préfère qu'ils voient de l'extravagance plutôt que de la timidité, de la trouille ou de la tristesse. Vous comprenez ?

— Je crois, oui.

— Je ne reste plus dans mon coin. Je l'ai assez fait.

Incertain, Myron se contenta d'acquiescer discrètement.

— À dix-neuf ans, j'ai commencé le catch professionnel. Bien sûr, on m'a fait jouer les méchantes. Je ricanais. Je faisais des grimaces. Je trichais. Je frappais mes partenaires quand elles ne regardaient pas. C'était de la comédie, bien sûr. Mais c'était ça, mon boulot.

Myron écoutait.

— Un soir, je devais combattre Esperanza – ou plutôt Petite Pocahontas. C'était la première fois qu'on se rencontrait. Elle était déjà la catcheuse la plus aimée du circuit. Mignonne, jolie, petite... tout ce que je ne suis pas. Bon, le spectacle avait lieu dans le gymnase d'un lycée à Scranton. C'était le scénario habituel. Elle devait revenir de l'enfer, grâce à son talent, pendant que moi, je trichais. J'étais censée la mettre au tapis deux fois, à la limite du compte, histoire de rendre la foule hystérique et elle se serait mise à cogner du pied par terre comme si les cris du public lui redonnaient des forces et puis tout le monde se serait mis à taper dans ses mains en rythme avec elle. Vous savez comment ça se passe, n'est-ce pas ?

Il savait.

— Elle devait gagner le match sur un backflip, un saut per' arrière, à la quinzième minute. On l'a exécuté à la perfection. Après, alors qu'elle levait les mains en signe de victoire, je devais me pointer derrière elle pour lui écraser une chaise en métal sur le dos. Encore une fois, on a fait ça à la perfection. Elle s'est écroulée sur le tapis. La foule a poussé un cri de stupeur. Moi, le Volcan Humain – c'est comme ça qu'on m'appelait à l'époque –, je levais à mon tour les mains en signe de victoire. Les gens se sont mis à gueuler et à lancer des trucs. Je ricanais. Les officiels faisaient semblant de s'inquiéter pour Petite Pocahontas. Ils ont amené une civière. Bon, vous avez déjà vu ça des milliers de fois sur le câble.

Il avait vu.

— Ensuite, il y a eu encore une ou deux rencontres puis la foule est partie. J'avais décidé de me changer à mon retour à l'hôtel. Je suis sortie prendre le car un peu avant les autres filles. Il faisait nuit, bien sûr. Il était presque minuit. Mais il y avait encore quelques spectateurs. Ils s'en sont pris à moi. Ils devaient être une vingtaine. Ils ont commencé à me hurler dessus. Je me suis dit que le spectacle ne leur avait pas suffi. Qu'ils en voulaient encore un peu. Alors, j'ai fait ma grimace de Volcan, j'ai roulé des muscles…

Sa voix s'enroua.

— … et c'est là que j'ai pris une pierre dans la figure.

Myron ne bougeait pas.

— Je me suis mise à saigner. Puis une autre pierre m'a touchée à l'épaule. Je n'arrivais pas à y croire. J'ai voulu retourner à l'intérieur mais ils m'avaient encerclée. Je ne savais pas quoi faire. Ils ont commencé à s'approcher. J'ai esquivé un premier coup puis on m'a fracassé une bouteille de bière sur le crâne. Je suis tombée à genoux. J'ai pris un coup de pied dans le ventre et quelqu'un m'a attrapée par les cheveux.

Elle s'arrêta. Cligna plusieurs fois des paupières avant de lever les yeux. Mais pas en direction de Myron. Il pensa à lui toucher le bras mais il ne le fit pas. Plus tard, il se demanderait pourquoi.

— C'est alors qu'Esperanza est intervenue, dit Big Cyndi au bout d'un moment. Elle a sauté au-dessus de quelqu'un dans la foule pour m'atterrir dessus. Ces crétins ont cru qu'elle venait les aider à m'achever. Mais elle voulait juste se mettre entre eux et moi. Elle leur a dit d'arrêter. Mais ils n'avaient pas envie d'arrêter. Ils l'ont tirée à l'écart pour pouvoir continuer à me frapper. J'ai reçu un autre coup de pied. On m'a tiré les cheveux si fort que mon cou s'est carrément plié en arrière. J'ai bien cru qu'ils allaient me tuer.

Big Cyndi s'arrêta à nouveau pour respirer un bon coup. Myron ne broncha pas, attendant la suite.

— Vous savez ce qu'Esperanza a fait ? demanda-t-elle.

Il secoua la tête.

— Elle a annoncé qu'on allait former une équipe, elle et moi. De catch à quatre. Comme ça, d'un coup. Elle leur a gueulé qu'une fois qu'elle avait quitté sa civière, j'étais venue la voir et qu'on s'était rendu compte qu'on était en fait deux sœurs qui ne s'étaient plus vues depuis l'enfance. Le Volcan Humain allait désormais s'appeler Big Chief Mama et on allait être partenaires et amies. Certains des spectateurs ont reculé. D'autres ont hésité. « Elle cherche à te piéger ! » qu'ils lui ont dit. Mais Esperanza a insisté. Elle m'a aidée à me relever, puis la police est arrivée et ça a été terminé. La foule s'est dispersée.

Big Cyndi leva ses bras épais et sourit.

— Fin.

Myron lui rendit son sourire.

— Alors, c'est comme ça que vous êtes devenues partenaires ?

— Oui. Quand le président de la ligue a entendu parler de l'incident, il a décidé d'en profiter. Le reste, comme on dit, est entré dans l'histoire.

Ils se regardèrent un moment sans rien dire, souriant toujours. Puis, Myron se décida à parler :

— Je me suis fait plaquer il y a six ans.

Big Cyndi hocha la tête.

— Par Jessica, c'est ça ?

— Oui. Je l'ai surprise avec un autre homme. Un certain Doug.

Il n'y croyait pas. Il était en train de lui raconter ça. Et ça faisait mal. Après tout ce temps, ça faisait toujours mal.

— Jessica m'a quitté. Bizarre, hein ? Ce n'est pas moi qui l'ai mise dehors. C'est elle qui est partie. On ne s'est pas parlé pendant quatre ans... jusqu'à ce qu'elle revienne et qu'on recommence. Mais ça, vous le savez.

— Esperanza déteste Jessica, dit Big Cyndi.

— Je sais. Elle ne se donne pas énormément de mal pour le cacher.

— Elle l'appelle la Reine des Salopes.

— Les jours où elle est de bonne humeur, dit Myron. Mais c'est à cause de ça. Avant, jusqu'à la première rupture, Jessica lui était plus ou moins indifférente. Mais après...

— Esperanza ne pardonne pas facilement, dit Big Cyndi. Surtout quand on fait du mal à ses amis.

— Exact. Bon, j'étais en miettes. Et Win... lui faire comprendre des problèmes de cœur, c'est comme d'expliquer Mozart à un sourd. Donc, environ une semaine après le départ de Jessica, je me pointe au bureau. Esperanza me montre deux billets d'avion. « On s'en va », qu'elle me dit. « Où ça ? » je demande. « Vous inquiétez pas pour ça. J'ai déjà appelé vos parents. Je leur ai dit qu'on partait une semaine. »

Myron sourit.

— Mes parents adorent Esperanza.

— C'est peut-être pas un hasard, dit Big Cyndi.

— Je lui ai dit que je n'avais pas de vêtements. Elle m'a montré deux valises dans un coin. « J'ai acheté tout ce dont nous aurons besoin. » J'ai protesté mais j'avais plus beaucoup de jus et vous connaissez Esperanza.

— Têtue.

— Au moins. Vous savez où elle m'a emmenée ?

Big Cyndi sourit.

— En croisière. Elle m'a raconté.

— Oui. Un de ces nouveaux paquebots avec quatre cents repas par jour. Et elle m'a obligée à participer à la moindre activité à la con. J'ai même fabriqué un porte-monnaie. On a bu. On a dansé. On a joué au bingo. On a dormi dans le même lit, elle me serrait contre elle et on s'est à peine embrassées.

Ils se regardèrent à nouveau un bon moment, en souriant.

— Pas besoin de lui demander son aide, dit Big Cyndi. Elle sait ce qu'il faut faire et elle le fait.

— Et maintenant, c'est notre tour, dit Myron.

— Oui.

— Elle continue à me cacher quelque chose.

— Je sais.

— Vous savez ce que c'est ?

— Non.

Myron plissa une lèvre.

— On la sauvera quand même.

À huit heures, Win appela Myron au bureau.

— Retrouve-moi à l'appartement dans une heure. J'ai une surprise pour toi.

— Je ne suis pas trop d'attaque pour les surprises, Win.

Clic.

Génial. Il essaya à nouveau de joindre FJ. Pas de réponse. Cette attente forcée ne lui plaisait pas. FJ était une des clés de cette affaire, il en était persuadé. Mais avait-il le choix ? Il commençait à se faire tard, de toute manière. Mieux valait rentrer, jeter un coup d'œil à la surprise de Win et faire un gros dodo.

Le métro était encore bondé à huit heures et demie. La si célèbre heure de pointe de Manhattan en durait à peu près cinq ou six. Les gens travaillaient trop, décida Myron. Au Dakota, le même portier était toujours en service. Il avait reçu pour instruction de laisser entrer Myron à n'importe quelle heure mais il continuait à le suivre du nez comme une mauvaise odeur.

Myron prit l'ascenseur, chercha sa clé et ouvrit la porte.

— Win ?

— Il n'est pas là.

Myron se retourna. Terese Collins lui fit un petit sourire.

— Surprise.

Il remonta sa mâchoire inférieure à un niveau à peu près normal.

— Tu as quitté l'île ?

Terese se regarda d'abord dans le miroir le plus proche avant de confirmer :

— On dirait.
— Mais...
— Pas maintenant.

Elle vint vers lui et ils s'étreignirent. Il l'embrassa. Ils se dépatouillèrent avec des boutons, des Zip et des agrafes. Sans un mot. Ils arrivèrent jusqu'à la chambre à coucher et ils firent l'amour.

Quand ce fut terminé, ils restèrent accrochés l'un à l'autre, noués par et entre les draps. La joue posée sur un sein très doux, Myron écoutait les battements de cœur. Sa poitrine tressautait doucement et il sut qu'elle pleurait.

— Dis-moi, dit-il.
— Non.

La main de Terese lui caressait les cheveux.

— Pourquoi es-tu parti ?
— Une amie a des ennuis.
— Très noble de ta part.

Encore ce mot.

— Je croyais qu'on était d'accord pour ne pas faire ça.
— Tu te plains ?
— Pas vraiment, dit-il. J'ai juste envie de savoir pourquoi tu as changé d'avis.
— Est-ce que ça compte ?
— Je ne crois pas.

Elle lui caressait encore les cheveux. Il ferma les yeux, sans bouger, voulant simplement jouir de la merveilleuse souplesse de sa peau sous sa joue et du lent mouvement de houle de sa poitrine.

— Ton amie qui a des ennuis, dit-elle. C'est Esperanza Diaz ?
— Win t'en a parlé ?

— Je lis les journaux.

Il garda les yeux fermés.

— Dis-moi, dit-elle à son tour.

— On n'était pas très doués pour parler sur l'île.

— C'était sur l'île et maintenant c'est ici.

— Ce qui veut dire ?

— Que tu as l'air à plat, dit-elle. Et que tu as besoin de récupérer.

Myron sourit.

— Les huîtres. Il y avait des huîtres sur l'île.

— Dis-moi.

Alors, il lui dit. Tout. Elle lui caressait les cheveux. Et l'interrompait souvent pour poser des questions, plus à son aise dans le rôle familier de l'intervieweuse. Cela prit près d'une heure.

— Sacrée histoire, dit-elle.

— Oui.

— Ça te fait mal ? Je veux dire là où on t'a frappé ?

— Oui. Mais je suis un coriace.

Elle lui embrassa le sommet du crâne.

— Non, dit-elle. Tu n'es pas un coriace.

Le silence qui suivit fut agréable.

— Je me souviens de la disparition de Lucy Mayor, dit Terese. Du deuxième round, en tout cas.

— Le deuxième round ?

— Quand les Mayor ont eu assez d'argent pour lancer la grande campagne de recherche. Avant ça, cette affaire n'en était pas vraiment une. Une fugueuse de dix-huit ans. Rien de neuf.

— Tu te souviens de quelque chose qui pourrait m'aider ?

— Non. Je déteste couvrir ce genre d'histoires. Et pas juste à cause de cette évidence que des vies sont brisées.

— À cause de quoi alors ?

— Les gens refusent de voir les choses en face.

— Tu veux dire la famille ?

— Non, les gens. Le public. Ils font un blocage quand il s'agit d'enfants, à cause de leurs propres enfants. Ils nient parce que c'est trop dur à accepter. Ils se disent que ça ne peut pas leur arriver. Dieu ne peut pas être aussi capricieux. Il faut qu'il y ait une raison. Tu te souviens de l'affaire Louise Woodward il y a quelques années ?

— La nounou qui a tué un bébé dans le Massachusetts ?

— Le juge a décidé en fin de compte qu'il ne s'agissait que d'un homicide par imprudence. Les gens ont continué à nier les faits, même ceux qui pensaient que la nounou était coupable. La mère n'aurait pas dû travailler, selon eux. Peu importe qu'elle n'ait été qu'à temps partiel et soit rentrée chez elle tous les midis pour donner le sein au bébé. C'était sa faute. Et le père. Il aurait dû mieux vérifier le CV de la nounou. Les parents auraient dû être plus prudents.

— Je me souviens, dit Myron.

— Dans le cas des Mayor, c'est à peu près la même chose. Si Lucy Mayor avait été mieux éduquée, elle n'aurait pas fugué. Voilà ce que je veux dire en disant que les gens refusent de voir les choses en face. C'est trop douloureux d'y penser, alors on bloque et on se persuade que ça ne peut pas nous arriver.

— Tu penses que cet argument n'a pas lieu d'être dans cette affaire ?

— Que veux-tu dire ?

— Les parents de Lucy Mayor n'ont commis aucune faute selon toi ?

La voix de Terese était douce.

— Ça n'a pas d'importance.

— Comment le sais-tu ?

Elle resta muette, sa respiration un peu plus hachée qu'auparavant.

— Terese ?

— Parfois, dit-elle, c'est la faute d'un parent. Mais ça ne change rien. Parce que, quoi qu'il en soit – que ce soit ta faute ou pas –, ton enfant n'est plus là et c'est tout ce qui compte.

Silence encore.

Plus long cette fois. Myron osa enfin demander :

— Ça va ?

— Ça va.

— Sophie Mayor m'a dit que le pire était de ne pas savoir.

— Elle se trompe, dit Terese.

Myron aurait voulu continuer mais elle quitta le lit. Quand elle revint, ils refirent l'amour, lentement – avec une amère douceur, comme dit la chanson. Tous les deux sentaient le manque, tous les deux cherchaient quelque chose. Ou, au moins, l'oubli.

Ils étaient encore enroulés dans les draps quand le téléphone réveilla Myron de bonne heure. Il passa un bras au-dessus de la tête de Terese et décrocha.

— Allô ?
— Qu'y a-t-il de si important ?
FJ.
Myron se redressa en vitesse.
— Il faut qu'on cause, dit-il.
— Encore ?
— Oui.
— Quand ?
— Maintenant.
— Au Starbucks, dit FJ. Et, Myron ?
— Quoi ?
— Dites à Win de rester dehors.

31

FJ était assis seul à la même table. Un mollet sur un genou et sirotant son *latte* comme s'il y avait quelque chose au fond du gobelet qu'il ne voulait surtout pas connaître. Un peu de mousse ornait sa lèvre supérieure. Son visage était lisse comme après une épilation à la cire. Myron chercha Hans/Franz ou leurs répliques mais ne trouva personne. FJ sourit et, comme d'habitude, un truc froid grimpa dans le dos de Myron.

— Où est Win ? demanda FJ.
— Dehors.
— Bien. Prenez un siège.
— Je sais pourquoi Clu a signé avec vous, FJ.
— Un *latte* glacé ? Avec du lait écrémé, n'est-ce pas ?
— Ça me turlupinait. Pourquoi Clu aurait-il signé avec vous ? Comprenez-moi bien. Il avait toutes les raisons de quitter MB. Mais il connaissait la réputation de TruPro. Pourquoi serait-il allé chez vous ?
— Parce que nous offrons d'excellents services.

— Au début, j'ai cru que c'était à cause d'une dette de jeu ou de drogue. Votre père travaillait comme ça. Il harponnait quelqu'un pour le ronger jusqu'à la carcasse. Mais Clu était clean. Et il ne manquait pas de fric. Donc, c'était autre chose.

FJ posa son coude sur la table puis son menton sur sa paume.

— C'est fascinant, Myron.

— Attendez la suite. Avant que je file aux Caraïbes, vous me surveilliez. À cause de l'affaire Brenda Slaughter. Vous l'avez même admis lors de ma première visite ici, vous vous souvenez ? Vous saviez que j'étais allé au cimetière.

— Un moment très poignant pour nous tous, acquiesça FJ.

— Quand j'ai disparu, vous vouliez encore me faire surveiller, ne serait-ce que parce que ma disparition avait piqué votre curiosité. Cela vous offrait aussi une ouverture pour TruPro mais là n'est pas la question. Vous vouliez savoir ce que je fabriquais. Comme je n'étais pas là, vous vous êtes rabattu sur Esperanza, ma meilleure amie et associée. Vous l'avez filée.

FJ émit un bruit de gorge.

— Et moi qui croyais que Win était votre meilleur ami.

— Ils le sont tous les deux. Mais, encore une fois, là n'est pas la question. Suivre Win aurait été trop difficile. Il aurait repéré la filature avant même que vous ne l'ayez mise en place. Vous avez préféré espionner Esperanza.

— Je ne vois toujours pas en quoi cela a un rapport avec le fait que Clu ait choisi un meilleur représentant.

— J'avais disparu. Vous le saviez. Vous en avez tiré avantage. En appelant mes clients pour leur dire que je les avais abandonnés.

— N'était-ce pas le cas ?

— Je me fous de ça pour l'instant. Vous avez vu une faiblesse et vous l'avez exploitée. Vous n'avez pas pu vous en empêcher. C'est comme ça qu'on vous a éduqué.

— Ouille.

— Mais ce qui compte, c'est que vous suiviez Esperanza, dans l'espoir qu'elle vous mène à moi ou qu'au moins elle vous permette de savoir combien de temps je serais absent. Vous l'avez suivie dans le New Jersey et vous êtes tombé sur quelque chose que vous n'auriez jamais dû voir.

Le sourire de FJ était littéralement humide.

— Et quelle est cette chose ?

— Ravalez votre sourire, FJ, et étranglez-vous avec. Vous n'êtes qu'un voyeur. Même votre père n'est pas descendu aussi bas.

— Oh, vous seriez surpris d'apprendre jusqu'à quelles profondeurs mon père peut descendre.

— Vous êtes un pervers et, pire, vous avez utilisé ce que vous avez appris comme moyen de pression contre un client. Clu a pété les plombs quand Bonnie l'a mis dehors. Il était paumé. Il ne comprenait rien à ce qui lui arrivait. Mais vous, vous saviez. Donc, vous avez passé un marché avec lui. Il signe avec TruPro et il apprend la vérité sur sa femme.

FJ bascula en arrière sur sa chaise, recroisa les jambes, en fit autant avec les mains qu'il plaça sur sa ceinture.

— Captivant, Myron.

— Captivant et vrai.

FJ inclina la tête, façon de dire peut-être que oui et peut-être que non.

— Laissez-moi vous dire comment je vois ça, commença-t-il. L'ancienne agence de Clu, MB Sports, le baisait de toutes les manières et par tous les orifices imaginables. Son agent – dois-je préciser qu'il s'agit de vous, Myron ? – l'abandonne au moment où il a le plus besoin de lui. Et l'associée dudit agent – la très belle et très agile Esperanza – léchait le cul de sa femme. Ça aussi, c'est vrai, non ?

Myron ne dit rien.

FJ décroisa les mains, butina un peu de mousse et recroisa les mains.

— Ce que j'ai fait, continua-t-il, c'est sortir Clu Haid de cette affreuse situation. Je l'ai conduit dans une agence qui n'abuserait pas de sa confiance. Une agence qui veillerait sur ses intérêts. Et l'une de nos façons d'y parvenir est d'obtenir des informations. Des informations de valeur. Ainsi le client comprend ce qui est en train de lui arriver. Cela fait partie du boulot d'agent, Myron. L'une de nos agences a fait preuve d'une éthique discutable dans cette affaire. Et ce n'est pas TruPro.

Cette histoire-là était tout aussi captivante et vraie. Un jour, quand Myron aurait le temps de comparer, il en serait sûrement blessé. Mais pas maintenant.

— Donc, vous l'admettez ?

FJ haussa les épaules.

— Mais si vous suiviez Esperanza, vous savez qu'elle n'a rien fait.
— Je le sais ?
— On ne joue plus maintenant, FJ.
— Une seconde, s'il vous plaît.

FJ sortit son portable et composa un numéro. Il se leva, alla dans un coin de la salle et parla. Il coinça l'appareil sur son épaule pour sortir un papier et un stylo. Il griffonna quelque chose, raccrocha et revint.

— Vous disiez ?
— Est-ce qu'Esperanza l'a fait ?

Il sourit.

— Vous voulez la vérité ?
— Oui.
— Je n'en sais rien. Honnêtement. Oui, je l'ai suivie. Mais, comme vous devez le savoir, les gouines ont tendance à se répéter. Donc, au bout d'un moment, nous avons cessé de la suivre quand elle traversait le Washington Bridge. Ça n'avait plus le moindre intérêt.
— Donc, vous ne savez vraiment pas qui a tué Clu ?
— J'ai bien peur que non.
— Vous me faites toujours suivre, FJ ?
— Non.
— La nuit d'avant. Vous ne m'avez pas fait suivre par un de vos sbires ?
— Non. Et pour vous dire la vérité, je ne vous faisais pas suivre avant ça non plus.
— Le type que j'ai repéré devant mon bureau n'était pas un des vôtres ?
— Désolé, non.

Là, Myron avait raté quelque chose.

FJ se pencha en avant. Son sourire était si tordu que ses dents semblaient plantées de travers.

— Jusqu'où êtes-vous prêt à aller pour sauver Esperanza ? murmura-t-il.

— Vous le savez.

— Au bout du monde ?

— Où voulez-vous en venir, FJ ?

— Vous avez raison, bien sûr. Je savais pour Esperanza et Bonnie. Et j'ai vu l'ouverture. J'ai donc appelé Clu dans son appartement de Fort Lee. Mais il n'était pas là. J'ai laissé un message assez fascinant sur son répondeur. Quelque chose du genre « je sais avec qui couche votre femme ». Il m'a rappelé sur ma ligne privée moins d'une heure après.

— Quand ça ?

— C'était quoi... trois jours avant sa mort ?

— Qu'a-t-il dit ?

— Ce n'est pas *ce* qu'il a dit qui compte mais *où* il l'a dit.

— Où ? répéta Myron, perplexe.

— J'ai la présentation du numéro sur ma ligne privée. Clu n'était pas en ville quand il m'a rappelé.

— Où était-il ?

FJ prit son temps. Il s'empara de son gobelet, lécha une grosse lampée de mousse, fit *aaah* comme s'il tournait une pub pour 7 Up, reposa le gobelet. Regarda Myron. Puis secoua la tête.

— Pas si vite.

Myron attendit.

— Ma spécialité, comme vous le voyez, est de trouver des informations. L'information c'est le pouvoir. Et donc l'argent. Le fric. Je ne crache jamais sur le fric.

— Combien, FJ ?

— Pas comme ça, Myron. Je ne veux pas de votre argent. Je pourrais vous acheter dix fois. Nous le savons tous les deux.

— Alors, que voulez-vous ?

Nouvelle séance de mousse et de gobelet. Myron avait très envie de lui enfoncer le tout dans la gorge.

— Vous êtes sûr que vous ne voulez rien boire ?

— Arrêtez les conneries, FJ.

— Quel caractère.

Myron serra les poings sous la table. Il se força à rester calme.

— Que voulez-vous, FJ ?

— Vous connaissez, je crois, Dean Pashaian et Larry Vitale.

— Ce sont deux de mes clients.

— Et bientôt ex-clients. Ils envisagent sérieusement de quitter MB Sports pour rejoindre TruPro. À l'heure où je vous parle, ils font plus qu'hésiter. Voilà ce que je vous propose. Vous arrêtez de courir derrière eux, de les appeler et de leur raconter ces salades comme quoi TruPro est aux mains de gangsters. Vous promettez de faire ça...

Il agita la feuille de papier sur laquelle il avait gribouillé.

— ... et je vous donne le numéro d'où a appelé Clu.

— Votre agence va détruire leurs carrières. Comme elle l'a fait pour tous les autres.

FJ sourit à nouveau.

— Je peux vous garantir, Myron, qu'aucune de mes employées n'aura une liaison homosexuelle avec leurs femmes.

— Je ne marche pas.

— Dans ce cas, au revoir.

FJ se leva.

— Attendez.

— Votre promesse ou je pars.

— Discutons un peu. On pourra sûrement trouver un accord.

— À un de ces jours.

FJ se dirigea vers la porte.

— D'accord, dit Myron.

FJ mit la main à l'oreille.

— Je n'ai pas entendu.

Vendre deux clients. Jusqu'où descendrait-il la prochaine fois ? Diriger une campagne électorale ?

— C'est d'accord. Je ne leur parlerai pas.

FJ écarta les bras.

— Vous êtes vraiment un maître négociateur, Myron. Vos talents m'impressionnent.

— D'où a-t-il appelé, FJ ?

— Voilà le numéro de téléphone.

Il tendit le bout de papier. Myron le lut et sprinta jusqu'à sa voiture.

32

Il avait sorti son portable avant d'avoir rejoint Win. Il composa le numéro. Trois sonneries.
— *Hamlet Motel*, dit un homme.
— Où êtes-vous situé ?
— À Wilston. Sur la Route 9, quand on prend la 91.
Myron le remercia et raccrocha. Win le regardait. Myron composa le numéro de Bonnie. Ce fut sa mère qui répondit. Il se présenta et demanda à parler à sa fille.
— Elle était très bouleversée après votre départ hier, dit la mère de Bonnie.
— J'en suis désolé.
— Pourquoi voulez-vous lui parler ?
— Je vous en prie. C'est très important.
— Elle est en plein deuil. Vous vous en rendez compte, j'espère. Elle avait peut-être des problèmes avec son mari mais...
— J'en suis tout à fait conscient, madame Cohen. S'il vous plaît, laissez-moi lui parler.
Un soupir mais, peu après, Bonnie était en ligne.
— Qu'y a-t-il, Myron ?

— Qu'est-ce que tu sais à propos du *Hamlet Motel* à Wilston dans le Massachusetts ?

Myron eut l'impression qu'elle cessa de respirer.

— Rien.

— Vous avez vécu là-bas, Clu et toi, n'est-ce pas ?

— Pas dans ce motel.

— Je veux dire à Wilston. Quand Clu jouait pour les Bisons.

— Tu le sais bien.

— Et Billy Lee Palms aussi. Il vivait là-bas, lui aussi. À la même époque.

— Pas à Wilston. Je crois qu'il habitait à Deerfield. C'est la ville voisine.

— Donc, qu'est-ce que Clu fabriquait au *Hamlet Motel* trois jours avant sa mort ?

Silence.

— Bonnie ?

— Je n'en ai pas la moindre idée.

— Réfléchis. Pourquoi Clu aurait-il eu besoin d'aller là-bas ?

— Je n'en sais rien. Peut-être est-il allé voir un vieil ami.

— Quel vieil ami ?

— Myron, tu ne m'écoutes pas. Je n'en sais rien. Je ne suis pas allée là-haut depuis près de dix ans. Mais nous y avons vécu huit mois. Il s'était peut-être fait un ami là-bas. Ou alors il est juste allé pêcher. Je n'en sais rien.

Myron serrait le téléphone.

— Tu me mens, Bonnie.

Silence.

— S'il te plaît, dit-il. J'essaie juste d'aider Esperanza.

— Je peux te demander quelque chose, Myron ?
— Quoi ?
— Tu continues à fouiner, hein ? Je t'avais demandé d'arrêter. Esperanza te l'a demandé. Hester Crimstein te l'a demandé. Mais toi, tu continues.
— Elle est où, ta question ?
— La voilà : Est-ce que ça a servi à quelque chose ? Est-ce que toute cette agitation a amélioré la situation d'Esperanza ? Ou l'a empirée ?

Myron hésita. Même s'il ne l'avait pas fait, Bonnie avait déjà raccroché. Il baissa son téléphone. Et regarda Win.

— Foutre. La B, Myron.
— Hein ?
— Je sais, il y a aussi voir, mettre ou enculer. Mais je tente la réponse B, Myron. Foutre. Pour va te faire…

Myron faillit sourire.

— C'est ton dernier mot, Win ?
— Oui, Myron, c'est mon dernier mot, dit Win, l'air béat. Parfois, quand nos esprits sont aussi raccord…
— Je sais, dit Myron. C'est effrayant.
— Nous partons ?
— Je ne pense pas que nous ayons le choix.
— Tu devrais appeler Terese.

Myron acquiesça et tapota son clavier.

— Tu connais la route ?
— Oui.
— On devrait en avoir pour trois heures.

Win écrasa l'accélérateur. Un truc pas simple en plein Manhattan.

— Disons deux.

33

Wilston, Massachusetts, se trouvait à moins d'une heure du New Hampshire et du Vermont. On y trouvait encore les vestiges du bon vieux temps, la si typique ville de la Nouvelle-Angleterre avec ses murs de brique aux motifs en V, les maisons coloniales à bardeaux, les plaques de bronze devant chaque bâtiment et l'église dont le blanc clocher signalait le centre... Pour que l'image soit parfaite, manquaient juste les feuilles d'automne ou alors la tempête de neige. Mais comme partout ailleurs dans les États Uniformes d'Amérique, le cancer des centres commerciaux rongeait le pittoresque. Entre ces villages de carte postale, les routes s'étaient peu à peu élargies, comme par gloutonnerie, pour nourrir les magasins-entrepôts qui les flanquaient. Le charme et le caractère se diluaient dans cette fadeur universelle qui infestait tout le pays. Du Maine au Minnesota, de la Caroline du Nord au Nevada... c'était partout pareil. Home Depot, Office Max et Promotions Garanties.

D'un autre côté, geindre sur les changements que le progrès nous impose et regretter le bon vieux temps c'est assez facile. Il est plus difficile d'expliquer pourquoi, si ces changements sont si mauvais, on les accueille partout avec tant de chaleur et d'empressement.

Wilston offrait toutes les apparences, façon carte de Noël, d'une ville conservatrice de la Nouvelle-Angleterre mais c'était en fait une ville universitaire, l'université en question étant le Wilston College, et donc libérale – libérale comme seule peut l'être une ville universitaire, libérale comme seuls les jeunes le sont, libérale comme le sont les privilégiés, les protégés et les peuples à la peau rose. Mais c'était pas un problème. Au contraire, c'était mieux comme ça.

Pourtant même Wilston était en train de changer. Certes, les vieux signes libertaires étaient encore là : la boutique de tofu, le café pour réfugiés politiques, la librairie lesbienne, le magasin avec les lampes à lumière noire et les boutiques de fringues qui ne vendaient que des ponchos. Mais les franchises s'infiltraient de manière insidieuse, prenant possession de chaque coin de rue aux pierres grises : Dunkin' Donuts, Baskin-Robbins, Seattle Coffee.

Ils traversèrent tout ça à fond – avec Win au volant, pas moyen de faire autrement – et arrivèrent au *Hamlet Motel,* un établissement minable à la lisière de la ville. Une pancarte annonçait HBO, GRATUIT ! et la machine à glaçons était assez grande pour qu'on la repère depuis une station orbitale.

Myron consulta sa montre. Moins de deux heures pour arriver jusqu'ici. Win gara la Jag.

— Question, dit Myron. Pourquoi Clu serait-il descendu dans ce boui-boui ?

— Les pornos gratuits sur le câble ?

— Je dirais plutôt pour pouvoir payer en liquide. Histoire que ça ne se voie pas sur ses relevés de cartes de crédit. D'où, autre question : pourquoi tenait-il à venir ici sans que personne ne le sache ?

— Tu es doué pour poser les bonnes questions, dit Win. Et si tu entrais pour essayer de trouver quelques réponses ?

Ils sortirent de la voiture. Win remarqua que le bâtiment voisin était un restaurant.

— Je tente ma chance là-bas. Tu prends la réception du motel.

Myron acquiesça. La réception en question était tenue par un étudiant. Assis derrière le comptoir et contemplant, littéralement, le vide. Il aurait pu avoir l'air de s'emmerder davantage, à condition qu'un chirurgien diplômé le plonge dans le coma. Myron remarqua l'ordinateur dans un coin. Bien, très bien.

— Bonjour ?

Les yeux du gosse glissèrent vers lui.

— Ouais ?

— Cet ordinateur ? Il garde la trace des appels sortants, pas vrai ? Y compris en local.

Les paupières du gosse se rapprochèrent l'une de l'autre.

— Z'êtes qui, vous ?

— Il faudrait que je voie la liste des appels passés par vos clients le dix et le onze de ce mois.

Cette fois, le gosse se leva.
— Z'êtes flic ? Faites voir votre plaque.
— Je ne suis pas flic.
— Ben alors...
— Mais je vous donnerai cinq cents dollars en échange. Personne n'en saura rien.

Inutile de tourner autour du pot, se disait Myron.

Le gosse hésita mais pas longtemps.

— Oh, et puis merde, même si je me fais pécho, c'est plus que ce que je me fais en un mois. Quelles dates vous avez dit ?

Myron les lui répéta. Le gosse tapota sur le clavier. L'imprimante se mit à grésiller. Tous les appels tenaient sur une seule page. Myron tendit l'argent. Le gosse tendit la feuille. Myron la parcourut.

Bingo immédiat.

Il repéra l'appel longue distance au bureau de FJ. Chambre 117. Myron regarda les autres appels passés depuis cette chambre. Clu avait consulté à distance à deux reprises son répondeur chez lui. D'accord, OK, parfait. Et dans le coin ? Il n'était pas venu jusqu'ici pour vérifier le fonctionnement de son répondeur.

Re-bingo.

Chambre 117. Le premier appel de la liste. Un numéro local. Le cœur de Myron commençait à s'emballer. La piste menait quelque part. Et il était tout près de ce quelque part. Tout, tout près. Il sortit. L'allée était recouverte de gravier. C'était agréable de l'écraser. Il récupéra son portable et commença à composer le numéro avant de se raviser. Non. Ce serait peut-être une erreur. En appelant, il risquait d'avertir quelqu'un. Bien sûr, il ignorait qui il avertirait ou comment il l'avertirait ou de quoi il l'avertirait. Mais il ne voulait pas merder maintenant. Il avait le numéro. Big Cyndi au bureau pouvait lui trouver l'adresse à laquelle il correspondait. www.sonnuméro.com. Le progrès, encore.

— J'allais justement vous appeler, monsieur Bolitar, annonça Big Cyndi.
— Ah ?
— J'ai Hester Crimstein en ligne. Elle dit qu'il faut absolument qu'elle vous parle.
— D'accord, vous me la passez dans une seconde. Big Cyndi ?
— Oui.
— À propos de ce que vous avez dit hier. À propos des gens qui vous regardent...
— Pas de pitié, monsieur Bolitar. Vous vous rappelez ?
— Oui.
— S'il vous plaît, ne changez rien, d'accord ?
— D'accord.
— Je suis sérieuse.
— Passez-moi Hester Crimstein, dit-il. Et pendant que je lui parle, je voudrais que vous cherchiez une adresse pour moi.

Il lui lut le numéro puis elle le mit en communication avec l'avocate.

— Où êtes-vous ? aboya-t-elle aussitôt.
— Qu'est-ce que ça peut vous faire ?

Hester ne fut pas ravie.

— Bon sang, Myron, cessez de vous conduire comme un enfant. Où êtes-vous ?

— Ça ne vous regarde pas.
— Vous ne nous aidez pas.
— Que voulez-vous, Hester ?
— Vous êtes sur un portable, n'est-ce pas ?
— Oui.
— Alors, nous ne savons pas si la ligne est sûre, dit-elle. Il faut que nous nous voyions tout de suite. Je suis à mon bureau.
— Pas possible.
— Écoutez, vous voulez aider Esperanza, oui ou non ?
— Vous connaissez la réponse.
— Alors, ramenez vos fesses ici *pronto*, dit Hester. Nous avons un problème et je pense que vous pouvez faire quelque chose.
— Quel genre de problème ?
— Pas au téléphone. Je vous attends.
— Il va me falloir un peu de temps, dit Myron.
Silence.
— Pourquoi vous faut-il un peu de temps, Myron ?
— C'est comme ça, c'est tout.
— Il est près de midi, dit-elle. Quand puis-je espérer vous voir ?
— Pas avant six heures.
— C'est trop tard.
— Désolé.
Elle soupira.
— Myron, venez ici tout de suite. Esperanza veut vous voir.
Le cœur de Myron fit un petit bond.
— Elle n'est plus en prison ?

— Je viens de la faire libérer. Mais c'est un secret. Ramenez vos fesses ici, Myron. Ramenez-les tout de suite.

Myron et Win se trouvaient sur le parking du *Hamlet Motel*.
— Qu'en déduis-tu ? s'enquit Win.
— Que je n'aime pas ça, dit Myron.
— Pourquoi donc ?
— Pourquoi Hester Crimstein a-t-elle autant envie de me voir tout à coup ? Depuis mon retour, elle a tout fait pour se débarrasser de moi. Et maintenant, je suis la réponse à son problème ?
— Bizarre, en effet, acquiesça Win.
— Et pas seulement ça. J'aime pas trop cette histoire de libération secrète pour Esperanza.
— Ça arrive parfois.
— Ouais, ça arrive. Mais alors, pourquoi Esperanza ne m'a-t-elle pas appelé ? Pourquoi Hester appelle-t-elle à sa place ?
— Pourquoi, en effet ?
— Tu ne crois pas qu'elle puisse être mêlée à tout ça ?
— Je ne vois pas comment, dit Win avant d'enchaîner : Sauf si elle a parlé à Bonnie Haid.
— Et alors ?
— Et alors, elle en a peut-être déduit que nous sommes à Wilston.
— Et maintenant, elle veut qu'on revienne le plus vite possible, dit Myron.
— Oui.
— Donc, elle essaie de nous éloigner de Wilston.
— C'est une éventualité.

— De peur que nous ne trouvions quelque chose ici.

Win haussa les épaules.

— C'est l'avocate d'Esperanza.

— Ce quelque chose ne serait donc pas en faveur d'Esperanza ?

— Logique, dit Win.

Un couple d'octogénaires sortit en chancelant d'une des chambres du motel. L'homme tenait la femme par les épaules. Ils avaient cet air, tous les deux, d'avoir fait l'amour. À midi. Sympa. Myron et Win les contemplèrent en silence.

— J'en ai trop fait la dernière fois, dit Myron.

Win ne répondit pas.

— Tu m'avais prévenu. Tu m'avais dit de ne pas lâcher le but des yeux. Mais je ne t'ai pas écouté.

Win ne répondit toujours pas.

— Est-ce que je suis en train de recommencer ?

— Tu n'es pas doué pour laisser faire, dit Win.

— Ce n'est pas une réponse.

Win fronça les sourcils.

— Je ne suis pas le vieux sage sur la montagne, dit-il. Je n'ai pas toutes les réponses.

— Je veux savoir ce que tu penses.

Malgré l'absence de soleil, Win plissa les paupières.

— La dernière fois, tu as perdu ton objectif de vue, dit-il. Est-ce que tu sais quel est ton but cette fois ?

Myron réfléchit à ça.

— Libérer Esperanza, dit-il. Et trouver la vérité.

Win sourit.

— Et si l'un contredit l'autre ?

— J'enterre la vérité.

Win hocha la tête.

— Tu sembles savoir ce que tu veux.

— Dois-je laisser tomber malgré tout ? demanda Myron.

Win le regarda.

— Il y a une autre complication.

— Laquelle ?

— Lucy Mayor.

— Je ne la recherche pas vraiment. J'aimerais la retrouver mais ça m'étonnerait que j'y arrive.

— Pourtant, dit Win, elle reste ton lien personnel avec cette affaire.

Myron secoua la tête.

— La disquette t'a été adressée, Myron. Tu ne peux pas faire comme si ce n'était pas le cas. Ce n'est pas ton genre. D'une manière ou d'une autre, il y a un lien entre cette fille et toi.

Silence.

Myron vérifia le nom et l'adresse que Big Cyndi lui avait donnés. La ligne était enregistrée au nom d'une certaine Barbara Cromwell au 12 Claremont Road. Le nom ne lui disait rien.

— Il y a un loueur de voitures un peu plus bas, dit Myron. Rentre. Va voir Hester Crimstein. Essaie d'apprendre quelque chose.

— Et toi ?

— Je vais aller voir Barbara Cromwell au 12 Claremont Road.

— Ça ressemble à un plan, dit Win.

— Un bon ?

— Je n'ai pas dit ça.

34

Dans le Massachusetts, comme dans l'État natal de Myron, le New Jersey, on peut très vite passer de la mégapole au trou paumé. C'était le cas ici. Le 12 Claremont Road – la raison pour laquelle les numéros allaient jusqu'au 12 restait un mystère puisqu'il n'y avait que trois maisons – était une vieille ferme. En tout cas, elle semblait vieille. La peinture, autrefois rouge foncé, avait déteint en un pastel à peine visible. Les poutres apparentes se tordaient comme atteintes d'ostéoporose. Le toit fendu et affaissé de la véranda évoquait un bec de lièvre. Les lézardes étaient nombreuses et l'herbe assez haute pour dissimuler un troupeau de bisons.

Myron s'arrêta devant la demeure de Barbara Cromwell et rappela Big Cyndi.

— Du nouveau ?

— Pas grand-chose, monsieur Bolitar. Barbara Cromwell a trente et un ans. Elle a divorcé il y a quatre ans d'un certain Lawrence Cromwell.

— Des enfants ?

— C'est tout ce que j'ai pour l'instant, monsieur Bolitar. Je suis vraiment désolée.

Il la remercia et lui dit de continuer à chercher. Il regarda à nouveau la maison. Trente et un ans. Il sortit le portrait vieilli réalisé par ordinateur. Quel âge aurait Lucy si elle était toujours en vie ? Vingt-neuf, trente peut-être. C'était assez proche, et alors ? Il essaya de chasser cette idée mais c'était difficile.

Et maintenant ?

Il coupa le moteur. Un rideau tressaillit à l'une des fenêtres à l'étage. Repéré. Il n'avait plus le choix. Il sortit de la voiture pour remonter l'allée dont le goudron était défoncé par les mauvaises herbes. Sur un des arbres, près de la maison, était coincée une de ces cabanes en plastique Fisher-Price avec un toboggan et une échelle de corde ; le jaune vif, le bleu et le rouge brillaient sur le fond brun comme des pierres précieuses sur un écrin noir. Il arriva à la porte. Pas de sonnette. Il frappa et attendit.

Il entendit des bruits, quelqu'un qui courait et quelqu'un d'autre qui chuchotait. Un enfant dit : « M'man ! » On lui répondit chut.

Puis des pas et une voix de femme.

— Oui ?

— Madame Cromwell ?

— Que voulez-vous ?

— Madame Cromwell, je m'appelle Myron Bolitar. J'aimerais vous parler un moment.

— Je n'ai besoin de rien.

— Non, m'dame, je n'ai rien à vendre...

— Et je n'accepte pas le porte-à-porte. Si vous voulez quelque chose, envoyez un courrier.

— Je n'ai rien à vendre ou à proposer.

Bref silence.

— Qu'est-ce que vous voulez, alors ?

— Madame Cromwell, fit-il de sa voix la plus rassurante, voudriez-vous ouvrir votre porte ?

— J'appelle la police.

— Non, non, s'il vous plaît, attendez juste une seconde.

— Que voulez-vous ?

— Vous poser quelques questions à propos de Clu Haid.

Il y eut un long silence. Le petit garçon se remit à parler. La mère lui redit chut.

— Je ne connais personne qui s'appelle comme ça.

— Ouvrez la porte, s'il vous plaît, madame Cromwell. Il faut que nous parlions.

— Écoutez, monsieur, je connais bien les flics du coin. Un mot et ils vous coffrent pour violation de propriété.

— Je comprends vos craintes, dit Myron. Et si nous parlions par téléphone ?

— Allez-vous-en.

Le petit garçon se mit à pleurer.

— Allez-vous-en, répéta-t-elle, ou j'appelle la police.

D'autres pleurs.

— D'accord, dit Myron. Je m'en vais.

Puis estimant qu'il n'avait plus rien à perdre, il s'exclama :

— Le nom de Lucy Mayor vous dit-il quelque chose ?

Les pleurs de l'enfant furent la seule réponse.

Myron renonça et retourna à la voiture. Et maintenant ? Il n'avait même pas pu la voir. Et s'il traînait autour de la maison et tentait de jeter un coup d'œil par une des fenêtres ? Ouais, excellente idée. Histoire de se faire coffrer pour voyeurisme. Et comme si ce gamin n'était déjà pas assez effrayé comme ça. Elle appellerait les flics, aucun doute là-dessus.

Barbara Cromwell avait dit qu'elle les connaissait bien... Mais Myron aussi. D'une certaine façon. C'était à Wilston que Clu s'était fait coincer pour cette histoire de conduite en état d'ivresse quand il était jeune. Myron l'avait sorti de taule avec l'aide de deux policiers bienveillants. Il fouilla sa mémoire. Cela ne lui prit pas longtemps. L'officier ayant procédé à l'arrestation s'appelait Kobler. Myron ne se rappelait pas son prénom. Le shérif était un certain Ron Lemmon. Lemmon avait la cinquantaine à l'époque. Il avait peut-être pris sa retraite. Mais il y avait de bonnes chances que l'un des deux soit encore en poste. Ils savaient peut-être quelque chose sur la mystérieuse Barbara Cromwell.

Ça valait la peine d'essayer.

35

On aurait pu s'attendre à ce que le poste de police de Wilston se trouve dans un joli petit bâtiment. Raté. Il était enterré au sous-sol d'une espèce de forteresse en brique plus grise qu'un bunker. L'escalier pour y descendre s'ornait d'une de ces vieilles pancartes pour abri antiatomique, le cercle aux triangles noirs et jaunes. L'image réveilla chez Myron des souvenirs de l'école élémentaire de Burnet Hill et des exercices d'alerte, une activité assez intense au cours de laquelle on enseignait aux enfants que s'accroupir dans le couloir était une défense adaptée en cas d'attaque nucléaire soviétique.

Myron n'avait encore jamais mis les pieds dans ce commissariat. Après l'accident de Clu, il avait rencontré les deux flics au fond d'un restaurant au bord de la Route 9. L'épisode n'avait pas duré dix minutes. Personne ne voulait de mal à la future superstar. Personne ne voulait ruiner la prometteuse carrière du jeune Clu. Des dollars avaient changé de mains – certains pour l'agent qui avait procédé à l'arrestation, d'autres pour son shérif. Pour les œuvres, avaient-ils dit en gloussant de béatitude. Tout le monde était aux anges.

Le sergent à la réception leva les yeux vers Myron. Il avait la trentaine et, comme beaucoup de flics de nos jours, semblait passer plus de temps dans une salle de gym que dans un magasin de beignets. Sa poitrine s'ornait d'une barrette sur laquelle était écrit « Hobert ».

— Je peux vous aider ?
— Le shérif Lemmon travaille-t-il toujours ici ?
— Non. Ron est mort il y a, quoi, un an maintenant. Ça ne faisait que deux ans qu'il avait pris sa retraite.
— Je suis désolé.
— Ouais, cancer. Il s'est fait bouffer de l'intérieur.

Hobert haussa les épaules comme pour dire « c'est la vie ».

— Et un type nommé Kobler ? Je crois qu'il était en poste il y a environ dix ans.

La voix de Hobert devint soudain beaucoup plus sèche.

— Eddie n'est plus ici.
— Habite-t-il toujours dans la région ?
— Non, je crois qu'il vit dans le Wyoming. Puis-je vous demander votre nom, monsieur ?
— Myron Bolitar.
— Ça me dit quelque chose.
— J'ai joué au basket dans le temps.
— Non, c'est pas ça. Je hais le basket.

Il réfléchit un moment avant de secouer la tête.

— Pourquoi toutes ces questions à propos de deux anciens flics ?
— C'étaient comme qui dirait de vieux amis.

Ce qui laissa Hobert plutôt dubitatif.

— Je voulais leur poser des questions à propos d'une personne qu'un de mes clients s'est mis à fréquenter.

— Un de vos clients ?

Myron afficha son sourire de petit-chiot-impuissant, celui qui faisait craquer les mémés.

— Je suis agent sportif. Mon travail, c'est de veiller sur mes athlètes et, comment dire, de m'assurer qu'on ne profite pas d'eux. Donc, ce client-là s'est pris d'intérêt pour une dame qui réside dans cette ville. Je voulais juste m'assurer qu'elle n'en a pas simplement après son argent.

En un mot : lamentable.

— Elle s'appelle comment ?

— Barbara Cromwell.

L'autre sursauta.

— C'est une blague ?

— Non.

— Un de vos athlètes a envie de sortir avec Barbara Cromwell ?

Myron essaya de battre un peu en retraite.

— Je me suis peut-être trompé de nom.

— Plutôt, ouais.

— Pourquoi ça ?

— Vous avez parlé de Ron Lemmon tout à l'heure. L'ancien shérif.

— Exact.

— Barbara Cromwell est sa fille.

Pendant un moment, Myron resta planté là. Un ventilateur ronronnait, un téléphone sonna. Hobert dit : « Excusez-moi une seconde » et décrocha. Myron n'entendit rien de tout ça. Quelqu'un avait pétrifié le temps. Ce quelqu'un l'avait suspendu au-dessus d'un trou sombre, lui donnant amplement le temps de contempler le néant, et puis soudain ce même quelqu'un l'avait lâché. Myron plongeait dans le noir, les bras battants, le corps tournoyant, attendant de s'écraser au fond.

36

Myron sortit avec difficulté. Il traversa la grand-place et mangea un morceau au mexicain local. Il engloutit son repas sans en sentir le goût. Win appela.

— Nous ne nous trompions pas, annonça-t-il. Hester Crimstein essayait bien de provoquer une diversion.

— Elle l'a admis ?

— Non. Elle n'offre aucune explication. Elle prétend qu'elle ne parlera qu'à toi, toi seul et en personne. Elle a ensuite tenté de m'extraire des informations quant à nos allées et venues.

Guère surprenant.

— Voudrais-tu que…

Pause de Win.

— … je l'interroge ?

— S'il te plaît, non. En dehors des questions éthiques, je pense que ce n'est plus nécessaire.

— Comment cela ?

— Sawyer Wells a dit qu'il a travaillé au centre de désintoxication de Rockwell.

— Je m'en souviens.

— Billy Lee Palms a été traité à Rockwell. Sa mère me l'a dit.

— Hum. Merveilleuse coïncidence.

— Ce n'est pas une coïncidence, dit Myron. Ça explique tout.

Quand il eut fini de parler avec Win, Myron arpenta la rue principale de Wilston sept ou huit fois. Les commerçants, qui n'étaient pas surchargés de boulot, se mirent à lui sourire. Il souriait lui aussi. Il saluait même les passants qu'ils croisaient. La ville ne semblait pas être sortie des sixties, ce genre d'endroit où les gens portent encore la barbe, des casquettes noires et ressemblent à Crosby, Stills & Nash sans Young. C'était pas mal. Pas mal du tout, même.

Il pensait à sa mère et à son père. Il pensait au fait qu'ils vieillissaient et se demandait pourquoi il était incapable de l'accepter. Il pensait aux « douleurs dans la poitrine » de son père, au fait qu'il en était en partie responsable, sa disparition ayant sans doute contribué à leur apparition. Il se demandait comment ses parents auraient réagi s'ils avaient connu le même sort que Sophie et Gary Mayor, s'il avait disparu à dix-sept ans sans laisser de trace. Il pensait à Jessica qui avait affirmé qu'elle se battrait pour lui. Il pensait à Brenda et à ce qu'il avait fait. Il pensait à Terese et à la nuit dernière et si cela voulait dire quelque chose. Il pensait à Win et à Esperanza et aux sacrifices que font les amis.

Pendant longtemps il ne pensa pas au meurtre de Clu et à la mort de Billy Lee. Il ne pensa pas à Lucy

Mayor, à sa disparition et aux raisons pour lesquelles elle était mêlée à cette histoire. Mais cela ne dura pas. Il finit par passer quelques coups de fil, par fouiner un peu, obtenant la confirmation de ce qu'il soupçonnait déjà.

Les réponses ne surgissent jamais avec un grand « Eurêka ! ». Quand vous tombez dessus, c'est le plus souvent dans la plus totale obscurité. Vous êtes en train de tituber dans une pièce sans lumière la nuit, trébuchant sur des obstacles invisibles, chancelant, vous cognant les tibias, perdant l'équilibre, tâtonnant vers les murs dans l'espoir que vos mains rencontrent l'interrupteur. Et alors – pour rester dans la métaphore minable mais tristement adéquate – quand vous trouvez le bouton et que vous appuyez dessus, répandant la lumière dans la pièce, celle-ci est exactement comme vous l'aviez imaginée. Sauf que parfois, comme maintenant, vous vous demandez si vous n'auriez pas mieux fait de continuer à tituber dans le noir jusqu'à la fin des temps.

Win, bien sûr, aurait dit que Myron limitait l'analogie. Il aurait remarqué que d'autres options existaient. Vous pouvez vous contenter de quitter la pièce. Vous pouvez laisser vos yeux s'accoutumer à l'obscurité et, même si vous n'y voyez pas parfaitement, vous y voyez quand même assez. Vous pouvez aussi appuyer une deuxième fois sur l'interrupteur et éteindre la lumière. Dans le cas de Horace et Brenda Slaughter, Win aurait eu raison. Dans le cas de Clu Haid, Myron se posait la question.

Il avait trouvé le bouton. Il avait allumé la lumière. Mais la métaphore ne tenait pas – et pas simplement parce qu'elle était merdique dès le départ. Tout dans la pièce était encore flou comme s'il regardait à travers un rideau de douche. Il voyait de la lumière et des ombres. Il distinguait des formes. Mais pour savoir exactement ce qui s'était passé, il allait devoir pousser le rideau.

Il pouvait encore éviter de le faire, ne pas toucher au rideau ou même éteindre la lumière. Mais c'était ça le problème avec l'obscurité et les options de Win. Dans le noir, on ne voit pas la pourriture s'installer. La pourriture peut continuer à ronger tout ce qui l'entoure, y compris l'homme blotti dans un coin qui essaie de toutes ses forces de ne surtout pas toucher à ce putain d'interrupteur.

Donc Myron remonta dans sa voiture. Il retourna à la ferme sur Claremont Road. Il frappa à la porte et, encore une fois, Barbara Cromwell lui dit de s'en aller.

— Je sais pourquoi Clu Haid est venu vous voir, lui dit-il.

Il continua à parler et elle finit par le laisser entrer.

Quand il repartit, il rappela Win. Ils parlèrent longuement. D'abord du meurtre de Clu Haid. Puis du père de Myron. Cela lui fit du bien. Mais pas tant que ça. Il appela Terese pour lui dire ce qu'il savait. Elle répondit qu'elle essaierait de vérifier certains faits grâce à ses sources.

— Donc, Win avait raison, dit-elle ensuite. Tu étais personnellement concerné.

— Oui.

— Pas un jour ne passe sans que je me fasse des reproches, dit Terese. On s'y habitue.

Encore une fois, il eut envie de l'interroger. Encore une fois, il savait que ce n'était pas le moment.

Myron passa encore deux appels. Le premier au cabinet de Hester Crimstein.

— Où êtes-vous ? rugit-elle.

— Je présume que vous êtes en contact avec Bonnie Haid.

Hésitation, puis :

— Bon Dieu, Myron, qu'avez-vous fait ?

— Elles ne vous disent pas tout, Hester. En fait, je parie qu'Esperanza ne vous a quasiment rien dit.

— Où êtes-vous, bordel de merde ?

— Je serai dans votre bureau dans trois heures. Dites à Bonnie d'être là.

Son dernier appel fut pour Sophie Mayor. Quand elle décrocha, il ne prononça que trois mots :

— J'ai trouvé Lucy.

37

Myron essaya de conduire comme Win mais c'était au-dessus de ses moyens. Il fit de son mieux pourtant malgré les travaux sur la 95. Il y a toujours des travaux sur la 95. C'est inscrit dans la Constitution du Connecticut. Il écouta la radio, passa quelques coups de fil. Il avait peur.

Hester Crimstein était un des associés principaux d'un mégacabinet d'avocats de New York, autrement dit mégafactures et mégagratte-ciel. Et mégaréceptionniste. De toute évidence, la jolie demoiselle l'attendait. Elle le conduisit à travers un couloir couvert de ce qui semblait être du papier peint en acajou dans une salle de conférences. La table rectangulaire pouvait accueillir au minimum vingt rois du barreau, tous honorés à un tarif princier. Hester Crimstein était assise aux côtés de Bonnie Haid, dos à la fenêtre. Elles voulurent se lever à son entrée.

— Ne vous donnez pas cette peine, leur dit-il.

Les deux femmes restèrent assises.

— Qu'est-ce que ça signifie ? demanda Hester.

Myron l'ignora, regardant Bonnie.

— Tu as failli me le dire, n'est-ce pas, Bonnie ? Lors de notre première rencontre. Tu te demandais si nous n'avions pas rendu un mauvais service à Clu en l'aidant. Tu te demandais si en le protégeant on ne l'avait pas finalement conduit à la mort. J'ai répondu que tu te trompais. Que la coupable, c'était la personne qui l'avait tué. Mais je ne savais pas tout, hein ?

— De quoi est-ce que vous parlez, bon Dieu ? dit Hester.

— Je vais vous raconter une histoire, dit-il.

— Quoi ?

— Contentez-vous d'écouter, Hester. Vous allez enfin savoir dans quoi on vous a embarquée.

Hester ferma la bouche. Bonnie ne dit rien.

— Il y a douze ans, dit Myron, Clu Haid et Billy Lee Palms jouaient en *Minor League* pour les New England Bisons. Ils étaient tous les deux jeunes et insouciants comme le sont les athlètes jeunes et insouciants. Le monde était une huître et ils en étaient les perles, vous connaissez le conte de fées. Je ne vous insulterai pas en plongeant dans les détails.

Les deux femmes ne bougeaient pas. Myron s'assit face à elles avant de poursuivre :

— Un jour, Clu Haid a conduit en état d'ivresse – à vrai dire, il avait déjà dû souvent conduire bourré mais, cette nuit-là, il a enroulé sa voiture autour d'un arbre. Dans l'accident, Bonnie, ici présente, a été blessée. Commotion cérébrale et plusieurs jours d'hôpital. Clu n'a rien eu. Billy Lee, un doigt cassé. Sur le moment, Clu a paniqué. Une condamnation pour conduite en état d'ivresse pouvait ruiner sa carrière, même il y a douze ans. Je venais juste de lui décrocher quelques très rentables contrats de sponsoring. Il allait passer en *Major League* quelques mois plus tard. Alors, il a fait ce que font beaucoup d'athlètes. Il a trouvé quelqu'un pour le sortir de la merde. Son agent. Moi. J'ai foncé là-bas aussi vite que la richesse sur une star de base-ball. J'ai rencontré l'agent qui l'avait arrêté, un type nommé Eddie Kobler, et le shérif de la ville, Ron Lemmon.

Hester Crimstein intervint :

— Je n'y comprends rien.

— Laissez-moi finir, vous allez comprendre, dit Myron. Les flics et moi, nous sommes parvenus à un accord. Ça arrive tout le temps avec les sportifs de haut niveau. Ce genre de problèmes, on les balaie, sous le tapis de préférence. Clu était un bon gars, on était tous d'accord. On n'allait quand même pas détruire sa vie à cause d'un tout petit incident. Après tout, c'était un délit sans victime – la seule personne blessée était la propre femme de Clu. Donc, de l'argent a changé de mains et tout allait bien. Clu n'était pas saoul. Il avait voulu éviter un autre véhicule. Ce qui avait provoqué l'accident. Billy Lee Palms et Bonnie étaient prêts à le jurer. Fin de l'histoire.

Hester se la jouait agacée-mais-curieuse. Le visage de Bonnie perdait ses couleurs.

— Nous voilà douze ans après, reprit Myron. Et voilà que le petit incident se transforme en malédiction de la momie. Le chauffard ivre, Clu, est assassiné. Son meilleur ami et passager, Billy Lee Palms, est abattu – je n'appellerai pas ça un meurtre car celui qui l'a tué m'a sauvé la vie. Le shérif que j'ai soudoyé est mort d'un cancer de la prostate. Rien de très bizarre là-dedans ; Dieu l'a peut-être eu avant la momie. Quant à Eddie Kobler, l'autre flic, il a été coincé l'an dernier alors qu'il acceptait des pots-de-vin dans une affaire de drogue. Arrêté, il a réussi à négocier sa mise en liberté. Mais sa femme l'a plaqué. Ses enfants ne veulent plus lui parler et il vit seul avec une bouteille dans le Wyoming.

— Comment savez-vous pour ce Kobler ? demanda Hester Crimstein.

— Un flic du coin nommé Hobert m'a raconté ce qui s'était passé. Une amie journaliste l'a confirmé.

— Je ne vois toujours pas le rapport, dit Hester.

— Parce que Esperanza ne vous a rien dit, fit Myron. Je me posais des questions sur ce qu'elle vous avait raconté ou pas. Pas grand-chose, semble-t-il. J'imagine qu'elle a simplement insisté pour que je sois tenu à l'écart de tout ça. Je me trompe ?

Hester le fixa, l'avocate qui s'apprête à mettre en pièces un témoin de l'accusation.

— Êtes-vous en train de dire qu'Esperanza a quelque chose à voir avec cela ?

— Non.

— C'est vous qui avez commis un crime, Myron. Vous avez corrompu deux officiers de police.

— Et c'est pas tout, dit Myron.

— Comment ça ?

— Déjà, cette nuit-là, je trouvais qu'il y avait un truc bizarre. Ils étaient tous les trois dans la bagnole. Pourquoi ? Bonnie n'appréciait pas trop

Billy Lee. C'est vrai, elle était avec Clu et Billy Lee était le pote de Clu. Ça leur arrivait de sortir ensemble mais c'était en général à quatre, deux couples. Pourquoi étaient-ils tous les trois dans cette voiture en plein milieu de la nuit ?

Hester Crimstein était avocate avant tout.

— Êtes-vous en train de dire que l'un d'entre eux n'était pas dans cette voiture ce soir-là ?

— Non. Je suis en train de dire qu'ils n'étaient pas trois dans la voiture, mais quatre.

— Quoi ?

Ils se tournèrent tous les deux vers Bonnie. Bonnie baissa la tête.

— Qui était le quatrième ? demanda Hester.

— La, Hester, *la* quatrième, dit Myron en essayant en vain de croiser le regard de Bonnie. Bonnie et Clu d'un côté. Billy Lee Palms et Lucy Mayor de l'autre.

Hester Crimstein eut l'air d'avoir reçu le code pénal sur la tête.

— Lucy Mayor ? répéta-t-elle. Vous voulez dire, la Lucy Mayor qui a disparu ?

— Oui.

— Bonté divine.

Myron ne quittait pas Bonnie des yeux. Elle finit par relever la tête.

— C'est la vérité, n'est-ce pas ?

Hester Crimstein intervint :

— Elle ne dira pas un mot.

— Oui, dit Bonnie, c'est la vérité.

— Mais tu n'as jamais su ce qui lui était arrivé ?

Bonnie hésita.

— Non, pas à l'époque.

— Qu'est-ce que Clu t'a dit ?

— Que tu l'avais payée elle aussi, dit Bonnie. Comme les flics. Il a dit que tu l'avais payée pour qu'elle garde le silence.

Myron hocha la tête. Ça se tenait.

— Il y a une chose que je ne comprends pas. On a beaucoup parlé de Lucy Mayor, il y a quelques années. Tu as dû voir sa photo dans les journaux.

— Oui.

— Ça n'a pas éveillé des souvenirs ?

— Non. Je ne l'avais vue qu'une seule fois et c'était cette nuit-là. Tu connais Billy Lee. Une nana par soir. Clu et moi, on était assis devant. Et elle n'avait pas la même couleur de cheveux. Elle était blonde à l'époque. Alors, je n'ai pas fait le rapprochement.

— Et Clu non plus.

— Clu non plus.

— Mais tu as fini par apprendre la vérité.

— Oui.

— Attendez, fit Hester Crimstein. Je ne vous suis pas. Qu'est-ce que ce vieil accident de voiture a à voir avec le meurtre de Clu ?

— Il a tout à voir, dit Myron.

— Il va falloir vous expliquer, Myron. Et, pendant que vous y êtes, il faudra me dire pourquoi on veut faire porter le chapeau à Esperanza.

— C'était une erreur.

— Quoi ?

— Ce n'était pas Esperanza qu'on voulait piéger, dit Myron. C'était moi.

38

Le Yankee Stadium était accroupi dans la nuit, ramassé sur lui-même comme pour échapper à ses propres lumières. Myron se gara sur l'emplacement réservé aux joueurs et aux dirigeants. Il n'y avait que trois autres voitures. Le veilleur de nuit à l'entrée presse lui dit qu'il était attendu, que les Mayor se trouvaient sur le terrain. Myron descendit le long des gradins et sauta par-dessus le mur non loin de la boîte des batteurs. Les projecteurs du stade étaient allumés mais il n'y avait personne. Il s'avança sur le terrain et respira un bon coup. Rien de tel que l'odeur d'un terrain de base-ball, même quand il est planté au beau milieu du Bronx. Il se tourna vers le camp de l'équipe visiteuse, fouilla les rangées du bas et retrouva les places exactes où son frère et lui s'étaient assis il y a si longtemps. C'est marrant, les souvenirs, ceux qu'on garde. Il se dirigea vers l'aire du lanceur, l'herbe chuintant agréablement sous ses semelles. Il s'assit sur le caoutchouc et attendit. Le coin de Clu. Le seul endroit où il s'était toujours senti en paix.

On aurait dû l'enterrer ici.

Myron contempla les milliers de sièges, aussi vides que des yeux de morts, le stade désert n'étant plus qu'une carcasse sans âme maintenant. La craie des lignes se mélangeait à la poussière. Ils allaient devoir les retracer demain avant le match.

Certains disent que le base-ball est une métaphore de la vie. Myron n'en savait rien mais, en regardant ces lignes, il se posait la question. La ligne entre le bien et le mal n'est pas si différente de celle qui délimite un terrain. Elle a tendance à s'effacer avec le temps. Il faut constamment la retracer. Les joueurs ne cessant de la piétiner, la ligne devient incertaine, floue, au point qu'on ne sait plus s'il y a faute ou pas ; impossible de distinguer le bien du mal.

La voix de Jared Mayor brisa le silence.

— Vous avez dit que vous avez retrouvé ma sœur.

Myron se tourna vers la fosse.

— J'ai menti, dit-il.

Jared gravit les marches de ciment. Sophie le suivait. Myron se leva. Jared voulut dire autre chose mais sa mère posa une main sur son bras. Ils continuèrent à marcher comme deux coaches venant donner des consignes à leur lanceur.

— Votre sœur est morte, dit Myron. Mais vous le savez déjà.

Ils continuèrent à avancer.

— Elle a été tuée dans un accident de voiture, continua-t-il. Elle est morte sur le coup.

— Peut-être, dit Sophie.

— Peut-être ? répéta Myron.

— Elle est peut-être morte sur le coup, et peut-être pas, répliqua Sophie. Clu Haid et Billy Lee Palms n'étaient pas médecins. Ce n'étaient que deux petits cons bourrés. Lucy n'était peut-être que blessée. Elle aurait peut-être pu survivre. Des secours d'urgence auraient peut-être pu la sauver.

Myron acquiesça.

— C'est possible, oui.

— Continuez, dit Sophie. Je veux entendre ce que vous avez à dire.

— Quel qu'ait été l'état de votre fille, Clu et Billy Lee ont cru qu'elle était morte. Clu a été terrifié. Une condamnation pour conduite en état d'ivresse aurait été assez grave mais là il s'agissait d'homicide, involontaire peut-être, mais un homicide quand même. On n'échappe pas à ça, si rapide que soit votre balle. Billy Lee et lui ont paniqué. J'ignore les détails. Sawyer Wells pourra nous les donner. Selon moi, ils ont caché le corps. C'était une route déserte mais ils n'avaient quand même pas le temps d'enterrer Lucy avant l'arrivée de la police et de l'ambulance. Ils l'ont donc probablement cachée derrière un buisson. Et, plus tard, quand les choses se sont calmées, ils sont revenus l'enterrer. Comme je le disais, j'ignore les détails. Je ne pense pas qu'ils soient essentiels maintenant. Ce qui compte, c'est que Clu et Billy Lee se sont débarrassés du corps.

Jared se planta devant Myron.

— Vous ne pouvez rien prouver.

Myron l'ignora, gardant les yeux braqués sur sa mère.

— Les années passent. Lucy a disparu. Mais pas de la mémoire de Clu Haid et de Billy Lee Palms. Je joue peut-être à l'analyste. Je suis peut-être trop gentil avec eux. Mais je crois que ce qu'ils ont fait cette nuit-là a façonné leurs vies. Leurs tendances autodestructrices. La drogue...

— Vous êtes trop gentil, dit Sophie.

Myron attendit.

— Ne leur faites pas l'honneur de leur accorder une conscience, continua-t-elle. C'étaient des ordures.

— Vous avez peut-être raison. Je ne devrais pas jouer les analystes. Et j'imagine que ça n'a aucune importance. Clu et Billy Lee ont peut-être créé leur propre enfer mais ce n'est rien en comparaison des tourments que votre famille a subis. Vous m'avez parlé de la torture de ne pas savoir, de cette souffrance qui est là tous les jours. Et quand vous avez appris les circonstances de la mort de Lucy et la façon dont elle a été enterrée, cette souffrance ne s'est pas arrêtée.

Sophie gardait la tête haute. Il n'y avait pas le moindre signe de faiblesse chez elle.

— Savez-vous comment nous avons appris le sort de notre fille ?

— Par Sawyer Wells, dit Myron. *Les Règles Wells du bien-être*. Règle numéro Huit : « Avouez quelque chose à un ami, quelque chose d'atroce, quelque chose que vous voudriez que personne ne sache jamais. Vous vous sentirez mieux. Vous verrez que vous êtes toujours digne d'amour. » Sawyer travaillait à Rockwell. Billy Lee y était interné. J'imagine qu'il l'a surpris pendant un épisode de manque. Sans doute en plein délire. Le patient a fait ce que lui demandait son thérapeute. Il a avoué la pire de ses fautes, le moment de sa vie qui a déterminé tous les autres. Et Sawyer a aussitôt compris qu'il venait de toucher le billet qui menait de Rockwell aux plus grandes scènes du monde. Grâce à la riche famille Mayor, propriétaire de Mayor Software. Il est donc venu vous trouver, votre mari et vous.

À nouveau, Jared :

— Vous n'avez aucune preuve de ce que vous avancez !

Et, à nouveau, Sophie le réduisit au silence en lui touchant le bras.

— Continuez, Myron, dit-elle. Que s'est-il passé ensuite ?

— Grâce à cette information, vous avez retrouvé le corps de votre fille. J'ignore si vos enquêteurs privés s'en sont chargés ou bien si vous avez simplement fait usage de votre fortune et de votre influence pour imposer le silence aux autorités. Cela n'aurait pas été difficile pour quelqu'un dans votre position.

— Je vois, dit Sophie. Mais si tout cela est vrai, pourquoi aurais-je voulu qu'elles gardent le silence ? Pourquoi ne pas poursuivre Clu et Billy Lee... et vous ?

— Parce que vous ne le pouviez pas, dit Myron.

— Pourquoi pas ?

— Le cadavre avait été enterré pendant douze ans. Impossible d'y trouver la moindre preuve. La voiture avait disparu depuis longtemps, pas de preuves là non plus. Le rapport de police de l'époque précise qu'il y a eu un contrôle d'alcoolémie montrant que Clu n'avait pas bu. Alors que vous restait-il ? Les délires d'un camé pendant une crise de manque ? La confession de Billy Lee à Sawyer Wells n'aurait sans doute pas été retenue, et quand bien même ? Son témoignage à propos des pots-de-vin à la police ne constitue pas une preuve, mais simplement un ouï-dire dans la mesure où il n'était pas présent lorsqu'ils ont eu lieu. Vous vous en êtes rendu compte, n'est-ce pas ?

Elle ne dit rien.

— Ce qui signifiait que c'était à vous, Sophie, de rendre justice. Gary et vous alliez venger votre fille.

Il s'arrêta pour regarder le fils puis la mère avant de reprendre :

— Vous m'aviez parlé d'un vide. Vous avez dit que vous préfériez remplir ce vide d'espoir.

— C'est ce que j'ai fait.

— Et quand cet espoir a disparu – quand la découverte du cadavre de votre fille l'a anéanti – votre mari et vous aviez toujours besoin de remplir ce vide.

— Oui.

— Vous l'avez donc rempli de vengeance.

Elle le fixait droit dans les yeux.

— Me le reprochez-vous, Myron ?

Il ne dit rien.

— Le shérif véreux mourait d'un cancer, dit Sophie. Il n'y avait rien à faire de ce côté. L'autre officier, eh bien, comme votre ami Win pourrait vous le dire, l'argent est influence. Le FBI lui a tendu un piège sur notre ordre. Il a mordu à l'appât. Et oui, j'ai brisé sa vie. Avec joie.

— Mais c'était à Clu que vous vouliez faire le plus de mal, dit Myron.

— Pas lui faire du mal. Le broyer.

— Mais lui aussi était déjà quasiment en morceaux, dit Myron. Et pour le broyer pour de bon, il fallait lui redonner espoir. Ce même espoir auquel Gary et vous vous étiez accrochés pendant toutes ces années. Lui en redonner puis le lui arracher. Rien ne fait plus mal que l'espoir. Vous le saviez. Donc, votre mari et vous, vous rachetez les Yankees. Au prix fort, et alors ? Vous en aviez les moyens. Vous vous moquiez du prix. Gary est mort peu après la transaction.

— Du cœur, le coupa Sophie.

Elle leva encore la tête et, pour la première fois, il vit une larme.

— Après avoir souffert du cœur pendant des années, dit-elle.

— Mais vous avez continué sans lui.

— Oui.

— Vous vous êtes concentrée sur une chose et rien qu'une chose : mettre la main sur Clu. C'était un transfert insensé – tout le monde le croyait – et d'autant plus étrange qu'il était exigé par une propriétaire qui, par ailleurs, ne s'occupait pas du tout du domaine sportif. Mais, pour vous, il s'agissait juste d'avoir Clu dans l'équipe. C'est l'unique raison pour laquelle vous avez acheté les Yankees. Pour offrir à Clu une dernière chance. Et, comble de réussite, Clu a coopéré malgré lui. Il s'est mis à marcher droit. Il était clean et sobre. Il lançait bien. Clu Haid était aussi heureux qu'il pouvait l'être. Vous le teniez dans le creux de votre main.

Et vous avez fermé le poing.

Jared la prit par les épaules et la serra contre lui.

— Je ne sais pas dans quel ordre ça s'est passé, reprit Myron. Vous avez envoyé à Clu, tout comme à moi, une disquette d'ordinateur. Bonnie me l'a dit. Elle m'a aussi dit que vous le faisiez chanter. Anonymement. Ce qui explique les deux cent mille dollars. Vous avez fait en sorte qu'il vive dans la terreur. Et Bonnie vous a même aidé sans le vouloir en demandant le divorce. Maintenant, Clu était mûr pour votre *coup de grâce* : le test antidopage. Vous vous êtes débrouillée pour qu'il soit positif à l'héroïne. Grâce, sans doute, à l'aide de Sawyer. Qui mieux que lui, puisqu'il savait déjà ce qui s'était passé ? Ça a merveilleusement marché. Non seulement, ça démolissait Clu mais ça écartait les soupçons. Qui vous aurait suspectée, puisque ce contrôle semblait nuire à votre équipe ? Mais vous vous moquiez de l'équipe. Les Yankees n'étaient qu'un outil vous permettant de détruire Clu Haid.

— Tout à fait exact, dit Sophie.

— Arrête, dit Jared.

Elle secoua la tête et lui tapota le bras.

— Ne t'inquiète pas.

— Clu ne se doutait pas que la fille qu'il avait enterrée dans les bois était votre fille. Mais après que vous l'avez bombardé avec vos appels, votre disquette et surtout après le contrôle positif, il a compris. Mais que pouvait-il faire ? Il n'allait quand même pas raconter que le contrôle avait été magouillé parce qu'il avait tué Lucy Mayor. Il était piégé. Il a essayé de comprendre comment vous aviez appris la vérité. Il a cru que c'était par Barbara Cromwell.

— Qui ?

— Barbara Cromwell. La fille du shérif Lemmon.
— Comment savait-elle ?
— Parce que, malgré le silence que vous avez voulu imposer autour de votre enquête, Wilston est une petite ville. Le shérif a été prévenu de la découverte du cadavre. Il était mourant. Il n'avait pas d'argent et sa famille non plus. Alors il a raconté à sa fille ce qui s'était réellement passé cette nuit-là. Elle ne risquait rien : c'était son crime à lui, pas à elle. Et ils pouvaient utiliser cette information pour faire chanter Clu Haid. Ce qu'ils ont fait. Plusieurs fois. Clu a cru que c'était Barbara qui avait parlé. Quand il l'a appelée pour savoir si elle l'avait dit à quelqu'un, elle a joué les innocentes mais elle a encore exigé de l'argent. Alors, Clu est monté à Wilston quelques jours plus tard. Il a refusé de payer. Il lui a dit que c'était terminé.

Sophie hocha la tête.

— C'est ce qui vous a permis de comprendre.
— Oui, le dernier morceau du puzzle, dit Myron. Quand j'ai su que Clu avait rendu visite à la fille de Lemmon, tout est devenu très clair. Mais je suis encore surpris, Sophie.
— Par quoi ?
— Que vous l'ayez tué. Que vous ayez permis à Clu d'échapper à son malheur.

Le bras de Jared tomba de l'épaule de sa mère.

— Qu'est-ce que vous racontez ?
— Laisse-le parler, dit Sophie. Continuez, Myron.
— Qu'y a-t-il de plus à dire ?
— Eh bien, dit-elle, pour commencer, si nous évoquions votre rôle dans toute cette affaire ?

Il ne dit rien, la poitrine dure comme du plomb.

— Vous n'allez pas prétendre que vous êtes sans reproche, n'est-ce pas, Myron ?

— Non, dit-il d'une voix sourde.

Au loin, bien loin du centre du terrain, un employé se mit à nettoyer le mémorial en l'honneur des grands joueurs des Yankees. Il aspergeait, frottait, travaillant – Myron l'avait déjà vu faire lors de précédentes visites – sur la pierre de Lou Gehrig. Le Cheval de Fer. 2 130 matches d'affilée pour finir avec la maladie de Charcot. Qui a dit destin ?

— Vous l'avez fait vous aussi, n'est-ce pas ? dit Sophie.

Myron regardait l'employé.

— Fait quoi ?

Mais il savait.

— Je me suis renseignée sur vous, dit-elle. Votre associé et vous, vous n'hésitez pas trop à vous substituer à la loi, n'est-ce pas ? À assumer tous les rôles : juge, jury et bourreau.

Myron ne dit rien.

— Je n'ai rien fait d'autre. Pour la mémoire de ma fille.

Encore une fois, jouer les lignes.

— Vous avez donc décidé de me faire porter le chapeau pour le meurtre de Clu.

— Oui.

— Votre vengeance parce que j'avais soudoyé ces flics.

— C'est ce que je croyais à l'époque.

— Mais vous vous êtes plantée, Sophie. Vous avez fait arrêter une innocente.

— C'était un accident.

Myron secoua la tête.

— J'aurais dû comprendre, dit-il. Même Billy Lee Palms me l'avait dit mais je n'ai pas fait attention. Et Hester Crimstein aussi, lors de notre première rencontre.

— Dit quoi ?

— Tous deux ont insisté sur le fait que le sang avait été trouvé dans *ma* voiture, l'arme dans *mon* bureau. Ils croyaient que c'était moi qui avais tué Clu. Déduction logique à un détail près. Je n'étais pas ici. Vous ne le saviez pas, Sophie. Vous ne saviez pas qu'Esperanza et Big Cyndi me couvraient en racontant à tout le monde que j'étais toujours dans le coin. C'est pour cela que vous avez été aussi ennuyée quand vous avez découvert que je n'étais pas là. Votre plan s'écroulait. Vous ne saviez pas non plus que Clu avait eu une altercation avec Esperanza. Du coup, tous les indices qui semblaient me désigner…

— … désignaient en fait votre associée, Mlle Diaz, dit Sophie.

— Exactement, dit Myron. Mais il y a encore une chose que je veux éclaircir.

— Plus d'une chose, corrigea Sophie.

— Quoi ?

— Il y a plus d'une chose que vous voudrez éclaircir, dit Sophie. Mais, je vous en prie, continuez. Que voulez-vous savoir ?

— C'est vous qui m'avez fait suivre, dit-il. Le type que j'ai repéré devant le Lock-Horne. Il travaillait pour vous.

— Oui. Je savais que Clu avait tenté de vous joindre. J'espérais que Billy Lee Palms en ferait autant.

— Ce qu'il a fait. Sauf que lui voulait ma peau. Il croyait que j'avais descendu Clu pour me couvrir. Cacher mon rôle dans l'histoire de l'accident. Il croyait que je voulais le tuer lui aussi.

— Ça se tient, acquiesça-t-elle. Vous aviez beaucoup à perdre.

— Donc, vous me suiviez ce soir-là ? Au bar ?

— Oui.

— En personne ?

Elle sourit.

— J'ai passé toute mon enfance à chasser et à pister, Myron. La ville ou les bois, il n'y a pas grande différence.

— Vous m'avez sauvé la vie, dit-il.

Elle ne répondit pas.

— Pourquoi ?

— Vous le savez. Je n'étais pas venue pour tuer Billy Lee Palms. Mais il y a des degrés dans la culpabilité. Pour faire simple, il était plus coupable que vous. Quand il a fallu choisir entre lui et vous, j'ai choisi. Vous méritez d'être puni, Myron. Mais vous ne méritiez pas d'être abattu par une ordure comme Billy Lee Palms.

— Juge, jury et bourreau ?

— Par chance pour vous, Myron, oui.

Il s'assit sur le sable. Ou plutôt, il s'y laissa tomber, complètement vidé.

— Je ne peux pas vous laisser vous en sortir, dit-il. Même si je vous comprends. Vous avez tué Clu Haid de sang-froid.

— Non.

— Quoi ?

— Je n'ai pas tué Clu Haid.

— Je ne m'attends pas à des aveux de votre part.
— Attendez ce que vous voulez. Je ne l'ai pas tué.

Myron fronça les sourcils.

— Impossible. Tout concorde.

Les yeux de Sophie restaient placides. La tête de Myron se mit à tourner. Vers Jared.

— Il ne l'a pas tué, non plus, dit Sophie.
— C'est l'un de vous, dit Myron.
— Non.

Myron regarda Jared. Celui-ci ne dit rien. Et Myron ne trouva rien à dire.

— Réfléchissez, Myron.

Sophie croisa les bras en lui souriant.

— Je vous ai expliqué ma philosophie, dit-elle. Je suis une chasseuse. Je ne hais pas ce que je tue. Au contraire. Je respecte mes proies. Je les honore. Je considère que l'animal est brave et noble. Tuer, en fait, peut être un acte de charité. C'est pour cela que je n'utilise qu'une seule balle. Sauf avec Billy Lee Palms, bien sûr. Je voulais qu'il connaisse au moins quelques secondes d'agonie et de peur. Et, bien sûr aussi, je n'aurais pas eu la moindre pitié pour Clu Haid.

Myron essayait de comprendre.

— Mais...

Et c'est alors qu'il entendit un autre déclic. La conversation avec Sally Li lui repassa dans la tête.

La scène de crime...

Seigneur, la scène de crime. Elle était dans un tel état. Du sang sur les murs. Du sang sur le sol. Parce que les traces de sang auraient dévoilé la vérité. Donc, il fallait les recouvrir avec encore plus de sang. Détruire les preuves. Tirer des coups de feu supplémentaires dans le corps. Au mollet, dans le dos et même à la tête. Emporter l'arme. Brouiller la scène. Masquer ce qui s'était vraiment passé.

— Ô Seigneur...

Sophie hocha la tête.

La bouche de Myron était aussi sèche qu'une tempête de sable.

— Clu s'est suicidé ?

Sophie essaya de sourire mais elle n'y parvint pas vraiment.

Myron se releva. Son mauvais genou craqua.

— La fin de son mariage, le test positif mais surtout le passé qui revenait... il n'a pas pu. Il s'est tiré une balle dans la tête. Les autres coups de feu ne servaient qu'à induire la police en erreur. La scène de crime a été sabotée de façon qu'on ne puisse pas analyser les traces de sang et comprendre qu'il s'agissait d'un suicide. Tout ça, ce n'était que du maquillage.

— Un lâche jusqu'à son dernier geste, dit Sophie.

— Mais comment avez-vous su qu'il s'était tué ? Vous aviez mis des micros chez lui, vous le faisiez surveiller ?

— Rien d'aussi sophistiqué, Myron. Il voulait que nous le trouvions... surtout, moi.

Myron la fixa.

— Nous étions censés avoir notre grande confrontation ce soir-là. Oui, Clu avait touché le fond, Myron. Mais je n'en avais pas fini avec lui. Loin de là. Un animal mérite une mort rapide. Pas Clu Haid. Mais quand nous sommes arrivés, Jared et moi, il avait déjà fui.

— Et l'argent ?
— Il était là. Comme vous l'avez noté, le correspondant anonyme qui lui avait envoyé la disquette et lui passait tous ces coups de téléphone le faisait chanter. Mais il savait que c'était nous. J'ai pris l'argent ce soir-là et je l'ai donné à un fonds pour l'enfance.
— Vous l'avez obligé à se tuer.
Elle secoua la tête, raide comme une statue.
— Personne ne peut obliger quiconque à se tuer. Clu Haid a choisi son sort. Ce n'était pas ce que j'avais prévu mais...
— Prévu ? Il est mort, Sophie.
— Oui, mais ce n'est pas ce que j'avais *prévu*. Tout comme vous, Myron n'aviez pas *prévu* de couvrir le meurtre de ma fille.
Silence.
— Vous vous êtes servie de sa mort, dit Myron. Vous avez mis le sang dans ma voiture, l'arme dans mon bureau. Ou vous avez payé quelqu'un pour le faire.
— Oui.
Il secoua la tête.
— La vérité doit sortir, dit-il.
— Non.
— Je ne vais pas laisser Esperanza pourrir en prison...
— Nous nous en sommes déjà occupés, dit Sophie Mayor.
— Quoi ?
— Mon avocat se trouve en ce moment même avec le procureur. Anonymement, bien sûr. Ils ne sauront pas qui il représente.

— Je ne comprends pas.
— J'ai gardé des preuves cette nuit-là, dit-elle. J'ai pris des photos du cadavre. Ils feront des analyses sur la main de Clu et trouveront des résidus de poudre. J'ai même une lettre de suicide, si besoin est. Ils abandonneront les poursuites contre Esperanza. Elle sera libérée demain matin. C'est terminé.
— Le procureur ne va pas accepter un tel marché. Il voudra connaître toute l'histoire.
— La vie est pleine de gens qui voudraient, Myron. Mais, cette fois, le procureur n'aura rien. Il faudra bien qu'il se résigne. Et, au bout du compte, il ne s'agit que d'un suicide. Star ou pas, cette enquête n'a rien de prioritaire.

Elle sortit une feuille de papier de sa poche.
— Tenez, dit-elle. Sa lettre.

Myron hésita. Il prit la feuille et reconnut aussitôt l'écriture de Clu.

Chère Madame Mayor,
La torture a assez duré. Je sais que vous n'accepterez jamais mes excuses et je ne puis dire que je vous le reproche. Mais je n'ai pas la force de vous parler face à face. J'ai fui cette nuit toute ma vie. J'ai fait du mal à ma famille et à mes amis mais c'est à vous que j'ai fait le plus de mal. J'espère que ma mort vous apportera un peu de réconfort.
Je suis le seul à blâmer pour ce qui s'est passé cette nuit-là. Billy Lee Palms n'a fait que ce que je lui ai dit de faire. Il en va de même avec Myron Bolitar. J'ai payé ces policiers, Myron n'a fait que livrer l'argent. Il n'a jamais su la vérité. Ma femme a perdu conscience

dans l'accident. Elle n'a jamais su, elle non plus, la vérité et elle ne la sait toujours pas.

L'argent est ici. Faites-en ce que vous voulez. Dites à Bonnie que je suis désolé et que je comprends tout. Et permettez que mes enfants sachent que leur père les a toujours aimés. Ils sont la seule chose pure et bonne de toute ma vie. Vous, plus que tout autre, devriez le comprendre.

Clu Haid

Myron relut la lettre. Il imagina Clu Haid en train de l'écrire, puis la repousser pour prendre le pistolet, le coller contre sa tête. Avait-il fermé les yeux ? Avait-il pensé à ses enfants avant d'appuyer sur la détente ? Avait-il hésité ?

Ses yeux restaient sur les mots.

— Vous ne l'avez pas cru, dit-il.

— À propos de la culpabilité des autres ? Non. Je savais qu'il mentait. Vous, par exemple. Vous avez été bien plus qu'un garçon de course. Vous avez soudoyé ces policiers.

— Clu a menti pour nous protéger, dit Myron. Au bout du compte, il s'est sacrifié pour ceux qu'il aimait.

— Ne le faites pas passer pour un martyr, dit Sophie, la voix dure.

— Je n'en ai pas l'intention. Mais vous ne pouvez pas échapper à ce que vous avez fait.

— Je n'ai rien fait.

— Vous avez fait en sorte qu'un homme – père de deux enfants – se suicide.

— Il a fait un choix, c'est tout.

— Il ne méritait pas ça.

— Et ma fille ne méritait pas d'être assassinée et ensevelie dans la boue.

Myron leva les yeux vers les projecteurs allumés, se laissant aveugler.

— Clu ne prenait plus de drogues, dit-il. Vous réglerez le reste de son salaire.

— Non.

— Vous ferez aussi en sorte qu'on sache – que ses enfants sachent – qu'il ne se droguait plus.

— Non, répéta Sophie. On ne saura rien de tel. Comme on ne saura pas non plus que Clu était un meurtrier. Je dirais qu'il ne perd pas au change, non ?

Il relut encore une fois la lettre, les larmes aux yeux.

— Un moment d'héroïsme à la fin ne le rachète pas, dit Sophie.

— Mais il est révélateur.

— Rentrez chez vous, Myron. Et soyez heureux que ce soit terminé. Si la vérité venait à être connue, il ne reste plus qu'un seul coupable à qui on pourrait encore demander des comptes.

Il hocha la tête.

— Moi.

— Oui.

Ils se dévisagèrent.

— Je ne savais pas pour votre fille, dit-il.

— Je le sais maintenant.

— Vous pensez que j'avais aidé Clu à cacher cet homicide.

— Non, je *sais* que vous l'avez aidé. Ce dont je n'étais pas sûre, c'était si vous saviez ce que vous faisiez. C'est pour cela que je vous ai demandé de rechercher Lucy... pour comprendre jusqu'à quel point vous étiez mêlé à ça.

— Le vide, dit Myron.

— Quoi, le vide ?

— Cela vous a-t-il aidé à le combler ?

Sophie parut pensive.

— De façon assez étrange, la réponse est oui, je crois. Cela ne me ramènera pas Lucy. Mais j'ai maintenant le sentiment qu'elle a enfin été enterrée comme il faut. Je crois que nous pouvons commencer à guérir.

— Et donc, voilà, on n'a plus qu'à continuer à vivre ?

Sophie sourit.

— Que pouvons-nous faire d'autre ?

Elle fit signe à Jared qui lui prit la main. Ils repartirent en direction de la fosse.

— Je suis vraiment désolé, dit Myron.

Sophie s'arrêta. Elle lâcha son fils et étudia Myron un moment, ses yeux fouillant son visage.

— Vous avez commis un délit en soudoyant ces officiers de police. Vous nous avez fait vivre, à ma famille et à moi, des années d'agonie. Vous avez probablement contribué à la mort prématurée de mon mari. Vous êtes en partie responsable des morts de Clu Haid et de Billy Lee Palms. Et, au bout du compte, vous m'avez forcée à commettre des actes horribles dont je m'étais toujours crue incapable.

Elle retrouva le bras de son fils, le regard plus las qu'accusateur maintenant.

— Je ne m'en prendrai plus à vous. Mais si cela ne vous dérange pas, je vous laisse vos excuses.

Elle lui accorda un moment pour protester. Il ne l'utilisa pas. La mère et le fils descendirent les marches de la cage et disparurent, abandonnant le terrain et les lumières du stade à Myron.

39

Sur le parking, Win fronça les sourcils et rengaina son .44.
— Personne n'a sorti son arme.
Myron ne dit rien. Chacun monta dans sa voiture. Cinq minutes plus tard, le portable de Myron sonnait. Hester Crimstein.
— Ils abandonnent les poursuites, dit-elle. Esperanza sort demain matin. Ils lui offrent des excuses en prime si nous promettons de ne pas les poursuivre.
— Vous allez accepter ?
— C'est à Esperanza de décider. Mais je pense qu'elle le fera.
Myron se rendit chez Bonnie. Sa mère lui ouvrit, l'air mauvais. Il réussit à la contourner pour trouver Bonnie. Elle était seule. Il lui montra la lettre. Elle pleura et il la prit dans ses bras. Il alla voir les deux garçons qui dormaient. Il resta sur le seuil de la chambre jusqu'à ce que Bonnie lui tape sur l'épaule et lui dise de partir.

Il retourna chez Win. Quand il ouvrit la porte, une valise était posée par terre dans l'entrée. Terese apparut.

— Tu as fait ta valise, dit Myron.

Elle sourit.

— J'aime un homme qui a le sens de l'observation.

Il attendit.

— Je pars dans une heure pour Atlanta, dit-elle.

— Ah.

— J'ai parlé à mon boss à CNN. Les audiences baissent. Il veut que je reprenne l'antenne dès demain.

— Ah, redit Myron.

Terese tripota une de ses bagues.

— Tu as déjà essayé une relation à distance ? demanda-t-elle.

— Non.

— On pourrait tenter le coup.

— On pourrait.

— Paraît que le sexe c'est beaucoup mieux.

— Ça n'a jamais été notre problème, Terese.

— Non, dit-elle. C'est vrai.

Il regarda sa montre.

— Une heure, tu dis ?

Elle sourit.

— En fait, c'est plutôt une heure dix.

— Waou, fit-il en s'approchant.

À minuit, Myron et Win regardaient la télévision dans le salon.

— Elle va te manquer, dit Win.

— Je vais à Atlanta ce week-end.

Win hocha la tête.

— Le scénario idéal.
— C'est-à-dire ?
— C'est-à-dire que tu fais partie de ces types navrants qui se sentent incomplets s'ils ne retrouvent pas leur chère et tendre à la maison tous les soirs. Quoi de mieux qu'une femme qui a une carrière à mener et qui habite à deux mille kilomètres ?

Silence. Ils regardaient une rediff de *Frasier* sur Channel 11. Ils commençaient à rigoler vraiment.

— En tant qu'agent, tu représentes ton client, dit soudain Win pendant une pub. Tu es son avocat. Tu ne peux pas te soucier des répercussions.
— Tu es sérieux ?
— Bien sûr, pourquoi pas ?

Myron haussa les épaules.

— Ouais, pourquoi pas ?

Une autre pub passa.

— Esperanza dit que ça me gêne de moins en moins de ne pas respecter les règles.

Silence de Win.

— À vrai dire, reprit Myron, ça ne date pas d'hier. J'ai payé des officiers de police pour couvrir un crime.
— Tu ne savais pas que le crime était aussi grave.
— Est-ce que ça compte ?
— Bien sûr que ça compte.

Myron secoua la tête.

— À force de piétiner cette foutue ligne, on ne la voit plus, dit-il à mi-voix.
— De quoi parles-tu ?
— Je parle de nous. Sophie Mayor a dit que nous avons fait comme elle. Nous avons rendu justice nous-mêmes. Nous ne respectons pas les règles.

— Et alors ?
— Et alors, ce n'est pas juste.
— Oh, s'il te plaît.
— Des innocents sont blessés.
— La police aussi blesse des innocents.
— Pas comme ça. Esperanza a souffert alors qu'elle n'avait absolument rien à voir avec ça. Clu méritait d'être puni mais ce qui est arrivé à Lucy Mayor reste quand même un accident.

Win se tapota le menton avec deux doigts.

— Même en mettant de côté la discussion sur la gravité relative de la conduite en état d'ébriété, dit-il, au bout du compte, il ne s'agit pas d'un simple accident. Clu a choisi de dissimuler le cadavre. Le fait que, finalement, il n'ait pas supporté de vivre avec ça ne l'excuse pas.

— On ne peut pas continuer comme ça, Win.
— Continuer quoi ?
— À ne pas respecter les règles.
— Laisse-moi te poser une question, Myron, dit Win, se martelant toujours le menton. Imagine que tu sois Sophie Mayor et que Lucy Mayor était ta fille. Qu'aurais-tu fait ?
— Peut-être la même chose qu'elle, dit Myron. Mais est-ce juste pour autant ?
— Ça dépend.
— De quoi ?
— Du facteur Clu Haid : supporterais-tu de vivre avec ça ?
— C'est tout ?
— C'est tout. Supporterais-tu de vivre avec ce que tu aurais fait ? Moi, je sais que j'y arriverais.
— Et ça ne te gêne pas ?

— Qu'est-ce qui me gênerait ?
— De vivre dans un monde où les gens se rendent eux-mêmes justice, dit Myron.
— Ciel, non ! Je ne prescris pas ce remède à tout le monde.
— Juste à toi.
Win haussa les épaules.
— J'ai confiance dans mon jugement. J'ai aussi confiance dans le tien. Mais voilà que maintenant tu veux remonter le temps et prendre une autre route. La vie n'est pas comme ça. Tu as pris une décision. Qui était la bonne, en te basant sur ce que tu savais. Un peu limite, d'accord, mais elles le sont toutes, non ? Ça aurait pu avoir l'effet inverse. Clu aurait pu tirer les leçons de l'expérience, devenir quelqu'un de mieux. Ce que je veux dire, c'est que tu ne peux pas tenir compte de conséquences éventuelles ou invisibles.
— Tout ce qui compte, c'est ici et maintenant.
— Précisément.
— Et ce avec quoi on peut vivre.
— Oui.
— Et en ne tenant compte que de ça, dit Myron, la prochaine fois, je ferai ce qui est juste.
Win secoua la tête.
— Tu confonds ce qui est juste avec ce qui l'est légalement ou ce qu'on considère comme moralement juste. Mais le monde réel ne fonctionne pas comme ça. Parfois, les gentils ne respectent pas les règles parce qu'ils savent que ça vaut mieux.
Myron sourit.
— Ils franchissent la ligne. Juste une seconde. Juste pour faire le bien. Et ensuite ils reviennent sur

le terrain. Mais quand on fait ça trop souvent, on finit par brouiller la ligne.

— Peut-être que la ligne doit être brouillée, dit Win.

— Peut-être.

— Tout bien pesé, toi et moi on penche du côté du bien.

— On pencherait peut-être mieux si on ne traînait pas autant sur cette ligne... même si ça implique de laisser parfois quelques petites injustices impunies dans l'autre plateau de la balance.

Win haussa les épaules.

— À toi de voir.

— Tu sais ce qui me dérange le plus dans cette conversation ?

— Je t'écoute.

— Que je ne pense pas qu'elle changera quoi que ce soit. Que je pense que tu as probablement raison.

— Mais tu n'en es pas sûr, dit Win.

— Non, je n'en suis pas sûr.

— Et tu n'aimes pas ça ?

— Je n'aime pas ça du tout.

Win hocha la tête.

— C'est tout ce que je voulais entendre.

40

Big Cyndi était en orange. Sweat-shirt orange, pantalon orange sorti tout droit du placard de MC Hammer en 1989. Cheveux orange. Vernis à ongles orange. Et peau – ne demandez pas comment – orange. On aurait dit une carotte mutante.

— L'orange est la couleur préférée d'Esperanza, expliqua-t-elle à Myron.

— Euh... non.

— Non ?

— C'est le bleu.

Pendant un instant, il imagina un Schtroumpf géant.

Big Cyndi considéra cette donnée.

— Mais après le bleu, c'est l'orange qu'elle préfère ?

— Sûrement. Je crois.

Satisfaite, Big Cyndi sourit et déplia en travers de la réception une banderole sur laquelle était écrit BIENVENUE, ESPERANZA !

Myron alla dans son bureau. Il passa quelques appels, travailla un peu, sans cesser de guetter l'ascenseur.

Finalement, celui-ci émit son tintement à dix heures précises. La porte glissa. Myron ne bougea pas. Il entendit le vagissement de joie de Big Cyndi : bruit qui faillit provoquer l'évacuation immédiate de l'immeuble. Il sentit les vibrations sismiques quand Big Cyndi sauta de sa chaise. Myron était maintenant debout et il attendait toujours. Il entendit des cris, des soupirs, des paroles de réconfort.

Deux minutes plus tard, Esperanza entra dans son bureau. Sans frapper. Comme toujours.

Leur étreinte fut un peu maladroite. Myron s'écarta, fourra les mains dans ses poches.

— Bienvenue.

Elle essaya de sourire.

— Merci.

Petit silence.

— Vous saviez, depuis le début, mon rôle dans cette histoire, n'est-ce pas ?

Elle ne dit rien.

— C'est ce que je n'arrivais pas à comprendre, dit-il.

— Myron, ne...

— Vous êtes ma meilleure amie, poursuivit-il. Vous savez que je ferais n'importe quoi pour vous. Je n'arrivais pas à imaginer pourquoi vous ne vouliez pas me parler. C'était insensé. Au début, j'ai cru que vous étiez en colère à cause de ma disparition. Mais c'est pas votre genre. Puis j'ai pensé que vous aviez une liaison avec Clu Haid et que vous ne vouliez pas que je le sache. Mais c'était pas ça, non plus. Ensuite, j'ai cru que c'était parce que vous aviez une liaison avec Bonnie...

— Une très fâcheuse initiative de ma part, dit Esperanza.

— Ouais. Mais je suis mal placé pour vous faire la morale. Et vous n'auriez pas eu peur de m'en parler. D'autant moins que les enjeux étaient si importants. Alors, j'ai continué à m'interroger. Qu'est-ce qui pouvait être si moche qu'il fallait absolument ne pas m'en parler ? Selon Win, la seule explication c'était que vous aviez tué Clu.

— Ce Win, dit Esperanza. Toujours à voir le bon côté des choses.

— Mais même ça, j'y croyais pas. Je vous aurais quand même soutenue. Et vous le saviez. Non, il n'y avait qu'une seule raison pour laquelle vous n'auriez pas voulu me dire la vérité...

Esperanza soupira.

— J'ai besoin d'une douche.

— Vous me protégiez.

Elle le regarda.

— Vous allez pas vous mettre à pleurnicher ? Je supporte pas de vous voir pleurnicher.

— Bonnie vous a parlé de l'accident. De ces flics que j'ai payés.

— Conversation sur l'oreiller, dit-elle avec un haussement d'épaules.

— Et quand on vous a arrêtée, vous lui avez fait jurer de se taire. Pas pour vous ni pour elle. Mais pour moi. Vous saviez que, si cette histoire de pots-de-vin venait à être connue, ce serait ma ruine. J'avais commis un délit très grave. On m'aurait retiré ma licence d'agent ou pire encore. Et vous saviez que, si jamais je le découvrais, vous n'auriez pas pu m'empêcher d'aller voir le procureur car cela aurait permis de vous disculper.

Esperanza posa les mains sur ses hanches.

— Vous voulez en venir quelque part, Myron ?
— Merci, dit-il.
— Pas de quoi. Vous étiez dans un sale état après Brenda. J'avais peur que vous ne commettiez un truc stupide. Ça vous arrive souvent.

Il l'étreignit à nouveau. Elle l'étreignit aussi. Et, cette fois, il n'y eut rien de maladroit entre eux. Quand ils se lâchèrent, il recula.

— Merci.
— Arrêtez de répéter ça.
— Vous êtes ma meilleure amie.
— J'ai fait ça aussi pour moi, Myron. Pour la boîte. Qui est aussi ma boîte.
— Je sais.
— Donc, nous reste-t-il encore quelques clients ?
— Quelques-uns.
— On ferait peut-être bien de leur faire signe.
— On ferait bien. Je vous aime, Esperanza.
— Fermez-la avant que je me mette à dégueuler.
— Et vous m'aimez.
— Si vous vous mettez à chanter *Love Is in the Air*, je vous tue. Je rentre de prison. Ça me dérange pas d'y retourner.

Big Cyndi risqua sa tête par la porte. Elle souriait. Avec sa peau orange, on aurait dit une citrouille d'Halloween.

— Marty Towey sur la 2.
— Je prends, dit Esperanza.
— Et Enos Cabral sur la 3.
— Pour moi, dit Myron.

À la fin d'une journée de travail merveilleusement longue, Win entra dans le bureau.

— J'ai parlé à Esperanza, dit-il. On se fait une soirée pizzas et CBS Sunday chez moi.

— Je ne peux pas.

Win arqua un sourcil.

— Rien que des dimanches de notre enfance. *All in the Family*, *M*A*S*H*, *Mary Tyler Moore*, *Bob Newhart*, *Carol Burnett* ?

— Désolé.

— L'épisode avec Sammy Davis Jr de *All in the Family* ?

— Pas ce soir, Win.

Celui-ci parut inquiet.

— Je sais que tu veux te punir mais là, c'est du masochisme masochiste.

Myron sourit.

— Ce n'est pas ça.

— Ne me dis pas que tu veux être seul. Tu ne supportes pas la solitude.

— Désolé, mais j'ai prévu autre chose.

Win re-arqua son sourcil puis sortit sans un mot.

Myron décrocha le téléphone. Le bout de ses doigts connaissait le numéro.

— Je pars, dit-il.

— Bien, dit Maman. J'ai déjà appelé chez Fong. J'ai commandé deux parts de crevettes avec la sauce au crabe.

— M'man ?

— Quoi ?

— J'aime plus trop leurs crevettes à la sauce au crabe.

— Quoi ? Tu les as toujours adorées. C'est ton plat préféré.

— Plus depuis l'âge de quatorze ans.

— Et comment se fait-il que tu ne me l'aies jamais dit ?

— Je te l'ai dit. Plusieurs fois.

— Et alors, tu espères peut-être que je vais me souvenir du moindre petit détail ? Qu'essaies-tu de me dire, Myron, que tes papilles gustatives sont trop mûres maintenant pour les crevettes à la sauce au crabe de chez Fong ? Tu te prends pour qui, le Bibendum Gourmet ?

Myron entendit son père crier en arrière-fond.

— Arrête d'embêter ce garçon.

— Qui embête ce garçon ? Myron, est-ce que je t'embête ?

— Et dis-lui de se dépêcher, hurla son père. Le match va commencer.

— Et alors, Al. Il s'en moque.

— Dis à p'pa que je pars.

— Conduis doucement, Myron. Rien ne presse. Le match attendra.

— D'accord, m'man.

— Mets ta ceinture.

— Bien sûr.

— Et ton père a une surprise pour toi.

— Ellen !

C'était encore Papa.

— Quoi, Ellen, Al ?

— Je voulais lui dire...

— Oh, arrête de faire l'idiot, Al. Myron ?

— Ouais, m'man ?

— Ton père a acheté deux billets pour un match des Mets. Dimanche. Rien que vous deux.

Myron ravala sa salive. Ne dit rien.

— Ils jouent contre les Thons, dit sa mère.

— Les Marlins ! s'écria son père.

— Les thons, les marlins... quelle différence ? Tu vas te lancer dans la biologie marine maintenant, Al ? C'est ça que tu vas faire de ton temps libre, étudier les poissons ?

Myron sourit.

— Myron, tu es là ?

— J'arrive, m'man.

Il raccrocha. Se tapa sur les cuisses et se leva. Il dit bonsoir à Esperanza et à Big Cyndi. Il entra dans l'ascenseur et réussit à sourire. Les femmes et les amis, se dit-il, c'est génial mais parfois un garçon a juste besoin de ses parents.

Photocomposition Nord Compo
59650 Villeneuve-d'Ascq

Achevé d'imprimer par GGP Media GmbH, Pößneck
en septembre 2009
pour le compte de France Loisirs,
Paris

N° d'éditeur : 56600
Dépôt légal : septembre 2009

Imprimé en Allemagne